私という運命について

角川文庫
15327

目次

雪の手紙

I

ちょっと飲みすぎたようだ。

師走《しわす》ともあって酒席がつづいていた。昨夜も一昨夜も無理はすまいと思って出かけたにもかかわらず相当に飲んだ。だが、今夜の酔い方はそれどころではない。

帰宅すると寝室に直行し、着替えもせずにこうしてベッドの上に倒れ込んでいる。

連日の酒気が抜けきらないままに沼尻《ぬまじり》電設の忘年会を迎えてしまったのは最悪だった。なんだか近頃、自制心がとみに衰えてきている気がする。

もう三十分以上は、身動きもならず寝そべっている。喉《のど》が渇いた。冷たい水が欲しい。

これでは課長の赤坂憲彦《あかさかのりひこ》のことを笑えない、と思う。根は気のいい男だが、彼は緩慢に壊れていっている。酒に溺《おぼ》れ、目先の仕事に溺れ、時間と数字に日々追われながら、気づかぬうちに本物の自分を失いつづけている。そして、きっと時代にも取り残されはじめている。

自分はどうだろうか？

赤坂とはまったく違う、と果して断言できるだろうか。

沼尻社長の愛人は去年と同じ人だった。社長はこれまで毎年愛人を取り替えてきた。少なくとも自分が知っているここ数年は、暮れの忘年会に連れてくる女性は年ごとに異なっていた。赤坂によれば、そうやって決まった相手をつくらないことで夫人とのあいだを何とか取り繕っているらしかった。

あの女はおそらく自分とほとんど変わらぬ年齢だろう。ものも言わずに、薄い笑みを浮かべて社長の隣に今年も座っていた。赤坂とだけは何やら一言二言喋《しゃべ》っていた。こっちは料理屋の大座敷に居並んだ総勢五十人の業者の面々に酌をして回っていたので、課長と彼女とがどんな話をしていたのかは分からない。それほど親しげな様子ではなかった。が、沼尻電設出入り各社の社長さんたちとは会釈程度でろくに口もきかず、次々に運ばれてくる料理にもほんの少ししか手をつけずに、といって退屈そうな素振りをみせるでもなしに、ただ婉然《えんぜん》と鎮座ましましている彼女とわずかながらでも言葉を交わしていた赤坂は、やはり凄腕《すごうで》の営業マンと言ってよいのだろう。

それにしても、あの女の一体どこに社長は執着を持ったのか。さして美しいわけでもなかったし、﨟《ろう》たけた風情を滲《にじ》ませているといったタイプでもなかった。彼女が例外となり得た理由が皆目見えなかった。

ふうっとため息が出た。頭の芯《しん》に巣くっていた刺すような痛みの元はどうやら抜けたようだ。顔を左右に動かしてもつらくはない。あと十五分もすれば痺《しび》れに似た全身の倦怠《けんたい》感も薄らいでくるだろう。誰もいない部屋はしんしんと冷えている。早く暖房を入れないと風邪を引いてしまうかもしれない。

沼尻は相変わらず精気に満ちていた。愛人を侍《はべ》らせて快活に喋り、豪快に飲んでいた。バブル経済が破綻《はたん》してすでに四年。会社の業績の翳《かげ》りも色濃くなっているはずなのに、そんな気色は微塵《みじん》も感じさせない。だが、時代の流れには誰も抗《あらが》えない。自分たちの電話機業界も着々たる携帯電話機の浸透で、先の見通しは灰色から黒一色に急速に塗り変わっている。いまさら、商品にどんな付加価値を加えたところで、据え置き型電話機の商売が携帯電話に太刀打ちできるとは思えない。目下我々が直面しているのは、流行《はや》りの言葉でいえばまさにパラダイムシフトなのだ。戦艦大和《やまと》を何隻造ってみてももはや航空戦力に対抗できなかったのと同じことが、この業界で起こりつつある──月初めの会社の忘年会で太《おお》田黒《たぐろ》営業本部長は、営業一課のテーブルにやって来て力説していた。その通りなのだと思う。「これだけ便利な機能が付けば、あんなチンケな携帯なんて、個人レベルでは広がっても法人レベルで普及するわけないじゃないですか」などと、暢気《のんき》な気焔《きえん》を吐いていたのは課長の赤坂くらいのものだった。

八月には非自民党政権である細川連立内閣が成立した。今月になってとうとう政府はコメの自由化にも踏み切った。そして、昨日十二月十六日、田中角栄元首相が死んだ。時代は加速度的に変貌《へんぼう》していく。何もかもが壊れ、大切にすべきものも守るべきものもない、曖昧《あいまい》で不透明な未来が我々を一息に呑《の》み込もうとしているのだ。

そういえば、沼尻が興味深い話をしていた。

初めて耳にする話だった。沼尻は経営者にありがちな「一つ話癖」のない人物だ。一度披露した話を再度彼の口から聞いたことはいまだかつてない。そういう意味では、彼は優秀な経営者の一人なのだと思う。男にはたくさんの抽出《ひきだ》しがなくてはならない。たとえ一つ一つに中身がぎっしり詰まっていなくとも、抽出しの数が多ければ多いほど男は実力を発揮していく。技術屋が駄目なのは、彼らにはそういう懐の深さが備わらないからだ。二年前に就任したうちの会社の社長も十数年ぶりの技術屋出身だった。経費削減に大鉈《おおなた》をふるい、いちいち細かいことに口を出す。おかげで社内はいっぺんで息苦しくなり、業績も急降下の一途だ。

沼尻は大学浪人の時代に田中角栄に会ったことがあると語った。

創業者でもある先代が、もともとは土建屋の田中とは仕事の繋《つな》がりがあって、その縁で父親ともども目白の田中邸に年始に出向いたことがあるらしかった。

「田中邸の事務所棟にはここよりよっぽど広い大ホールがあって、年始客でごった返していたよ。あの頃の田中さんはまだ幹事長で総理にはなっていなかったが、権勢及ぶ者なしの風だった。親父は業界の仲間と別室で年賀の名刺交換をやっていて、僕一人、雑多な連中と一緒くたに広間に所在なく座り込んでいたんだが、何しろ学生服姿の若造なんて僕だけだし、誰も知った人間はいないし、まったくいたたまれなかった。目の前のでっかいテーブルには椿山荘《ちんざんそう》のオードブルだの千代新《ちよしん》のおせちだの、どこぞの高級寿司だのがはみ出さんばかりに並んでいるから、もっぱら食うことに精出していたんだ。そしたら遠くの席で手ずから水割りなんか作って来客たちをもてなしていた田中さんが、突然僕の向かいの空いた席にグラス片手にやって来た。こんな風に目と鼻の先に天下の自民党幹事長がでーんと座ったんだから、僕もさすがにぶったまげたよ」

沼尻はこちらの目を見据えるように語る。ひとわたり酌を終えた自分が沼尻の正面にいるときに、彼は話しだしたのだ。

「びっくりしたのは田中さんのスシの食い方だ。お手伝いさんに醤油《しょうゆ》を持ってこさせると、僕に向かって『おい学生さん、スシはこうやって食うのが一番うまいんだ』と言いながらネタを醤油でびしょびしょにして頬張るんだよ。あれには参った。しかも差し向かいで食いながら、さかんに話しかけてくるから、いま浪人中で今年もう一度早稲田《わせだ》を受けるつもりですとコチコチになりながら言うと、『うんうん、そうかそうか。しっかり勉強しなさい』と励ましてくれた」

沼尻はそれから二年後にもう一度田中に会っている。

無事早稲田に入り、今度は父親の代わりに一人で年始に出向いたのだ。すでに田中は総理に就任していた。現職総理だけあって、さすがに広間に上がるのは憚《はばか》られ、玉砂利を敷きつめた広い玄関で年賀の品を秘書に渡して挨拶《あいさつ》しただけだった。が、帰ろうとしたちょうどその時、田中が客たちを送って玄関先に出てきた。例の片手を額にかざした得意のポーズで客を見送る田中の下駄《げた》履き姿を遠くから眺めていた。すると、黒塗りの車列からふと視線を外した田中が沼尻の方を見た。そして田中は彼に向かって大声を張り上げてこう言ったという。

「おーい、学生さん。ちゃんと早稲田に合格できたんかー」

沼尻はしみじみとした口調で締めくくるように言った。

「二年も前の正月にほんの一瞬会っただけの、しかも身なりも髪型も全然違う若造の僕の顔を彼は覚えていたんだ。それどころか、僕が早稲田を受けると喋ったことも記憶していた。あれには仰天したね。正直なところ、ああ、世の中にはこういう化け物がいるんだなと背筋に寒けを感じたもんだよ」

この沼尻の話に、居並ぶ社長連は感心したように頷《うなず》いていた。

だが、自分の胸に生じたのは、その田中角栄も最後には時代にすっかり取り残されてしまったではないか、という感慨だけだった。隣で神妙な面持ちで聞き入っていた赤坂の顔を横目で窺《うかが》いながら、結局は、田中という人もこの男と同じように目先の仕事に追われ、時間に追われて哀れな末路を辿《たど》っていったにちがいないのだと思った。

赤坂は社内では「赤鬼さん」と呼ばれている。本部長の太田黒は「黒鬼さん」だ。二人とも営業畑の叩《たた》き上げとして本社で一目も二目も置かれる存在だった。だが、近頃はこの赤鬼と黒鬼とのあいだにも次第に隙間風が吹きはじめているようだ。今夜のような赤鬼の営業スタイルは早晩過去のものとなるだろう——黒鬼は、きっとそう見通しているのだ。

オーナー社長の沼尻に取り入って、出入り業者を集めた恒例の忘年会に営業部隊を引き連れて繰り込む。むろん宴会費用の半分は営業一課が持つ。愛人の前で自分の力を見せつけたい沼尻の歓心を買って、業者たちに電話機の交換をその場で指図してもらう。業者にすれば断れる話ではない。これで毎年、新規の受注が十社見当で営業一課に転がり込んでくる。それだけで総計一億円を優に超えるセールスを赤坂は年初に計上することができるのだった。そのかわり、日頃からの沼尻への忠勤ぶりは並大抵ではない。付け届けから今夜のような接待係まで、赤坂の命令一下、課員全員が独楽鼠《こまねずみ》のように動き回らされる。不平を洩《も》らさぬ者などいるはずがない。

ことに女子社員たちは不満たらたらだった。二年前に新卒で入社してきた大坪亜理沙《おおつぼありさ》などは、去年「お華さん」を初めてやらされ、直後に会社を辞めたいと言いだして慰留するのに骨が折れたくらいだ。「お華さん」というのは、新入女子社員たちが沼尻電設の忘年会で例年やらされるブルマー姿の宴会芸のことだった。たしかに昨年の「お華さん」はひどかった。『シコふんじゃった。』という本木雅弘《もときまさひろ》主演の相撲映画がヒットし、宮沢《みやざわ》りえが関脇の貴花田《たかはなだ》との婚約を発表したこともあって、新人社員五人が体操着に赤い回し姿で女相撲の真似事をやらされたのだ。

年明けになって、営業本部でもさすがにこの件は問題化し、赤鬼は黒鬼から厳重注意を受けたと聞いている。二人のあいだに亀裂が入りだしたのも、思えば、あのくだらない事件が発端だったのではないか。

男たちがやっていることは、ほんとうにどうかしていることばかりだ。

七年も会社にいると、つくづく厭《いや》になってくる。

2

熱いシャワーを使ったあと、亜紀《あき》はパジャマ姿で肌の手入れをすませてから、キッチンに立って紅茶を淹《い》れた。マグカップにアールグレイをなみなみと注ぎ、そこにたっぷりオレンジマーマレードを加える。これで即席のレディ・グレイのできあがりだ。酔いの残った身体にはベルガモットとオレンジの混ざり合ったこの甘い香りが何よりの回復剤だった。あたたかな紅茶をすすると、いつものように気分がしゃきっとしてくる。最前までの鬱々《うつうつ》とした心向きが嘘のように晴れていくのが分かる。

小さなダイニングテーブルの前に座り、しばらくぼうっとしていた。クリームイエローの壁に掛かった時計の針はすでに午前二時を回っている。すこしまどろんだ後でシャワーを浴びたせいか、眠気は感じない。

襟元に寒さを感じて立ち上がった。湯冷めしてはせっかくのシャワーや紅茶が台無しだ。亜紀は寝室に行ってカーディガンを羽織る。ついでにドレッサーの前で髪を完全に乾かすと、一番下の抽出しにしまってあった封書を抜き出し、それを持ってダイニングに戻った。

半分ほど残っていた紅茶はシンクに流し、愛用のバカラのショットグラスに冷凍庫のウォッカをついでテーブルに置くと、もう一度腰を下ろした。少量を口に含んで舌全体と口腔《こう》蓋《がい》とをねっとりした液体で潤す。強い酒は瞬時に揮発《きはつ》してこめかみのあたりに甘い熱を伝えてくれる。

ようやく〝私の今日〟が終わってくれた。

亜紀はそう感じた。同時にさきほどベッドの上で考えたことが思い出されてくる。こうやって酒の疲れを酒で癒《いや》すというのも、自制心の衰えを如実に示すものなのだろうか。

手元のすでに口の開いた四角の封筒に指を入れる。

二つ折の招待状と挙式への出席依頼状、披露宴が行なわれるホテルの地図、それに返信用の葉書一枚が出てくる。招待状の変哲ない文面を眺め、末尾に並んだ二人の名前にしばし目を留めた。

佐藤《さとう》　康《やすし》

大坪　亜理沙

日取りは来月一月十五日土曜日、成人の日だ。すでに式まで一ヵ月を切っている。さきほどの沼尻電設の忘年会の席でも亜理沙が言っていた。

「冬木《ふゆき》先輩、まだ出席通知出してくれてないでしょう。当日は先輩だけが頼りなんですから必ず出席してくださいね。私、ブーケは絶対先輩に受け取ってもらうって決めてるんですから」

このところの亜理沙はすこぶる快調だ。持ち前の負けん気は変わらないが、それと併せ持っていたはずの頑固さや思い込みの強さがなりを潜め、とても明るくなった。忘年会の席上でも昨年のような仏頂面はちらとも見せずに接待役に徹していた。

二人の結婚が決まったのは十月のことだった。それがわずか三ヵ月後の、しかも成人の日にこんな一流ホテルで昼の十二時からの披露宴がセットできたのは、亜理沙の父親が大手ホテルチェーンの重役を務めているからだろう。亜理沙にとってはいまこそが人生最高の華やぎの時期だ。何をしても何を思っても何を考えても、おおらかな気持ちになれるのは当たり前と言えば当たり前の話だった。

それにしても、結婚相手の佐藤康の方は一体どんな心地なのだろうか。

派手な事がとかく苦手だった彼のことだ、内心は大がかりな披露宴に気がすすまないのにちがいない。

一昨夜十二時近くになって掛かってきた電話での沈んだような声を思い出すと、亜紀にはそれは確かなことのように思える。

康とは今日の夕方五時に会う約束をした。会社ではたまに顔を合わせることもあったが、プライベートで話をしたのはその電話がおよそ二年振りだった。むろん、休みの日に二人で会うことなど二度とない相手のはずだった。

康は短い電話の中で、

「忙しい時期だと思うけど、明後日《あさって》十八日の土曜日、少しでいいから会ってくれないかな」

と切り出してきた。突然の連絡にむろん理由を訊《たず》ねたが、

「僕たちの結婚のことで、きみにどうしても話したいことがあるんだ。詳しくは会ってからにしたいんだけど、駄目だろうか」

と言う。しばし無言で思案したあと、三十分だけなら、という条件で亜紀は承諾したのだった。いまさら昔つき合っていた男に会ったところで何の意味もない。ただ、康の言葉つきには些少《さしょう》ながら惹《ひ》かれるものがあった。決して押しつけがましくも哀願するようでもなかったが、その口調には恋人同士の頃には窺い知ることのできなかったある種の威圧が忍んでいた。隙のない賢さはもともと彼の信条だったが、当時の康には律儀さはあってもおよそきらびやかさや迫力は皆無だった。仕事ぶりも真面目一徹で冒険的とは程遠い性格の人だと思っていた。が、現在の彼の社内での評価は、亜紀のそうした見方を覆すに余りあるものとなっている。いまの佐藤康は社のインターネット事業部門の花形の一人だ。ことにネットの商用化に関しては右に出る者のない第一人者と言っていい。もともとが電々ファミリーの中堅企業として誕生し、電算機開発で一時期勇名を馳《は》せたものの、その後は生来の親方日の丸体質が災いして業績を悪化させつづけている会社にあって、康は珍しいアントレプレナー型の人材に成長していた。大坪亜理沙が佐藤康を射止めたことは、社内ではちょっとしたニュースとして受け止められたくらいだった。

康という男がどんな風に変わったのか、亜紀は自分の目で一度確かめておきたいような

気がした。つまらない好奇心にすぎないとは分かっている。それでも康の申し出を断らなかったのは、その好奇心が大人としての節度に優《まさ》ってしまったからだった。これもやはり自制心の衰えを表す一例なのかもしれないが……。

亜紀は一息にウォツカを飲み干した。焼けるような感覚が喉《のど》に走る。

唇を引き締めて、熱い息をじわじわと吐き出す。テーブルの上の出欠通知の葉書には、すでに「欠席」の方が丸囲いされていた。一ヵ月ほど前に受け取った際に、その場で記入したのだ。だが、つい出しそびれてしまった。

思えば、康との恋は平凡な恋だった。二十五歳の自分はいまよりずっと溌剌《はつらつ》としていたし、二十八歳の康はきっといまよりずっと子供じみていたのだろう。同じ部署で知り合い、康の九ヵ月間のアメリカ研修期間を含めて二年間交際した。康がアメリカから戻ってしばらくして亜紀の方から別れを告げた。

もうあれから二年なのだ、と亜紀は思う。自分は二十九歳、康は三十二歳になっている。彼の故郷に出かけたのは二年前、九一年のちょうど今時分だった。年末年始を雪の新潟で康の家族と一緒に過ごしたのだ。

火照った顔を両掌《りょうて》で包むようにして亜紀は頬杖《ほおづえ》をつき目を閉じた。

長岡の町全体を覆い尽くすように降りしきっていた激しい雪の情景が瞼《まぶた》の裏にくっきりと甦《よみがえ》ってくる。康の両親は優しい人たちだった。五つ歳上のお兄さんも、そのお嫁さんも朴訥《ぼくとつ》で気持ちのあたたかさが直《じか》に伝わってくるような人たちだった。

自分にはそのあたたかさが、あの降り積もる雪のように重すぎたのだ、と亜紀は思う。

康の実家は新潟では大手の一つに数えられる造り酒屋を営んでいた。長岡の郊外に広い敷地を有し、家族が住む母屋を中心に幾つもの酒蔵が建ち並んでいた。東京の下町で代々暮らしてきた冬木の家の一員には、そこは想像もつかないような別世界だった。

康のことを懐かしむ気持ちは寸分もない。しかし、彼の家族たちと起居を共にした新潟での数日間は亜紀の胸に時折、じんわりとした追憶となって打ち寄せてくる。そして、その追憶の先に康の姿が片鱗《へんりん》も浮かばないかといえば、そうとは言えない。

長岡から戻って一ヵ月後に康は結婚を申し込んできた。アルベールビルで冬季五輪が始まった日のことだ。深夜部屋に帰って、独りきりで開会式の中継録画を眺めながら、亜紀は長い時間考えた。きっちりと手順を踏んだ実に手堅い申し込みだったし、そこには康という男の誠実さが几帳面《きちようめん》に織り込まれてもいた。だが、亜紀の気持ちは動かなかった。懸命に動かそうとしながら、どうにも動かせないことをよく知っていた。ずっと前から答えは出ていたのだと思った。

正式に返事をしたのは五日後だ。橋本聖子が一五〇〇メートルで三位に入り、日本女子初の冬季五輪メダルを獲得した日だった。康は困惑の態《てい》を隠そうともせず、うろたえた表情で理由を訊ねてきた。

「あなたのことは好きだったけど、でも、結婚するほど好きではなかった、と気づいたの」

凡庸とは分かっていても、そして、もっとはっきりとした理由を口にすべきだとは分かっていても、亜紀にはそうとしか言えなかった。結局、そのような凡庸さが自分と康との関係のすべてだったのだ。

春になって、新潟の康の母親から手紙を貰《もら》った。

そういえば、あの手紙は一体どこにしまったのだろうか。

康も亜理沙と結婚し、自分とのことはもはや過去以外の何物でもなくなるのだ。暮れの掃除のときに探して、早く捨ててしまわないと。

ウォッカの酔いが全身に回ってきていた。招待状や葉書を封筒にしまうと亜紀は立ち上がった。ダイニングの明かりを落として寝室に向かいながら、それにしても康はなぜ急に会いたいなどと言ってきたのか、と思う。「僕たちの結婚のことで話したいこと」とは何だろう。まさか、亜理沙に自分との過去が露顕したのだろうか。だが、それは考えにくかった。亜理沙の最近の様子を見るかぎりそんな気配はまったく感じられない。といって、いまになって康が二年前の話を蒸し返すような真似をするわけもなかった。康のことだ、部屋の整理などしていて二人の思い出の品でも見つけ、捨てるに捨てられずに返却でもしようと思い立ったのだろう。そういう杓子《しゃくし》定規な義理堅さが彼にはあった。

すっかりあたたまった寝室に戻り、ベッドにもぐり込む。

心地よい眠気が訪れていた。

やはり結婚式に出席するのは止めよう。亜理沙はがっかりするかもしれないが、当日になって体調を崩したとでも言えばどうということはない。昔の男の結婚式にのこのこ出かけるような愚は慎むべきだし、それが新しい門出を迎える新婦へのせめてもの餞《はなむけ》というものだ。

いくら衰えたといっても、自分にだってまだまだその程度の自制心は残っている。心の中で一度そう呟《つぶや》いて亜紀は静かに眠りについた。

3

近くのスーパーに買い物に出かけて、戻ってくると全身がこわばるほどに凍《こご》えきってしまっていた。昨日までとは打って変わって、まるで馬鹿みたいな冷え込みようだった。まだ午後一時だというのに、空は分厚い雲に覆われて暮れ方なみの薄暗さだ。いまにも雪が舞ってきそうな気配に、亜紀は帰り道の自転車のペダルを思い切り強く漕《こ》いだ。

先日実家に帰ったときに母がくれた生姜湯《しょうがゆ》をすすりながら、しばらくベッドの縁に腰掛けて窓の外の鈍色《にびいろ》の空をぼんやりと眺めていた。

東京の冬はなんかかったるいんだよね、と康が口癖のように言っていたのをふと思い出す。

「雪も降らないし、道も凍らない。そのくせ北風だけは寒くて乾燥してて、足元や手先ばかり冷やしてくる。性根が曲がってるんだ」

地方出身の男性と付き合ったのは康が初めてだったので、東京育ちの亜紀はこういう物言いに一部反発し、一部新鮮な印象を当時は受けたものだ。

「新潟の冬はよっぽど性根がすわってるってわけね」

半分皮肉まじりに言うと、

「性根がすわってるというほど立派なもんじゃないけど、ちゃんとした冬だとは思う」

いかにも康らしい答えが返ってきた記憶がある。

ならば今日の東京はちゃんとした冬だわ、と亜紀は寒々とした空を見つめながら思った。

生姜湯を飲み終えると、キッチンに立って夕飯の準備を始めた。昼は外で簡単に済ませたから、夜はしっかりしたものを作ろうと思う。取引関係との忘年会も昨夜の沼尻電設で打ち止めだったし、これからの十日足らずは、二十八日の仕事納めに向けて、得意先への挨拶《あいさつ》回りや半期で溜《た》まった書類の整理などで過ぎていく。膨大な量の賀状書きも重要な仕事の一つだった。年度内で最ものんびりできる時期でもある。

今週は外食は控えて毎晩、部屋で食事をとろうと決めていた。脂っこい料理や多量のアルコールのせいで疲弊しきっているはずの胃や腸を労《いたわ》ってやりたい。血流もきっとドロドロにちがいない。朝食は敢《あ》えて抜き、昼に玄米おにぎりを持参するつもりだ。その分、夜は身になるものを拵《こしら》えて食べようと考えていた。ここ一ヵ月ばかり、忙しさにかまけてほとんど包丁を握らなかった。そろそろ料理がしたくて腕がむずむずしていたのだ。

亜紀は中学時代から母に仕込まれてきたので、食事の支度を苦に感じたことはない。母孝子の料理の腕前は相当なものだった。亜紀も弟の雅人も小さい頃から、贅沢ではないが美味《おい》しいものを口にさせてもらってきたと思っている。それだけで、孝子はきっと立派な母親と言えるのだろう。

「料理というのは、自分や自分の愛する人たちを守るとても大切な手段なのよ」

孝子は昔から亜紀にそう言ってきた。

現在のように、水や食品の安全性、地球環境の問題が世界中で大きな論議を呼び始めると、孝子の言う通り、材料を吟味して、安心な水や調味料を選んで調理することは、まさに自分たちの身を護《まも》るためのいの一番のスキルなのではないだろうか。

そういえば、と包丁の手を止めて、亜紀は康がかつて言っていたことをあらためて思い出した。

「人間にとって、その対象が敵か味方かを見分ける指標はたった一つだと僕は思ってるんだ。水に対して親和的か否か、それだけだと思う。たとえば僕たちの会社が作っているコンピュータや半導体にとって水は大敵だろう。車にしても家電製品にしても、金属や化学物質を使用したものは全部そうだし、電気や磁気のたぐいも同じだ。そういった水を嫌うものは基本的には僕たち人間の敵なんだ。一方で植物や動物、土や空気、そして海は人間にとって本質的に善だと思う。だから、水を嫌う製品を産みだす仕事をしている僕らのような人間は、よほど気をつけて仕事を進めないと、人々のためになっているつもりで、実は、人類に害をなすことをやらかしている可能性がある。そこはほんとうに用心しないといけない、と僕はいつも肝に銘じているんだ」

あの頃の亜紀にはいかにもナイーブで青臭く感じられた康の言葉が、いまになって回想すれば違った響きを宿して受け止められてくるのは不思議だった。それより何より、佐藤康のことがしきりに思い出されるのは、やはり今日の夕方、当人と二年振りに会う約束をしているせいだろうか。

長岡からの帰りの新幹線の中で、

「いずれは僕も田舎に戻って兄貴と一緒に蔵元をやっていくつもりなんだ。長岡のコメと水は日本一だよ。だから、うちの酒は日本最高の酒なんだ」

と康は言った。

彼にしては珍しく昂揚《こうよう》した表情でそう告げられたとき、亜紀は漠然とながら自分はこの人と共に歩きつづけていける人間ではない、と悟ったような気がした。

結果的には、亜紀がプロポーズを断ったあとの彼は、会社を辞めて故郷に戻るどころか、社のインターネット事業の花形へと成長していったのだから、そんな決意表明など取るに足らぬ一場の郷愁の産物に過ぎなかったのだろうが、それにしても、以後二年間での康の転身ぶりは亜紀にはいまもってやはり不可解な成り行きに思われて仕方がない。

今夜はブイヤベースを作るつもりだ。新鮮なホウボウや蛤《はまぐり》、ヤリイカを見つけたので仕入れてきた。他にも一週間分の食材をどっさり買い込んできていた。

ブイヤベースはもともと亜紀の自慢料理の一つだったが、二ヵ月前に雑誌の記事でイタリア製の魚介スープの素の存在を知り、さっそく銀座のデパートで見つけてきて使ってみたところ、あまりのコクの深さ、手軽さに感嘆してしまった。それまでは半日かけてスープから煮込んでいたから滅多には作れなかったのだが、最近は月に一度はこのフィメ・ド・ポワソンを利用して好物の味を楽しんでいる。今夜はアイオリソースも準備して、たっぷりと堪能《たんのう》したい。亜紀のソースはマヨネーズと同量の生クリームを使うところが真骨頂だった。まろやかな口当たりのソースが淡白な魚介類と絶妙に調和して、いくらでも食べられてしまう。翌日、残ったスープにご飯を入れてリゾット風にすると、これも絶品だった。ソースもリゾットも作り方を教えてくれたのは孝子だった。むろんスープの素は、この前実家に帰った折にお土産として持っていった。

その孝子から電話が入ったのは、ブイヤベースの味を整えて、調理鍋《なべ》を保温容器にちょうどおさめた直後だった。子機を持って寝室に入り、ベッドに腰掛けて話し始める。壁の掛け時計の針は三時半を回っていた。

母は週に二回は連絡をしてくる。週末に必ず一度と、あとは大体週の半ばだった。それぞれ一時間近くは話すが、ときには二時間以上電話がつづくこともあった。両国《りょうごく》にある実家にも月に一度は顔を出すようにしているし、休みの日であれば銀座で落ち合って一緒に買い物したりもする。そういう母子の長年の交流を友人たちや恋人に話すと、当たり前に思われることもあれば、珍しがられることもあった。「亜紀ちゃん家は、お父さんもお母さんも学校の先生だもんね」と幼馴染《おさななじ》みにはよく言われたが、そんな彼女たちも結婚までは似たような母子関係をつづけていたし、夫の転勤で地方にでも出てしまわない限り、結婚後も母親とは密接な付き合いを維持していた。

母親との縁はなかなか薄まらないものだ、と亜紀は思う。

世間では息子と母の共依存ばかり槍玉《やりだま》に挙がって、マザコンと言えば意気地のない男の代名詞のように言われるが、実際は母娘のあいだにも同様かそれ以上の依存関係があるのではないか。それを、嫁の立場の女たちが自分のことは棚に上げ、夫と姑《しゅうとめ》との繋《つな》がりばかりを指弾するのは不公平で手前勝手過ぎる行為だ、と亜紀は常々考えていた。母と娘の絆《きずな》の方が、出産にしろ育児にしろ生活回りのことにしろ相通ずる要素が多いだけに、ほんとうはずっと緊密なのではなかろうか。

例によって孝子とは長話になった。

ひとしきりいろんな話題を喋《しゃべ》り合ったところで、孝子が思い出したように訊《たず》ねてきた。

「そういえば、亜紀ちゃん、今度の年末年始はどうするの。また旅行の予定でも入れてるの」

去年は、中学時代の友人三人と一週間ベトナムを回ってきた。この年末は高島洋介《たかしまようすけ》から「温泉にでも行かないか」と誘われてはいた。といっても高島とはいまだ浅い付き合いだから、数日を丸々共に過ごす旅行までは決心がつきかねている。

「別にまだ決めてないけど。いまからだとどこも満杯だろうしね」

曖昧《あいまい》に返事した。

「だったら正月二日の日は、こっちに帰ってきてほしいんだけど」

今日の電話の本題はどうやらこれのようだ、と亜紀は思った。

「たぶん大丈夫だと思うけど、どうして？　何か用事があるの」

「そうなのよ」

孝子は少しもったいぶったような口振りで言った。

「雅人が彼女を連れてくるらしいの。一昨日《おととい》急に電話してきて、紹介するから亜紀姉ちゃんにも立ち会ってほしいって言うのよ」

なんだ、そんなことか、と亜紀は拍子抜けした心地になった。雅人に結婚したい相手が現れたらしいことは、前回実家に帰ったときに孝子から聞かされていた。一歳違いの雅人ももう二十八なのだから、いつ結婚話が持ち上がってもおかしくはない。彼とは比較的仲の良い姉弟として育ったが、共に仕事を持ってからは、それほど頻繁な交際はなくなってしまった。ことに雅人は新聞社勤めだったので、二年前までの四年間は岩手や山梨の支局暮らしで、年に一度か二度顔を合わせればいい方だった。現在は本社に戻り、社会部で警視庁担当を一年こなした後、今年からは本人の希望が通って学芸部の記者をやっている。といっても仕事漬けの毎日に変化はないようで、彼と最後に会ったのはたしかお盆休みの時期だった。

「それは構わないけど、私は別にどんな人だって、雅人が決めた人だったら何も言うつもりはないわよ」

「それはそうだけど、付き合ってる人をいままで家に呼んだことなんてないんだから、今度は本気なんだと思うの。だったら家族みんなで迎えてあげないと失礼だしね」

「それはそうね」

亜紀も同意する。

「ところで、お相手はどんな人なの。この前はお母さんもよくは知らないって言ってたけど」

「なんでも取材先で偶然知り合った人らしいわよ。慶応《けいおう》の児童心理学の先生にコメントを貰《もら》いに行ったときに、その研究室で出会ったんだって。彼女も児童心理の勉強をしてる人みたい」

「幾つなの」

「二十四だって言ってた」

二十四歳と聞いて、亜紀は大坪亜理沙の顔をなぜか思い浮かべた。

「じゃあ院生ってことね。雅人の後輩になるわけだし、案外お似合いかもしれないわね」

「あの子が選んだ人なら、亜紀ちゃんが言うようにちゃんとした人なんだと思うわ」

学者の卵か、と亜紀は内心で呟《つぶや》く。雅人らしい選択だという気がした。

万事きっぱりとした性格の亜紀と比較して、雅人は幼い時分からどちらかと言えばおとなしく内向的な少年だった。そうした点は、国語教師として長年教壇に立ち、現在は墨田《すみだ》区内の都立高校で校長の職にある父の四郎とよく似ていた。派手さはないが着実で、一つのことに対する集中力は子供時代から抜きんでたものを持っていた。就職したときは、新聞社のような猥雑《わいざつ》な世界は不向きではないかと少し不安に思ったが、案外堅実に働き、いまは望み通り学芸部に身を置いているのだから、雅人なりの筋目は十分に通しているのだろう。亜紀の方は、やはり英語教師をつとめ、大学時代にはアメリカに一年間の留学経験も持つ母の孝子の性格を受け継いだようだ。好奇心が旺盛《おうせい》で、その分、多少飽きっぽいところがある。孝子は亜紀が小学校三年のときに仕事を辞めて家庭に入ったが、それは一つには二人の子供の育児に専念するという目的からだったろうが、一方では孝子のマンネリを嫌う生来の気質がそうさせたものだと亜紀は長じて理解するようになった。

もともと雅人自身も卒業時には大学院に進むか否かでかなり迷っていた。彼の専攻は近代日本文学だったが、大学はそのお相手と同じ慶応だ。早稲田を卒業した亜紀にはおよそ想像しがたいことだが、慶応出身者の母校への愛着はひとかたならぬものがある。雅人も例外ではなかった。同窓の相手としかも母校で巡り合って、雅人の中では彼女に惹《ひ》かれるところ大だったのかもしれない。

「何て名前の人なの」

亜紀は肝心なことを聞き忘れていたと思った。

「カトウサオリさんというんだって。カトウは普通の加藤で、サオリは、さんずいに少ないに織物の織」

『加藤沙織』という文字を脳裡《のうり》に記して、線の細い静かな佇《たたず》まいの女性を亜紀は想像した。

名前だけで顔さえ知らぬ女性だが、ますます雅人にはお似合いのような気がした。きっと二人は結婚にまで進むのだろう、という確かな思いが胸に湧いてくる。それは、自身でも不可解なほどに瞭然《りょうぜん》たる直観だった。そして、そう確信した刹那《せつな》、亜紀は心の奥深い場所で、この結婚はきっとうまくはいかないだろう、という気がした。これも直観のようなものだったが、今度は何とも言えず物哀しい気分が随伴していた。決して二人の関係が破綻《はたん》するというのではなく、むしろ幸福な結婚ゆえに却《かえ》って二人は悲しい結末を迎えてしまうような、そんな予感が心の隅を過《よぎ》ったのだった。

馬鹿馬鹿しい、と亜紀はその埒《らち》もない想像を打ち消した。

「じゃあ、雅人と結婚すれば冬木沙織になるんだ」

取って付けたようなことを口にしてしまう。

「そうねえ」

どこか浮かない口調で孝子が相槌《あいづち》を打つ。

「どうしたの。手塩にかけた息子が持って行かれそうで、母親としてはやっぱり一抹のさみしさがあるってわけ」

「そんなことないわよ」

孝子は一笑に付して、

「雅人が幸せになってくれるなら、私には何の異存もないのよ」

と言った。その小さな笑い声を耳にして、亜紀は母もまた自分がさきほど感じたような得体の知れない危惧《きぐ》を抱いているのではないか、という思いにふと囚《とら》われた。

今日の自分はちょっとどうかしている、とここで亜紀は自覚する。弟の彼女が大坪亜理沙と同年で、気づいてみれば沙織の沙は亜理沙の沙だった。名字の加藤は佐藤康の佐藤と似ていなくもない。なるほど亜理沙が結婚すれば佐藤亜理沙になる。その夫の康はかつての自分の恋人であり、康に呼び出された自分は、これから彼に会うのだ。

人間の心というのは奇妙なものだという気がした。まったく無関係の弟の結婚と佐藤康の結婚とが、こうして頭の中で意味もなく錯綜《さくそう》して、胸中に不吉な感覚を呼び起こさせたりする。だが、そういう根拠のない思考の切れ端は、ひとひらの雪片が地に落ちて形を失うように、またたく間に溶け去ってしまうものでしかない。

電話機の向こうから聞こえてくる孝子のお喋りに適当に受け答えしながら、亜紀はさきほどまで眺めやっていた窓の方へと何気なく視線を向けた。

すると、初めて気づいたのだが、窓の外を本物の雪がちらちらと舞っていたのだった。風にあおられて頼りなく舞い落ちる雪を見つめ、亜紀は慌てて壁の掛け時計に目を移した。針はちょうど五時を指し示している。

しまった、と思った。康との約束は五時だった。孝子と話しているあいだに時間のことをすっかり失念してしまったようだ。待ち合わせ場所は駅前のデニーズだったから、いまから出ても自転車で五分もあれば着く。とはいえ顔も整えていないし着替えも済ませていなかった。

雅人のことを話しつづけている孝子の言葉を遮り、亜紀は言った。

「とにかく、二日の日はそっちに帰るようにするわ。沙織さんに会うのを楽しみにしてるって、雅人にも伝えておいて。お母さん、私、いまから出かける用事があるからまた連絡するね」

そそくさと電話を切って、亜紀は立ち上がろうとベッドから腰を浮かした。が、動作を止めて再び座り込んでしまった。

子機を握りしめたまま、もう一度、窓を見る。

舞い飛ぶ雪片の数はすこしずつ増しているようだ。ここは七階だが、いまや窓いっぱいに雪は散っている。亜紀は目を細め、長岡の町に降りしきっていた二年前の雪を想起し、目の前の風景に重ねようとした。が、それは無駄なことだった。この雪はとてもあのように家並みや人々を埋め尽くしたりできはしない。

かったるい冬、という康の言葉が甦《よみがえ》ってくる。その通りかもしれない。こんなひらひらと風に流される雪など雪のうちに入らない、と康はきっと笑うのだろう。ちゃんとした冬だ、などと胸を張った今日の亜紀のことも彼は肩をすくめて笑ってしまうのだろう。だが、自分はその東京で生まれ、いままでずっと暮らしてきたのだ、と亜紀は思う。

やはり佐藤康とは別れてよかったのだ。あの雪深い町で彼と共に生きていく覚悟を持つのは自分には無理なことだった。

時計の針は五時十五分になっていた。いまから支度して出かけても五時半を回ってしまう。

すっぽかしてしまおうか、と不意に亜紀は考えた。

いまさら彼と会って一体何の話があるというのだろう。もう二人は別々の道を歩く完全な他人同士でしかない。そして同時に、今日のような約束を反故《ほご》にするくらいのことはしても構わない関係でもある。別れてしまった男女というのは、要するにそういうものに違いない、と亜紀は思った。

4

デニーズの駐輪場に自転車を止めて、亜紀は小走りで入口に向かった。腕時計の針はすでに五時四十五分を指している。ずいぶん待たせてしまったことを今になって申し訳なく思う。きっと康は待ちくたびれているだろう。

店内に入って、すぐに彼の姿を見つけた。彼の方も亜紀の姿を認めて、近づいて行くあいだにくわえていた煙草を灰皿に揉《も》み消し、立ち上がった。

「ごめんなさい、遅くなってしまって」

そう言いながら急いでコートを脱ぎ、亜紀は佐藤康の向かいの席に座った。康もほぼ同時に座りなおす。窓際のテーブルには半分ほど中身の残ったコーヒーカップと数本の吸殻が溜《た》まった灰皿が置かれていた。

「なかなか来ないから、僕が約束の時間を言い間違えたんじゃないかと思ってたよ」

気にする風もなく康はわずかに笑みを浮かべる。付き合っている頃だったら、亜紀の身に何か起きたのではないか、と彼の方が余計に気を揉んでいたことだろう。

「ほんとにごめんなさい。急な電話が入って、どうしても出られなかったの」

「こっちこそ、そんなときに呼び出したりして悪かったね」

たまに会社ですれ違ったりするが、こうして二人きりで会うのは二年振りのことだ。しかし、康の印象は特段、会社で見かけた折と変わりがない。面と向かってみれば、今日一日しきりと思い出された彼との過去はすっかり風化して、痕跡《こんせき》すら自分の中に残っていないことが亜紀には確認できた。少しほっとした気分になる。幾許《いくばく》かの緊張が急速に解けていくようだ。

だが、そう感じた直後に、康がスーツ姿であることに亜紀はようやく気づいたのだった。グレーの背広に濃紺のネクタイを締め、相変わらず地味な身なりだ。格別の印象がなかったのは、その服装のせいかもしれないと思い直す。

「今日も仕事だったんだ？」

ウエイトレスに紅茶を注文したあと、亜紀は言った。

「平日にやれなかった書類の整理なんかで、土曜日はほとんど休めないんだよ」

「そう。大変なんだ」

よく見ると、康はすこし太ったらしい。顎《あご》のあたりにうっすらと肉がついている。もう三十二歳、歳相応の落ち着きも出てきているようだ。

「このあとまた会社に戻るの？」

どうでもいいことだが、と思いつつ訊《たず》ねる。康はゆっくりと頷《うなず》いた。

「ところで、私にどうしても話したいことって何なのかしら」

三十分だけ、と念を押したのは自分の方だったと考えながら亜紀は言った。

康は腕時計を一瞥《いちべつ》し、

「手短に話すよ」

と言う。そのとき紅茶が運ばれてきた。切り出しかけた用件を飲み込んで、亜紀が紅茶を一口するのを彼は黙って見つめていた。そういう間の取り方が亜紀にはまだるっこしかった。例によって慎重すぎる、という気がした。

「で、一体何の話なの」

カップを置いて催促した。すると康が苦笑してみせた。

「何がおかしいの」

亜紀もなぜかおかしくなって頬をゆるめながら言った。

「いやあ、相変わらずせっかちな人だなあ、と思ってね」

「そんなことないわよ」

「そんなことあるさ。話はきちんと三十分で済ませるから、まあ、そう急がなくていいじゃないか。それにきみは僕を四十五分も待たせたんだよ」

「だから、それは出掛けに急な電話が入ったから仕方なかったって謝ってるじゃない」

「しかし、約束は約束だからね」

ますます面白そうに康は笑う。

「何を言ってるのよ。突然電話してきて、どうしても会いたいって無理を言ったのはあなたの方なのよ」

「それは悪かったと思ってるよ。誤解しないで欲しいんだけど、僕は別に怒ってるわけじゃないからね」

「それくらい分かってるわよ」

亜紀はカップを持ち上げ、もう一口紅茶を飲んだ。かつての康に較べれば、他愛ない言葉の端々に自信めいたものが漂っていた。といって不快な感じはしない。

「煙草、いいかな？」

セブンスターと百円ライターをワイシャツの胸ポケットから取り出しながら康が言った。

「どうぞ」

今夜予定が入っているわけでもない。三十分が一時間になっても実際は構わないのだ。どうせ二度とこんな風に話す機会はないのだから、会うと決めた以上、多少はこの人のために時間を割《さ》いても罰は当たらないだろう、と亜紀は考えの向きを変えてみることにした。

そんな彼女の気持ちを察したのかどうか、康はうまそうに一本吹かしていた。その様子を眺めながら、そういえば、昔は煙草なんか吸っていなかったはずだけど、と思う。

「珍しいわね」

「何が」

「煙草」

　相手は要領を得ないような顔つきになっている。

「前は吸ってなかったでしょう」

　そこで、どういうわけか康が厳しい表情になったので、亜紀はやや身構えた。

「二年も経てば、僕みたいな面白味のない男でも、多少は変わるもんだからね」

　その言葉を耳にして、やはり三十分で切り上げようとすかさず考える。男はとかくそうだが、自信がつくとひたすら厚かましく不躾《ぶしつけ》になる。こんなつまらない皮肉を口にして何が楽しいのだろうか。

　だが、康の次の台詞《せりふ》は亜紀には予想外だった。

「そうやってすぐムッとするのも変わってないなあ」

　煙草を消しながら、彼はまた愛嬌《あいきょう》の滲《にじ》む笑みを浮かべたのだった。

「きみにふられてから吸い始めたんだ。大して旨《うま》くもないんだけど、確かに、これは習慣性があるね。会社では喫煙場所もないし、吸わないようにしてるんだけどね」

「美味《おい》しくないんだったらやめた方がいいんじゃないの。発癌物質の最たるものなんだから」

「たしかにね。だけど、あのときはとにかく自分が変わらないと駄目だと思った。別に煙草を吸いだしたら変われるってものでもないだろうけど、思い立ってすぐにできることなんてそれくらいしか考えつかなかったからね。でも、この二年で、他のことでも僕はいろいろと変わったとは思うよ。いい方向に変わったなんて全然思っちゃいないけど」

自嘲《じちよう》気味にというわけでもなく、康は言う。亜紀はしっかりとその顔を見つめた。なるほど彼は変わった、と思った。昔はこんな率直な物言いのできる人ではなかった気がする。

「そうでもないじゃない。いまじゃ会社で一番の稼ぎ頭でしょう。よく頑張ってるなあ、って私は思ってたわ」

「ありがとう。そう言ってもらえると嬉《うれ》しいよ。だけど、僕のやってきたことなんて高が知れてるんだ。うちの会社にいる限り、インターネット事業の将来性は暗いしね。商用の接続サービスでせっかく一歩先んじていながら、もう上層部はやる気を失ってる。来年になれば個人向けのサービスプロバイダがどんどん起《た》ち上がってくるっていうのに、早くも乗り遅れそうな気配だよ。もともと日本自体がアメリカより十年は遅れてるんだ。その上、他社にも先を越されてしまったら、五年も経たないうちに事業そのものから撤退を余儀なくされるに決まってる。ここで大幅投資しないでどうするつもりなんだって思うけど、役員会の腰の重いのには呆《あき》れ返って腹も立たないくらいだよ。人員も予算も、いまだって他社の半分程度だっていうのに」

「やっぱりあの社長じゃどうしようもないってわけね」

日頃から理系出身の社長への批判で営業局内は横溢《おういつ》している。新規事業でも案の定か、と推測しながら亜紀は言った。

「その正反対だよ」

　しかし、康はきっぱりと亜紀の言葉を否定した。

「うちの会社で技術のことがほんとうに分かってるのは若杉《わかすぎ》社長一人なんだ。社内の評判は芳しくないみたいだけど、実際は彼だけが社の行く末を見通している。うちがいまさらPCや交換機や電話機を幾ら作ったところで、他社に追いつけっこない。なのにロートルの佐伯《さえき》さんや富山《とみやま》さんたちが過去の栄光にすがりついて若杉さんの足を引っ張ってる。結局、そういう古臭いハード重視の連中のおかげで若杉さんは自分の思ったことが三分の一もできてない。昨日も社長とは晩飯を食いながらずいぶん話したけど、最近は彼自身も絶望的な気分に陥ってきてるようだった。驚くべき話も聞いたよ。社長の大学時代の親友が細川総理の側近として官邸に入っていて、来年官邸が開設するホームページについても内々でいろんな相談を受けていたそうだ。で、うちのスタッフがNTTの技術陣と組んでホームページのフォーマット作りに参画するってところまで煮詰まってたらしい。それが、先週、常務会の承認が得られなくてパーになったんだってさ。まったく何がどうなってるのか、僕には理解しがたい現実だよ」

　佐伯、富山の両人は技術担当の常務と副社長だ。昭和四十年代、国産コンピュータ開発で各社が鎬《しのぎ》を削っていた時代に、開発部隊のエースとして辣腕《らつわん》を揮《ふる》ったエンジニアたちだった。それにしても、康の話は亜紀には驚きだった。自分たち営業の人間とはまったくレベルの違う次元で、彼が日々の仕事に直面していることを痛感させられる。

「常務会はどうして、そんなおいしい話をストップしちゃったの」

康は首をすくめてみせた。

「企業としての政治的中立性が損なわれるってことだろ。もともとが電々ファミリーのみそっかすで、歴代社長を郵政や電々公社から送り込まれつづけてきた会社が、いまになって政治的中立だなんて噴飯物だと僕は思うけどね。佐伯さんたちの議論は、まさに反対のための反対に過ぎないよ」

康はそう言うと、手元のカップを持ち上げて残りの冷めたコーヒーを飲み干した。それからもう一度、腕時計に目を落とす。

「実は、きみにどうしても頼みたいことがあって、今日はわざわざ時間を取ってもらったんだ」

顔を上げると、姿勢を正して本題に入ってきた。その話題の転換ぶりには、有能なビジネスマン特有のある種の凄味《すごみ》がある。亜紀は微《かす》かに気圧《けお》されるものを覚えた。

「失礼な頼みではあるし、きみが気を悪くするだろうとは思うんだが、そこを敢《あ》えて、どうしてもお願いしたいことなんだ」

亜紀は小さく頷き、黙って康の顔を見据えた。

「来月十五日の僕たちの結婚式のことなんだが、亜理沙が招待しておきながら誠に申し訳ないけれど、きみには何としても欠席してもらいたいんだ」

佐藤康は引き締めた表情でそう口にすると、テーブルに両手をついて深々と頭を下げたのだった。

5

康が店を出て行ったあと、しばらく漫然としていたが、空のカップと灰皿を下げに来たウエイトレスにグラスビールをオーダーしてから、時計を見た。時刻は六時十九分。康は約束通り三十分で話を切り上げて去っていったのだ、と思った。

「むろん、きみが最初に指摘したような理由もなくはない。亜理沙のことを考えれば尚更《なおさら》だ。だけど、それ以上に、きみに迷惑がかかるんじゃないかと心配なんだ。僕だって、まさかそんなことまでは、と思わないわけじゃない。しかし、あの人のいままでの言動や様子をつぶさに思い返すと、きみと直に対面したら、どんなことが起きるのかちょっと予測がつかない気がするんだ。急にこんなことを言われても、きみとしては面食らうばかりだとは思うけれど、僕は決して嘘偽りを言っているわけではないし、話を誇張してるわけでもない。藪《やぶ》から棒でほんとうに申し訳ないが、僕の真意を汲《く》み取ってもらって、十五日の日はどうか欠席ということで了解してくれないだろうか」

康は最後にもう一度頭を下げてみせたが、亜紀は、結局、「考えさせてもらうわ」と言ったきりで承諾は与えずじまいだった。もともと二人の式に出るつもりはなかったのだから、その場で首を縦に振っても構わなかったはずだが、あまりに奇妙な康の打ち明け話に、亜紀は我ながら不可解なほどに心がぐらついてしまっていたのだった。

終盤は、そうした内心の動揺を気取られないようにと、そればかり気にしていたので、まともな返答のできる心境ではなかった。「考えてみる」と言うのが精一杯のところだったのである。

この突然の心の乱れは、一体どういうことだろう。

亜紀は届いたビールを半分ほど飲み下して、一つ吐息をついた。

そもそも、こんな奇態な話は聞いたこともない。挙げ句、当の康は真剣そのものの面相と物言いであんな馬鹿げた頼みを押しつけてきたのだ。

なのに、自分は、康の説明を聞いているうちに胸が締めつけられるような心地になった。どうしてだか知れないが、手足が震えて息がつけないくらいになってしまった。その得も言われぬ不思議な感覚はまだ身の内にくすぶっている。

結婚式に参列しないで欲しい、と言われた途端に亜紀が察したのは、やはり亜理沙がかつての自分たちの関係を知ってしまったのだろう、ということだった。亜理沙自身が平静を装ってしきりに出席を求めてくるのは、裏側に、婚約者である康を試そうとする執拗《しつよう》な魂胆が隠されているに違いない——亜紀は直観した。つまりは、康が自らの手できっちりと過去を清算することを亜理沙は切望し、彼も彼女の気持ちを忖度《そんたく》して、このような不躾な依頼をわざわざ亜紀に懇願する羽目に陥ったのだと。

だが、そうではなかった。黙り込んでしまった亜紀に康はさらに続けたからだ。

「亜理沙は僕たちのことは何も知らないんだ。これは僕個人のたっての頼みだと理解してほしい」

だから、亜紀は、

「だったら、あなたが私に、結婚式に出てほしくないってわけね。そういうけじめのないことは我慢ならないって言いたいのね」

とまずは言ったのだ。こう突き返した瞬間の康の困ったような顔が目に浮かぶ。やがて彼は渋面を拭《ふ》き払って、強めた語調で言葉を重ねた。

「その程度の理由なら、僕だってのこのこきみに会いにきたりしない。最初からきみが僕らの式に出席するつもりがないことくらい予想できるし、いまでも僕はきみのことを誰より信頼しているからね。だけど、今回はちょっと事情が違うと思ったんだ。亜理沙は何度も参列を頼んでいるようだし、きみのことだから彼女の気持ちに動かされて、仕方なく出席と決めるかもしれないだろう。もし万々が一そんなことになったら、せっかくのきみの厚意がとんでもない事態を招く危険性があると判断した。だから、こうして恥を忍んでお願いに来たんだよ」

ビールを飲み干して、亜紀はようやくすこし気分が落ち着いてきた。窓の外はいつの間にか夜になっている。舞っていた雪はもう見えなくなっていた。暗い窓硝子《ガラス》に映った自分の顔を眺め、そういえば、康の母の名前は佐智子《さちこ》というのだった、と亜紀は不意に思い出した。同時に、たった数日間を同じ屋根の下で過ごしただけの、その顔や声、姿形がくっきりと脳裡《のうり》に甦《よみがえ》ってきた。瘦《や》せた小柄な人だった。百六十五センチある亜紀と並ぶと頭一つ分は優に差がついた。あの年に還暦を迎えたと聞いたので、現在は六十二歳になっているはずだ。柔らかな物腰の笑みを常に絶やさぬ女性だった。こうして記憶を呼び起こしてみても、とりたてて強い印象は残っていない。

ただ一つよく覚えていることがある。彼女と二人きりで長岡の外れの温泉に日帰りで出かけたときのことだ。最初は康と佐智子と三人で遊びに行く予定だったのだが、前の晩から康が熱を出してしまい、結局、佐智子と亜紀で出向くこととなった。馴染《なじ》みのない相手と二人だけの小旅行は、亜紀には気がすすまなかった。が、その時ばかりは、佐智子が強引だった。「亜紀さん、少し早いけど、二人きりの女正月をしましょうね」と半ば無理やり連れ出されたのだ。

佐智子が運転する「佐藤酒造」のライトバンで早朝に出発したのだが、戸外は五メートル前方も見通せないような猛吹雪だった。それでも最新鋭の融雪装置を備えた長岡の幹線道路はなんとか車の走行が可能だった。

「他県の人たちはみんな角栄さんの悪口を言うけど、こんな立派な道を作ってくれたあの人のことを私たちは心からありがたい政治家だと思ってるのよ」

意外に大胆なハンドルさばきで、佐智子は楽しそうに運転していた。もっぱら彼女が酒造りのことや二人の息子の昔話を喋《しゃべ》って、亜紀は助手席で黙って頷《うなず》くだけだった。

「東京育ちの亜紀さんには、こんな冬はたまったもんじゃないって感じよね」

そう言われて、亜紀は、

「でも、私は、雪というのは文句なしに美しいものだと思います」

と答えた。すると佐智子は、

「他県の人が、雪がきれいだなんて言うと、新潟の人間はすぐに馬鹿にしたような顔をするのよ。雪国で暮らす苦労もろくに知らないで呑気《のんき》なこと言うんじゃないってね。うちの亭主にもそんな依怙地《いこじ》なところがあるわ。でもね、私はそういうの大嫌い。いじましい雪国根性だって考えてるの。私もこの長岡で生まれて、ずっとここで暮らしてきたけど、雪が嫌いだと思ったことはいっぺんもないわ。亜紀さんが言う通り、雪は本当に美しいと思う。私なんて毎年冬が来るたびに感動しっぱなしだわ」

と笑ったのだった。

山道はさすがに悪路で、温泉場に辿《たど》り着いたのは昼近くのことだった。

雪はすっかり止んで空は真っ青に澄み渡っていた。山の中腹に一軒だけ建つ古びた小さな温泉旅館に車を乗りつけ、宿の主人の丁重な出迎えを受けたあと、亜紀たちは用意された部屋で身支度を整えてさっそく露天風呂《ぶろ》に赴いた。建物を出て、雪の積もった石段を下っていくと周囲は一面の銀世界で、亜紀は雪下駄をはいた素足の痺《しび》れるような冷たさも忘れて、その見事な景色に思わず見とれてしまった。石段を降りきると、静まり返った空気の底からやがて幽《かす》かな水音が聴こえてきた。前方の綿帽子をかぶった木々をかき分けてみれば、そこは広い川原だった。風呂は川べりに作られていたのだ。その川も両岸から川筋の中ほどまでがすっかり凍りついていた。凍った川面がようやく照りつけ始めた陽光を受けてきらきらと輝いている。それは雪と氷と光とが織りなすまさに天然の芸術といってよかった。

「うちのすぐ近所に小さな神社があってね、あの土地の鎮守様なんだけど、もともとはこの川が御神体なのよ」

と佐智子が言う。たしかに亜紀も、眼前の光景に得も言われぬ神々しさのようなものを感じていた。

三が日も明け、日中ということもあってか他の客の気配はなく、風呂は貸し切り同然だった。最初はぬるめの湯が心細かったが、じっくり浸っているうちに腰のあたりからじんわりとぬくもってきて、顔全体を刺すような冷気とあいまって形容できない心地よさに亜紀は包まれた。湯気も自分の吐く息も、それまで見たことのないほどに真っ白に煙って、すぐそばにいるはずの佐智子の姿さえぼうっと霞《かす》んでしまっていた。

すっかり長湯して旅館に戻り、先に上がった佐智子を浴衣《ゆかた》に半纏《はんてん》姿で探していると、宿の主人が二階の奥座敷に案内してくれた。そこは十五畳ほどの広間で、真ん中に鮮やかな緋毛氈《ひもうせん》が敷かれ、差し向かいで豪華な昼餉《ひるげ》の膳が用意されていた。そして、同じ半纏姿の佐智子が下座の座布団の上にちょこんと坐《すわ》って亜紀を待ってくれていた。

熱燗《あつかん》の酒を盃《さかずき》で酌み交わしたあと、佐智子は居住まいを正して、

「この度は、遠路はるばるお越しいただいてありがとうございました。ふつつかな息子ですけれど、今後とも何とぞよろしくお願い申し上げます」

と静かに低頭した。それから「こんなおばさんと一緒にお風呂にまで入ってもらって、ほんとにありがとね」といつもの微笑を浮かべたのだった。

食事を終えて、席を立つ前に、佐智子はこんなことを言った。

「実はね、私も三十六年前に、いまの亜紀さんみたいにお姑《しゅうとめ》さんに連れられてここに来たことがあったの。そしてさっきのように一緒にお風呂に入って、そんな風に上座に坐らされて、うちの息子をお願いしますって頭を下げてもらったの。私の場合は、亭主と婚約していたから、ちょっと亜紀さんとは違うけど、後でお姑さんに聞いたら、佐藤の家では代々嫁を迎えるときはそうやってきたんだって。きっと、嫁に来る娘がちゃんと子供を産める健康な身体の持ち主かどうか確認するのが目的の儀式だったのかもしれないわね。でも、私はその話を聞いても別に不愉快じゃなかったし、そんな形でお姑さんから夫になる人のことを託されて、単純にとても嬉《うれ》しかったの。だから、もし自分にも息子ができて、その子がお嫁さんを連れてきたら、絶対同じことをしてあげようって決めてたのよ。だけど長男の嫁のときは、なんとなく言い出しそびれて、とうとうできずじまいだったのね。そしたら、康が、分不相応くらいの素敵な方を連れてきてくれたから、今度こそはと思って、ついつい今日みたいな無理を言ってしまったの。でも、亜紀さんが負担に感じたりすることはないのよ。私が一度どうしてもやりたかったことを勝手にしただけのことなんだから」

お風呂も素晴らしく、美味《おい》しい食事もいただいて佐智子とも打ち解けていたから、亜紀は、その場では彼女の話を素直に受け止めただけだった。「こちらこそ、よろしくお願い致します」と軽い気持ちで答えたような気もする。だが、さきほどの康の話を加味して、あの半日のことを振り返ってみれば、たしかに佐智子は、亜紀が息子の嫁になると思い込んでいたに違いない。

康の言うには、二年前、亜紀と別れたと聞かされて、佐智子は康以上の衝撃を受けたらしい。

「信じがたい話のように思うだろうけど、おふくろはいまでもきみが来てくれればよかったと言ってるんだよ。僕にも正直なところ、どうして彼女がきみにそこまで固執するのか理由がよく分からないんだ。とにかく、きみのことが諦《あきら》め切れないらしい。きみと別れたことを報告したときも、血相変えて、だったら自分が亜紀さんに会って頼み込むと言い出して一騒動だったんだ。兄貴と二人で押し止めるのに往生したくらいでね。それが、今度僕が亜理沙と結婚することに決めてから、却《かえ》って、きみのことが忘れ難くなったみたいで、二年前のことを蒸し返してきて、やっぱりあのとき自分が訪ねて説得しておけばよかったと悔やみ倒してるんだよ。きみも一度会ったことがあるから分かると思うけれど、もともとあの人はそんなに感情的になるタイプじゃないんだ。どちらかと言えばおとなしくて、わがままな親父に黙ってついてきた人だし、別に特別な霊感があるわけでもない。なのに、きみのこととなると僕にも理解不能なほどムキになるし、『亜理沙がそんなに気に入らないのか？』と訊《き》けば、全然そんなことはないって言うくせに、一方では『亜紀さんは、他の人と比べられる人じゃないから』と言い切るんだ」

事情を縷々《るる》説明する康の表情は困惑の色に染まって見えた。話しながら何度もため息をついていた。

とにかく、この二年近くのあいだ、佐智子は亜紀のことばかり口にしていたのだという。

「僕の方が食傷気味で、おふくろが変なお節介を焼かないかと気が気じゃなかった。幸い、いままで何もなかったみたいだから、とりあえずは良かったんだけど」と康は言った。その口振りでは、佐智子が亜紀に手紙を寄越したことを彼は知らないようだった。

亜紀は終始唖然《あぜん》たる思いで康の話を聞いていた。

聞きながら、別れて二ヵ月目に佐智子から受け取った手紙の文面を思い起こそうとしたが、まったく記憶になかった。突然そんなものが届いて、当時の亜紀にはただ鬱陶《うっとう》しいだけだった。康が母親に泣きついて、こんな下らないものを書かせたのかもしれないと疑った。だから、ろくに読みもせずにどこかへ仕舞い込んだのだ。破棄しなかったのは、康の予想外の執念深さに薄気味悪いものを感じて、何か揉《も》め事になった折に証拠として保存しておいた方が無難だと判断したからに過ぎなかった。

だが、それはどうやら亜紀のうがちすぎた誤解であったらしい。

胸のざわつきが息苦しいほどに高まったのは、佐智子が今年の三月にくも膜下出血で一度倒れたことを康に伝えられてからだった。幸い発見が早く一命は取り留めたものの、それ以降、佐智子は亜紀に対する執着心を露骨に覗《のぞ》かせるようになったという。「ちょっと病的なくらいだよ」と康は途方に暮れたような表情になった。さしたる後遺症も残らず、いまは平常な生活を送っているとのことだが、

「自分の死を意識してからは、何かと言えばきみのことになるんだ。『亜紀さんとはもう本当に駄目なのか。どうにかしていまからでも戻ってきてもらうわけにはいかないのか』と常々こぼすし、夏前あたりからは、直接訪ねて話だけでもしてみたいと言いだす始末だ。これまでもたまに似たようなことを言ってはいたけど、本人もいまさらそんな真似はできないと承知していた気がする。それが夏以降は、本気できみに会いにいきそうな気配だった。八月になって、僕は亜理沙と付き合うようになったから、好きな人ができたことを打ち明け、婚約も九月には済ませて、さすがに母も鉾《ほこ》をおさめてくれた。が、それでも内心ではまだきみに執着しているのは明らかなんだ。だから、来月の結婚式できみの顔を見たら、また母の気持ちが大きく動揺するのは確実だと僕は睨《にら》んでる。式場でおふくろが取りすがってきたりしたら、きみだって、どう対処していいか分からないと思うし、おふくろ自身の体調の問題もある。興奮してもう一度発作でも起きたら取り返しがつかないことになる」

と康は熱心に説いた。

「きみには本当に申し訳ない」と何度も頭を下げ、「こんな迷惑極まりない用件を持ち込

んで誠にすまない」と繰り返した。だが、そんな康の姿を眺めながら、亜紀はまったく別の想念に見舞われていたのだった。

その想念の中身は、こうして一人になって冷静に反芻《はんすう》してみれば、ひどく単純なものだった。要するに、亜紀は、康のプロポーズを断った自らの判断について深い懐疑の念に囚《とら》われてしまったのだ。さらに、その疑念は激しい後悔と自責の念をも伴ったものだった。会社で二年振りに会った佐藤康は、当時の亜紀が想像したよりも遥《はる》かに成長していた。亜紀自身がはっきりの評価一つ挙げてみてもそれは確かだったし、久々に対面してみて、亜紀自身がはっきりとそう感じた。結婚するほど好きではなかった、などとかつて言い放ってしまったが、つまりは亜紀の判断ミスに過ぎなかったのではないか。少なくとも今日の康に亜紀は凡庸さを微塵《みじん》も感じなかった。

しかし、突然湧き起こってきた烈《はげ》しい悔悟の最大の理由は、そんなことではない。亜紀は、自分のことを嫁に迎えたい、といまも強く願ってくれている佐智子の熾烈《しれつ》な思いを伝え聞き、理屈抜きで感動してしまったのだ。そこまで佐智子に見込まれていたというのに、何故、自分は結婚の申し出を断ってしまったのか――二年前の自身の選択の重大さを初めて思い知らされ、彼女は震えが来るほどに愕然《がくぜん》としてしまったのだった。

再び時間を確かめると、すでに七時になろうとしていた。

店内は夕食時を迎えて混み始めている。空のビールグラスを前に長居するわけにもいかず、亜紀はゆるゆると立ち上がった。隣に置いたコートを羽織り、もう一度窓に映る自分の姿を見つめた。こんな白い膝丈《ひざたけ》のコートはもう全然似合わないのに、と思う。

そう思った瞬間、再び、うねるような感情の波が下腹部から喉元《のどもと》までこみ上げて来るのを感じた。亜紀の目から見ても、日一日と美しくなっていく亜理沙の晴れやかな姿が脳裡《のうり》をよぎる。さらにはドレッサーの抽出《ひきだ》しにいまもしまわれたままの一枚の出欠通知のことが思い浮かんだ。「欠席」を丸で囲み、丁寧な文字で「させていただきます」と加え、通信欄には「御結婚おめでとうございます。心からの祝福を送ります」と記されたあの真っ白な葉書の文字が瞼《まぶた》にありありと像を結ぶ。

悔しかったのだ、と亜紀は思った。

だから、どうしてもあの葉書を投函《とうかん》することができなかったのだ。いましがたの康の話で、胸底に沈めていた裸の心を自分は否応《いやおう》なく見据えさせられたのだ、と亜紀は感じた。

亜紀は窓から視線を外し、一歩一歩踏みしめるように出入口に向かって歩き出した。

きっと大きな機会を失ったのだ、と思う。二十九歳になっていまだに伴侶《はんりょ》を見いだせずにいる凡庸な女の一人として、自分はひどく悔しい気持ちになっている。亜理沙が康と婚約したと知ったときも、実は悔しかった。だが、いまはそれに数倍する思いで、真実に口惜しい思いに自分は駆られている、と亜紀は思った。

外は昼間以上に凍える寒さだった。街灯の明かりは夜の冷気に冴々《さえざえ》と輝いていた。

結婚式には出席しよう。そして、もし康の母が何か話しかけてきたら、きちんとあのときの気持ちを語り、もう二度と失われた時間は互いに取り戻せないことを丁寧に伝えてあげよう――亜紀はそう固く決心していた。

6

冬木の家は代々医者で、明治の中頃にはこの両国に医院を開業していた。従って亜紀は五代つづいた生粋《きっすい》の江戸っ子と言ってよかった。曾祖父《そうそふ》の父はもとは四国高松の出身だったが、東京医学校に進学して、医者になった。爾来《じらい》「冬木医院」は両国界隈《かいわい》では知られた医家で、曾祖父は相撲部屋の集まる土地柄ともあって戦前はタニマチの一人として聞こえた人物だったという。タニマチというのはそもそもが明治末に大阪谷町《たにまち》筋の外科医が力士の治療を無料で引き受けたことから生まれた新語だから、そういう意味では曾祖父は正真正銘のタニマチだったわけだ。

戦後も長く祖父が医院を続けていたが、亜紀が中学のときにその祖父が急逝して廃業した。彼には四人の息子がいた。三男は夭折《ようせつ》したが、長男、次男ともに医師となり、末っ子の亜紀の父だけが教師の職に就いた。本来ならば二人の兄のどちらかが跡を継ぐべきだったろうが、長兄は大学の外科に進んでそのまま教授となり、次兄も医局勤めから東京郊外の国立病院の副院長におさまってしまったために、医院を存続させることができなかったのだった。

結局、両国の敷地に住みつづけることになったのは、祖母が他界して以来、亜紀が三つの歳から祖父と同居を始めた四男の四郎一家だった。

一階が医院で二階が住居スペースだったものを簡単に改築しただけなので、亜紀の実家は広くはあるが使いづらかった。そして何よりとびきり古かった。何度か手が加えられたといっても家屋本体は戦後すぐの建築だから築五十年の代物だ。震災、戦災で甚大な損害を被った地域だけに柱も梁《はり》も頑丈な建材を選んではいるが、古色蒼然《そうぜん》たる印象は否めない。孝子はこの数年しきりに建て替えを提案しているのだが、父の四郎がなかなか首を縦に振らないのだった。たしかに間取りも珍妙だった。玄関を入ってすぐがリビングで、この洋間だけで三十畳ほどはある。それもそのはずで、待合室と診察室、処置室をぶちぬいてそのまま使っている。一階はそれに四郎の書斎と父母の寝室で、二階が亜紀や雅人の居室、かつては祖父母が起居していた八畳間、医院時代のカルテなどが納められた倉庫、風呂《ふろ》や洗濯場になっていた。客が泊まるときは二階の八畳間を利用している。

冬木家では、正月の二日は、そのだだっぴろいリビングルームですき焼きを食べる習慣になっていた。例年は、四郎の親しいむかしの教え子たちが十人近くやってきて午後早くからわいわいやるのだが、今年は雅人が加藤沙織を招いたので、四郎は教え子たちに呼ばれて、そのうちの一人の自宅に夕方から出向くことになったのだった。

雅人と沙織は四時過ぎには引きあげていった。四郎もそのあとすぐに出かけ、いまは大きなダイニングテーブルに差し向かいで亜紀と孝子の二人きりである。

「なんだかしんとしちゃったわね」

お茶を淹《い》れかえながら孝子が呟《つぶや》く。

さきほどつけたテレビではテレビ東京恒例の十二時間ドラマをやっている。今回は「織《お》田《だ》信長《のぶなが》」だ。信長役の高橋英樹《たかはしひでき》はともかくも秀吉《ひでよし》役の三田村邦彦《みたむらくにひこ》はあまり似合っていない。孝子も「三田村君なら明智光秀《あけちみつひで》の方がいいと思うわ」と言っていた。

部屋の壁には一九九四年の真新しいカレンダーがかかっている。亜紀は六四年の生まれだから今年でちょうど三十歳になる。三十歳というのは、我ながらちょっと信じられない年齢だ、とつくづく思う。

「だけど、雅人ずいぶん飲んでたわね」

渋茶をすすりながら孝子が言った。

「そういえばそうね。沙織さんの方がずっと落ち着いてたわ」

そうそう、と孝子が相槌《あいづち》を打つ。

加藤沙織は感じのいい明るい女性だった。二十四歳という年齢にすればかなり大人びた風もあって雅人よりよほどしっかりした雰囲気の人だった。意外だったことと言えば、沙織はまったく酒が飲めない体質だという点くらいだ。冬木の家は親戚《しんせき》縁者ぐるり見回しても酒豪揃いで、四郎や孝子、亜紀も酒には強い方だったが、雅人は祖父や曾祖父の血を色濃く引いたようで、たいへんな大酒家だった。むろん慎重な性格の持ち主だから、酔って羽目を外すようなことはなかったが、その強さは桁《けた》外れのものがあった。そんな雅人が選んだ相手がまったくの下戸というのは、亜紀にはちょっとした驚きだったのだ。

「で、どうだったの。お母さんは気に入ったの、沙織さんのこと」

亜紀は単刀直入に訊《き》いてみた。

孝子はすこし考える素振りをしてみせた。

「とてもいい子なんじゃないの。何より雅人がぞっこんって感じだったし。初対面だから断言はできないけど、あの子が来てくれるのならそれほど異存はないわ。お父さんも同じ気持ちだったと思うけど」

その言葉つきには若干の歯切れの悪さがあった。何事であれきっぱりと割り切った物言いをするのが孝子の真骨頂だ。「それほど異存はない」という言い回しはどことなく彼女らしくない、と亜紀は感ずる。

しばし黙っていると、

「亜紀ちゃんはどうだったの」

孝子が真顔で訊《たず》ねてくる。沙織の整った面立ちを思い出しながら亜紀は言った。

「あれだけ美人なら苦労はないわよ」

冗談めかしたのだが、孝子は真剣な表情を崩さなかった。

「きっとすくすくと素直に育った人だと思うし、しっかりしてそうだし、朗らかさも感じるし、雅人はいい人と巡り合ったと思うよ」

母の瞳《ひとみ》を見つめて亜紀は真面目な口調で言いなおす。

「でも、あの二人、お互いに謝ってばかりよね」

一呼吸置いて、孝子が言った。亜紀には母が何を言っているのかよく分からない。

「謝ってばかりって？」

孝子はようやく頰をゆるめて、

「だってそうでしょ。『もっと早く挨拶《あいさつ》に伺いたいって彼女は言ってたんだけど、僕が忙しくて遅くなってしまったんだ』と来た早々に雅人が口にした途端、沙織さんは『そんなことありません。私がずうずうしいことばかり言ってしまって、雅人さんの仕事のことも考えないで本当に悪かったんです』って謝ってたでしょ。そしたら、雅人は雅人で『そんなことないよ、僕がちゃんとしてなくて、サーちゃんに悪いことしたと思ってるんだ』って頭下げるし。とにかくお互い目と目を合わせて謝ってばかりだったじゃない。すき焼き食べてるときだって、『ごめんね。もっとお肉をよそってあげればよかったかしら』とか、『あっ、サーちゃん、しらたき食べてなかったんだ。ごめんね、気づかなくって』とか、とにかく二人でぺこぺこ繰り返してたでしょ。亜紀ちゃん、気にならなかった？　私なんか見ていて恥ずかしいくらいだったわよ。雅人って女の子にはいつもあんなのかしらね。全然知らなかったわ」

と多少憤懣《ふんまん》気味に言った。

亜紀は孝子の台詞《せりふ》に思わず笑ってしまう。

「それだけ仲がいいってことじゃない。それともお母さん、沙織さんに嫉妬《しっと》してるの」

「馬鹿なこと言わないでよ。でも、譲り合うばかりじゃ他人同士は長くは暮らせないわよ。

旦那《だんな》さんを立てるのは大切だけど、妻というものは、かしずいたり、へりくだったりする必要なんてないのよ。男の人は、肝腎《かんじん》なことは案外自分じゃ決められないものなんだから、時には思い切りお尻《しり》を蹴飛《けと》ばして前に進ませてやらないといけないのよ。男は競走馬で、女はその乗り手なの。たてがみにしがみついてるだけじゃ、そのうち振り落とされちゃうのよ。手綱をしっかり握って、上手に馬を操る技術と度胸が一番大事なんだから」

孝子ならではの話に、亜紀はなるほどと内心で頷《うなず》いた。実際のところ、沙織に対しては亜紀も微《かす》かな違和を覚えないではなかったのだ。母は雅人と彼女が互いに遠慮し過ぎていると言ったが、要するに、沙織が雅人に必要以上に気を遣わせてしまっているのが癪《しゃく》に障るのだろう。

とはいえ、初めて恋人の家族と対面し、若い沙織は緊張したにちがいない。普段に増して謙遜《けんそん》した態度を取ってしまうのはむべなるかな、という気が亜紀にはする。そんな彼女の様子に雅人が却って気を回してしまうのも仕方のないことだったのではないか。それよりも亜紀が加藤沙織という女性に自分とは相容《い》れがたいものを感じ取ったのは、彼女が口にする言葉の端々に滲《にじ》んでいた、ある種古風とも言うべき考え方に共感できなかったからだ。

食事の最中、沙織が専攻する児童心理学について、父の四郎が「沙織さんは児童心理を勉強していて、何を一番学んだと思いますか」と訊ねたとき、彼女はこんなふうな答え方をした。

「そうですね。子供の発達を研究していて私が知ったのは、人間にとって最も大切なのは愛されることだ、という点ですね。愛することが重要なのではなくて、愛されることが重要なんだと思います。だから、人と人との関係は、互いに愛し合う関係ではなくて互いに愛され合う関係でないと駄目なんだっていう気がします」

この言葉に感じ入ったような顔つきになった四郎を見て、沙織は、彼の目を真っ直ぐに見つめながら、さらにこう続けた。

「ちょっと恥ずかしいんですけど、私は中学生の頃から『好きになったら命懸け』という言葉が一番好きだったんです。自分も大きくなったら絶対に命懸けで誰かのことを好きになるんだって思ってました。それが大学に入って児童心理を勉強するようになって、そういう考え方はもしかしたら間違っていたんじゃないかって思うようになったんです。命懸けで人を好きになるというのは、盲目的に人を愛するということですよね。でもそれは往々にして独りよがりの自分勝手な感情を相手に押しつけることにしかならないと思います。例えば、現在の母子関係の様々な問題も、児童心理学的に言うと、母親の子供への愛情が不足したり歪《ゆが》んだりしているからというよりは、母親側が、我が子がどれほど自分を必要とし、愛してくれているかということを摑《つか》み取れなくなっているところに最大の原因があるんです。彼女たちは子供を愛せないって悩んでるんですが、実際は、子供から自分がどれくらい愛されているかを知らないだけなんです。要するに、いまの母親たちは、何より重要なのが自分の相手への気持ちではなくて、相手の自分への気持ちだということに気づくことができないんです。発達心理の面から見ても、人間の愛情欠落の一番の要因は、幼少期の愛情不足だと証明されています。だから、私は、愛することよりもまず愛されることが大切なんだと思うんです。そういう意味では、『好きになったら命懸け』というのは、かなりエゴイスティックな考え方だということです」

こうした父と沙織とのやり取りを、雅人は深く頷きながら聞いていた。

だが、亜紀は静かな口調で喋《しゃべ》る沙織の美しい容姿を眺めながら、いまひとつしっくりこない何かを感じたのだった。こんなにきれいな女の子が中学生の頃から「好きになったら命懸け」などという言葉を愛していたというのは尋常ではない気がした。愛するよりも愛されることの方が大切だという彼女の考えにも、どこか重苦しいものが垣間《かいま》見えた。二十四歳で結婚を決めた女性ならば、いまは相手のことが好きで好きでたまらない、というのが通例ではないか。今月十五日に佐藤康と結婚する大坪亜理沙のことを想起しても、亜紀はそう強く感じた。

加藤沙織は、自身が幼少期に愛情欠如の状態にあったのかもしれない、と亜紀は考えてみたが、本人や雅人の今日の話を聞く限り、一人っ子の彼女は両親に十二分に可愛がられて育ったようだった。沙織の父は万年筆メーカーの重役で母親は専業主婦だそうだ。小中高一貫のミッションスクールから慶応に進学したというし、家庭環境におよそ問題があったとも見受けられなかった。だとすれば、何かもっと別の大きな秘密がこの人にはあるのではないか——亜紀はふとそんな奇妙な思いに囚《とら》われたのだった。

「まあ、そんなことは当人たちもそのうち分かってくることなんだろうけどね」

孝子の言葉に亜紀はもの思いから抜け出す。

そのふっきったような口ぶりに、加藤沙織と会って、母も漠然とした危惧《きぐ》を持ったのに違いないと亜紀は感じた。初めて沙織の名前を母から聞かされた折に、不意に過《よぎ》った物哀しい気分を同時に思い出す。あのときは線の細い静かな佇《たたず》まいの女性を想像したのだが、現実に面と向かってみれば沙織にはそういうか弱さはなかった。それでも、彼女の中には不安をかき立てる摑《つか》み難い部分があった。

「だけど息子の嫁になる人が、あれだけ美人だったらお母さんもまんざらでもないんじゃないの」

亜紀は自分も気持ちを切り換えたくてそう言った。

「まさか」

と孝子が言う。

「嫁ともなれば顔は十人並で充分。大切なのは中身に決まってるじゃない。顔なんて十年も経てば女はみんな同じようなものよ。男だって包装紙に目がいくのは結婚するまで。まして母親が、嫁の見てくれに騙《だま》されて一体どうするのよ」

「そりゃあそうかもしれないけど。その肝心の中身がよく分からないから結婚は難題なわけでしょう。付き合ってる当人同士だって見誤ることがあるのに、周囲の人間となれば中身なんて判断しようがないんじゃないの」

そこで孝子は、眉《まゆ》をきりっとさせて少し身を乗り出すようにした。

「私は周囲の人間なんかじゃないわ。私は雅人の母親なのよ。母親の勘というのは特別なものなんだから」

「だったら、お母さんの勘では、二人の結婚はうまくいくの、いかないの」

亜紀は孝子の勢いに気圧《けお》されるような心地になって訊《き》いた。

「それはきっとうまくいくだろうって思ったわよ。じゃなきゃ、こんな暢気《のんき》な顔してられやしないわよ。沙織さんは性格もとても良さそうだし、亜紀ちゃんが言ったみたいに、雅人はなかなかいい人を見つけてきてくれたと思うわ」

「それなら、何も問題はないじゃない」

「それもそうね」

孝子は、ようやく持ち前の笑顔になった。その笑顔を眺めながら、亜紀は昨年の暮れに佐藤康から聞かされた話を思い浮かべていた。康の母の佐智子は、亜理沙との結婚に反対というわけでもなく、それでも亜紀が嫁に来てくれることを現在も強く望んでいるという。そうした佐智子の矛盾した態度というのも、いま孝子が口にした「母親の勘」なるもののなせる業であるのだろうか。

たった一度だけ会ったにすぎない、それも沙織のように若いわけでもなく、際立った美人というわけでもない自分のことを、佐智子はどうしてそこまで見込んでくれたのか。あの雪の夕、康の話を聞いて以来、何度もその理由を亜紀は考えてみたが、当然ながら皆目見当がつかなかった。

だからせめて、佐智子からの手紙をいま一度読み返すことができればきっとその理由の一端が汲《く》み取れるかもしれない、と当の手紙を一生懸命に探しているのだが、どこにしまったのか今日まで見つけ出せずにいるのだった。

「今夜は泊まっていくんでしょう」

孝子が言う。亜紀は頷いた。

「だったらワインでも抜きましょうか」

「お酒はもうたくさん」

「だけど、さっきはあんまり飲んでなかったじゃない。体調でも悪いの」

「そんなことないけど、大晦日《おおみそか》からちょっと飲み過ぎなのよ」

一昨日、三十一日の午後、親友の寺岡《てらおか》あずさが一緒に年越ししないかと突然誘ってきたのだった。大晦日の晩はここに帰って父母と共に新年を迎えるつもりだったのだが、あずさの電話の口調が気がかりだったこともあって、急遽《きゅうきょ》彼女のマンションに出かけ、結局、元日も泊まって今朝早くにやって来たのだ。雅人は昨年同様、暮れから戻ってくれていたので、「今年も予定が入っちゃった」と連絡した際も、孝子は別に落胆した様子ではなかった。その電話で、あずさのところへ泊まりに行くことは伝えてあった。

「あずはそんなに荒れてるの？」

寺岡あずさとは中学以来の付き合いだから、むろん孝子も彼女のことはよく知っている。

「そういうわけでもないんだけど、無性に寂しいみたいね」

あずさの家は父親の仕事の都合で、五年前から両親がブラジルに渡っているため彼女は木場《きば》の実家で独り暮らしをしていた。その上、一年半ほど前に婚約が破談になり、それからの彼女は精神的にかなり不安定な状態がつづいていた。去年の年末年始のベトナム旅行も、意気消沈している親友を慰めるために、亜紀が中学時代の友達二人に声をかけて四人で出かけたのだ。

「あの子も、婚約解消したのが結果的には失敗だったのかもしれないわねえ」

孝子はワインを取りに行ってキッチンから戻ってくると、グラスを亜紀の前にも置きながら言った。

あずさは学習院を出て、大手の硝子《ガラス》メーカーに就職した。入社三年目に千葉の工場に異動となり、そこで知り合った既婚の上司と深い関係になったが、二年後本社に戻された時点で破局を迎え、その半年後の見合いで結婚相手を見つけた。挙式の日取りもとんとん拍子で決まり、結婚と同時に退職の運びにもなっていたのだが、式のわずか十日前になって、あずさの方から婚約破棄を申し出たのだ。

その事実を直接本人から知らされたとき、亜紀は唖然呆然《あぜんぼうぜん》となった。破談に至る確たる理由がまったくなかったのだ。最初は、別れた上司との仲が再燃してしまったのかと疑ったが、そうではなかった。

「心の底から愛しているとは思えなかったけど、それでもこの人と一緒になって、この先何十年を共に暮らしていくことはきっとできるし、それなりに楽しいだろうなってずっと思ってたの」

とあずさは言った。それが突然の心変わりに見舞われた原因は、話を聞いている亜紀にすればにわかには信じがたいような些事《さじ》だった。

式を半月後に控えて、あずさと婚約者は草津《くさつ》に一泊旅行に行った。贅沢《ぜいたく》な旅館に滞在しての翌日、双方の両親にお土産をみつくろおうと温泉センターに立ち寄った。

「そこに二人の顔を合成して、生まれてくる子供の顔を予測してくれるモンタージュの機械があったの。プリクラみたいなもので、彼と一緒にカメラの前に座って、男の子のモンタージュを作ってみたの。そのまま東京に戻って、私は木場のマンションまで送ってもらって、エントランスで彼と別れた。夜になって鞄《かばん》の中身を片づけていたら、昼間に撮ったその合成写真が出てきた。撮ったときは全然そんな風に思わなかったのに、そうやって一人でその写真を見ていたら、自分はこんな子を産んでもちっとも嬉《うれ》しくないし、可愛くもないだろうなってふっと気づいたの。そしたら、写真から目が離せなくなって、すごい疲れてるのに眠れなくなって、朝方までそれをテーブルに置いて眺めつづけてた。結局、その日は会社を休んで、彼からの電話にも出ないで、一日中、写真を見てた。二日目の夜に彼が心配して訪ねて来たけど、どうしても顔を見る気がしなくて、ドア越しに風邪だと嘘をついて帰って貰《もら》った。彼が黙って引きあげていく後ろ姿を窓から見下ろしながら、もう駄目なんだって感じた。彼の顔なんて自分は二度と見たくないんだって心底知ってしまったから」

あずさは淡々とした表情で亜紀に語ったのだ。佐藤康と別れたあと、「どうしても、いま以上の関係にまで踏み込めない気がしたの」と亜紀が説明すると、「亜紀がそう思ったなら、それは絶対正しい判断だったのよ」とあずさは慰めてくれた。しかし、結婚式が十日後に迫った時点で、そんなお遊びの写真一枚を理由に婚約を解消してしまった彼女の決断には亜紀はどうにも納得ができなかった。たしかに佐藤康からプロポーズされたとき、亜紀は昂《たかぶ》りを覚えるどころか、どんどん平坦《へいたん》になっていく自分の気持ちを持て余し、そうした自身にひどく失望した。こんな心地で康と一緒になることなどできないし、安易に彼の申し出を受け入れてしまうことは、やがてお互いにとって抜き差しならぬ状況を招いてしまうにちがいないと思った。だが、そこには亜紀なりに康を気づかう心根もたしかにあったのだ。ところが、あずさの決断の場合は、そうした相手への思いやりが決定的に欠落していると亜紀には思えた。余りに身勝手なやりようだと感じたのだ。

結婚を取り止めて以降のあずさは、それまで以上に仕事に精を出し始めた。

亜紀もあずさも一九八六年に施行された男女雇用機会均等法に基づく、女性総合職第一期生だった。実態はともかくも給与、待遇の面での男女格差は一掃されたから、与えられる仕事の量も質も他の男性社員と同等の環境の中で勤めをつづけてきた。ことにあずさの会社は、それ以前から有能な女性社員を抜擢《ばってき》する社風が根づいていたので、千葉の工場勤務時代に高い評価を得ていたあずさは、本社でも存分に活躍する場を与えられていた。結婚が御破算となったこともマイナスとはならず、彼女は私生活をかなぐり捨てる勢いで猛然と仕事に励みだしたのだった。

急性膵炎《すいえん》であずさが勤務中に倒れたのは、昨年の六月のことだ。

二週間ほどの入院で会社に復帰したが、彼女の自信喪失は激しかった。八月に新しい恋人ができたが十月には別れていた。そのこともあずさの精神不安を助長した。孝子の言う通り、婚約解消以降の彼女は悪い事つづきと言っても過言ではない。大晦日から二日間、二人で飲み明かした。膵臓の数値に問題はないとはいえ、酒類は禁物だと思うのだが、ビールやワイン、日本酒をどっさり買い込んで待ち構えてくれていた親友に、

「日頃はこれでもめいっぱい節制して、忘年会もウーロン茶で通したんだから、お正月くらい羽目外させてよ」

と言われると亜紀としても無粋《ぶすい》な忠告をするわけにもいかなかった。

それでも久しぶりに長い時間付き合ってみて、あずさがようやく立ち直り始めていることを亜紀は実感することができた。

彼女には佐藤康から聞かされた話を打ち明けた。

「いまさらそんな風に言われてもどうにもならないわよね。終わったものは終わったもの、過去は過去で、もう戻れやしないんだから。私は、亜紀は佐藤さんとは一緒にならなくてよかったって、つくづく思うわ。そんなに姑《しゅうとめ》に期待されて嫁いだら、あとは株が下がる一方だよ。嫁姑なんて最初は仲が悪いくらいでちょうどいいの。時間が経つにつれて家族

になっていくんだから。だけど、それにしてもその佐智子ってお母さんは変よね。不思議な話だとは私も思うわ」

亜紀はあずさの言葉を反芻《はんすう》しながら、ふと、孝子にも康の話を聞いてもらおうか、という気になった。が、すぐにその考えを打ち消す。こんなことは母親に相談できる筋合いのものではない。わずかでもそういう気になった自分に亜紀は驚いていた。いままでも付き合ってきた男性のことを親に告げたことはない。父や母に告白するのは結婚を決めたときだとずっと思い定めてきた。やはり、佐智子のことがそれだけ自分の心に大きな波紋を広げているのだ、と亜紀は感ずる。

「あなたも、誰かいないの？」

母が亜紀のグラスにワインを注ぎながら、さり気ない口振りで言った。

黙ってグラスを持ち上げ、一口する。母も同じ動作をしたあと、

「亜紀ちゃんも今年で三十歳でしょ。雅人も結婚相手が見つかったことだし、そろそろあなたも真剣に考えていいんじゃないの。あなたには何も言わないけど、お父さんもずいぶん心配しているのよ」

いつもなら、「そのうち何とかするから、もうちょっと待っててよ」とでも言って話題を逸《そ》らすのだが、いまは心を見透かされたような気がして、亜紀はうまく反応できなかった。

「なかなか、これと思う人がいないんだよね」

高島洋介の顔を思い浮かべながら、亜紀は言った。結局、誘われた年末旅行には行かなかった。高島は取引先の一つである都市銀行の行員で、去年の秋に知り合って浅い付き合いが継続していた。亜紀とは同年で、性格も明るく、話もウマが合うのは間違いないが、これといった決め手には欠ける男だった。恐らく結婚の対象とまではならないだろうという気がする。

「亜紀ちゃんは、小さい頃から頭も良かったし、責任感もあるし、男勝りの度胸もあるんだけど、馬鹿になれないところが玉にキズだと思うわ」

昔から孝子に散々言われてきたことをまた言われて、亜紀は苦笑した。

「亜紀ちゃんのことを思い切り振り回してくれるような人が出てきたらいいんだけど」

孝子が言う。

「私は人に振り回されたりするのは御免だわ」

「そんなことないわよ。人を好きになるというのはそういうことなんだから」

「そうかなあ」

だとすれば、沙織がさきほど言っていた「好きになったら命懸け」というのは、それで構わないということになってしまうではないか、と亜紀は思う。好きになった人に命まで懸けるとなれば、これ以上に相手に振り回される行為はないだろう。そう考えると、沙織の言うように、そこまで我を忘れて人を好きになることはたしかにエゴイズムそのものなのかもしれない、と亜紀も思った。

「だけど、亜紀ちゃんだったら、とっくにちゃんとした結婚相手を見つけていても不思議じゃないんだけどなあ。もしかしたら、ほんとうはそういう人がいるのに、亜紀ちゃんが気づいていないだけなんじゃないかなあ」

孝子が意外なことを口にしたので、亜紀は束の間息を詰めてしまった。これも「母親の勘」の賜物《たまもの》なのだろうか。

「まさか」

しかし、そう呟《つぶや》いて、手元のワイングラスを持ち上げながら亜紀の脳裡《のうり》に甦《よみがえ》ってきたのは、高島の顔ではなく、年の瀬にわずかばかり再会したときの困惑しきったようなあの佐藤康の懐かしい顔であった。

7

手紙をしまった場所をようやく思い出した気がして、亜紀は目を覚ました。

ベッドの上に半身を起こし、急いで反芻したが、またたく間に夢の中の記憶は失われていた。というより、手紙の所在を思いついたこと自体がすでに曖昧模糊《あいまいもこ》となっていた。きっとそういう気がしただけのことだろう。一つため息をつき、ヘッドボードに置いた時計を取り上げて時間を確かめる。午前五時を回ったところだった。閉じたカーテンの向こうはいまだ冬の闇に覆われたままだ。もう少し眠ろうと再び横になったが、意識は奇妙なほ

ど覚めの極端に悪い亜紀だが、今日はどに冴《さ》えていた。低血圧ということもあって日頃は寝覚めの極端に悪い亜紀だが、今日は

一年に数えるほどしかない例外日のようだ。よくテレビドラマやコマーシャルで、目覚まし時計のベルに飛び起きて、すぐさま身支度を整え始める人物が出てくるが、亜紀にはああした行動はちょっと信じがたい。普段の彼女は、目を開けてもしばらくは意識が鮮明にならず、ベッドの中で両手両足を動かし、徐々に頭の方へ血が昇っていくのを待って、ぐずぐずと寝床から這《は》い出すのである。

真っ暗な中で、しばらくの間じっとしていた。眠気はちっとも戻って来ない。

通常ならばすぐに起床して、貴重な休日を存分に有効利用したいところだが、今日はせめて七時くらいまでは眠っておきたかった。睡眠不足は肌にとって一番の大敵なのだ。

目をつぶっていると、さきほどまで見ていた夢の断片が浮かんできた。

佐智子からの手紙のありかを示唆するものとは思えないが、それは確かに不思議な夢だった。

亜紀は広い平原のただなかにぽつんとある小さな駅に降り立っている。まるで西部開拓時代のアメリカのような光景だが、見渡すかぎり一面の草原で、周囲に建物らしきものも人影もまったくない。それどころか駅舎すらなくて、一段高くなった木製のホームのようなものがあるばかりだった。たったいま列車を降りたはずなのに、乗っていた汽車の走り去っていく姿もどこにも見えず、ただ草原を縫って真っ直ぐな鉄路が伸びているだけだった。果してほんとうに自分が列車でここまで運ばれてきたのかどうかも定かではなかった。

亜紀は柵《さく》も何もないホームからすとんと草原に下りて、しばらく草地を歩いた。行くあてもなく方角もてんで見当がつかず、心細さが胸にこみ上げてくる。背後のホームが小さな一点になったあたりで、すっかり疲れて足を止めた。その場に座り込んで、しばし呼吸を整える。

たしか、誰かが迎えに来てくれるはずだったのに、と思う。その約束を信じて自分はこんな辺鄙《へんぴ》な場所までわざわざやって来たのに。だが、その相手が誰であったかがどうしても思い出せない。

かなり長い時間、草地に座っていた。空は真っ青に晴れ渡り一片の雲も浮かんでいない。風もなく鮮やかな黄色い光だけが四方に満ちている。暑くも寒くもなく、草の濃い緑が季節が春であろうことを教えてくれるに過ぎない。

頼りない心地は次第に薄れ、亜紀は膝《ひざ》を組んでゆったりとした気分になっていた。誰が来るかはともかくも、必ず自分を迎えにくるものがいると信ずることができる。彼女は茫《ぼう》洋《よう》と広がる草の海を見はるかしながら、何者かの姿が地平線の一点に出現するのを心待ちにしていた。

やって来たのは人間ではなかった。

真っ白な馬が一頭、草原の向こうから疾駆してきたのだ。

亜紀は立ち上がり、駆けてくる白馬に向かって大きく手を広げた。たてがみを振り乱し、見事な体軀《たいく》の馬が近づいてくる。馬が亜紀の目の前で脚を止めた。小さく嘶《いなな》いて静かに亜紀の傍らに寄り添ってくる。そこで初めて真新しい鞍《くら》や鐙《あぶみ》、手綱をつけていることに気づいた。つやつやした革の装具のせいで、地毛の白さが尚更《なおさら》に際立って見える。それはほんとうに曇りひとつない純白の馬だった。

亜紀は自分でも意外なくらいに手慣れた動作で轡《くつわ》を取ると、すべすべした毛に覆われた馬の頭や長い首を幾度か優しく撫《な》でた。馬は小さく首を振って親愛の情を伝えてくる。鐙の釣革を前脚の方へすこし引き寄せ、亜紀は一息で馬の背に跨《また》がった。視界が一時に開け、いままで目に入らなかった遠くの情景が見えてくる。彼方《かなた》には白銀の山並みがはっきりと捉《とら》えられた。手綱を引き、馬首を一度大きくめぐらせたあと強く馬腹を蹴《け》った。あの雪に覆われた山脈の麓《ふもと》まで一気に駆け抜けるのだ、と亜紀は思う。

揺れる鞍上《あんじょう》で、白く輝くひときわ高い峰を目指して風を切って走りつづけている最中に突然夢から醒《さ》めたのだった。

暗闇の中で目を閉じたまま、どうしてあんな夢を見たのだろうか、と亜紀は考えていた。今日の午前十一時から佐藤康と大坪亜理沙の結婚式が行なわれる。そのことときほどの夢とのあいだに何か関連があるような気がした。亜紀は、あまり夢を見ない体質だ。たまに覚えていたとしても、内容はすこぶる現実的なものに限られている。夢に出てくるのはたいがい見知った人物たちだったし、場面や背景も彼女が今現在置かれている状況と酷似している場合がほとんどだった。昔読んだ本に、リアルな夢ばかり見る人間は神経質で、鬱病《うつびょう》などに罹《か》かりやすいと書かれてあったが、なるほどと納得できるところがあった。今朝のように幻想的な夢を見たのはまったく珍しい気がした。それだけに、いましがたの夢も自分を取り巻く現実と何かしら結びついているように亜紀には思えるのだった。

そういえば、と亜紀は思い出した。一度だけ馬に乗ったことがある。

あれは佐藤康の研修中にアメリカを訪ねた折のことだった。といっても彼に会うためにわざわざ渡米したわけではなかった。もう四年近く前のことだが、亜紀もニューヨークへの出張が入って、その仕事帰りに三日ばかり休暇を貰《もら》って康の陣中見舞いに赴いたのだ。康はインターネットの勉強のためにコロラド州デンバーに滞在していた。デンバーは当時からアメリカのハイテク企業のメッカであった。

彼の手狭なアパートに一泊し、翌日はロッキー山脈の麓の町までレンタカーでドライブした。大きな牧場があって、そこで二人で馬を借りた。むろん康も亜紀も乗馬は初めてだったので牧童に口取りしてもらって観光用の黒毛馬に騎乗し、それから先導馬のあとについて三十分ほどトレッキングしただけのことだったが。

しかし馬といえば、あのときの記憶以外に連結するものがない。康の結婚式当日ということを考え合わせれば、きっとアメリカでの乗馬体験が、ああいう形にデフォルメされて夢に現れたのだろう。それにしても康が登場するでもなく、真っ白な馬に乗って雪をかぶった山々目がけて草原を走るなんてずいぶん突飛な夢だと亜紀は思う。そこに亜紀の心奥に潜む何らかの期待や願望、諦《あきら》めや怒りが微妙に投影されているのかもしれないが、よくは分からない。

ただ、式の当日を迎えて緊張するものはあった。佐智子と顔を合わせた際、果して康が危惧《きぐ》するような事態が起きてしまうのか。そのことで佐智子本人はもとより康や亜理沙に厭《いや》な思いをさせてしまうのではないか。そこが何より気にかかる。しかし、それでも、亜紀はどうしても今日の式には出席したかった。佐智子から貰った手紙も見つからず、亜紀にとっては二年前の決断は過去として割り切るにはすでに厄介な代物になってしまってい る。どんな形にしろもう一歩踏み込んだ決着がなければ、自身の気持ちにおさまりがつかないのだ。

康との過去を完全な過去に戻すためにも、亜紀は佐智子と話がしたかった。そうすることは結局、自分だけではなく康にとっても避けて通ることのできない通過儀礼なのだと彼女は思っている。出席の通知は、康と会った翌日に亜理沙宛に出しておいた。あらためて康から連絡が入るかもしれないと予想していたが何もなかった。それを無言の容認と考えて、亜紀は今日の出席を決めたのだ。

三十分ほど寝床で我慢していたが、眠気は訪れず、踏ん切りをつけてベッドから降りた。部屋の明かりを灯《とも》し、勢いよくカーテンを引いた。

その途端に、手紙のある場所が思い浮かんだ。

亜紀は急いで玄関脇の納戸の前まで行った。扉を開き、まずは脚立を出して据え置くと、それに乗って一番上の棚にぎっしりと詰まった一個一個の荷物を床に下ろしていった。五分もすると目当ての古びたスーツケースが出てくる。そのスーツケースを引っ張りだして、亜紀は居間まで運んだ。

ダイニングテーブルの横に座り込み、スーツケースを開けた。アメリカに出張した時もこの鞄《かばん》を使ったことを思い出した。間違いない。これに手紙をしまった覚えがある。

だが、案に相違してケースは空っぽだった。

それでもこの記憶の手応《てごた》えは単なる思い違いにしては充分すぎると亜紀は感じた。どういうことだろう。たしかに自分は佐智子の手紙を入れたはずなのに……。

そこで、亜紀はようやく正確な記憶を取り戻したのだった。

一年ほど前、父母がヨーロッパ旅行に出かけたときに、このスーツケースを貸した。両国の実家まで抱えていって母に渡したのだ。その直前に中身を検《あらた》め、佐智子からの手紙を入れていたことに気づいた。亜紀は慌てて抜き取って、とりあえず実家の別の場所に隠したのだ。母たちの帰国後スーツケースは返却してもらったが、うっかり手紙のことは忘れてしまっていた。以来、亜紀もこの古びたスーツケースは一度も使わなかったので、時間とともに手紙の所在の認識が虚《うつ》ろになっていったのだろう。一度しまったものを急場の都合で再度別の場所に移し替え、そのことを失念すれば、正確な記憶が引き出しにくいのは当然だ。

亜紀は鞄を納戸に片づけると、出かける準備を始めた。

時刻は六時を過ぎたところだ。行きつけの西麻布《にしあざぶ》の美容院に九時に予約を入れていたので、八時過ぎに部屋を出るつもりだったが、いまから出発して両国に立ち寄り、手紙を回収してのち美容院に向かうことにした。今日着るドレスは一昨日、美容院に預けてきた。康たちの挙式は、披露宴会場と同じ赤坂のホテル内の式場で十一時より執り行なわれる。髪はセットするだけだし、メイクも着替えも大した時間は必要ない。西麻布と赤坂ならばタクシーで十五分の距離だ。美容院に着く時刻が多少遅れても十分に余裕があった。

七時過ぎにマンションを出て、ちょうど八時に亜紀は実家に着いた。

休日の早朝とあって孝子は面食らった顔をしていたが、学生時代に使っていた教材の中にどうしても仕事に必要な物があるので取りに来たと言うと納得したようだった。

「休みなのに仕事なんて大変ね」

てっきりこれから会社に行くとでも思ったのか、孝子が言うので、

「まあね。その分、どっかで代休取るから平気なんだけどね」

適当に話を揃えて、亜紀はそそくさと自分が使っている二階の六畳間に上がった。そこはいまもベッドが置かれ、いつでも亜紀が泊まれるようになっている。押入れには学生時代に読んだ沢山の本や教科書類、とうに着なくなった服などが詰め込まれていた。この数年、暇を見つけて整理しようとは思っているのだが、ついつい億劫《おっくう》でそのままにしてある。襖《ふすま》を開けて、佐智子の手紙を探した。

押入れの片側に並んだ収納ケースを片っ端から調べたがなかなか手紙は見つからなかった。ケースの中身はほとんどが衣類で、記憶ではそのどれかの底に手紙を隠したように思うのだが、いくら引っ繰り返しても出てこない。三十分ほど時間を潰《つぶ》して、ようやく分厚

い封書を探し当てた。予想に反して、それはもう片側に置かれた書棚の一番上段の隅に無造作に突っ込まれていたのだった。

一汗かいた心地で手紙をバッグにしまうと、階下に降りた。孝子が朝食の用意をしてくれていたが、「時間がないから。ごめんなさい」と詫《わ》びを言って、すぐに実家を後にした。

両国駅から総《そう》武《ぶ》線に乗って秋葉《あきは》原《ばら》で地下鉄日比《ひび》谷《や》線に乗り換える。車中で何度かバッグから手紙を取り出したが、意外に電車は混み合っていて手紙を読めるような雰囲気ではなかった。中の便箋《びんせん》を開くことはせず、封筒の表書きをじっくりと見るに止める。すっかり忘れていたが、この手紙は会社に届いたのだった。宛名書きには亜紀が現在も籍を置く部署名が記されていた。几帳面《きちょうめん》で丁寧な万年筆の文字が並んでいる。差出人は、「佐藤酒造(有) 佐藤佐智子」となっていた。勤め先に送る手紙だけに、佐智子の配慮が窺《うかが》われた。だが、思い出してみると、当時の亜紀は、わざわざ会社宛に送りつけられてきたことに執《しつ》拗《よう》さと不躾《ぶしつけ》さの匂いを嗅《か》いだだけだった。この便箋の量からいってかなり長文の手紙のようだが、もしかしたら最初の一、二枚だけ目を通して、残りはろくに読みもしなかったのではないか。でなくては、内容をこうまで把握していないはずがない。

しかし、いまになって佐智子の書いた宛名書きの文字を眺めてみると、彼女の必死さひたむきさが感じ取れる。いかに真剣な気持ちで佐智子がこの手紙を認《したた》めたのかが、その一文字一文字から伝わってくるような気がした。

結婚式に臨む前に、静かな場所で、この手紙を読み直そうと思った。

六本木《ろっぽんぎ》で下車し、西麻布の美容院に到着したときには九時半近くになっていた。急いで髪を整えて貰い、メイクと着替えをした。電車の混み具合からして道路も渋滞の可能性があったので、三十分きっかりで店を出た。

だが、タクシーに乗ってみると赤坂方向の六本木通りはがらがらで、結局、ホテルに着いたときはまだ十時十分だった。

亜紀は、ひとまず二階の結婚式場まで足を運んだ。受付台はすでに設置されていたが、人の姿は見当たらなかった。むろん新郎新婦や双方の親族たちはとっくにホテル入りして準備に追われているのだろうが、受け付けが始まるのは十時半くらいからだろう。場所の確認だけ済ませると、亜紀は最上階のレストランに行くことにした。

今朝は慌ただしく動き回ってしまったので何も食べていない。軽く腹ごしらえをしながら、何より、佐智子の手紙をじっくり読みたかった。

8

朝食時は終わってしまっていたので、レストランに客はまばらだった。窓際の四人席に案内され、亜紀はサンドイッチとコーヒーをオーダーした。大きな窓の向こうには一月の澄んだ空が広がっている。北日本は吹雪だと昨夜の天気予報で言っていたが、東京は快晴だ。北風が強いのか、わずかに散った薄雲がどんどん南西方向に流されている。

眼下には赤坂見附の交差点が望め、その先には赤坂御所の鬱蒼《うっそう》とした森が控えていた。久しぶりにつけたカルティエのジュエリーウォッチで時間を確認する。十時二十分。ぎりぎり五分前に二階に降りればいいから、まだ三十分は時間がある。隣の椅子に置いたバッグから佐智子の手紙を取り出した。もう一度表書きの文字に見入り、それから分厚い便箋の束を抜く。呼吸を整えて、手紙を広げた。

『亜紀さん』で始まる最初の数行に目を落としたときだった。

「冬木さん」

と呼ぶ声が目前で聞こえた。

亜紀はびっくりして顔を上げ、声の方を見る。見慣れぬ女性がテーブルの脇に立っていた。手元を覗《のぞ》き込むような視線に、慌てて手紙を畳みなおし封筒にしまう。急いでバッグに戻して、再度、佇《たたず》んでいる女性に目を向けた。

「こんなところでお目にかかるなんて奇遇ね」

相手は微笑を浮かべ親しげな様子で話しかけてくる。誰だろう、と亜紀は頭の中のアルバムを急いでめくった。すらりと背の高い、相当に美しい女性だ。こんなモデルのような人と自分は一体どこで知り合っただろうか。その時、あっと声を上げそうになった。やっと思い出した。彼女は、昨年末の忘年会で挨拶《あいさつ》を交わした沼尻社長の愛人だ。一昨年の忘年会でも顔を合わせている。二年つづけて沼尻が同じ女性を同伴したことに奇異な感じを持って、あの晩は酔った頭でその理由をあれこれ詮索《せんさく》もしたではないか。

しかし、こうして明るい昼の光の中で一人きりの彼女を見ると、受ける印象の余りの違いにまるで別人のように見える。大して美人でもなく艶《なまめ》かしさがあるわけでもない彼女に沼尻はなぜ執着するのかと疑問を持ったが、そうした疑問自体がとんだ勘違いだったと亜紀は思い知らされる気分になっていた。

「こんにちは。お久しぶりです」

会釈をしながら心を落ち着かせた。

「お一人？」

尚《なお》も親密さを滲《にじ》ませながら彼女は訊《き》いてくる。

「ええ。友達の結婚式がこれからで、その前に軽く食べておきたくて」

「よかったらご一緒させてもらえない。私も一人で、いまから遅い朝食なの」

そう言うと彼女は、亜紀の返事も待たずにさっさと向かいの椅子を引いて腰を下ろしてしまったのだった。亜紀の方は、彼女の名前を思い出そうと懸命だったのでとても制止する余裕などなかった。

すぐにボーイが水を持ってテーブルに近づいてくる。彼女はエルメスのバッグから朝食券を出してボーイに渡した。昨夜きっとこのホテルに泊まったのだろう、と亜紀は思った。

その途端に彼女の名前が頭に浮かんだ。

「さとみさんですよね、たしか。お名刺をいただいてないので名前しか言えなくてすみません」

そう口にしたとき、亜紀の注文したサンドイッチとコーヒーが運ばれてきた。

「気にしないで。私もさとみとしか名乗らなかったんだから。沼尻の愛人じゃ、名刺を出すわけにもいかないしね」

愉快そうにさとみは笑った。その悪意のかけらもない微笑に、亜紀はすこし気持ちがほぐれるのを感じた。

「私は、冬木さんのことはよく覚えているの。名刺を貰《もら》って名字を見たときに、私の名字と正反対の人だなってすぐ思ったから」

亜紀はさとみの言っていることがよく摑《つか》めず、黙ってコーヒーを一口すすった。こうして面と向かってみれば彼女はいよいよ美しかった。さとみはナプキンを一枚抜いて、バッグからペンを取り出すと何か文字を書きつけて亜紀の前に差し出した。そこには整った文字で「夏樹郷美」と記されている。

「ねっ」

冬木に夏樹、なるほどと亜紀も口許《くちもと》をほころばせる。

「そのドレス、とてもいいわよ。冬木さんは身体の線が美しいから、そういうシャープな服が一番似合うと思う」

忘年会の席では黙然と座っていただけなのに、どうしてこんなに打ち解けた態度を見せるのだろうと亜紀は意外の感に打たれていた。この人は本当は気さくな人なのかもしれないと思った。なるほど人の上辺の印象ほどあてにならないものはない。

「私、あなたの邪魔しちゃったかな」

ナプキンの文字を眺めていると郷美が言った。

「いえ、そんなことありません」

亜紀は慌てて首を振る。

「そう。沼尻ったら、今朝もさっさと帰っちゃうし、ちょっとむしゃくしゃしてたのよ。そしたらあなたの姿を見かけたからつい声を掛けてしまったの。ごめんなさいね」

相手は大事な取引先の特別な関係者だ。無愛想な態度は禁物だと亜紀は自分に言い聞かせる。

「お式は何時から」

「十一時からです」

郷美は華奢《きゃしゃ》な手首に巻いたドレスウォッチに目をやった。

「そっか。だったらあんまり時間ないわね。私、ぱっと食べて帰るからすこしだけこうして一緒にいていいかな」

「もちろん。全然構いませんよ」

「そう。よかった」

そもそも勝手に座っておいて、と思うが、郷美の口調や表情にはどこか憎めないところがあった。五分もしないうちに彼女の頼んだコンチネンタルブレックファーストがテーブルに並んだ。郷美は言葉通り、物凄《ものすご》いスピードで黙々と朝食を平らげていく。亜紀もそのあいだにサンドイッチをつまんだ。

お互いコーヒーだけになったところで、郷美は再度時計を見たあと、

「ねえ、あと五分だけいいかな」

と言った。亜紀は頷《うなず》く。なんだか彼女の一連の態度に爽《さわ》やかさを感じ始めていた。

「冬木さんから見て、沼尻ってどんな男だと思う」

身を乗り出すようにして郷美が訊いてきた。

「社長は立派な経営者だと思いますよ」

「だから、そういう仕事絡みのことじゃなくって、男として魅力があると思う?」

いきなりそんな質問をされても答えようがない。亜紀が黙っていると、

「少なくとも冬木さんのタイプではないってわけね」

郷美が断じるように言った。

「そんなことないですよ。社長は、誰に対しても決して弱音を吐かない骨太な人だと、私はかねがね尊敬しています」

「ふーん」

彼女は呟《つぶや》くと残りのコーヒーをすする。

「たしかにあの人は弱みを他人に見せない人よね。私も、付き合って二年になるけど一度もあの人の口から愚痴や弱音を聞いたことないもの」

郷美はそう言って、さらに続けた。

「でも、凄いケチだし、奥さんには全然頭が上がらないし、それに自慢話は大好きよ」

亜紀はこの言葉に思わず笑ってしまった。

「ま、男なんてみんなそんなものだろうけど」

郷美も一緒に笑う。

「私ね、普段は独りで平気だけど、寝るときだけは独りは厭《いや》なのよ。どうしてかな。小さいときに親が離婚してずっと母子家庭で育ったからかもしれない。母は看護婦だったから夜勤も多かったしね。だけど、人間なんて変な生き物よね。頭でっかちなくせに、ほんとうに安らぐのは他の動物と同じで、眠っているときなんだから。結局、頭なんてろくに使わない時間が人間にとって一番安心できる時間なのよ。ねえ、これってすごく矛盾してない。理性だとか文明だとか、ほんとは取るに足らない代物でしかないって思わない。だからどんなこともあんまり思い悩む必要なんてないのよ。悩むヒマがあったら寝た方がましだってことよね。少なくとも私は自分のことをそういうタイプの人間だと思ってる。

誰かと一緒に眠れれば相手は誰でもいいんだけどね。沼尻はほとんど私の部屋に入り浸りだから、それでいいの。別に結婚してくれなんて全然思わないし。だけど最近ちょっと雲行きが怪しいのよね。奥さんと揉《も》めてるみたいで。今日だって先週全然来られなかったからその罪滅ぼしで、このホテルのスイートに泊めてくれたんだけど、明け方になったらそそくさと帰って行っちゃうし」

唐突な彼女の打ち明け話に亜紀は何とも反応のしようがなかった。どうしてこんな話を自分に向かってするのだろうと不思議な気がする。だが、相手はそんなことお構いなしの様子で、楽しそうにお喋《しゃべ》りしている。

「私たちもう無理かもね」

郷美が言った。

「そうなんですか」

うん、と頷いて彼女はコーヒーを飲み干した。そして、また話し始める。

「だったら私、子供を生もうかと思ってるの。子供ができれば、独り寝の寂しさなんて全然なくなるでしょ。あったかくて柔らかくて、ほんとに可愛い生き物だし、ちゃんと育ててあげれば絶対に裏切らないものね。してあげた分だけ返ってくる相手なんて自分の子供くらいじゃないの。

沼尻は奥さんとのあいだに子供がいないし、いまは奥さんの甥《おい》っ子が常務で入ってて、いずれはその人が会社を引き継ぐみたいだけど、それじゃあ、彼があんまりかわいそうだと私は思ってるの。もともと沼尻が専務だった時期に先代が株で大損して、その負債のかなりの部分を奥さんの実家が肩代わりしたらしいのよ。それもあって彼は夫人に頭が上がらないんだと思うわ。私が子供を生んだら、きっと彼は喜んでくれると思う。幾ら会社を頑張って守ってみても、自分の子供がいなかったら、死ぬとき張り合いなんてないでしょ。私、男の子を生んで、沼尻を助けてあげられる息子に育ててやりたいの。もともと私も看護婦だし、沼尻が二年前に大きな病気で入院したときに、その病院で知り合ったのよ。だから、自分一人で子供を育てていく自信はあるの」

郷美はそこで言葉を切ると、両腕を持ち上げて大きな伸びをしてみせた。

「私、今年で三十歳。冬木さんも同じでしょ」

「はい」

「やっぱりね。そんな気がしてたの。きっと同級生だろうなって」

郷美はいかにも嬉《うれ》しそうな表情を作る。

「ちょっとそのナプキン貸して」

テーブルの上に置いたままだったさきほどのナプキンを渡す。郷美はバッグからペンと携帯電話を取り出した。日本移動通信の電話機のようだ。キーを操作して、ディスプレイを見ながら自分の名前の横に番号を書きつけている。

「これ、ほんと便利だよ。私もこの前買ったばかりだけど、これって愛人の必須《ひっす》アイテムよね」

そういえばＩＤＯは今年から契約料金を一気に五万五千円まで引き下げた。すでに契約数も三十五万人を超え、ＮＴＴも競争激化の中で低価格路線へと舵《かじ》を切り始めている。いよいよ携帯電話の時代が幕を開ける。一人一台が常識になるのもそう遠い将来のことではないだろう。課長の赤坂などは、来年三月からのポケットベル買い取り制が本決まりになり、これで携帯市場も大打撃を受けるなどと言っているが、そんなことはない。ポケベルなんてじきに誰も見向きもしなくなるに決まっている。ポケベルの利用数は現在七百五十万台だが、携帯電話は一気にこの市場を食い荒らすだろう。そうなれば、あとは爆発的な普及が待っている。このまま技術革新が加速すれば、携帯の市場は、ポケベルの五倍、いや十倍以上に成長するとの予測もすでに出ているのだ。もはや固定電話機のセールスは風前の灯《ともしび》の状態にある——そんなことを考えながら郷美の手元を見ていると、十桁《けた》の番号を書き加えたナプキンが目の前に戻ってきた。

「じゃあ、私、帰るわね」

郷美はバッグを持ってさっさと立ち上がった。

呆気《あっけ》に取られた思いで亜紀は彼女を見上げた。一体どういうことだろう、不意にやって来て自分の話したいことだけ話して、去っていくなんて。

「また今度ゆっくり会いましょうね。気が向いたらその番号に連絡して」

頓着《とんちゃく》なしに郷美は言う。

亜紀は紙ナプキンを手にしながら、

「はい」

と返事した。

郷美はちらと外の景色に視線をやった。そして、不意に真面目な顔を作って優しげな瞳《ひとみ》で亜紀を見つめてきた。

「ごめんね。大事な独りの時間に割り込んだりして。いつもならそんなこと絶対にしないんだけど、何だかあなたがほんとに切羽詰まった顔してたから。ほんとにごめんね」

そう言うと、「じゃあね」と手を振り、あっという間にレストランの出口の方へ遠ざかっていったのだった。

亜紀はそのまましばらく、何も考えずに座り込んでいた。思わぬ人物の登場で今朝からの逸《はや》り立つような気持ちが一気に削《そ》がれてしまった感じがしていた。ふと我に返って時計を見た。すでに十時四十五分になっている。会計を済ませてそろそろ式場に向かわないと遅刻してしまうと思った。

席を立ちかけて、だが、亜紀はもう一度腰を下ろした。

やはり、佐智子からの手紙を読み終えてでなければ、結婚式に出席はできない。

バッグから手紙を取り出す。分厚い便箋《びんせん》の束を抜く。郷美が言ったようにいまの自分も切羽詰まった顔つきをしているのだろうか。何となく、もうそんなことはないような気がした。一つ深呼吸して、亜紀は手紙の文面に意識を集中した。

9

亜紀さん

お久しぶりです。一月に長岡駅の新幹線ホームでお別れして以来ですね。あのときは近いうちにまたお目にかかれると信じていたので、まさか亜紀さんにこうした手紙を書くことになろうとは夢にも思っていませんでした。

お元気ですか？　こちらは皆元気でやっています。厳しかった冬も終わり、長岡の町もすっかり暖かくなりました。あと十日もすれば城址《じょうし》の桜も咲き始めるようです。東京の桜はとっくに散っているでしょうが、雪国はこれからが春本番です。

今日は亜紀さんと康の未来のためにどうしても伝えておきたいことがあって筆を執りました。二月に康があなたに結婚を申し込み、五日後にお断りの返事をいただいたことは、その直後に電話で康から聞きました。亜紀さんのことですから、しっかり考え抜いた末の結論であったろうことは想像に難くありません。女性にとって結婚の諾否は人生で最も重要な選択の一つです。康の報告を耳にして、私も二ヵ月余り、この残念な結果について自分なりに納得しようと一生懸命努力をしてきました。

今月の初めには法事で康が長岡に戻って来てくれましたので、その折に康とも充分に話し合いました。いまでも亜紀さんのことを好きな気持ちに変わりはないようでしたが、彼は彼として苦しい現実を受け入れ、あなたとのことを過去の一頁とするために日々を必死に生きているようでした。

亜紀さんも、きっと同じ思いで、同じ時間を過ごされてきたのだろう、と思います。

そんなあなたに、私のような立場の者が過去を蒸し返すようなことをするのは心苦しい限りです。あなただけでなく、康にとっても、私が内緒でこんな手紙を送ることは迷惑千万なことでしょう。もし彼が知ったらさぞや困惑し、私を非難するに違いありません。

それでも私は、あなたにどうしても自分の気持ちを伝えたいと思います。この二ヵ月間悩みに悩んで、やはりそうしなくてはならないと決心しました。なぜなら、私には幾ら考えても、あなたが康と結婚しないというのが納得できないからです。

これから記すことは、一人の女である私が一人の女である亜紀さんに直接聞いてもらいたい女同士の話です。息子とはいえ男性である康には一切関係のないことです。ですから、もしそんな厚かましい話はこれ以上聞きたくないというのであれば、ここでどうか手紙を閉じてください。それはそれでちっとも構わないと私は考えています。

三枚目の便箋は三分の一ほどの余白を残して、以上で締めくくられていた。

亜紀は思い出した。

あのときの自分はこの三枚に目を通しただけで心底うんざりしてしまったのだ。文面にある通り、いまさら佐藤康とのことを蒸し返されるのは迷惑だったし、まして康の母親かられみよがしに恨み言を聞かされるのは不愉快でしかなかった。だから、手紙の中の佐智子の言葉に従い、便箋を畳んで、もうその先は読みもしなかったのだった。だが、あらためて読み返してみれば、それほどの反発を覚えるような文言はどこにも記されていない気がする。二年という歳月の重さを亜紀はしみじみと感じた。

便箋をめくって先へと進んだ。

亜紀さん

去年の大晦日《おおみそか》、あなたが康と共に初めて佐藤の家を訪ねてくださったときのことを私は忘れることができません。

その三日ほど前に、付き合っている女性を連れて行くと康に知らされてからは、私はお相手の方のことをあれこれと期待半分、不安半分で想像し、前夜はあまり眠ることもできないくらいでした。康は小さい頃から、真面目で堅実な性格でした。派手さはありませんが誰に対しても平等で、心根のやさしい、頭の良い子供でもありました。ただ、その分、自分を表現するのが不得手で、自己主張の少ない、やや人間としての伸びやかさに欠けるきらいもありました。大学も就職も東京でしたので、私も主人も万事控え目な性質の康が都会でどんな暮らしをしているのか、ちゃんとやっていけているのか、ずっと気を揉《も》んでいたのです。女性の話も彼の口からはそれまで一度だって聞いたことがありませんでした。ですから、突然、冬木さんという人を連れて帰りたいと告げられ、私も主人もびっくりしてしまったのです。康のことだからよほど固い決心があるのだろうと夫婦で話し合いました。

亜紀さんがわが家に着いたのはお昼を少し過ぎた頃合でしたね。

私はあの日は早くから起き出して、家のあちこちの掃除を済ませ、夕御飯の仕込みも終えて、母屋の脇玄関を上がってすぐの十畳間で今か今かとあなたの到着を心待ちにしていました。すると、あなたたちは裏手口から入って、蔵の立ち並ぶ狭い通路を巡って、店と事務所のある正面玄関の方に顔を出したのでしたね。主人から到着の連絡を受けて、私は慌てて事務所まで駆けて行きました。

あなたたちは、帳場の横に置かれていた佐藤酒造のいろいろな銘柄のお酒を、主人の説明を聞きながら熱心に眺めていましたね。私の目に最初に入ったのはすらりとした亜紀さんの後ろ姿でした。主人が気づいて促し、二人一緒に振り返りました。白いコートに身を包み、康の隣で丁寧にお辞儀をするあなたを一目見た瞬間、私はそれまで感じたことのないような胸の昂《たかぶ》りを覚えたのです。あんな経験はほんとうに初めてのことでした。比べるのも奇妙なことですが、長男の嫁と初めて対面したときには、まったくそんな気持ちにならなかったのに。

ああ、このお嬢さんが康の嫁になってくれるのだ、と私は心から思いました。そして、この人が佐藤の家を受け継いでくれることになったのだ、と直観しました。

たった一瞬、亜紀さんの姿を見ただけで、どうして自分がそう感じたのか、いまでも上手《うま》く理由を言うことはできません。ただ、私は強く強くそう感じたのです。

三が日が明けて、小千谷《おぢや》の温泉に二人だけで出かけましたね。激しい吹雪に見舞われたとても寒い一日でした。数日間あなたと同じ屋根の下で起居を共にし、私の直観はますます確固としたものになっていきました。私は康をこっそり呼んで、亜紀さんと二人だけで遠出をしたいと言いました。康はあなたのことを気づかって最初は反対しましたが、私のたっての頼みに渋々同意しました。もともと嘘をつくのが大嫌いな子です。まして好きなあなたを騙《だま》すようなことは気のすすまないことだったでしょう。前の晩、康が熱を出したのは初めから示し合わせた上でのお芝居でした。私はどうしても亜紀さんと二人だけで過ごす時間が欲しかった。そして、義母に連れていかれた同じ温泉にあなたと一緒に行ってみたかったのです。

あなたと二人で過ごしたあの半日は何と楽しかったことでしょう。私にとってあんなに気持ちの良い時間は、ほんとうに十数年振りのことでした。途中、余りに激しい吹雪に車を路肩に止めて三十分ほどお喋《しゃべ》りをしましたね。「雪というのは文句なしに美しいものだと思います。そして、ほんとうに美しいものは、時として人を苦しめたりもするんじゃないでしょうか。だけど、それを美しいものだと信じつづけていれば、きっとその苦しみは苦しみじゃなくなるんだと私は思います」とあなたは言ってくれました。入広瀬《いりひろせ》という豪雪地帯で生まれ育った私は、人々が雪にどれほどの苦労を強いられてきたかを小さい頃から身をもって知り尽くしています。それでも、雪の美しさを信じて生き抜いてきました。あなたの言葉を耳にしたとき、この人だったら康の伴侶《はんりょ》となって、新潟の厳しい大地でしっかりと生きていけるに違いない、と私は思いました。自分の目に狂いはなかった、とますます確信することができたのです。

二人で温泉につかり、美味《おい》しいお昼をいただきましたね。

東京でずっと育ったあなたと長岡で六十の歳まで暮らしてきた私、年齢も生活環境もまるで違う二人が、二人きりこうして差し向かいの膳《ぜん》の前に座っている。私は人間の縁というものの不思議さに胸を打たれていました。この世界に偶然など何もないのだ、という気がしました。あなたは康という息子を松明《たいまつ》にして、はるばる遠い町から私のもとへとやって来てくれた、と思いました。そして、そのありがたさを私は嚙《か》みしめました。

亜紀さん。あなたはどうして間違ってしまったのですか？

あなたのような賢い女性でも、時として過ちをおかすものなのですね。あらためて私はそのことを思い知らされています。

亜紀さん。選べなかった未来、選ばなかった未来はどこにもないのです。未来など何一つ決まってはいません。しかし、だからこそ、私たち女性にとって一つ一つの選択が運命なのです。私とあなたとは運命を共にするものと私は信じていました。康は、自分に亜紀さんを引き留めるだけの魅力がなかったのだ、と諦《あきら》めているようです。男の人というのは案外に弱いのです。でも私たち女性はそうではないでしょう？　子を生み育て、この世界を存続させていくのは私たち女性の仕事です。私たちが家を守り、子供を生まなくなったら、この世界は瞬く間に滅んでしまいます。

亜紀さん。どうか目を覚ましてください。

もう一度、自分自身のほんとうの心の声に耳を傾けてください。

私も、若い頃に好きな人がいました。その人のことを忘れられぬままに現在の主人と一緒になったのです。でも、私のその選択は間違いではなかった。好きな人と結婚する未来はどこにもなかったのです。主人との結婚を選んだ、私の選択こそが私の運命でした。女性はそうやって運命を紡《つむ》ぎながら生きていくのです。世界中の女性が一つ一つの決定的な運命に自らの身を委《ゆだ》ね、この世界の全部を創り出していく。私たち女性はそのことに誇りと自信を持たなくてはなりません。

あなたを一目見た瞬間、私には、私からあなたへとつづく運命がはっきりと見えました。あなたがこの佐藤の家に来て、この家を継ぐ子供を生んでくれるに違いないと直観したのです。

もう一度言います。

亜紀さん。どうか康との結婚をもっと真剣に考えてみてください。私は、きっとあなたが佐藤の家に嫁いで来てくれることを、いまも信じています。

亜紀さん、私はあなたを心から待ち望んでいるのです。

平成四年四月二十五日

佐藤佐智子

10

手紙を三度読みなおしてから、亜紀は顔を上げ、窓の外の景色に目をやった。

いつのまにか雲は消え去り、真っ青な空が一面に広がっている。

便箋《びんせん》を丁寧に畳み、封筒にしまった。腕時計の針は十一時十五分を指していた。封筒をテーブルの上に置くと、冷めたコーヒーを一口すすって亜紀は腕を組み、窓の外の青空に顔を向けたまま目を閉じた。あたたかな光が自分の顔や身体に降り注いでいるのを感じた。

いまでも僕はきみのことを誰より信頼している——佐藤康の声が聞こえてきた。

愛することが重要なのではなくて、愛されることが重要なんだと思います——それは、一度会っただけのはずなのに、あの加藤沙織の声だ。

孝子の声は相変わらずきっぱりとしている。

私は周囲の人間なんかじゃないわ。私は雅人の母親なのよ。男は競走馬で、女はその乗り手なの。たてがみにしがみついてるだけじゃ、そのうち振り落とされちゃうのよ。

そういえば、今朝、雪山を目指す真っ白な馬の夢を見たのは、孝子のこの言葉を知らぬ間に思い出してしまったからだろうか。

結局、頭なんてろくに使わない時間が人間にとって一番安心できる時間なのよ。幾ら会社を頑張って守ってみても、自分の子供がいなかったら、死ぬとき張り合いなんてないでしょ。してあげた分だけ返ってくる相手なんて自分の子供くらいじゃないの——こう言っていたのは誰だろう。そうだ。さきほど偶然出くわした夏樹郷美だ。

心の底から愛しているとは思えなかったけど、それでもこの人と一緒になって、この先何十年を共に暮らしていくことはきっとできるし、それなりに楽しいだろうなってずっと思ってた——あずが婚約を破棄した理由がいまになってようやく分かったような気がする。

あずは婚約者の子供を生むことができなかったのだ。それは結婚を諦める何よりもまっとうな理由だったのかもしれない。

あなたのことは好きだったけど、でも、結婚するほど好きではなかった——二年前の私は、佐藤康にそう言った。

だが、私はあのとき、康の子供を生むことを本気で想像したのだろうか。どうしても踏み込めない「いま以上の関係」の中にそれは果して含まれていただろうか。

相手への思いやりが決定的に欠落していたのは、ほんとうにあずの方だったのか。

凡庸だったのは誰だろう。康だったのか、それとも私だったのか。

それを美しいものだと信じつづけていれば、きっとその苦しみは苦しみじゃなくなるんだと私は思います——佐智子と二人きり、車の窓の向こうに降りしきる雪を見つめながら、私はなぜあんなことを口にしたのだろう。それ以上に、どうしていまのいままで、その言葉を忘れてしまっていたのだろう。

あの雪深い町で康と共に生きていく覚悟を持てない——ほんとうに心の底から私はそう確信していたのだろうか。確信したとしたら、それは一体いつだろう。長岡からの帰り、新幹線の車中で、いずれ帰郷して家業を継ぐと康が告げたときだったのか。それとも、佐智子と共に猛吹雪の道を小千谷に向かって車で走っていた最中だったろうか。

私は人に振り回されるのがほんとうに厭《いや》なのだろうか。人に振り回されるとは、そもそもどういうことなのだろう。少女の頃の沙織のように、命懸けで人を好きになることがそうなのか。ならば、命懸けで誰かに好きになられることは、相手を振り回すことでしかなくて、絶対に振り回されることではないのだろうか。

愛してくれる人を愛することと、愛している人に愛されることと、それはどこがどう違うのだろう。

私はほんとうに康のことが嫌いだったのか。結婚するほどに好きではなかったのか。結婚できないほどに嫌いだったのか。

選べなかった未来はどこにもない、未来など何一つ決まってはいない——佐智子は手紙の中でそう記していた。だからこそ一つ一つの選択が運命なのだと。

それはほんとうにほんとうだろうか。

あのとき、康との結婚を選ばなかったことは、私にとって運命だったのだろうか。

私は、ただ選ばなかった、選べなかっただけではなかっただろうか。佐智子の言うように選ばなかった未来など何もないのに、何もない未来を何かがある未来と錯覚して、単に自分を自分ではぐらかしただけではなかっただろうか。選ばないことを選び、私のほんとうの未来を安易に投げ捨ててしまっただけではないだろうか。

私はほんとうに佐藤康を愛していなかったのか。

佐智子は書いている。私からあなたへとつづく運命がはっきりと見えたのだと。

私にはその運命が見えなかったのか、それとも、見ようとしなかったのか。

世界中の女性が一つ一つの決定的な運命に自らの身を委ね、この世界の全部を創り出していく。私たち女性はそのことに誇りと自信を持たなくてはなりません――私に、女性としての誇りと自信はあるだろうか。佐智子にあるような誇りと自信はあるだろうか。または佐智子とは異なる、自分だけの誇りと自信を私は持っているだろうか。

私はそうした誇りと自信を胸に、いまここに存在しているのだろうか。

正直に打ち明けよう。

私には、そんな誇りと自信なんてまるでない。ほんとうにそんな気がする。いまだけでなく、これまでもずっとそうだったような気がする。

なぜだろう。

他の人たちはどうなのだろう。

あずはどうだろう。婚約破棄のあと、あんなにボロボロになっているあずはどうだろう。

郷美はどうだろう。結婚してくれなんて全然思わないと言いながら、それでも、好きな男のために子供を生もうとしている郷美はどうだろう。

沙織はどうだろう。愛するよりも愛されることの方が大切なのだと信じ、二十四歳の若さで結婚しようとしている沙織はどうだろう。

彼らの方が、私よりよほど女性としての誇りと自信を身につけているのではないだろうか。だからこそあずはあそこまで傷つくことができたのではないだろうか。だからこそ郷美はあそこまで明るく率直なのではないだろうか。だからこそ沙織はあそこまで愛されることにこだわっているのではないだろうか。

私はこんなところで一体何をしているのだろう。

目先の仕事に溺《おぼ》れ、時間と数字に日々追われながら、最後には時代に取り残されていくのは誰なのか。

田中角栄か、課長の赤坂か、この世界の男たちすべてか。

誰だろう。

一体誰だろう……。


亜紀は、封筒をバッグにしまうと静かに立ち上がった。考えてみれば、佐智子にいまさら自分が言うべき言葉など何もないのだ、と思った。

佐藤康との過去を完全な過去に戻すことなど、もともとできはしないのだ。彼とのことは最初から過去でもなんでもないのだから。佐智子が書いているように、選ばなかった未来はどこにもありはしないのだ。ならば、未来のなかった過去は、ほんとうの過去であるはずがないに決まっている。

自分が今日ここにやって来たことは、まったく無意味な行為だったに違いない。

たった一つ、佐智子の手紙を読み終えたことを除けば。どうしてあのとき、手紙を最後まで読まなかったのだろう。自分に間違いがあったとすれば、それはたしかに間違いだったかもしれない。だが、もはや何もかも手遅れなのだ。

失った未来を取り戻すことは誰にもできはしない。

亜紀はしばらく窓の外の真っ青な空を見つめていた。康と再会した日、舞っていた雪に長岡の町を埋める豪雪を重ねようとしたことを思い出す。あのときは比べようもなかった二つの風景が、なぜか目の前の晴れ渡った空とは二重映しになり、溶け出すように滲《にじ》み始めた蒼天《そうてん》の彼方《かなた》から美しい雪景色が次第に起ち現れてくるのを亜紀は感じた。

亜紀は不思議な心地でその場に立ちつくしていた。

とめどない涙が頬を濡《ぬ》らしているのに気づいたのは、ずいぶんと経ってからのことだ。

黄葉の手紙

I

二日ほど前から花びらが舞い始めていたが、昨夜の雨で今年の桜もすっかり散ってしまったようだ。亜紀の住む東区のマンションは海に近いので、博多《はかた》湾から吹き込んでくる風は時にとても厳しい。昨日は一晩中、風音が絶えなかった。案の定、会社の行き帰りにマンション周囲の桜並木を見回してみると、花はわずかばかりで若葉があっという間に優勢になっていた。

九州支社に赴任したのは、昨年のちょうど今頃だ。早いものでもう丸一年が過ぎた。

亜紀にとっては生地を離れての初めての生活だった。まして九州というのは、それまで旅行ですら足を踏み入れたことのない地域だ。この一年、振り返ってみれば、いろいろと目新しいこと、驚かされることが多かった。そもそも福岡がこれほどの大都市だとは思いもよらなかった。戦国時代からの長い歴史と伝統を持つ商業都市とは認識していたが、着任してみて、その規模や美しい街並み、東京の中心街と変わらぬ繁華街の賑《にぎ》わいや人々の装いに蒙《もう》を啓《ひら》かれる気分だった。

住宅事情、物価、通勤時間、どれをとっても東京より遥《はる》かに豊かな生活環境が整っている。会社から七割の補助を受けて亜紀が現在借りているマンションも、九州支社のある中央区天神《てんじん》までバスで三十分足らずの距離だが、七十平米の新築2LDKで家賃は月額八万五千円である。従って亜紀の自己負担分は三万円にも満たないことになる。近年流行のアメニティ指数とやらで見れば、東京は福岡の足元にも及ばないと言うべきか。

東京という都市がすべてなのだ、と自分が知らず知らず思い込んでしまっていたことに、亜紀はようやく気づかされた。それまでは東京から一つ何かを抜き取れば横浜になり、また何かを抜き取れば大阪になり、また一つ抜けば名古屋や札幌や仙台になり、というふうに考えていた。要するに都市を機能の集積体という面からだけしか見ていなかったのかもしれない。

たしかに都市というものを交通アクセスや企業、大学、メディア、文化・スポーツ施設、医療施設、流行や娯楽、国際性といった諸機能によって等級化すれば、東京の優位性は圧倒的なものがある。だが、生まれて初めて地方都市に住んでみて、町というものはそうした機能だけで評価することはできないのだ、という単純な真理を亜紀は身をもって実感したのだった。それは一方で、せっかく古い下町に生まれ育ちながら、東京という町のほんとうの良さを自分は何も知らずに生きてきたのではないか、という反省をもたらしてくれた。

さきほども、バスを降りて暮れなずむ景色の中をマンションへと帰る道すがら、東京というのは実は桜の豊富な町だったのだな、とふと気づいた。実家のある両国界隈《かいわい》にしても、本社のあった三田《みた》周辺にしても、春を迎えるとそこかしこに満開の桜を見上げることができた。東京では、川があれば岸辺に、学校があれば校庭に、小公園があれば敷地に必ず桜が植えられていたような気がする。ところが、この博多に来てみて、意外なほどに桜の数が少ないことに亜紀は驚かされた。桜の名所も福岡城址《じょうし》や西公園が定番で、それとて上野や御苑《ぎょえん》の桜と比べればささやかなものにすぎない。先々週、支社の花見の会で福岡城址に行ったが、どのグループも少人数で、東京の花見のようにカラオケやバーベキュー・セットまで持ち込んでの盛大な宴会模様はついぞ見かけなかった。桜好き、花見好きは日本人の性分だと亜紀は信じてきたが、あれはひょっとすると東京人にとりわけのことではないだろうか。

　城址では、老人たち数人のグループが博多三味線を掻《か》き鳴らし、「ぼんちかわいや」を唄《うた》っていた。花見客たちは手拍子を合わせて静かに聞き入っていた。そのゆるゆるとした音色を耳にしながら、子供の頃に家族とよく出かけた隅田《すみだ》公園の騒々しい花見を思い出し、亜紀は自分が故郷を遠く離れ、見知らぬ異国の地に流されてしまったような妙に物哀しい気分に浸されもしたのだった。

　マンションの近くのスーパーで夕飯の買い物をして、六時半には部屋に着いた。

　こちらでの勤務は定時で終わることがほとんどだ。残業は滅多にない。支社長は旧知の赤坂憲彦だった。三年前の九四年、若杉社長が業績不振の責任をとって任期半ばで電撃辞任して以降、会社の状況は一変してしまった。若杉と対立していた佐伯章太郎《しょうたろう》常務が新社長に就任し、それまでの三年半にわたる前社長の「脱メーカー路線」は全否定された。会社は再び半導体、コンピュータ製造に主軸を戻し、激しい過当競争を繰り広げるPC市場へと参入した。だが、この佐伯路線は大方の予測を覆して、大きな業績回復へとつながったのだった。折からのPC市場の急拡大になんとか間に合ったことも成功要因の一つだが、マッキントッシュを除くすべての機種がウィンテル・マシーンと化している現在のPC市場にあって、老舗《しにせ》ブランドである亜紀の会社の新開発製品は、オールドユーザーを皮切りに想像以上のブームを巻き起こしたのだ。

いまや佐伯は中興の祖として社内外で高い評価を獲得し、彼の派閥に連なる太田黒や赤坂も営業畑の幹部としてすっかり勢いづいている。太田黒は筆頭常務に昇進し、国内営業を統括している。人気商品となったPCを梃子《てこ》に、持ち前の営業力で不振に喘《あえ》いでいた九州支社を一年で建て直した赤坂も、支社長の肩書のまま昨年六月に取締役に抜擢《ばってき》されていた。

亜紀の福岡転勤は、その赤坂からの招きによるものだった。従って左遷の色合いは薄く、むしろ前途有望な上司に目をかけられての異動は、元の職場ではちょっとした羨望《せんぼう》の対象となったくらいだ。

親しい上司がトップを務めているのだから、支社での仕事は最初からスムーズに運んだ。売れない商品を売る営業ほど辛《つら》いものはないが、いまやヒット商品を量販店や問屋に卸せばいいのだから仕事は楽しかった。在庫の増加に絶えず頭を悩ませていた本社時代が嘘のようだった。

「在庫不足で販売店さんに頭を下げるなんて、十数年ぶりの快感だよ」

赤坂もよく言っている。目下の亜紀は赤坂支社長の秘書役のような業務をこなしながら、遊軍的に営業の仕事に絡んでいるのだった。

今夜は純平《じゅんぺい》の好きな天ぷらにするつもりだ。

それに、スーパーで活《い》きのいいアジを見つけたので一包み買ってきた。三尾はさっそく三枚に下ろし、丁寧に小骨を抜いて叩《たた》きにした。刻み生姜《しょうが》と博多ネギ、ミョウガをたっぷり混ぜ込んで三つの小鉢に盛りつけるとラップをかけて冷蔵庫にしまう。残りの四尾は頭を取ってヒレとぜいごを始末すると冷凍にした。明日にでも今日の残り油で揚げて南蛮漬けを作るつもりだった。福岡に来て、亜紀はその魚種の多彩さと新鮮さ、値段の安さにある種の感動すら覚えたほどだ。天然物の鯛《たい》やヒラメ、ブリやイサキが東京の半値以下でどこのスーパーの鮮魚売り場にも並んでいた。こちらでの一番の高級魚はチヌと呼ばれる黒鯛だったが、それでも一尾で三千円程度のものだ。かねて一尾まるごと買って料理してみたいと思っていたので、純平と付き合うようになってさっそく実行した。刺し身、天ぷら、酢の物、兜煮《かぶとに》、鯛汁に鯛飯とチヌ尽くしの手料理を振る舞うと、さすがの純平も感嘆の声を洩《も》らしていた。あれはいつ頃のことだったろう。まだ知り合って間がなかったから、昨年の九月あたりだったと思う。

天ぷらのメインはかしわだった。海老《えび》や野菜も揚げるが、純平は大分の出身ということもあってかしわの天ぷらが大好物なのだ。

「かしわの天ぷらと冷えたビールがあれば、俺は何の文句もないよ」

いつも彼は言っている。鶏肉《とりにく》のことを日常的に「かしわ」と呼ぶのも福岡に来て覚えたことの一つだったし、大分には豊後《ぶんご》鶏という特産品があり、その天ぷらが有名だというのも初めて知った。博多も水炊きという名物料理がある土地柄なので、鶏肉は美味《おい》しい銘柄が揃っている。今夜は華味鶏《はなみどり》という、最近人気のかしわを揚げてみるつもりだった。あとはアジの叩きと昨夜のうちに作っておいたさつまいものレモン煮があるから、とりあえずそれで夕食は充分にちがいない。

大体の下ごしらえを済ませて、つけっぱなしのテレビを見ると七時のニュースが始まっていた。

週末は純平は大分に帰っていたから会うことはできなかった。昨夜の電話ではおじいちゃんの神経痛がまた悪化気味なので、今日の朝、病院に連れて行ってから戻るとのことだった。事務所に顔を出せるのが午後だから、今夜は少し遅くなるとも言っていた。

九月の独立を控えて最近の彼は多忙をきわめている。自分の事務所を構えるとなれば、金策やスタッフ集め、部屋探しやクライアントとの交渉などやることは無数にある。さすがの彼も最近は、「こんなに大変だとは思わなかった」とこぼしているくらいだ。一応、現在の事務所の社長とは円満に話がついたようだが、とはいえトップ・デザイナーが抜けるとなれば、手放しで送り出してくれるわけがない。これまでも各メーカーからのデザイン依頼は大半が彼を指名してのもので、昼夜もなく働いてきたのだが、いよいよ独立間近となって、なおさらに仕事量を増やされているようだった。

「とうとうウーロン茶のペットボトルまでやってくれだってさ。俺が人の口に入るもののデザインはやらない主義だって分かってるくせに、まったく参っちゃったよ」

先週ここに来たときは、そうしきりにぼやいていた。バブル崩壊後、すべてのメーカーが多品種少量生産に活路を見出すようになり、純平のようなインダストリアルデザイナーたちの仕事は急激に増えている。

「景気がいいほど使い捨て文化が横行するとみんな思ってるけど、それは誤解なんだ。懐が豊かなときは、誰だって多少値は張っても品質が良くて長く使える物を買おうとする。不景気になればなるほど、値段の安い使い捨て商品が売れるんだよ。パッと使ってパッと飽きてパッと捨てる。流行の寿命は恐ろしく縮まって、みんな目先だけで物を見るようになり、目利《めき》きなんてどこにもいなくなる。粗雑で余裕のないスピードオンリーの時代がやって来る。いまがその典型だよ。俺は何が嫌いって、『使い捨て』って言葉ほど嫌いなものはないね。これほど俺たちの仕事を馬鹿にした言葉はないよ。だから俺はIDとしてそんな時代に加担するのだけは願い下げだといつも思って仕事してる。しかし、現実はなかなかそうも言っていられないんだ」

人に使われているあいだは、自分なりの仕事を選ぶわけにもいかない——そうした現実から抜け出したかったのも純平が独立を決めた大きな理由の一つだった。今年に入ってすぐに彼から相談を受け、亜紀は一も二もなく賛成した。それまで半年近く付き合ってみて、その猛烈な仕事ぶりに危惧《きぐ》さえ抱きはじめていたからだ。冗談ではなく、こんな仕事の仕方をつづけていればいずれこの人は倒れてしまう、と感じていた。むろん彼ほどの才能と技量があれば独り立ちしても十二分にやっていけるという確信もあった。亜紀の会社を含めて、大方のクライアントは純平のデザインを見込んで仕事を発注している。いまやインダストリアルデザイナーとしての彼は注目の存在の一人だった。独立すれば、ヒットメーカーの地位を築くのにそう時間はかからないだろうと亜紀は見通している。

リビングルームの窓を開けて、部屋に風を入れた。ここは七階だから、潮の香を含んだ柔らかな春の風が勢いよく吹き込んでくる。昨夜の雨のせいか、わずかに若葉の匂いも嗅《か》ぎとれた。こうやって食事の支度をして一緒に食べてくれる人を待つというのも悪くない、と亜紀は純平と知り合ってからしみじみ思うようになった。それだけでも、稲垣《いながき》純平という一人の男性に感謝しなくてはならない。

一度、その気持ちをそのまま口にしたことがある。すると純平は笑いながら、

「それっていいとか悪いとかじゃなくて、ごくごく自然なことなんじゃないの」

と言った。初対面のときは余りに無愛想で厚かましい態度に最悪の印象だった相手と、こうしてかつてないほど親密になっている自分に亜紀はいまだに不思議の感を拭《ぬぐ》えない。

それどころか、純平は独立と同時に亜紀も会社を辞めて事務所に参加して欲しいと言っているのだ。その先に彼が亜紀との結婚を考えていることは明らかだった。

実は初めて会った瞬間に、亜紀はこの人とはそういうことになるだろう、と直観したのだった。自分より二つ年下で、しかも「何てねじくれた性格の男なんだ！」と癪《しゃく》に障ったその最初の最初で亜紀はたしかにそう感じた。いまでも何故そんなふうに思ったのか理由はよく分からない。

ただ、一つだけ確からしいことがある。

純平と一回目のデートをした日、彼が別れ際にこう言ったのだ。

「きみが事務所に姿を現した瞬間、僕は思ったんだ。ああ、やっとこの人が僕に会いに来てくれたって」

その言葉を耳にして、亜紀は小さく息を詰めた。

亜紀が稲垣純平と会って感じたことも、まったく同じだったからだ。あのとき事務所の奥からのっそり姿を現した純平の顔を一目見た途端、亜紀はまるで胸のつかえが突然取れたような気分でこう感じた。なんだ、私はこの男と巡り合うためにこんな遠くの街までやって来たんだ――と。

2

ニュースでは今夜も日本大使公邸占拠事件について報じている。昨年、一九九六年の十二月十七日にペルーの首都リマで勃発《ぼっぱつ》したこの事件は、駐ペルー大使ら日本人二十四人を含む七十二人がテロリスト集団の人質となって、依然、膠着《こうちゃく》状態がつづいていた。明日の四月十五日で事件発生から四ヵ月、百二十日目を迎え、人質たちの安否がさらに懸念されるとアナウンサーが告げていた。

ペルー政府に収監されている同志の釈放などを要求して大使公邸に立て籠《こ》もるトゥパク・アマル革命運動のテロリストたちに対して、フジモリ大統領は一切の譲歩を拒絶している。現在は、ペルーの特殊部隊がいつの時点で強行突入に踏み切るのかが焦点になっていた。報道では日本政府は人質の安全を第一に大統領に自制を繰り返し求めているようだが、最近は橋本首相が対策本部長を務める政府部内でも、「突入止むなし」との声が急速に高まりつつあるとのことだった。

捕まっている日本人人質の大半は企業の駐在員たちだった。籠城《ろうじょう》するテロリスト側の中にも女性や少年兵士が多数混じっているという。突入となれば凄惨《せいさん》な結果が待っていることは想像に難くない。幸い、亜紀の会社の社員は人質にはなっていなかったが、事件当日、天皇誕生日を祝う盛大なレセプションに社の駐在事務所のメンバーも出席していたという。

偶然ゲリラたちの襲撃が始まる直前に会場を後にして事なきを得たが、一歩間違えば、彼らも人質として四ヵ月間の幽閉を余儀なくされていたのだ。

亜紀の会社でも、女子社員の海外勤務は滅多に発令されない。まして治安の悪い地域への異動は例がない。だが、男性社員たちは中南米やアフリカ、中東へと会社の命ずるままに赴任させられていく。そして、今回のような事件が起きれば否応《いやおう》なく巻き込まれてしまうのだ。若い女性や少年たちに自動小銃を突きつけられて、一体彼らは毎日どんな気持ちでいるのだろうか。また、そうやって民間人を楯《たて》に大使館に籠もる女性や少年兵士たちは、何を思って日々を送っているのだろうか。

数日前、この事件のニュースを一緒に観ていたとき明日香《あすか》が静かな口調で言っていたのを思い出す。

「冬姉ちゃん、この世界ってほんとにひどいことばっかだよね」

さらにしばらくして彼女はこんなことを訊《たず》ねてきた。

「ねえ、どうして女の人の中には、軍人さんと結婚する人がいるのかな」

「なんで？　危険な仕事だからってこと」

唐突な質問に亜紀が聞き返すと、明日香は、

「自分の夫が戦場で死ぬかもしれないなんて冗談じゃないけど、でもそれ以上に、自分の夫が人を殺すことを職業にしているなんて、妻としてとても耐えられない現実なんじゃないの」

と言ったのだった。

テレビを消して窓を閉じ、亜紀はリビングの真ん中に置いた円形の座卓のそばに腰を下ろした。卓上に並んだ醬油《しょうゆ》や塩などの小瓶を見るでもなく眺めながら、たしかに明日香が言っていたように、人を殺すことが職業として許されている世界というのは、狂気が支配する世界なのかもしれない、という気がした。

壁の掛け時計に目をやると七時半になっていた。

そういえば、明日香はいやに遅いがどうしたのだろう。

一昨日話したときは、七時にはこの部屋に来るように言っておいたのだが。明日香の父親の紀夫《のりお》さんが週明けの今日から二日間大阪に出張だと聞いて、今晩と明晩は共に夕食をとる約束をしていた。亜紀は立ち上がって、ソファの上に置いておいた携帯を取り上げる。ほんとうはすぐ上の階に住んでいるのだから直接迎えに行けばいいのだが、明日香は二週間ほど前に携帯を買ったばかりで、何かといえば携帯で連絡してくるから、たまにはこちらからも掛けてやらないと申し訳ないような気になる。それにしても近年の携帯電話の浸透ぶりは凄《すさ》まじいものがある。亜紀は昨年転勤が決まってようやく使い始めたのだが、二年前の阪神《はんしん》・淡路《あわじ》大震災以降、携帯は爆発的な勢いで契約件数を伸ばしていった。いまでは明日香のような中学生でも半数以上が持っているらしい。インターネットの加入件数の伸びもそれに匹敵するものがあった。アメリカ同様、日本も急速にモバイル時代に入りつつある。

コール音が数回鳴ったところで電話がつながった。

「ねえ、もう七時半だけど、お腹すいてないの」

「あっ、ごめんなさい」

明日香の声は寝ぼけ声だった。

「どうしたの、また寝てたの」

「勉強してたらちょっとうとうとしちゃったみたい」

案の定だ。中学三年になって明日香も一応受験勉強に励みだしている。とはいえ塾通いもせず、まだまだ本腰を入れているとはとても言えない段階ではある。

「どうする。いつでも食べられるよ」

「今日は純平君は来ないの」

「来るけど、九時過ぎちゃうんじゃないかな。先に私たちだけで済ませようかと思ってたんだけど」

「ごめんね。手伝いも全然しないで」

「それはいいのよ。普段は一生懸命やってるんだから、私と食べるときは任せてくれればいいの」

「じゃあ、顔洗ってすぐ降りていく」

「分かった。じゃ、待ってるね」

電話を切ると、亜紀はそのままキッチンに入った。新しい油を天ぷら鍋《なべ》に注ぎながら考える。塾に通うといっても明日香の場合、なかなか難しい点はある。二年前、紀夫さんの転勤で福岡に来てからはずっと父子二人の暮らしなのだ。彼女が料理や洗濯など家事全般を一手に引き受けているから、受験のためとはいえ夕方から毎日塾に出かけるのは明日香としても気がひける部分がきっとあるのだろう。

澤井《さわい》明日香は、心根のやさしい、とても賢い、それでいて一風変わった女の子だった。

亜紀は昨年四月にこのマンションに越してきて、当日のうちに彼女と言葉を交わしている。といってもその晩は真上の階の住人ということで挨拶《あいさつ》に出向き、顔を合わせたにすぎなかったが。

ちゃんと知り合ったのは、連休に入ってからのことだった。

去年のゴールデンウィークを亜紀は一人きりで過ごした。赴任直後だったのであれこれ新居の片づけも残っていたし、福岡という街を探訪するいい機会でもあった。佐藤康と大坪亜理沙の結婚式のあと、ほどなくして高島洋介とは別れてしまった。以来、稲垣純平と出会うまでの二年半のあいだ、亜紀は誰とも付き合わなかった。連休だからといってわざわざ東京に戻る必要もなかったのだ。

亜紀は今年の十月で三十三歳になる。自分がそんな歳になるまで独り身でいるとは若い頃は想像もしていなかった。だが実際にそうなってみると、これといった格別の感慨も焦りもない。両国の実家の父や母は、弟の雅人夫婦が抱える特別な事情もあって、一刻も早く亜紀に相手を見つけて欲しいようだが、亜紀自身は三十歳を境にして結婚への情熱がまるで潮が引くように鎮まっていくのを感じていた。そうした心の変化の一因に佐藤康とのことがあったのは事実だが、それとてもいまにして思えば小さなきっかけに過ぎなかった気がする。現に佐藤康に対しての未練などこれっぽっちも残ってはいない。むしろ、亜紀は純平と知り合ってみて、長いあいだ誰も好きにならなかった自分のことを少し褒めてやりたくなったほどだった。だからこそ、いまの彼女は、もし純平が望むならば彼と結婚するつもりでいた。そうやって今度こそは、純平との未来を自らの手でしっかりと選び取ろうと密《ひそ》かに決意しているのだ。

明日香と偶然親しくなったのは、ゴールデンウィーク前半、四月二十八日日曜日のことだ。その日は支社の同僚の結婚式があり、ホテルでの披露宴には呼ばれなかったが、夕方から中洲のレストランで開かれる二次会には亜紀も招かれていた。新しい仲間たちと親しくなるチャンスでもあったし、端《はな》から参加するつもりだったのだが、赤坂支社長に花束の用意を命じられたので欠席というわけにもいかなくなっていた。いかにも赤坂らしい気の回し方で、相変わらずだな、と亜紀は思った。

二次会は六時からだったが、花を買わねばならないため五時前に部屋を出た。先日新聞の折り込みチラシで、この近所に大きなディスカウント・フラワーショップができたのを知っていたので、そこに行って花束を作って貰《もら》うつもりだった。たしか国道三号線沿いで、ここからもバスを利用すれば大した距離ではないはずだ。出がけに肝心のチラシを探したが見つからなかった。バス停で誰かに訊ねようと思いながら、亜紀は歩いた。

「香椎浜《かしいはま》」の停留所では数人がバスを待っていた。

しばし路線図と時刻表をにらんで、どの系統のバスに乗ればよいのか見当をつける。福岡のバス路線はおおまかに言って「天神」経由で西に向かう「姪浜《めいのはま》」方面、この香椎浜から さらに東へ向かう「和白《わじろ》」方面、そして「博多駅」方面に分かれている。玄界灘《げんかいなだ》に面して両手を広げる博多湾を思い描けば、右掌《て》が和白、左掌が姪浜だが、名所で言えば東が「漢委奴国王《かんのわのなのこくおう》」で知られる金印の出た志賀島《しかのしま》、西が福岡城址やダイエーホークスの本拠地・福岡ドームということになる。ややこしいのは、福岡最大の繁華街である中洲や天神と東海道新幹線の終点である博多駅とがかけ離れていることだ。

中洲や天神はちょうど福岡市の中央部にあり、博多駅はその東南に位置する。従ってバス路線もこの二カ所を起点に別系統で運行されているのだった。

亜紀のマンションがある香椎浜は東区で、湾の右腕の方に属する。干拓事業で近年広大な埋立地が造成され、そこに新しいマンションが続々と建設されている。いわば福岡の新興ベッドタウンだった。

亜紀は数人の客の中で、中年の女性を選んで声をかけた。フラワーショップは三号線を和白方向に行った「産業大学前」あたりだったと記憶していた。店の名前をあげて訊ねたのだが、主婦らしい彼女はよく知らないようだった。「そうですか、すみませんでした」と亜紀がその人の前から離れたとき、すぐそばでバスを待っていた少女が話しかけてきたのだった。

「私、その店分かりますよ」

　少女はアクアブルーのスキッパーシャツに白いパンツ姿でわりと上背があった。ただ、棒のように痩《や》せていて、顔もあどけないし胸元もまだ頼りない。中学二年生くらいかな、と亜紀は推量した。

「ほんと？　ありがとう。何番に乗ってどこで降りるといいかな」

　亜紀は彼女の方に身を向けて言った。

「パーティーか何かですか」

　亜紀の服装を見て少女が言う。

「会社の同僚の結婚式の二次会なの。花束を頼まれちゃって」

「だったら、その店よりもっとちゃんとしたショップが香椎にありますよ。値段もあんまり変わらないし」

　香椎の町は、ここからだとバスで十分足らずだ。

「そうなの」

「うん。ショップの人もセンスあるし、バラばかり勧めたりしないし」

　バラを勧めないというその一言に亜紀は乗り気になった。高価なバラを中心にブーケを作る花屋はいただけない。

「そっか。だったらそのお店の名前と場所を教えてくれない」

「よかったら、私、案内しますよ」

女の子は気さくな感じで言ってきた。

「どうして。あなたこれからどこかに行くんでしょ」

すると彼女は、手に持っていた分厚い文庫本を持ち上げ、

「別にそういうわけじゃないんです。ヒマだったから循環バスに乗ってこれ読もうと思ってただけだから」

と笑顔を作ったのだった。

女の子が亜紀のマンションの八階に住む澤井明日香だと分かったのは一緒にバスに乗ってからだ。

「お姉さん、東京のお姉さんですよね」

がらがらに空いた車内の二人席に並んで腰掛けると、明日香の方からそう言ってきた。

その言葉に、亜紀もようやく思い当たった。そういえば引っ越しの晩に、この子のところに石鹸《せっけん》シャンプーとリンスのセットを持って挨拶に行った覚えがある。中年の父親と二人で玄関先に出てきて、二言三言やりとりをした。父親に「どちらからですか」と訊《たず》ねられ
「私の転勤で、東京から」と答えた。

走るバスの中で互いに自己紹介する。亜紀が名乗ると、

「冬木亜紀って変わってるね」

と明日香は言った。

「そうかな」

「だって冬に秋だなんて変じゃん」

「それよく言われる」

「でしょ」

人懐こそうな笑みを浮かべて明日香はよく喋《しゃべ》った。連休の真っ最中に、一人で循環バスに乗って本を読もうとしていた女の子のイメージとは相当に落差があると亜紀は内心で感じていた。

「じゃあ、これからはマンションですれ違ったりしたら、私、お姉さんのこと冬姉ちゃんって呼ぶことにする」

「冬姉ちゃん？」

亜紀が怪訝《けげん》な顔をすると、

「だって、秋より冬の方が好きなんだもん」

明日香はすました顔で言った。

「明日香ちゃんも変じゃん。冬の方が好きだなんて」

「私、寒いの大好き。だからほんとうは九州には来たくなかったの」

「そうなんだ」

「うん。でも良かった」

「何が？」

「だって、博多の冬ってすっごい寒いんだもん」

その日は、明日香の案内で香椎の町の花屋に行き、大きな花束を作って貰って、「西鉄香椎」の駅で別れた。亜紀はそこから電車と地下鉄を乗り継いで中洲に出ることにし、明日香は駅前のバス停から家に戻ることにしたのだ。別れ際に、

「明日香ちゃんは、どんな本を読むの」

と亜紀は訊ねた。明日香は手にしていたカバーのかかった本の表紙をめくって見せてくれた。それは、ドストエフスキーの『虐げられた人びと』だった。

「外国の小説が好きなんだ」

亜紀が感心したように呟《つぶや》くと、

「別にそうでもないけど」

と彼女は言った。

「じゃあ、どんな本が好きなの」

「あんまりないよ。字が書いてあれば何でもいいの」

「てことはヒマつぶし？」

香椎浜のバス停で、そんなことを言っていたな、と思い出しながら亜紀は言う。

「そういうわけでもないけど」

「この連休は何もしないの？」

「そうね。どこも行くとこないし」

「明日香ちゃんも、最近引っ越してきたの？」

「なんで」

「だって、さっきバスの中でほんとうは九州に来るのいやだったって言ってたじゃない」

「ちょうど一年前に来たの」

「そっか」

そこで亜紀が言葉を置くと、

「私も、ずっと東京だったんだ」

ぽつりと明日香が言った。

「そうだと思った」

「えっ、どうして」

「言葉づかいでそうじゃないかと思ったの。ぜんぜん博多弁じゃないし」

亜紀の言葉に、明日香はちょっと照れたような嬉《うれ》しそうな表情になった。

「私ね、できるだけこの街にも学校にも溶け込まないようにしてるの。だから博多弁もわざと覚えないんだ」

「どうして？　お父さんの仕事の都合でまたすぐ転校でもするの」

「それも少しある」

「じゃ、他には」

「溶け込むのが嫌いだから。別にこの街や人とかだけじゃなくて、どこでも誰とでもそんな風になりたくないから」

「そうなんだ。でも何でそんなふうに思うんだろ。福岡って結構いい街なんじゃない」

そこで明日香は少し考える素振りになった。

「向いてないからだと思う」

「向いてないって？」

「だから、そういうの」

「だけど、さっきはあんなに気軽に声かけてくれたでしょ」

「それは特別」

「どうして」と亜紀は笑いながら訊《き》いた。

「だって、お姉ちゃんは背が高くて、すごいかっこいい人だなあって思ってたから」

「そんなことないわよ。誰にもそんなこと言われたことないよ」

亜紀がますます笑うと、

「だったら別にいい」

明日香は不意にそう言って、すでに停留所で発車を待っていたバスの方へと一目散に駆けて行ってしまったのだった。

翌二十九日の月曜日はみどりの日だった。亜紀は朝早く起きると明日香の部屋を訪ねた。父親の紀夫さんにあらためて挨拶《あいさつ》し、昨日の礼を言い、寝ぼけ眼で出てきた明日香を映画に誘ったのだった。映画のあとで昼食を一緒にとりながら、亜紀は明日香がやはり中学二年生であることや彼女の家庭の複雑な事情について話を聞いた。そうやって亜紀と明日香のこの一年の付き合いは始まったのである。

明日香はいつものように柚子《ゆず》胡椒《こしょう》の小瓶を持ってやって来た。彼女はどんな料理にでもこの薬味を使う。刺し身にもさつま揚げにもステーキにも山葵《わさび》や生姜《しょうが》のかわりにこれをつけて食べるのだ。

「九州に来て唯一の収穫は、この柚子胡椒かな」

と言っている。たしかに柚子の香気と酸味が独特のこの芥子《からし》は、亜紀も気に入っているが、揚げたての天ぷらにもたっぷり塗って食べる明日香を見ていると、この子はほんとに変わっているなあ、とつくづく感心させられてしまう。

華味鶏《はなみどり》の天ぷらは美味だった。それ以上にアジの叩《たた》きは口の中で甘くとろけるようで、明日香も何度も「美味《おい》しいね」を繰り返していた。

食事のあと、グリコのコーヒーゼリーを食べながら二人でとりとめのない話をする。紀夫さんの帰りが遅い日でも、普段は九時前には八階に戻る明日香だが、今夜は父親が出張ということもあってずいぶん寛《くつろ》いだ様子だった。時計の針はすでに八時半を回っていた。

食べ終えた二人分のゼリーの容器をキッチンに片づけに行って戻って来ると、明日香は座卓の傍からソファに居場所を変えて話しかけてきた。

「冬姉ちゃんは、今度の連休は東京に帰るの」

「さあ、まだどうするか決めてないけど、今年は飛び石だから帰らないんじゃないかな」

明日香が途端ににんまりとした顔になる。

「そうだよね。純平君も最近すごい大変そうだし、冬姉ちゃんがいなくなったらさみしくて泣いちゃうよね」

「たぶんね」

亜紀も調子を合わせてみせた。

明日香と純平は仲がいい。出会ってすぐから打ち解けて互いに遠慮のない間柄になった。二人ともよく喋《しゃべ》るから、三人でいるとうるさいくらいだ。歳はずいぶん違うが、彼らの境遇には共通点があった。純平は小学四年生のときから父方の祖父と二人暮らしだったというし、明日香も両親が離婚して父子の生活を送っている。亜紀には分からない苦労を彼らは経験してきた。が、それ以上に二人のウマが合うのは、何といっても明日香が純平の仕事に強い興味と憧《あこが》れを持ったからだった。ここで初めて三人で会ったとき、明日香は、部屋にある家電製品、たとえば電気ポットや炊飯器、亜紀が使っているワードプロセッサーなどを純平がデザインしたことを知って、それらの製品と純平の顔とを交互に見比べながら感じ入った面持ちになっていた。

純平の方も、仕事の話となれば舌が止まらない性格なので、恰好《かっこう》の聞き役を見つけて満足気のようだった。

「インダストリアルデザインで世界的な商品になったのって山ほどあるけど、例えば、コカ・コーラのボトルなんか有名なんだ。あれが普通の瓶に入ってたら、すごい変な色したサイダーで終わってただろうって言われてるくらいでね」

純平の話に明日香は最初から興味津々の様子になった。

「デザイナーはクライアントからどんな注文を受けて、あのボトルをデザインしたと思う？」

この話は亜紀も初めてだったので、明日香と二人で自然と引き込まれてしまう。

「彼はこう注文されたんだ。真っ暗闇で触ってもこれはコカ・コーラだってすぐに分かって、しかも瓶が割れてカケラしか落ちてなくても、その小さな破片を一目見ただけでコカ・コーラだって見分けられるようにしろってね」

「すごーい」

我が意を得たりという顔で純平は微笑む。そういうときの彼は、まるで子供のような目つきになるが、そこがいつもの皮肉屋な一面と対照的で、亜紀には魅力的なのだった。

それから急に純平は立ち上がると、亜紀の寝室に行って化粧品の容器を幾つか摑《つか》んで戻ってきた。一つ一つの容器のキャップを外して座卓の上に並べ、

「明日香ちゃん、これ、何だか分かる？」

と訊いた。明日香はきょとんとした顔で、

「何って、フタじゃないの」

と言う。

「フタはフタだけど、これって全部、あるものをシンボライズしてデザインしてるんだけ

ど、それが何か分かるかな」

「えー、分からないよ」

そこで、純平は再びにやりと笑うのだった。

「よく見ると、みんな大きくて丸いだろ。これはね、全部男の人のおちんちんの先っぽをデザイン化してるんだ。要するに女の人がキレイになりたい、その一番の理由がこのキャップには見事にデザイン化されている。だから若い女性はこういう形の化粧品についつい手が出てしまうってわけさ」

あのとき、見る間に赤くなっていった明日香の顔はいまでも忘れられない。

「明日香の方こそ今年はどうするの。東京のお母さんのところには行かないの」

座卓の方からソファに座った明日香を見上げる恰好で亜紀は言った。

「たぶんね」

明日香は亜紀のさきほどの口調を真似て、おどけたように言う。

「だけど、もうずいぶんお母さんにも聡君《さとし》にも会ってないんでしょ。せっかくだから一度帰ってくればいいじゃない。お父さんは何て言ってるの」

「パパは、行ってくればいいって言うけど。でも来年受験なんだし、そんなことしてる時間ないもん」

明日香の両親は二年前に離婚した。姉の明日香は父親の紀夫さんのもとに行き、小学校二年生だった聡君は母親の裕美子《ゆみこ》さんが引き取った。大手の食品会社に勤める紀夫さんは離婚直後に転勤が決まり、一昨年の四月に娘と共に福岡にやって来た。

「私がパパの方についたのは、私がパパと一緒に暮らして、いずれはママともう一度やり直せるようにしたいって思ってたからなの。パパも聡のことはとても気にしてたし、同じ東京に住んで、やがて時間が経てば、パパとママも仲直りできるんじゃないかって。そしたら、あっというまに転勤になっちゃって、私はすごいショックだった」

離婚の原因は紀夫さんの浮気だったようだ。

「ママのことを裏切ったパパのことは私は絶対に許せないの。だけど、付き合ってた女の人とは別れたみたいだし、パパがすごく後悔してるのも確かなの。パパが私を引き取ったのは、きっとパパもママとやり直したいって考えてたからだと思う」

明日香は一緒に映画を観に行った日に、そう語っていた。

ところが事態は意外な方向へ展開した。離婚して働きだした裕美子さんが、昨年の十一月に勤め先の会社の上司と再婚してしまったのである。

明日香の受けた衝撃は大きかった。以来、彼女は母親にも弟にもまったく連絡をしなくなっているようだった。

「でも、お母さんだって明日香にきっと会いたがってると思うよ。聡君だって会いたいんじゃないかな」

「そうかもしれないけど、私の帰る家をなくしちゃったのはママの方だから」

明日香はきっぱりと言った。

亜紀は一度立ってあたたかいお茶を淹《い》れて来ると、明日香に湯呑《ゆの》みを渡して、自分もお茶を持ってその隣に腰掛けた。

さきほどつけたテレビでは天気予報をやっている。

「この天気予報だけは、いつまで経っても慣れないよね」

お茶を一口すすって明日香が言う。天気予報を見るたびに彼女はそう言うのだった。それは亜紀も同感だった。もう福岡に来て一年になるというのに、画面に九州地方の天気図が映ると違和感がある。いまでも全国の天気が出れば、つい東京のお天気マークに先に目がいってしまう。

「テレビのチャンネルもまだうまく覚えられないな」

亜紀が言うと、「それは私はもう大丈夫」と明日香は笑った。福岡ではNHKが1ではなく3で、これは東京ではNHK教育のチャンネルだ。そして1はテレビ朝日で、教育放送は東京ではTBSの6チャンネル。TBSは日テレの4で、日テレはUHF波で放送されている。東京では8のフジはこちらでは9チャンネルだ。

「もしかしたら、達哉《たつや》が連休中に遊びに来るかもしれないんだ」

不意に明日香が言った。

亜紀は思わず、明日香の横顔を見た。

「ほんと」

「うん。まだはっきりとは決まってないんだけど」

明日香はちょっと照れたようなしぐさで湯呑みを胸元に引き寄せ、小さな笑みを口許《くちもと》に浮かべている。

3

「達哉君、博多どんたくは面白かったね？」

料金所を通過して九州自動車道に乗ったところで、純平は車の速度を上げながら後部座席に座る達哉に訊《たず》ねた。

うーんと呟《つぶや》いて、達哉は黙ってしまう。

「つまらんかったやろう」

純平が笑いながら言った。

「そういうわけでもないですけど、人があんまり沢山で、よく分かりませんでした」

「どのあたりで見たと」

「えっ、なんですか」

達哉が運転席に身を乗り出してくる。

「いや、だから、どのあたりの場所で見物したのかなって」

「アクロスの真ん前あたり」

達哉の隣にいる明日香が代わりに返事する。

「だけど、めちゃくちゃ混んでて全然見えないんだもん。途中から雨も降ってくるし、すぐ帰ってきちゃった」

日本三大祭りの一つに数えられる博多どんたくは、毎年五月の三日、四日に行なわれる。稚児行列や仮装行列、手踊りなどの松囃子《まつばやし》を組んで、福博《ふくはく》の人々が博多の街を練り歩くのだが、たった二日間で二百万人近くの見物客が押し寄せる盛大な行事だった。

「明日香もどんたくは初めてやったと」

「うん。だけどもう二度と行かない」

「あれは徳島の阿波《あわ》踊《おど》りとおんなじで、どんたく隊に入って踊り行列に参加せんと全然面白くないからな」

「純平君は、どんたく隊やったことあるの」

明日香が意外そうに言った。

「あるよ。大学んときに一回だけ」

「たのしかった?」

「いやー、全然つまらんかったね」

「なーんだ」

そこで全員が爆笑した。

「冬姉ちゃんは、どんたくは見たことあるの」

助手席の亜紀に明日香が訊《き》いてくる。

「まだ見たことないわね」

　車はぐんぐんスピードを上げている。亜紀は返事もそこそこに「もうすこしスピード落としてちょうだい」と純平に言った。彼は頷《うなず》いてアクセルをゆるめる。

　純平の運転は、亜紀からすると乱暴だった。スピードは出すし、ステアリングの切り方も大胆で、発進や車庫入れなどびっくりするくらいに速い。学生になってすぐに車を買い、毎週、大分の祖父のもとへ帰っていたというから運転はたしかに上手だが、徹夜明けでも平気で加速するので隣に乗っているといつもハラハラさせられてしまう。

　しかも近頃の純平の睡眠時間は、毎日三時間程度なのだ。亜紀の部屋に来ても、食事もそこそこに寝入ってしまうありさまで、今日も明け方まで事務所で仕事をして、二時間ほど仮眠をとったあと亜紀たちを迎えに来たと言っていた。

　純平の愛車は八四年型の日産ブルーバード・マキシマだ。大学一年の終わりにバイトで溜《た》めた金をはたいて買った車だそうだが、いまどきこんな旧式に乗っている人間は滅多にいない。亜紀も初めてドライブに出かけたときは驚いたし、今朝も車を見るなり達哉も目を丸くしていた。だが、走ってみると意外に乗り心地が良かった。純平がメンテナンスを怠らず、大事に乗りつづけているからでもあるが、彼によれば、この車は名車なのだそうだ。

「FFのV6ターボは日本ではこの車だけなんだ。日産だと、これが最後の車らしい車かもしれないね。半導体制御のいまの車には、自動車が本来持つべきマシーンとしての特性はほとんど残されてないよ」

と宣《のたま》っている。

「モノと人とを区別する人間には、モノにも心があることが分からないんだ。モノはもちろんそれだけで人間のような心があるわけじゃないけど、それが人と一体となったとき、その作り手の心を俺たちにちゃんと訴えかけてくる」

これが彼のインダストリアルデザイナーとしてのポリシーだった。

「要するに人はモノ、モノは人ってことだ。ジンキイッタイこそが、動物と人間とを隔てる最大の要素であり、それが文明ってことだと俺は思ってる」

初めてデートした折、純平は熱っぽい口調でそう語った。亜紀が『ジンキイッタイ』という言葉が分からずに聞き返すと、そんなことも分からないのかという表情で、レストランのナプキンを一枚抜き、『人機一体』とボールペンで書きつけて亜紀に突き出してきた。怒ったようなその顔を一目見た瞬間、亜紀は稲垣純平という男のことがたまらなく好きになってしまったのだった。

「だけど、どんたくが面白くなかったんじゃ、せっかく来たのに期待外れだったわね」

亜紀は言った。

明日のこどもの日で連休も終わりだが、久留米《くるめ》に向かう道は空いていた。東京ならば高速の上り線は今日あたり大渋滞だろうが、こちらでは反対車線の車もスムーズに流れている。

「そんなことないです。深川《ふかがわ》や三社《さんじゃ》のお祭りよりずっとスケールも大きかったし、雰囲気は十分楽しめました」

達哉は素直な口調で答えた。

「何よ、それ」

明日香が不満そうな声を上げる。

「達哉は別にどんたく見物が目的で来たんじゃないでしょ。私に会いたくて来たんでしょ」

「ま、それもあるけどね」

それから久留米に着くまでの一時間近く、達哉と明日香は後ろの座席でくすくす笑いながらずっと喋《しゃべ》り合っていた。

今年のゴールデンウィークは、26（土）27（日）28（月）29（火・みどりの日）30（水）1（木）2（金）3（土・憲法記念日）4（日）5（月・こどもの日）というカレンダーで、四日が日曜日だから国民の休日も設けられず、まとまった休暇を取るには甚だ不都合だった。

亜紀は今回も東京には帰らなかった。去年も夏休みには帰省したし、この正月も両国の実家で過ごしたので、別に無理に戻ることもなかった。

平田《ひらた》達哉が明日香の家に遊びにやって来たのは一昨日、五月二日の夜だ。

亜紀は翌朝、簡単な挨拶《あいさつ》を交わしたが、二人は昼から紀夫さんと一緒にどんたく見物に出かけたので、ちゃんとした顔合わせは今日になった。むろん純平は、達哉とは今朝が初対面だ。

今日一日は前々から四人で出かける約束になっていた。明朝の飛行機で東京に戻る予定の達哉に、明日香を通じて、どこに行ってみたいか訊ねたところ、彼の希望は意外にも「一番美味《おい》しい博多ラーメンが食べたい」というものだった。そのことを純平に昨夜伝えると、

「ほんとうに旨《うま》い博多ラーメンは久留米ラーメンだな」

こちらも予想外の答えが返ってきた。

そういえば、久留米にある「白竜軒」という店のラーメンが絶品だとは純平に常々聞かされていた。それでいて亜紀もいままで連れていってもらったことがなかったので、これもいい機会だという話に落ち着いて、今回の久留米行きとなったのである。

白竜軒は久留米市街から十分ほど大牟田《おおむた》方面に走ったところにあった。近くには九州最大の一級河川である筑後川《ちくごがわ》が流れ、店は大きな橋のたもとに建っている。

四人はちょうど十二時に白竜軒に着いた。

満員の店内で、亜紀と明日香はラーメン、純平と達哉はチャーシューメンの大盛りを注文した。なるほど博多ラーメンよりスープは濃厚でコクがあり、それでいて脂のくさみがほとんどない。麺《めん》は平打ちの細麺で独特の食感があった。達哉も明日香もスープまできれいに平らげた。

「久留米まで来た甲斐《かい》があっただろう」

純平が言うと、二人とも頷いて満足そうな笑顔になった。

汗びっしょりになって店を出ると、薄曇りの空から陽光が射し始めていた。川沿いなので涼しい風も吹きつけてくる。土手の方へと歩いていくと、太い川筋が、遠く阿蘇《あそ》の山々の連なりまで大きくうねりながら伸びているのが見えた。

「腹ごなしに、河川敷を少し歩いてみようか」

五月の光に目を細めつつ、純平は深く一息ついて言った。その横顔は、またやつれたようだ。不精髭《ぶしょうひげ》が顎《あご》のあたりを覆っている。こんなに疲れているときに明日香たちの相手までさせてしまって悪かったな、と亜紀は申し訳ない気がした。

橋を渡った先に川原に下りる階段があった。その急な階段を使って、みんなで川岸へと向かった。対岸まで優に五十メートルはある川は、風に水面をかすかに揺らすのみで、まるで大きな湖のようにどっしりと静かだった。

しばらく岸辺を歩いた。家族連れやカップルたちが、水遊びをしたり、川原に陣取って日向《ひなた》ぼっこしたりしている。

達哉と明日香が土手の斜面を駆け上がっていく。その後ろ姿は、二人とも背が高いこともあって歴《れっき》とした恋人同士のように見える。達哉は高校二年、明日香は中三だから、まだまだそういう年頃には早過ぎるのだが。

「だけど、あの二人、本気で結婚するつもりなんやろか」

土手の途中に窪地《くぼち》を見つけて腰を下ろした二人を見上げながら、純平が言った。

「少なくとも明日香は本気も本気、絶対結婚するつもりよね」

「なんでやろ」

純平が間の抜けたような声を出す。

「というか、いまの明日香にとっては達哉君の存在だけが支えなのよ」

「それはそうかもしれないけど、達哉君の方も、どうもそんな感じやね」

「私もそう思った。彼も明日香とのことはマジって気がする」

「だろう。しかし、いまどき親同士が決めた許嫁《いいなずけ》なんて、ほんとにあんのかね。俺にはちょっと信じられないよ。明日香にしろ、達哉君にしろ、これから好きな相手だってできるだろうし、このままの関係がずっと続いて、約束通りに結婚まで漕《こ》ぎ着けるなんて至難の技だと思うけどね」

「それはそうかもしれないけど、そうじゃないかもしれないわよ」

「そうかなあ」

「だって、幼馴染《おさななじ》み同士や、中学や高校のときの同級生同士で結婚してる人なんて沢山いるじゃない。あの二人も似たようなものかもしれないわ」

純平はいつの間にか亜紀の手をとっている。明日香と達哉が手を振っているので、純平も亜紀も空いた手で同時に振り返した。

「でも許嫁ってのは、だいぶニュアンスが違う気がするけどね。本人同士の意志はゼロで、親同士が勝手に決めてしまうわけやからね」

「たしかにそうだけど、その分、子供にすれば拘束力は強いんじゃない。小さいときから、自分はこの相手と結婚するんだって言い聞かされてるわけだし」

「うーん」

純平は釈然としない面持ちになる。

亜紀も初めて達哉のことを明日香から聞いたときはびっくりした。二人の父親同士が小学校時代からの親友で、お互い結婚する前から、男の子と女の子に恵まれたら将来必ず結婚させようと誓い合っていたのだそうだ。だから、達哉も明日香も、ものごころついた時分から「お前たちは、いずれは結婚するのだ」と言われつづけて成長した。明日香の様子を眺めていると、彼女はそのことを素直に受け入れているふうだった。純平が言うように、親同士が勝手に決めたそんな約束を、果して本人たちが守るつもりがあるのか疑問にも感じるが、今日の二人を観察していると、双方ともに案外本気のように思えるし、それよりなにより彼らはまるで本物の兄妹以上に親しげなのだった。

親が決めた結婚——明日香から話を聞いた折に亜紀が真っ先に想起したのは、佐藤佐智子のことだった。三年前、康の結婚式の日に読んだあの手紙の内容は、いまでも亜紀の心に深々と突き刺さっている。明日香と達哉とのことに純平ほどの違和を覚えないのは、きっと三年前の体験があるからだろう、と亜紀は思う。

明日香たちがおいでおいでをしている。

亜紀は握り合っていた手をほどいて、純平より先に土手を上がっていった。

4

純平と達哉は草地に並んで腰掛け、熱心に話し込んでいる。

明日香は「すこし涼んでくるね」と言って、さきほど川原に下りていった。亜紀は純平の隣でじっと彼らのやりとりを聞いていた。

最初は、やはり純平の車のことに達哉は興味を持ったようだった。

「車検だとかメンテだとか、新車買うよりお金かかるんじゃないですか」

「そこまではないと思うけどね。それに俺は、簡単な車の整備くらいは自分でできちゃうから」

達哉が感心した目で純平を見る。

「もしかして整備士の免許とか、持ってるんですか」

「そうじゃないけど、車の構造には詳しいんだ」

達哉がちょっと怪訝《けげん》な表情になる。純平は言葉をつないだ。

「いずれは車のデザインをやってみたいと思ってるからね。当然、メカのこともある程度は知っていないと絵は描けないだろ。実は、俺、電車のことも結構詳しいんだよ」

「じゃあ、電車のデザインもやりたいんですね」

「そう。学生時代から、将来は新幹線のデザインをするのが夢だったから。そのためには車や電車のスペックくらい読めるようになっとかないとね」

純平がいま住んでいる大名《だいみょう》の１ＬＤＫのマンションには、いたるところに自動車や電車の精密模型が置かれていた。初めて亜紀が訪ねたとき、彼は目の前でベッドに仰向けに寝転がり、電車模型の一つを天井に向けてかざしてみせた。「毎晩、眠る前にいつもこうやってこいつらをしばらくじっくり眺めるんだ。性能のいいものは絶対にフォルムが美しい。車でも電車でも美しくなければ名車にはなり得ない。こいつらを見ていると、それがほんとうによく分かるんだ」と彼は言った。

「新幹線かあ。純平さんて、すごいパワフルですね」

「そうかな」

「はい、そう思います」

純平は苦笑して、手元の草をむしると胸前から放ってみせた。左から右に吹く風が亜紀の組んだ足を越えて二メートルほど先まで千切れた草を流していった。

「だけど、達哉君だって将来やりたい仕事くらいあるだろう」

「そんな大したのないです」

達哉は生真面目な口調で言う。

「大したのじゃなければ？」

亜紀が純平越しに身を乗り出して訊《き》く。

達哉はすこし困ったような顔をして、しばし考えていた。

「この前テレビ見てて、いいなって思ったのは漁師かな」

「漁師？」

純平が素《す》っ頓狂《とんきょう》な声を上げた。

「はい。イカ釣り船に乗って、奥さんと二人でスルメイカを獲《と》ってる漁師さんが出てたんですけど、僕も高校出たら、明日香と結婚して、スルメイカとか獲りながら暮らせたらいいなってちょっと思いました」

「だけど、きみの通ってる高校って屈指の進学校なんだろ」

呆《あき》れたような純平の声だ。

「一応、そうです」

「だったら、きみも一流大学に入って勉強するつもりなんじゃないの」

「そうですね」

「それなら、漁師にはならんのじゃないの」

「たぶん」

そして、達哉はいかにも恥ずかしそうに、

「だから、純平さんみたいに大したのなんて僕には何もないんです」

と言う。

達哉はどこから見ても、欠点のなさそうな高校生だった。背は高く、切れ長の目に鼻筋の通った顔はなかなかのハンサムだ。学校ではハンドボールをやっているそうだが、手足が長く全身がすらりと恰好《かっこう》いい。髭《ひげ》の濃い地黒顔にまん丸の目をした、どちらかといえば
ずんぐりむっくりの純平と見比べれば、達哉はやっぱり東京の子だなあ、という気がして
しまう。しかも達哉の通っている高校は東大合格率で常にトップを競う名門中の名門校な
のだ。
「大学に入ったら、勉強して医者とか弁護士とかを目指すんじゃないの」
　亜紀が言うと、
「学校の連中は、みんなそんなこと言ってます。でも、僕は人間付き合いは苦手だから医
者や弁護士はとても無理だと思うし」
　達哉は気のなさそうな表情で答えた。
「人付き合いなんて、若い頃は苦手なくらいでちょうどいいんじゃないの」
「そうかもしれないと思うときもあるんですけど、やっぱり、できればあんまり人と接す
る仕事はしたくないなって思うんです」
「なんで、そんなに人嫌いなのかしら」
「さあ。話すこととかないし、大勢で遊んだりするのも全然楽しくないし」
「それって、おたくってことやないの」
　純平が笑った。
「そうでもないです。のめり込むような趣味もないし、そういうのもイマイチ好きじゃな

いから」

「それなら、何しに大学に行くんだよ」

純平はますます呆れ顔になっている。

「僕にも、よく分かりません。他のみんなも本当はよく分からないんじゃないですか」

「いやー」

一声出して、純平は真剣な顔つきになった。

「たとえばさ、わくわくする仕事をして、たくさん金を稼いで、美人の奥さんを貰《もら》って、どでかい家に住みたいとかさ、なんかそういう欲望って、誰だって口には出さなくても心の中に必ず持ってるだろ。人間なんて、たとえそれが傍から見たらどんなに馬鹿らしいものでも、何か自分にとって納得できる動機がないと、何一つやれんじゃない。そういうのって達哉君には全然ないわけ」

達哉は純平の言葉に、また考え込んだ。別に純平や亜紀をからかいたくて妙な物言いをしているわけではなさそうなのが、その真面目な雰囲気から充分に汲《く》み取れる。

「僕の場合は、そこが難しいんですよ」

彼は呟《つぶや》いて、さらに間を置き、そしてこんなことを口にした。

「僕の場合は、お金はそんなに稼がなくてもいいと思うんです。もともとあんまり必要ないし、そこそこ働ければ家族で暮らすくらいは一生何とかなる気がします。奥さんは明日香がいてくれるし、家は、僕は一人っ子だから親の家もあるし、それに父も母も一人っ子なんで、いずれ僕が相続することになる家があと二軒、東京にあるんです。とくに母方のおじいちゃんは土地持ちだから、貸しビルとかアパートも何棟か経営していますし」

「はあ……」

純平は思わず絶句する。亜紀も達哉の言いぐさにやや唖然《あぜん》とした。

「俺なんか、小さいときに親父が死んで、お袋も小学生んときに再婚しちまって、ずっと父方のじいちゃんの家で育ったから、早く一人前になって世話になったじいちゃんに楽させてやりたいって思ってるし、やりたい仕事やって、金もいっぱい稼いで、自分もいい暮らしがしたいって常々思ってるよ」

「そういうの、すこし羨《うらや》ましいです」

達哉はしみじみとした口ぶりになった。

「僕は、自分が何をしたいのかまだ全然分からないんです。ただ、明日香も純平さんと同じで、家のことですごい苦労してて、一人ぼっちだし、だから明日香にはもうこれ以上さみしい思いをさせないようにしてあげたいなって、それだけは思ってます」

純平は口をへの字にして、腕を組んだ。亜紀も達哉から目を逸《そ》らして、眼下の景色を眺めやる。雲はすっかり消えて、午後の強い光が静かな川面に照りつけていた。水遊びに興じる子供たちの中にひょろりと背の高い少女の後ろ姿を見つけ、明日香はいつの間にあんな遠くまで行ったのだろう、と思った。ふと達哉の方に視線を戻すと、彼もじっと明日香の背中を見つめていた。

黙り込んでいた純平が、不意に口を開いた。

「その、なんていうのかな。きみたち二人は正真正銘の許嫁《いいなずけ》なわけ？　成人したらほんとに結婚するつもりでいるの」

「はい。僕も明日香も小さい頃からそう思ってきましたから」

「きみたちの親も本気でそう思ってるのかな」

達哉は首を傾げるような仕草になった。

「さあ、そんなことないんじゃないですか」

その意外な答えに純平と亜紀は顔を見合わせてしまう。

「そんなことないって？」

亜紀がすかさず聞き返した。

「だって、僕たちがいずれ結婚すると言っても、全然本気にしてないみたいですから」

「だとすると、何できみたちはそう固く信じてるわけ。許嫁ってのは親同士が決めるから許嫁なんだろ。親が本気じゃないんなら、何もきみたちがそこまで縛られることないじゃないか」

「別に僕たちは、縛られたりしてるわけじゃないですよ」

「じゃあ、どうして結婚するって決めてしまってるの。二人ともまだ若いんだし、もっとお互いの関係を自由に考えても悪くはないんじゃないかしら」

これではまるで純平と二人で達哉を問い詰めているような具合だ、と亜紀は内心で気遣いながらも、つい疑問が口をついて出てしまう。

達哉は亜紀の言葉に、わずかではあるが嘲笑《ちょうしょう》に似た薄笑いを口許《くちもと》に浮かべた。

「明日香もきっと同じだろうと思いますが、ほんとうは僕は明日香以外の他の誰とも仲良くなんてなりたくないんです。明日香だから、というわけじゃなくて、僕には明日香だってことだと思うんです。そういう確かなものが欲しいし、その確かなものを僕は受け入れたいと思っています。親同士は冗談半分で、僕たちが大人になったら結婚させようって約束したんだと思うけど、僕と明日香にとっては、それは別に冗談なんかじゃなかったし、明日香も僕もずっと素直にそう信じて育ってきました。だから、親が決めたんじゃなくて、これはきっとごく自然に当たり前に決まってしまったことだと思う。そして、僕たちにとっては何よりそのことが一番大切なんです。これがもし、親父同士が本気で誓い合ったようなことなら、きっと僕たちはこんなふうにそのことを信じられなかったと思います。誰も決めなかった、僕たちにしても親父たちにしても。そこがすっごい重要なんです。誰も真剣に決めたわけではないのに、結婚という人生の重大な選択がいつのまにか自然に決まってしまった。そこを僕も明日香も本気で真剣に信じて、受け入れたいって思ってるんだと思います。だって僕も明日香も、ほんとうに確かなものが、自分の人生の中でせめて一つでいいから欲しいし、ほんとうに確かなものは、いま僕たちが生きているとか、いずれ僕たちが必ず死んでしまうことと同じように、自分で決めたり選んだりできないからこそ、自分の力ではどうにもならないものだからこそ、ほんとうに確かなものなんだと思うんです。分かりますか、僕の言っていること」

達哉の思わぬ長広舌に、純平は思案気にしばらく口を噤《つぐ》んでいた。が、やがてたまりかねたような口調で話し始めた。

「しかしさあ、それじゃあ、きみたちの結婚はまるで天災にでもあったようなもの、ってことになるんやないの。それか、ついこの前解決したペルーの事件の人質の人たちと同じってことだろ。重大な選択というのは、自分自身が選び取るからこそ重大な選択であってさ、何もしないうちに勝手に決められていたものなんて、重大でもなんでもないって話だろ。大体、きみの言い方だと、あの二年前の神戸の地震で亡くなった六千人以上の人たちだって、それこそほんとうに確かな選択によって突然あんなふうに生命を奪われてしまったってことにもなっちゃうよ」

純平は至極当たり前のことを言っている、と亜紀は思った。

達哉は、また皮肉の混じった笑みを浮かべる。

「天災で死ぬのってそんなに悪いことでしょうか？　僕は人の死に方としてはちっとも悪くないと思うし、病気や事故で死ぬのと同じだと思う。というより、自分の死に自分の関与する部分がない、つまりは、責任がないという意味では、天災で死ぬのって死に方としては、たとえば自動車事故やストレスが原因の大方の病気なんかよりずっと自然でまともな死に方なんじゃないかって気がします」

純平はまじまじとそんな達哉の顔を見つめた。愉快そうな目の色をしてはいるが、こういうときの彼は、内心では相手に対して強い敵愾心《てきがいしん》を抱いている場合が多い。

「そんなのはただの理屈だよ。きみの言う確かさなんて俺に言わせれば風船みたいな空っぽの確かさだな。そもそも誰も選択しない、誰も決めないことなんて、この世界のどこにもないよ。俺が生まれたことだって俺の親父とお袋が選択したことだし、俺がいずれ死ぬことだって、俺が生きることを何十年も選択しつづけた結果、初めて生まれる必然でしかない。選択のない世界には生も死もあったもんじゃないと俺は思うよ。そして俺は、思い切り生きて、そして死んで、また別の俺に生まれ変わってこの世界に戻ってくる。どこにも選択がないのではなく、すべては選択されることによって存在するんだ。生まれる前の俺だっていまの俺になることを選択したし、死んだあとの俺だって、きっと新しい次の俺に生まれ変わることを選択するんだ。そうやってあの世でもこの世でもさ、植物や動物もひっくるめてあらゆる生命のすべてが、無限に選択を繰り返すからこそ、この世界は存在しつづけているんだと俺は思う。大体がさ、そうやってきみや明日香が、自分たちは結婚するんだっていう事実を受け入れること自体が、間違いなくきみや明日香自身の選択でしかないだろう」

純平はいつもの持論を展開していた。彼はよく「デザインをやってて、たまにだけど、このデザインには俺自身が乗り移ったんじゃないかって感ずることがあるんだ。そして、それが製品になって世間に出回ると必ずといっていいほどヒットする。人の心は本来、身体とは全然別物で、この世界を自由に動き回ってるんだよ。だから、きっと俺が死んでも俺の心は死なないような気がする。モノにだって乗り移れるんだから、俺が死んだら、俺の心は別の人間に乗り移って、またこの世界に生まれ変わってくるんだよ」と言っている。

純平の話に達哉は不審気な表情を作った。

「そうでしょうか。僕はそう思わないんです。僕も明日香も何も選択しないんです。選択しないことでしか僕たちはほんとうに受け入れることはできないんだと思います」

「だから、それが頭でっかちな人間の屁理屈《へりくつ》だと、俺は言ってるんだ。生きるってのは、他の誰のものでもない徹頭徹尾自分のものだろう。人は、決定し、選択することでしか生きられないし、そこに初めて自分という人間のフォルムが生まれる。フォルムのない人生なんて真実の人生じゃないし、それは生きていないのと同じことだ。俺は天災なんかで死ぬのは金輪際厭《いや》だし、自分は絶対にそういう死に方はしないと確信してるよ。たとえ地震で押し潰《つぶ》されようが、海に突き落とされようが、火事で煙に巻かれようが、俺は最後の最後まで、こんなことで死んでたまるかと思いつづけて死んでいくね。人間にはそうしかできないし、達哉君が言うみたいに、地震で死ぬことは自然でまともだなんて、いざ自分がそういう目にあったら口が裂けても言えなくなる。そう思わないか」

二人の応酬を聞きながら、亜紀は、達哉の言っていることも何となく分かるような気がしていた。とくに、「選択しないことでしかほんとうに受け入れることはできない」という彼の言葉には、亜紀自身も共感できる面があった。たしかに、たとえ自分の人生であったとしても、黙って受け入れるしかない運命というものがあるような気がする。

亜紀は、ふと義理の妹である沙織のことを思った。

少なくとも彼女の抱える深刻な病は、沙織自身には何ら責任のない、何ら関与する部分のない、達哉ふうに言えば「自然でまとも」な病気に違いない。沙織は小さい頃から、その病気を受け入れてきた。彼女にはそうすることしかできなかっただろうし、受け入れることであれほどの人格を培《つちか》ってきたのだ。純平の言うように「人は、決定し、選択することでしか生きられ」ず、そうでなければ「人間のフォルム」が形成されないとするならば、沙織という女性が持つ見事なフォルムを果して純平はどう判定するのだろうか、と亜紀はかすかな疑問を感じた。

「純平さんみたいなパワフルな人には理解して貰《もら》えないかもしれないですけど、僕は自分の人生が全部自分のものだなんて全然思えないです。地震とか火事にあったら、きっと誰より先に諦《あきら》めちゃうような気もします。神戸で亡くなった人の中にはきっと僕みたいな人も何人かいたんだと思いますよ」

達哉は、なぜか晴々とした笑顔になってそう言った。隣の純平はいまだに納得できかねる面持ちで川原の方に目をやっていた。

じきに明日香が戻ってきて、それをしおに三人は立ち上がった。車を置いてきた白竜軒の駐車場に取って返したときは、午後一時半になっていた。亜紀の提案で、帰路は太宰府《だざいふ》インターで下車し、菅原道真公《すがわらのみちざねこう》を祀《まつ》る太宰府天満宮に立ち寄った。そこで明日香のための学業成就の御札を買い、参道の茶店で名物の梅ケ枝餅《もち》を食べた。香椎浜のマンションに辿《たど》り着いたのは夕方の五時過ぎだった。

明日香と達哉と別れたあと、純平は亜紀の部屋に来た。ビールが欲しいと言うので、昨夜の残りのタコのマリネとチーズをつまみに出して、缶ビールを開けた。

リビングの座卓に差し向かいで座り、乾杯する。

「疲れたでしょ。今日はごめんね」

亜紀が言うと、純平は一息でグラスを空にしたあと、

「そんなことないよ」

と言った。

「今夜は泊まっていけるの」

純平は首を振る。

「明日クライアントに渡す仕事があるんだ。まだラフしかできてないから今晩中に仕上げとかないと」

「ちょっと眠っていけばいいわ」

「そうもいかないしね」

「だけど、お酒も飲んでるし、運転は駄目よ」

「大丈夫だよ。これくらい」

そう言って純平は自分のグラスにビールを注ぐ。

「駄目よ、絶対」

亜紀は壁の掛け時計を見て、「九時くらいまで寝ていくといいわ。いま事務所に戻ってもどうせ仕事ははかどらないわよ」と言った。純平も亜紀の視線を追うように時計の針を見つめている。

「そうしてちょうだい」

念を押すと、黙って頷《うなず》く。結局、彼は缶ビール二本を飲み干した。酔いが回ってくると今日の明日香と達哉のことについて喋《しゃべ》り始めた。

「あの二人、かなり危なっかしいな」

純平は呟《つぶや》いた。

「帰りの車の中で、今度の夏休みに一緒に神戸に行こうって達哉が誘ってたけど、明日香は行かん方がいいな」

とも言う。

「どうして」

亜紀が訊《き》くと、

「どうしてってわけでもないけど、あの二人は二人きりにせん方がいい」

と言う。

「だけど、あんなに仲が良さそうだし、それほど問題ないんじゃないの。明日香はまだ中三だから男の子と二人きりってわけにはいかないけど、神戸には達哉君の叔母《おば》さんが住んでるって言ってたじゃない」

だんだん純平の呂律《ろれつ》が怪しくなってきていた。この程度のビールで酔うというのは、よほど疲れている証拠だ。

「明日香もそうだが、達哉の方が余計危ういよ。頭は良さそうだけど、あいつには形がない。ぐにゃぐにゃしてて、優しさや恥じらいや自負心ばっか発達させてしまってる。いまの若い連中の典型だよ。そういう感性を注ぎ込んで固める肝心要《かなめ》の器がない。要するにあいつにはフォルムがないんだ。フォルムのない人間は、なかなか生きていくのはしんどいよ。俺がいつも言ってるけど、すべてはまず形から始まるんだ。その形を決めて、そこからその形に何を入れていくのか、何を中身にしていくのかを選び取らないと。ところが最近の連中ときたら、生き甲斐《がい》だとか意味だとか、そんなことばっか考えてる。仕事だって、始めてもいないうちから、これが俺の本当にやりたいことやろうか、とか、俺はこんな仕事を一生やっていいんやろうかとか悩んでばかりいる。仕事なんてとりあえず何をやってもいい。まずやってみて、そして初めて、その仕事が自分にとってどんな意義があるのかないのか分かる。そういうことは、昔の人間は十五、六にもなればみんな知ってたんだ。それが大人になるってことだったんだ。そういうフォルムの芯《しん》になる基本的なパワーが、いまの若い連中には欠けちまってる。達哉もその一人だよ。恵まれた環境で育って人一倍頭がいいだけに却《かえ》ってああいうのは危なっかしい。亜紀はそう思わんかったね」

「そういうことじゃなくってさ」

亜紀は純平のその言葉に、さきほどの二人の様子をあらためて反芻《はんすう》した。彼の言わんとするところも理解できないではない、と思う。だが、彼が言うほど達哉が「危うい」とは亜紀には感じられなかった。

「そうねえ……」

口にして正面の純平を見た。彼は目を閉じ、いつの間にか肩を落として眠り込んでしまっているのだった。

5

阿片《アヘン》戦争後、英国の租借地となっていた香港が、七月一日に中国に返還された。経済成長を優先する中国政府は、香港を従来通りの金融・貿易センターとして温存するために深《しん》圳《せん》や珠海《しゅかい》、廈門《アモイ》といった経済特別区以上の自由度をこの地域に保障し、欧米や日本の資本進出をさらに加速させようとしていた。「一国二制度」の矛盾もここに極まりといった体ではあるが、しかし近年の中国の経済発展にはたしかに目を見張るものがあった。

亜紀の勤める九州支社にも、昨年来、「中国大陸での新工場建設の拠点作り」という特別ミッションが本社から与えられており、支社長の赤坂は頻繁に北京や上海に出張を繰り返している。

亜紀も昨年十月と今年三月の二度、赤坂に同行して北京に赴いた。去年の最初の出張は十月八日から一週間の日程だったが、最終日の十四日は亜紀の三十二歳の誕生日でもあった。

　せっかくの誕生日を共に過ごせないことが純平はずいぶん不満のようで、出張が決まった当初から「せめて一日早く戻ってくることはできんと。それくらい支社長に掛け合えば何とかなるんやないの」と言い募り、とうとう出発の前夜には亜紀と喧嘩《けんか》になって、出張中は互いに連絡も取り合わないほどの険悪な状態に陥ってしまった。

　純平には、そういう子供じみたわがままな一面があった。自分の思うようにならないとへそを曲げ、亜紀が折れるまで徹底して我を張り通しつづける。二つ年長の亜紀に対する甘えもあるのだろうが、それよりも、彼には「わがままも才能の一部」という抜きがたい信念のようなものが仄《ほの》見える。なるほど彼のような職業であれば、そうしたアクの強さも不可欠に違いないが、これまで付き合ってきた女性たちのことを「結局、俺の個性に最後は追いついてこれなくなったんだと思う」などと評する純平を見ていると、やはり、そこに自意識過剰の尊大さと、それと対をなす精一杯の強がりを感じずにはいられないのだった。

「才能があれば、何をしたっていいってものでもないわ」

　亜紀が純平の身勝手さに閉口して、たまに釘《くぎ》を刺すと、彼は、

「それはそうだけど」

　と決まって言った。YES. BUTではあっても、相手に指摘されて一応は肯《うなず》いてみせるところに純平の無邪気さが見える。

「俺は、亜紀のことだけは一生信じられるような気がする」

初めてベッドを共にした翌朝、純平はぽつりとそう呟くように言った。その言葉に亜紀は彼の子供の頃からの根深い孤独を肌で感じ取ったものだった。

北京での最後の夜、ホテルの自室に引きあげて亜紀は寛《くつろ》いでいた。赤坂もさすがに疲れたのかその夜の酒席は入れておらず、夕方には彼や現地のスタッフたちとも別れて、亜紀は誕生日の半日を自分の手に取り戻した。シャワーを浴び、今夜は夕食は控えて部屋でゆっくりしようと考えていたとき、純平から一週間ぶりの電話が入ったのだった。滞在中の泊まり先はもちろん教えてあった。

「誕生日、おめでとう」

彼はそう言った。

「ありがとう。この前は私が悪かったわ。あなたの気持ちは嬉《うれ》しかったのに」

久し振りに聞く好きな男の声に、亜紀は素直に詫《わ》びることができた。

「ひとりきりでさみしいだろ。晩飯はもう済んだの」

亜紀は腕時計を見た。ちょうど七時になっていた。

「ずっと中華ばかりだから、お腹の調子おかしくしちゃったみたい。今夜は何も食べないで早く寝ることにさっき決めたところ」

「そんなことだろうと思ったよ。きっと日本食が恋しいだろうね」

「そうね。ずっとこっちの人との会食つづきだったから、日本食はお昼に一度支社長と食べたきりだもの」

「いま何が食べたい」

「中華じゃなきゃ何でもいい。ご飯とお漬物とお味噌《みそ》汁さえあればいいって感じ」

「梅干しの入ったおむすびなんてどうかな」

「あー、いいなあ。明日帰ったら一緒に食べましょう」

そこで純平は、笑いを嚙《か》み殺すように一呼吸置いた。

「明日じゃなくてもいいよ。俺がいま持って行くから」

電話が切れて三分も経たないうちに亜紀の部屋のドアがノックされた。ドアを開けると花束を抱え、リュックを提げた純平が、してやったりといった顔つきで立っていたのだった。


この七月に入って、純平の独立計画は大きな障害に突き当たっていた。資金繰りがショートし、窮地に立たされてしまったのだ。

月初めから、純平の様子がどこかおかしいとは感じていたが、いよいよ独立まで二ヵ月を切って、溜《た》まっている仕事の処理や事務所開設準備の大詰めで心身共に疲弊《ひへい》しきっているのだろう、と亜紀は思っていた。

彼女が純平の苦境を察知したのは、七月十六日の水曜日、純平と一緒に新しく借りる事務所の候補物件を午後いっぱいかけて下見して回ったときのことだった。

その日、亜紀は半休を取って昼の一時に天神コアの一階で純平と待ち合わせ、不動産屋の若い社員と三人で、数ヵ所の物件を見学した。

いまの事務所がある天神からは離れたいという純平の希望もあって、用意された物件は三ヵ所が博多駅周辺、もう三ヵ所は博多港の近くだった。どれも百二十平米ほどで、純平の住居も兼ねることになるから、それほどの広さとはいえない。いっそのことマンションの一室を借りようかという案もあったが、やはり事務所の看板を掲げるとなればビルの方が都合がいいという結論になって、一ヵ月ほど前から二人で貸し事務所探しを始めたのだ。

博多駅近辺の三室は、どれもごみごみとした場所にあり亜紀も純平も気に入らなかったが、博多港の方では、築港本町《ちっこうほんまち》と大博町《たいはくまち》になかなかの好物件があった。築港本町の部屋は、大相撲九州場所が開かれる福岡国際センターと通りを隔てて真向かいの新築八階建てのビルの六階で、見晴らしも良く、正面には福岡競艇場があり、右に目をやれば都市高速1号線「みなと大橋」の向こうに美しい博多湾を望むことができた。周囲に高いビルがないこともあり、日当たりも申し分なかった。大博町の物件は、大博通りに面した古めかしいビルの一室だったが、こちらも日当たり良好で、何より家賃が破格の安さだった。

夕方までかけて一通り見分し、亜紀たちは業者と別れて中洲の純平行きつけの鰻屋《うなぎや》に向かった。博多祇園山笠《ぎおんやまがさ》が昨日終わったばかりの中洲の街は、いまだ祭りの熱気さめやらぬ風情で、普段以上の人出で賑《にぎ》わっている。那珂《なか》川の川沿いにずらりと並ぶ博多名物の屋台も、勤め帰りの男女でどこも満杯だった。「福博であい橋」のたもとまで歩き、二人は川に面して建つ仕舞屋《しもたや》ふうの店に入った。この橋の名前でも分かる通り、那珂川を挟んで橋を渡った対岸が福岡、手前の中洲側が博多というのが地元の人間の一応の福博の区分け法なのだ。

ビールと肝焼きで、まずは乾杯する。

亜紀は築港本町の新築物件がいいように思う、と話を切り出した。室内を見回しているときの純平の雰囲気からも、彼がその部屋に決めるのは間違いないと見当もつけている。ところが、純平はいつものように最初のビールを一息で飲み干すと、意外なことを口にした。

「俺は、大博町のにするよ。何といっても家賃がとびきり安いからね」

IDという仕事柄、部屋や調度、小物の類に至るまで強いこだわりを持っている純平にしては、それは似つかわしくない台詞《せりふ》だった。

「でも、せっかく独立するんだし、少しくらい家賃が高くたって気持ちのいい環境で仕事をする方が、長い目で見たらずっとあなたのためになると思うわよ」

亜紀は、この人は資金面で発生した新たなトラブルを自分に隠している、と直観しながらとりあえずそう言った。

「まあ、最初から贅沢《ぜいたく》は言えないからな。これからは給料を貰《もら》う側から渡す側に回るわけだしね」

純平らしくない、その縮こまったような笑顔を見て、亜紀は語気を幾分強める。

「あなた、私に何か隠してるでしょ。今月になって融資の話が壊れでもしたんじゃないの」

図星をつかれた純平は口を開けて呆然《ぼうぜん》とした瞳《ひとみ》で亜紀を見返した。

その後、注文した鰻重《うなじゅう》をつつきながら純平の詳しい説明を聞いてみれば、それは散々な顚末《てんまつ》だった。

純平が独立したい旨を事務所の社長である内海次郎《うつみじろう》に申し出たのは、今年三月のことだ。それまでも、そろそろ独立したいと二年程前から内海には告げていたので、この辞職願いは藪《やぶ》から棒の話というわけでもなかった。もともと、内海の事務所に誘われた時点で、純平の将来の独立は内海とのあいだでの諒解《りょうかい》事項だったという。

とはいえ、一番の稼ぎ頭である純平の退職に、内海は難色を示した。

「稲垣のおかげもあって、うちにもようやく各メーカーさんから大きな仕事が入ってくるようになったんだ。もうすこし頑張ってくれたら、いずれは資金もスタッフもクライアントもつけて、うちを二つに割るような形でお前に立派な事務所を構えさせてやるから」

内海は、そう言ってしきりに慰留してきた。その過程で純平も初めて耳にしたことだが、実は内海は来春を目指して自社ビルの建設を計画していたのだった。

「この事務所も手狭になったし、スタッフも増やしたいんだ。お前にばっかり仕事の負担がいってるのは俺も申し訳ないと思ってるし、お前にはやりたい仕事だけさせてやりたいとも思ってる。今度のビルでは、稲垣専用のデザインルームもちゃんと用意するつもりだったんだ」

純平は、内海から自社ビルの完成予想図まで見せられて、「あと二、三年何とか一緒にやってくれないか」とかき口説かれたという。

「場所はいまの事務所のすぐそばなんだけど、それが小さな三階建てのビルでさ。この人はこんなちっぽけなビルのオーナーになりたくて事務所を起《た》ち上げたのかと思うと、なんだかげっそりしちゃったよ。デザイナーがビルなんか持って一体どうするってんだよ」

純平がにがりきった口調で亜紀にこぼしていたのを思い出す。

内海と純平はかつて同じ会社で働いていた同僚である。純平もＩＤとしてのスタートはハウスデザイナーからだったのだ。同僚といっても内海は純平より八歳年長だから、半ば上司と部下の関係だった。二人がいた会社は、洗浄便座の開発で業績を急成長させた北九州の建築設備メーカーで、福岡の工芸大学を卒業した純平が入社したときは、内海はデザイン部のすでにチーフデザイナーの一人だったという。やがてはフリーになるつもりだった純平は、入社して四年目、チーフの内海が退社して「内海デザイン工房」を設立したとき、彼に誘われる形で、半年遅れでその事務所に参加したのだった。それがいまから六年前、純平が二十五歳のときのことだった。

亜紀も内海次郎とは数回、純平と共に食事をしている。「俺にとっては本当の兄貴以上の人なんだ」とかねがね純平に聞かされていたが、会ってみると、内海は温厚な紳士で、この人ならば会社に残っていても充分に出世を期待できただろう、と亜紀は思った。仕事の話をしている純平と内海を見比べながら、内海はきっとデザイナーとして道を究めていくのではなく、人を束ねる経営者の道を選んだのだと感じた。芸術指向の強い純平とは正反対のタイプに見えたからだ。人あたりも如才なく、亜紀の前で純平のことを褒めそやす配慮も抜かりなかった。

「稲垣は、デザイナーとしては天才です。会社に入ったときから、僕は彼の才能に目を剝《む》きました。彼は入社してすぐに、洗浄便座のデザインに革命的な発想を持ち込んできたんです。それまで僕たちは、このトイレは洗浄便座だとアピールするために意図的にごてごてとメカニカルなデザインを描いていたんですが、彼のデザイン案は発想がまったく逆だった。普通の便座と一見変わらない実にシンプルなデザインなんです。『洗浄便座がすでに当たり前の時代に、いまさらそれを主張してどうするんだ』というのが稲垣の考え方で、要するに日本人の生活の中で洗浄便座は新しいモノ文化として定着したことを、これからはユーザーに認識させるべきだと言うわけです。この発想の転換には僕もデザイン部の仲間たちも思わず唸《うな》りましたね。さっそく彼のデザインを製造部門に提案したんだけど、役員連中の頭が固くて、残念ながら採用されなかった。だけど、いまになってみれば、洗浄便座のデザインはもう普通の便座とほとんど変わらなくて、座ってみないと分からないくらいになっている。そういう製品がヒットしだしている。稲垣の言った通りだったんです。僕は、あのときから、こいつは天才なんだと舌を巻きましたよ」

彼の言葉に得々とした表情を浮かべる隣の純平を観察しながら、亜紀は「デザイナーとしては」という注釈を忘れなかった内海のことを油断のならない人物だと感じていた。こういう男からすれば、仕事馬鹿と言ってもいい純平のような一途な手合いは、さぞや使い易かろうという気がしたのだ。

結局、純平の意志は変わらず、内海は慰留を断念した。そして、今度は逆に純平の今後の相談に親身な姿勢で乗りはじめた。独立するとなれば、事務所を構え、アシスタントを雇い、営業や経理をこなすスタッフも見つけねばならない。が、何より重要なのは独立に要する諸費用や事務所が軌道に乗るまでの運転資金をあらかじめいかにして調達するかだった。この資金繰りの面でも内海は純平に手を差し延べた。「内海デザイン工房」が取引している博多シティ銀行の融資担当者を紹介し、千五百万円の融資をいとも簡単にまとめあげてみせたのである。しかも担保は、純平が貯めていた五百万円で博多シティに新規開設する当座預金で構わないというのだから、この貸し渋りの時代にはまたとない話だった。

これが内海の仕掛けた罠《わな》だったとは純平には思いもよらなかったのだ。

七月に入ってすぐ、純平は突然、博多シティの担当者に呼び出されて融資のキャンセルを言い渡された。理由は、シティ銀行の不良債権処理が予想外にもたつき、下期から貸出枠が大幅に縮小されることが急遽《きゅうきょ》決まったためというもので、およそ額面通りに受け取れる話ではなかった。だが、純平がいくら食らいついてみても、担当者の態度はそれまでと一変したかのようににべもないものだった。

慌てて事務所に戻った純平は、内海に事の次第を報告し、なんとか周旋して欲しいと懇願した。九月の独立まで二ヵ月を切ったいまの時点で資金繰りが行き詰まっては、独立そのものが頓挫《とんざ》してしまう。

「ま、潮目が悪かったってことだよ、稲垣。独立は時期尚早だったんだな。融資が駄目になってしまったんじゃ当分は無理だ。シティで断られたとなれば、いまからよそを回ってみても、おいそれとすぐに貸してくれる銀行なんてありゃしないさ」

この内海の冷淡な態度に触れて純平はようやく、彼がこの融資を最初から潰《つぶ》すつもりで自分に持ちかけてきたのだ、ということを覚《さと》ったのだという。

「まあ、いろいろあったけど、お前が引き続きうちで働きたいというんなら、九月以降もここに置いてやってもいいと俺は思ってるんだけどな」

内海はほくそ笑みながら最後にそう言い放ったそうだ。

「そんな事務所、とっとと辞めちゃいなさいよ」

余りに無体な話に、亜紀は真っ先にそう言った。だが、純平は憂鬱《ゆううつ》そうな顔で首を横に振るのだった。

「そうもいかないよ。やりかけの仕事を放り出すことはできないし、それに社長が融資を潰した明白な証拠があるわけでもない。ここで飛び出したら、俺のＩＤとしての信用までがた落ちになるだけやろ。あとから社長にどんな言われ方するか分からんし、向こうの思うつぼって話だ。仕事だけはきっちり仕上げて、予定通りに八月末で辞めるよ」

「今からそんな弱気でどうするのよ。あの事務所が伸びてきたのはあなたの力のおかげなんでしょ。私の会社もそうだけど、稲垣純平のデザインが欲しくって発注してる会社がほとんどなのよ。そこまでの仕打ちを受けて、ただ泣き寝入りするなんて、全然あなたらしくないじゃない」

亜紀がさかんに発破《はっぱ》を掛けてみても、純平は黙り込んで、不味《まず》そうにビールを啜《すす》っているばかりだ。

「とにかく、一刻も早く新しい融資先を見つけないといけないんだ。この二週間近く、八方手を尽くして当たってるんだけど、あと一月かそこらで千五百万円ぽんと貸してくれる銀行なんてさすがになさそうだよ。こうなったら、手元資金の五百万でとりあえず一本立ちして、こつこつ仕事していくしかないと思ってるんだ」

しばらくして、彼は殊勝な顔つきになって言った。

「駄目よ、そんなことじゃ。物事は何でも最初が肝心なの。初めからそうやって妥協してしまえば、上手《うま》くいくものもいかなくなるに決まってるわ。だいいち、あんまり悔しいじゃない」

「だけど、いまさらどうしようもないじゃないか」

亜紀は純平の煮え切らない態度に次第にじりじりしてきた。男がここ一番というときに一か八かの勝負に出ないでどうするのだ、と思う。

「まだ時間はあるのよ。このくらいのことでなぜ諦《あきら》めるの。そもそもどうしてこんな大事なことを私に相談してくれなかったのよ。諦めさえしなければ、お金を貸してくれるところだってきっと見つかるし、もし見つからなかったら、私だってある程度は融通してあげられるわ。とにかく百万でも二百万でも、どこからでもいいから借りられるだけ借りなさいよ。どんな事業でも、自己資金だけで始めると却《かえ》って後伸びしないの。返済のことは心配しなくていい。あなたの実力があれば必ず返せるんだから」

「そうかなあ……」

純平は弱々しげに呟《つぶや》く。

「そうよ。あなたは計画通りに事を進めていけばいいの。たかが銀行一行に振られたくらいでしょげることなんてない。私だって、だてにこの歳まで働いてきたわけじゃないわ。千五百万くらいのお金、いざとなったら私が出してあげるわよ」

亜紀はそう口にしながら、この十年間で貯めた預金をはたけば少なくとも一千万はすぐに用立てられると本気で考えていた。

「そんなこと亜紀に頼めるはずがないじゃないか」

俯《うつむ》き加減だった顔を上げ、純平はようやく目に力を甦《よみがえ》らせて言った。

「どうして？　あなたが困っているときに私が助けてあげるのは当然のことでしょ」

「それとこれとは別だろ。いまから独立しようってときに、それこそ恋人の金を当てにしてどうするんだよ。俺は死んだって金のことで亜紀に甘える気なんかないよ」

「お金がどうのって話をしてるわけじゃないでしょ。たかがお金のことで、あなたがやりたいことをやれなくなる方が、私にはよっぽどつらいわ」

「俺は、亜紀にそんな形で助けてもらいたくて付き合ってきたわけじゃないよ。今度のことだって、たしかに融資がポシャったのは、そりゃ痛かったけど、俺が一番参ったのは信頼してた内海さんに裏切られたってことなんだ。仕事のことは俺に任せてくれればいい。俺は亜紀に精神的に支えて欲しいんだ。今度のことを黙ってたのは悪かったと思うけど、本当に困ったときは必ず亜紀に相談するつもりでいるんだから」

「だったら、いまはあなたが本当に困ったときじゃないの」

「これくらい大したことじゃないさ」

純平は三杯目のビールをグラスに注ぎ、また一息で飲み干してみせた。もう顔が朱に染まってきている。最近の彼は疲労の蓄積のせいか、以前とは比較にならないほど酒に弱くなっていた。

「じゃあ、あなたが本当に困るのってどんなこと？」

純平は、酔心地の面持ちですこし考えるような素振りになった。そして「そうだなあ……」と呟き、

「俺がぶっ壊れそうになったときかな」

とぼそりと言った。

「ぶっ壊れそうになる？」

思いがけない言葉に「それってどういうこと」と亜紀は聞き返す。

純平は手をつけていなかった鰻重の蓋《ふた》を開け、山椒《さんしょう》の粉を丁寧に振りかけている。

「俺はこういう性格だし、亜紀も知ってる通りですぐ周囲が見えなくなるだろ。とくに仕事に熱中してるときなんて、頭が興奮状態で、自分自身でも自分がおかしくなっちまうんじゃないかってたまに怖くなるときがあるんだ。なんかこのまま違う世界に飛んで行っちまいそうな感じっていうのかな。そういうときに、亜紀がそばにいてくれて、俺をこっちの世界に引き戻して欲しいんだ」

そして、純平は箸《はし》を摑《つか》むと顔を上げて、さらに意外なことをつけ加えたのだ。

「五月の連休に、明日香の彼氏が来ただろ。俺があいつのことを危なっかしいって言ったのは、何となくあいつが昔の俺と似ているような気がしたからなんだ。俺がフォルムにこだわるのも、こんな仕事を選んだのも、ほんとうは俺自身にフォルムが欠けてるからかもしれない。もちろん、例の神戸の少年なんかとは違うけど、俺にしても、あの達哉って子にしても、それに明日香にしてもとにかく根無し草なんだ。似た者同士で、俺にはその匂いが分かる。だから、俺はあいつらのことがちょっと心配になったんだよ」

例の神戸の少年——というのは、先月の二十八日に逮捕された神戸市須磨《すま》区の連続児童殺傷事件の犯人のことだった。その犯人は捕まえてみれば中学校三年生、十四歳の少年で、彼は、この五月下旬、知り合いの小学六年生の男児を近所の裏山で扼殺《やくさつ》し、頭部を自宅で切断して自分が通っていた中学校の校門に置くという信じがたい犯行に及んだ。さらに、二月、三月に女児四人が相次いで殺傷された事件も彼の犯行と断定され、昨日の十五日には再逮捕されていた。

少年は、「さあゲームの始まりです　愚鈍な警察諸君　ボクを止めてみたまえ　ボクは殺しが愉快でたまらない」という「挑戦状」を男児の首とともに校門に残し、六月には捜査の攪乱《かくらん》を狙って次なる「犯行声明文」を地元新聞社に送りつけていた。その声明文の中で彼は、「透明な存在であり続けるボクを、せめてあなた達の空想の中だけでも実在の人間として認めて頂きたいのである。殺しをしている時だけは日頃の憎悪から解放され、安らぎを得る事ができる」と異様な文言を綴《つづ》っている。

五月以降、メディアはこの猟奇犯罪の報道に血道をあげ、少年が逮捕された二十八日以降は事件の記事やTVニュースが洪水のように氾濫《はんらん》している。香港返還のニュースなどすっかりその陰に隠れてしまった気配だった。

実は、亜紀も今回の事件が十四歳の少年の犯行だったと知って、あらためて明日香や達哉のことを考え直したのだった。むろん彼らが犯人の少年と共通しているとはまったく思わないが、いまの少年少女たちの精神の計りがたさを否応《いやおう》なく思い知らされたのは事実だった。加えて、この夏休みに二人が神戸旅行を計画していることが何か奇妙な符合のようにも感じられて、あのときの純平ではないが、亜紀もいまでは明日香の神戸行きには反対だった。

明日香自身も少なからずこの事件にはショックを受けているようだった。

「ホームルームの時間に、先生から話があって、そしたらあの少年の気持ちがちょっとは理解できるなんて言う子が結構いるんだよ。私、ほんとどうかしてるって思った。大体、誰かの気持ちが理解できるなんて、そんなの滅多にあり得ないし、そういうことを軽はずみに言う人間って全然信用できないよね」

一昨日、一緒に晩御飯を食べたときも明日香はそんなことを言っていた。

「もうすぐ夏休みになるけど、神戸行きはどうするの」

さりげなく亜紀が水を向けると、彼女は、

「こんなイヤな事件も起きたし、今年は止めようかなって達哉と話してる」

と、いかにもあっさりとした口調で答えたのだった。

純平もきっと事件の報道に触れて、明日香や達哉のことを考えたのだろう、と亜紀は感じた。だが、彼が達哉や明日香と同じタイプの人間だとは亜紀にはどうしても思えなかった。

「私は、あなたのためならどんなことでもしてあげるつもりよ」

黙々と饅重を頬張っている純平に声をかける。彼は箸を止めて、亜紀の瞳《ひとみ》を真っ直ぐに見据えてきた。そして、

「亜紀の言う通り、俺もへこたれずにもう少し頑張ってみるよ」

今日初めての笑顔になって、しっかりとした言葉でそう亜紀に告げたのだった。

6

七月三十日水曜日——。

時刻も五時半を回り、そろそろ会社を出ようと机上を片づけていると、バッグの中の携帯が鳴った。ディスプレイには「J・ケイタイ」と表示されている。亜紀は通話ボタンを押してから席を立ち、急ぎ足で無人の第二会議室に入る。「もしもし」と言うと、「まだ会社なの？」という純平の声が聞こえた。

「そう。ちょうど帰ろうとしてたところ」

「グッドニュースだよ」

純平の口調が弾んでいる。

「どうしたの」

「いま、福岡東信金の人から連絡が入って、融資はほぼ大丈夫だって言ってきた」

「ほんと、すごいじゃない。おめでとう」

「ありがとう。それにしてもこんなに早くOKが出るとは思わなかったよ。前のことがあるからまだ油断はできないけど」

「担当の人、どんなふうに言ってきたの」

「今週中には審査が通りそうだから、明日、本店の融資の責任者と面談して貰《もら》いたいってさ。そしたら来月早々には融資できるだろうって」

「その面談で駄目になることはないの」

「それは俺も訊《き》いてみたけど、一応形式的にやるだけで、本店の責任者と会えば、その時点で九分九厘決定らしい」

「だったらもう安心、心配いらないわ。これで心おきなく独立できるわね。今夜はお祝いしましょう」

「ああ。まだ仕事が残ってるからすこし遅くなるけど、どこかで待ち合わせしようか」

「それより私のマンションに来てくれない。何か御馳走《ごちそう》作っておくから」

「分かった。実はその方が嬉《うれ》しいよ。九時過ぎるかもしれないけど仕事を片づけて必ず行くから。また事務所出るときに連絡する」

「了解」

亜紀は、最後に「純平、ほんとにおめでとう。いよいよあなたの時代が来るわね」と言って携帯を切った。

亜紀は急いで退社すると、普段使っているバスには乗らず、地下鉄で「貝塚」まで出て、そこで西鉄電車に乗り換えた。「西鉄香椎」で降りて、駅の近くにある山崎精肉店に向かう。この店も明日香に教えてもらったのだが、値段も手頃で良質の肉を揃えてくれている。電車の中であれこれ献立を考えて、今夜はシンプルにすき焼きにすることにした。冬木の家では何か祝い事のときは、きまってすき焼きだったのだ。

亜紀が作る、濃いめの割り下を使った関東風のすき焼きはいまや純平の好物の一つになっていた。店に入ると、佐賀牛が入荷されていたので、たっぷりと買った。佐賀牛は肉質が柔らかで松阪や近江《おうみ》牛よりも美味なくらいだ。スーパーで野菜やうどん玉なども仕入れ、亜紀は西鉄香椎駅前のバス停まで戻った。時刻表を見ると、六時半のバスがちょうど発車したばかりで、次は五十五分となっている。タクシーにしようかと迷ったが、大した荷物でもないので香椎浜まで歩くことにした。お肉を奮発したのだから節約すべきはしなければ、と思い改めたのだ。純平は九時過ぎになると言っていた。すき焼きならば支度に時間もかからない。久しぶりにゆっくりと歩いて帰ろう。

バス停からJR香椎駅に通ずる香椎セピア通りに引き返し、福岡銀行の角を曲がって博商通りに入る。この細い路地が香椎で最も賑《にぎ》やかな商店街だった。時分どきだが、いまだ買い物客で通りはごった返している。通りを抜け香椎川にかかる御幸《みゆき》橋を渡った。橋の上から香椎浜の方向、西の空を見ると、ようやく太陽が博多湾へと没していくところだった。その美しい夕焼けを眺めながら、亜紀はふと立ち止まった。

今日も博多の街は日中は三十度近くまで気温が上昇し、蒸し暑かった。六月に入ってすぐに始まった梅雨も十日ほど前に明け、いよいよ夏本番の八月がやって来る。まだこの時刻になっても河口から吹きつけてくるゆるい風は生温かい。川沿いに建つ理髪店の入口に植わった木槿《むくげ》の白い花が、萎《しお》れたように首を垂らしていた。

この町で迎える二度目の夏だ、と亜紀は思った。

そう思った刹那《せつな》、牛肉や野菜類の入った大きなレジ袋を片手に提げ、ぼうっと橋の欄干に身を寄せて立ち尽くす自分の姿が、まるで他人の目に映るようにはっきりと見える気がした。

私は、こんな見知らぬ場所で、一体何をしているのだろう……。

茫洋《ぼうよう》とした想念が亜紀の胸に湧き起こってくる。

融資が決まったことで、純平の独立もいよいよ現実になる。九月に事務所を開けば、亜紀も近々で会社を辞めて事務所に参加しなくてはならない。先週の月曜日、そうしてほしいと純平から正式に依頼された。月曜日は海の日の振替休日だったが、その週末、彼は大分には帰らず、三日つづけて亜紀の部屋に泊まった。最後の夜に、

「事務所が軌道に乗ったら、俺と一緒になってほしい」

亜紀は純平からプロポーズされたのだった。

欄干から身を引くと、一つ吐息をついて歩きだそうとした。だが、どういうわけかうまく身体が動かない。もう一度、赤く染まった夏空へ目をやった。それから視線を次第に下ろして、細い川の両岸に並ぶ背の低いビルや古びた店舗、車の見当たらない駐車場などの風景をぼんやりと眺め渡す。

私は、のどかなこの小さな街でこれからずっと純平と共に暮らしていくのだろうか。純平の子供を生んで家庭を築き、彼の仕事を応援しながら生きていくのだろうか。

それもきっと悪くない……。

そうなることに何の不満もあるわけじゃない……。

そんな気がした。

そこで亜紀は、どうしてだか佐藤康のことを思い浮かべた。康の顔や姿をそのまま想起したというのではなく、彼に結婚を申し込まれた五年前の二月のことを思い出したのだった。

あのときの自分といまの自分とではどう違うのだろうか。

どこも違ってはいない気がするし、まったく違う自分になってしまったような気もする。

──あなたのことは好きだったけど、でも、結婚するほど好きではなかった。

五年前、康に告げた言葉が脳裡《のうり》に甦《よみがえ》ってくる。

当時の自分はいまよりもずっと結婚について重く重く考えていたのではないか。佐智子の手紙を読んだ三年前の時点でも、まだそうだったような気がする。だからこそ、あの手紙の一節一節に胸を割かれるような痛みを感じたのだ。だが、こうして稲垣純平との結婚が目前に迫ってみると、結婚に対して、想像していたほどの激しい思いは押し寄せて来ない。自分と純平はきっと結婚するだろう。それはごく当たり前の自然な成り行きに過ぎない気がする。もしもこれが運命というものであるなら、運命とはなんとさりげなく静かなものなのだろうか──亜紀はちょっと不思議な思いに囚《とら》われた。

やはり自分は、この五年で変わったのだ、と思った。

人間というのは、一人で生きる時間が長くなればなるほど、きっと他人に預けられない、委《ゆだ》ねられない、任すことのできない強固な自分自身というものを形作ってしまうのだろう。だが、それは決して悪いことばかりではない。結婚が何も人生のすべてであるはずがない。子どもを生むことだけが女性の存在理由のはずもない。男でも女でも、一個の人間は一個の人間として完成してゆくしかないのだ。人との出会いは、相手が両親にしろ、兄弟にしろ、連れ合いにしろ、そして我が子にしろ、いずれは訣別《けつべつ》する運命にある。であるならば、人はそうやって出会いと別れを繰り返しながら、ただ一個の自分を生き通していくしかない。最後に残るのは、結局は、自分ひとりきりなのだから。

そこまで考えて、亜紀はようやく歩き始めた。

これからの長い長い時間を私は純平と共に生きていく。そしてどちらかが死ぬ最後の瞬間まで、私たちは決して離れることはない――それでいいのだ、と心の中で何度も念を押してみる。

なのに、そのことがどうしてもありありとした現実感を呼び起こしてこない。なぜだろう、このもどかしさは一体何だろう、と亜紀は頭の片隅で思っている。

7

今夜の純平はいつにもまして快活で饒舌《じょうぜつ》だった。亜紀の用意したすき焼きの肉を面白いように平らげ、ビールのピッチも近頃にないハイペースだ。二時間もしないうちにすっかり酔っ払ってしまったが、普段のように眠そうな顔にはならず、ますます陽気で明るくなっていった。

「やっぱり、東京風のすき焼きはうまいなあ。九州のすき焼きは甘過ぎるからあんまり好きやなかったけど、本場はさすがに味が違うよ」

と褒めちぎり、

「亜紀は東京で生まれて、東京で育ったんやもんなあ。東京の人ってだけで、俺なんかちょっと凄《すご》いって感じるとこあるもんなあ」

などと言うのだった。

そんな純平を眺めながら、無事に融資の話がまとまったことで、彼がどれほど安堵《あんど》したかを亜紀はつくづく思い知った気がした。

「すき焼きの本場は東京じゃなくて、横浜なのよ」

わざとまぜっかえすと、

「へぇー」

純平は大げさな声で驚いてみせる。

「もともとは牛鍋《ぎゅうなべ》っていって、甘い味噌《みそ》だれでぶつ切りの牛肉を鉄板の上で煮込む料理だったの。文明開化の食べ物だから発祥は横浜で、私も一度元祖と言われるお店に食べに行ったことがあるけど、いまのすき焼きの方がずっと美味《おい》しいと思ったわ」

「東京育ちはさすがに何でも知ってるねえ」

独特の皮肉な口調ではなく、本当に感心したような面持ちで純平は言う。

その無警戒な様子に、この人と知り合ってもうすぐちょうど一年になるんだ、と亜紀はしみじみと思った。長いようでもあり短いようでもあるが、こうして他人同士が親密になるのにはきっと充分な時間だったのだろう。

亜紀が純平と出会ったのは、去年の八月十二日のことだ。本来の担当者が盆休み中だったため、その日、亜紀が臨時に赤坂に命じられて、彼のデザイン案を事務所に受け取りに出向いたのだった。

内海デザイン工房は「IWATAYA-Z・SIDE」の裏手、天神西通りを渡り、デザイナーズショップや美容院、カフェなどが軒を連ねる筋向かいの路地を五分ほど行った場所にあった。小さな三階建てのビルで、一階にはアンティークショップが入り、事務所は二階だった。亜紀の勤める九州支社は天神交差点の一角に建つ「福岡ビル」内にあったから、その事務所とはせいぜい徒歩で十五分ほどの距離にすぎなかった。

先方の時間指定は午後一時だったので、亜紀は一時きっかりに階段を昇り、事務所のドアを開けた。「稲垣先生のデザインを受け取りに参りました」と受付の女の子に告げると、奥の狭い応接室に通された。それから十五分ほど待たされて、寝不足のような無愛想な顔の純平がのっそり現れたのだった。

亜紀が差し出した名刺を受け取りながら、彼は「まだ全然できてないんだ」と悪びれる様子でもなしにぶっきらぼうに言った。

「何時くらいになりますか。出直してきてもいいですが」

亜紀がすこしムッとして言うと、

「そんなに怒んないでよ。すぐ片づけるから」

クライアントに対する口の利き方をまるで知らないふうの物言いである。

挙げ句、それから四時間以上も亜紀は応接室で延々待たされたのだ。しかも、仕上がり時間を再三確認しつつ、その都度「あと十五分」とか「もう三十分」などと言われつづけての四時間だった。

五時を回ってようやくデザインを渡されたとき、亜紀はたまりかねて、

「これからは、もうすこし正確な時間を教えていただけますか」

と注文をつけた。すると、純平は、別に詫《わ》びを口にするでもなく、

「でも、よかったじゃない。冬木さんも仕事サボれたんだし」

と平気な顔で言ってのけたのだった。

そうしたやり取りだけだったなら、翌日会社宛に掛かってきた彼の誘いの電話に亜紀が乗ることはさすがになかっただろう。だが、実際は、その不躾《ぶしつけ》な台詞《せりふ》のあとに純平はこんな言葉をつけ加えたのだった。

「冬木さんにとっては、四時間待たされたのはたしかにうんざりな話だったかもしれないけど、僕はこのデザインに丸々一ヵ月、七百二十時間をかけたんだ。冬木さんが使った時間なんてその百八十分の一程度のものだろ。お互い、いい製品を作るために努力してるパ

ートナー同士なんだし、それくらいは誤差の範囲と考えて、もうちょこっと優しい目でこっちの仕事を見てくれても罰は当たらないんじゃないのかな」

稲垣純平が常にデザインを一案に絞って出してくるという話は事前に聞かされていたが、そのときの疲れ切った、それでいて熱の籠《こ》もった彼の瞳《ひとみ》に触れて、亜紀はこのデザイナーがいかに真剣な姿勢で仕事に取り組んでいるのかをまざまざと見せつけられた思いがしたのだった。

純平は東京育ちの亜紀のことをいつも羨《うらや》ましがった。最初のデートのときも、こんなことを言っていた。

「冬木さんは恵まれてるよ。東京で生まれ育ったんだから。僕も大分の高校を出て、ほんとは東京でデザインの勉強をしたかったんだけど、じいちゃん一人置いて九州を離れるわけにもいかないし、金もなかったから諦《あきら》めたんだ。東京に出たら、学費と生活費の算段でバイトに明け暮れるに決まっていたし、そんなことしてたら肝心のデザインの勉強ができなくなってしまうしね。そういう馬鹿はやりたくなかった。でも、いまじゃ、東京に行ってたらどうだったかなって思うときもあるよ。東京でもやっていけたかもしれないってね。こっちの大学じゃあ就職も厳しいし、この日本って国は、何でもかんでも東京から地方へと流れて行くもんだってみんな思い込んでる。学生時代に何度もコンペに応募したけど一等賞はいつだって東京の学生だった。そんなの当たり前の話でさ、選考する連中が全部東京の学校のデザイン科の先生たちなんだからね。それでも僕が最初の会社に入れたのは、これも東京の先生の一人が僕の才能に目をつけて、推薦状を書いてくれたおかげなんだ。だから、冬木さんみたいに東京で生まれることができた人は、それだけで最初からすごい幸運だって僕なんかは思うよ」

食事が済むと食器を片づけてデザートのスイカを出したあと、亜紀は純平が持ってきた洗濯物を洗った。純平は一人でソファに座り、スイカをかじりながらテレビを観ていた。時刻はすでに十二時近かった。洗濯機を回して居間に戻ったちょうどそのとき、丸い座卓の上に置かれていた純平の携帯が鳴った。

彼はソファからゆっくりと立ち上がり、テーブルまで行って携帯を取り上げた。亜紀はキッチンで鍋に残っていたすき焼きを小鉢に移しかえながら、純平の電話に聞き耳を立てる。明日の朝は、この残りにジャガイモを加えて即席の肉じゃがを作るつもりだ。

「えっ、だってあれは明後日《あさって》の上がりでいいんだろ」

酔いはだいぶ醒《さ》めたようで、純平の声はしっかりとしていた。

「ウソ？　そうだっけ。俺はすっかり明後日だと勘違いしてたよ」

どうやら相手は事務所の人間のようだ。何か仕事のことで行き違いが生じたのだろう。

「分かったよ。いまから三十分で戻るから待っててくれ。悪かったな迷惑かけて」

最後は落胆したような声になって純平は電話を切った。

しばらくして、洗い物を始めていた亜紀のところへ純平は困ったような顔でやって来た。

「永井《ながい》君からで、いまやってる仕事の締切りが明日だって言うんだ。俺はてっきり明後日だと思い込んでたんだけど。これから事務所に戻って仕上げてくるよ。明日は午前中、信金の本店に行くし、今夜は事務所に泊まる。せっかくのお祝いだったのに残念だよ。亜紀にも申し訳ない」

そう言って頭を下げる。永井というのは純平とよく組んでいるアシスタントの名前だった。

「仕事なんだから謝る必要ないわ。いま急いでタクシー呼ぶから待ってて」

亜紀は濡《ぬ》れた手を拭《ふ》き、リビングの電話機の方へ行こうとした。すると純平が手を振って、

「タクシーはいいよ。自分の車で戻るから」

と遮った。

「駄目よ、お酒飲んでるんだから」

「大丈夫、もうすっかり抜けちゃったよ。それに車のトランクに資料がどっさり積んである。あれがなくちゃ仕事にならない」

「だけど……」

亜紀は呟《つぶや》いて、目の前の純平の様子を窺《うかが》った。たしかに頰の赤みも消え、さっぱりと酔い醒めた顔になっていた。

「大丈夫だって。もうこんな時間だし、心配ないさ。高速はがらがらだから乗ってしまえ

ば十分もかからないよ。いつも亜紀に言われてるから、これでも最近は超安全運転で走ってるんだ」

ここから都市高速1号線「香椎浜」の入口までは目と鼻の先だ。深夜のこの時間帯ならば、高速道路も天神界隈《かいわい》も車の数は微々たるものだろう。それでも躊躇《ためら》っている亜紀の肩に純平は両手を載せた。

「今日の俺が事故なんて起こすわけないじゃないか。やっと運が向いてきたところなんだから」

その無邪気な笑顔に、亜紀はなんとなく頷《うなず》いてしまっていた。

純平を送って、ビジター用の駐車場があるマンションの中庭まで亜紀は行った。昼間は曇りがちの天気だったが、いまは空も晴れて明るい月が輝いている。風もようやく涼しくなっていた。これなら洗濯物も今夜中に乾くだろう。前を歩く純平は足取りもたしかで、酒気はすっかり抜けているようだ。ネズミ取りにでもひっかからない限り、まあ大丈夫だろう、と亜紀はちょっと安心した。

純平はドアを開けて運転席に乗り込むと、一度大きく息をついてみせた。月明かりと遠くの街灯だけだから顔色までは見えないが、目のあたりにはやはり疲労の濃い影が滲《にじ》み出ているような気がする。再び心配な気分になって、ドアを閉めパワーウィンドウを下ろした純平に亜紀は声をかけた。

「私が送っていってあげようか」

純平は愉快そうに笑った。

「ペーパードライバーのきみが運転する方がよっぽどあぶないよ」

エンジンキーを回し、ヘッドライトを点灯すると、彼はシートベルトを着装した。この駐車場からだとまっすぐに中庭を横切り、両脇に大きな欅《けやき》の植わったマンションの出入口を出て左折すれば三百メートルほどでもう香椎浜のランプだった。十二時を回ってさすがに中庭には人っ子一人いない。十六階建てのマンションを見上げると、窓に明かりが灯《とも》っているのは四分の一くらいのものだった。

「じゃあ、今夜は御馳走《ごちそう》さま。明日はどっかで晩飯食おう」

「本店の人と会ったら、結果知らせてね」

純平が手を振り、亜紀は車から後ずさる。

エンジン音が響いて、ゆっくりと車体は中庭の真ん中を縫うように伸びる路上に出た。一度ハザードが点滅し、あっという間に五十メートルほど先の出入口へと車は走り去っていく。亜紀はその赤いテールランプを見送り、ふっと視線を外して七階の自分の部屋の明かりに目をやった。そしてその真上の階の窓を見た。明日香が使っている左側の部屋のベランダからは煌々《こうこう》とした光が洩《も》れている。夏休みに入って、明日香もきっと受験勉強に勤《いそ》しんでいるのだろう。そういえば今週は彼女と一度も顔を合わせていなかった。週末にでも紀夫さんともども招いて一緒に食事をしようか、と亜紀は思った。

突然、前方でもの凄《すご》い音がしたのはその直後だった。

急ブレーキを踏んだ時のタイヤと路面が擦れる音、何かがぶつかった金属音、そして女性の悲鳴――。

亜紀は我に返ったように視線を正面に戻す。ちょうどマンションの出入口のところで車が停止していた。全身から血の気が引いていくのが自分でもよく分かった。暗がりの中でも、立ち往生しているのがいましがた見送ったはずの純平の車だということはすぐに見分けがつく。気づいたときは、亜紀は出入口に向かって走り出していた。

何てことをしてしまったんだ。やっぱり純平にハンドルを握らせるんじゃなかった。ああ、どうしよう。あの悲鳴はきっとただごとではない。

絶望的な思いが胸に渦巻き、矢継ぎ早に言葉となって脳裡《のうり》に浮かび上がってくる。

駐車場からは判然としなかった状況が、駆け寄るうちにはっきりしてきた。

左の欅の幹を過ぎたところで、エンジンがかかったまま舗道に乗り上げた車と、その前にうずくまるようにしゃがみこんでいる純平の後ろ姿が目に入ってきた。一瞬、彼も傷を負ったのではないか、と亜紀は慄然《りつぜん》とする。が、止まっている車の脇を抜けて間近にまで迫ってみて、そうではないことが分かった。

マンションのスチールフェンスの一角が大きく窪《くぼ》み、その直下に一台の自転車が横転していた。そして座り込んだ純平の目の前に、誰か人が倒れ込んでいるのが見えた。

純平は丸めた背中を震わせながら「大丈夫か、どこか痛むところはあるか」と必死に叫んでいた。

相手は激しい呻《うめ》き声を上げている。

亜紀は歩道の左側から回り込んで、一段高い舗道と車道との境に横臥《おうが》している人物の頭の方へと近づいた。三メートルほど先の街灯に照らされ、苦しそうに身をよじっている彼女の横顔を覗《のぞ》き込む。

思わず息を呑《の》んだ。

それはまぎれもなく澤井明日香だったからだ。

亜紀は言葉にならない金切り声を上げ、明日香の傍らにひざまずいた。「明日香！　明日香！」とやみくもに名前を呼んだ。明日香は瞑目《めいもく》し、唸《うな》り声を洩らしながら苦悶《くもん》の表情を浮かべている。声を掛けても聞こえてはいないようだ。一体どこを怪我しているのか、果して身体に触っていいのか、この場からすこしでも動かしていいのか、それが分からない。一度、深く息をついて動悸《どうき》を抑え、亜紀は思い切り顔を近づけて明日香の全身を見回した。

頭からの出血はなさそうだ。顔にも傷はない。上半身はどうだ。白いTシャツ姿の明日香は右腕を下にして寝そべっているが、左右の腕は胸のあたりで交差し、掌《てのひら》は拳《こぶし》を握って震えている。腰から下に視線を這《は》わせて、亜紀は驚愕《きょうがく》した。ジーンズをはいた左足の膝《ひざ》から下が奇妙な恰好《かっこう》で前方に折れ曲がっているのだ。

その足元には、コンビニの袋が転がり、中からスナック菓子の袋やチョコレート、クッキーの箱がはみ出している。車道にはガムやキャンディー、グミの小袋などが散乱していた。

亜紀は立ち上がった。「おい、大丈夫か。起き上がれないのか」と狼狽《ろうばい》した声で話しかけつづけている純平を見下ろし、

「動かさない方がいいわ。私、紀夫さんに知らせてくるから、純平は携帯で救急車を呼んでちょうだい。急いで！」

と叫ぶ。そのとき、純平がようやく亜紀の存在に気づいたように、ゆっくりと顔を持ち上げた。

「救急車はまずいよ。いま酒酔いで人身事故なんて起こしてしまったら、明日の融資の話がパーになっちゃうよ」

亜紀はその純平の言葉に啞然《あぜん》とした。彼は泣きだしそうな顔で亜紀を見上げている。

「あなた、一体何を言ってるのよ！　明日香が大怪我したのよ。あなたが、あなたがやったのよ！」

「駄目だよ、亜紀。俺の車で病院に運ぶから救急車だけは呼ばないでくれ」

「純平、あなたどうかしてるわ。自分が何を言ってるか分かってるの」

亜紀はたまりかねて、中腰になった純平の胸ぐらを摑《つか》んだ。

「さあ、あなたの携帯はどこ。早く出して。あなたがやらないなら、私が救急車呼ぶから」

立ち上がった純平は半歩後ずさり、まだ躊躇《ためら》う表情で食い入るように亜紀の瞳《ひとみ》を見つめ

ている。

「いいから、早く出しなさいよ！」

彼は観念したのか、ズボンのポケットから電話機を取り出して亜紀に差し出した。

亜紀は奪うように、その携帯を純平の手からもぎ取った。

次の瞬間だった。

ダイヤルしている亜紀の腕を不意に純平は鷲摑《わしづか》みにしてきた。

「何するのよ！」

「亜紀、落ち着いて俺の話を聞いてくれ。だったらお願いだ、今晩一晩だけでいい、きみが運転していたことにしてくれないか。ほんとに今晩だけでいいんだ。明日、信金の人と会ったら、その足で警察に行って俺が本当のことを言うから。お願いだ、頼むよ、亜紀。頼むよ、一生のお願いだから」

亜紀は愕然《がくぜん》とした思いで目の前の男を見た。

「あなたってほんとにどうかしてる。こんな人だなんて知らなかった」

息が詰まり、頭がどうにかなりそうだった。動転する心を懸命に堪《こら》え、亜紀は指先だけに意識を集中して携帯電話機の小さなボタンを三回押した。

8

九月いっぱい続いた残暑も十月に入るとめっきり薄れ、亜紀が三十三歳の誕生日を迎えた十四日頃からは、博多の街も爽《さわ》やかな風が吹く秋らしい陽気となった。だが、亜紀は、日本シリーズでヤクルトが西武を破って日本一となった二十三日の深夜に高熱を出し、タクシーを呼んで病院に駆け込んでみると、肺炎一歩手前の状態で、その日から思いがけず一週間も会社を休む羽目に陥ってしまったのだった。

入院は二日ですんだものの、その後五日間、亜紀は自宅で静養した。抗生剤の効き目でレントゲン上では肺の陰影は消えていたが、帰宅後も午後になると熱が上がり、夕食の支度もままならないくらいだった。

そうやって寝込んでいる数日間で、亜紀はつくづくと身体の衰えを思い知らされた。いよいよ三十半ばへとさしかかり、若い頃の肌のはりが失われ、下腹のたるみも防ぎようがなくなってきているのは日々実感しているが、こうして病んでみると、その回復の遅滞ぶりに我ながら不甲斐《ふがい》なさが身にしみてくる。病中ともあって、気持ちの塞《ふさ》ぎは格段のものがあった。

一体、自分には女としての時間があとどのくらい残されているのだろうか。

部屋に独り籠《こ》もって熱にうなされながら、亜紀はときどき泣き出したいような気分でそう思った。そんなときは、純平と別れてしまったことにわずかながら後悔の念を覚え、その誤った考えを打ち砕くのにひどく骨が折れた。あの事故以来、しきりに縒《よ》りを戻そうと接触してきた純平も、亜紀の誕生日が過ぎてからはぱったりと連絡を寄越さなくなっていた。

誕生日に届いた花束を、彼の元へ送り返したのが決定的だったのだろう。

純平と最後に会ったのは、事故から数日後のことだった。明日香が入院した市民病院に夕方見舞いに行き、偶然に病室で彼と出くわした。あの晩、亜紀は紀夫さんと共に救急車に同乗し、純平一人が警察の現場検証に立ち会った。病院での画像検査の結果、明日香は左膝《ひざ》関節を複雑骨折しており、全治三ヵ月の重傷だった。その時点での医師の説明は、「回復後も多少の歩行障害は残るかもしれない」というもので、亜紀は父親の紀夫さんに平身低頭で詫《わ》びた。紀夫さんの方が「幸い頭を打ったわけでもないし、意識もしっかりしてるから。さっき明日香に聞いたら、自分もMDを聞きながら自転車に乗ってて、左折してくる車に気づくのが遅れてしまったと言ってたよ」と逆に亜紀を慰めてくれる始末だった。

明け方近くになって、警察の調べを終えた純平から電話が入った。手短に明日香の容態を伝え、「今日の午前十一時から手術することになったわ」と告げると、純平は「俺も病院に行くよ」と言った。

「あなたは来る必要なんてないわ。明日香や紀夫さんに謝罪するのは手術が終わって、彼女の状態がはっきりしてからにしてくれない。それが常識だと思うわ」

亜紀はそう言って一方的に電話を切ったのだった。

それからは、病院でたまたま遭遇するまで純平との一切の交渉を断った。純平からは携帯にしきりに電話が掛かってきたが、黙殺した。もう二度と彼の顔も見たくなかったし、声すら聞きたくなかったのだ。

二人で病室を出て、純平に誘われるまま病院の最上階の喫茶室に行ったのは、明日香が純平に対して意外なほどわだかまりを捨てているように見受けられたからかもしれない。最後に、一度くらいは面と向かって話をしてもいいと亜紀は考え直していた。

窓際のテーブルに座り、純平も亜紀もコーヒーを注文した。双方のあいだには堅苦しい空気が横たわり、ついこのあいだまで恋人同士だったとはとても信じがたい雰囲気だった。黙り込んだまましばらくコーヒーをすすり、ようやく純平は話し始めた。

「どうしてあんなことになったのか、いまでもよく分からないんだ」

しかし、彼の口をついて出てきたのは、明日香や亜紀への謝罪の言葉ではなく、そんな曖昧《あいまい》な台詞《せりふ》だった。

「酔いが少し残っているのは自分でも分かってたし、亜紀に言われた通り、慎重に運転してた。マンションの出口を左折したときもろくにスピードなんか出しちゃいなかった。自転車に乗った女の子が目の前に近づいて来てることもはっきり見えてた。なのに、どういうわけか俺はあそこでアクセルを踏んでしまったんだ。なぜだか分からない。ヘッドライトの明かりに照らされて、その女の子が明日香だって、そう気づいた瞬間、たしかに俺はブレーキを思い切り踏んだつもりだった。そしたら、車は突然前に加速して、あっという間に明日香の自転車を弾《はじ》き飛ばしてしまってた」

純平はまだ精神が混乱しているのか、切れ切れの言葉で、大略そんなことを言った。

「この数日、いくら思い出してみても、何が起きたのか分からないんだ。まるで魔がさしたとしか思えないし、倒れている明日香のそばに駆け寄ったときも、目の前で起きていることがとても現実だとは思えなかった。きっと悪い夢を見てるんじゃないかと思った。だから、亜紀から救急車を呼べって怒鳴られたとき、俺は、あんなことを口走ったんだ。あのとき落ち着いて話を聞いてくれって頼んだのは、きっとこれは現実じゃないんだって俺は亜紀に言いたかったからだと思う」

いかなる言い訳も、当夜の純平の行為を正当化できないと確信していたが、まさか彼がここまで無責任な言い逃れをするとは亜紀は予想もしていなかった。これでは自分のやってしまったことを真剣に認識することすら拒絶しているのと同じだ。亜紀は呆然《ぼうぜん》たる思いで、悄然《しょうぜん》と肩を落とす目の前の純平を眺めた。

「あなたとはもう一緒にやっていけない。私はあなたのことが信じられなくなったの。だから今日限りで私たちの付き合いは終わりにしましょう。私のこの決心はどんなことがあっても変わることはないから、あなたもどうか私のことは忘れてください」

亜紀はそう言うとテーブルの上の伝票を摑んで立ち上がった。純平は俯《うつむ》いたまま身動《みじろ》ぎ一つしなかった。彼の前を離れる直前、不意に純平は頭を起こし、涙を溜《た》めた瞳で亜紀を見上げてきた。

「俺にはきみが必要なんだ。俺はきみのことを心から愛しているんだ」

その瞬間、一ヵ月ほど前に純平が呟《つぶや》いていた言葉が脳裡《のうり》に甦《よみがえ》ってくるのを亜紀は感じた。

俺がぶっ壊れそうになったとき、俺をこっちの世界に引き戻して欲しい——彼はたしかそう言っていた。

「亜紀、お願いだから、俺を見捨てないでくれ」

亜紀は唇を嚙《か》みしめ、さきほど病室で見た明日香の姿を思い浮かべた。明日香は足首から大腿部《だいたいぶ》までギプスを巻いて、用を足しにいくことも叶《かな》わずにベッドに横たわっていた。あれほどの大怪我をさせておきながら、この男は、自分のことだけを考えて救急車も呼ぼうとはしなかったのだ。

亜紀は純平の哀れな姿から目を逸《そ》らし、何も答えずに彼に背を向けたのだった。

明日香と顔を合わせたのも、この日が最後になってしまった。

事故から一夜明けての手術の結果、明日香の膝は再手術を要するものであることが判明した。駆けつけた母親の裕美子さんも交えて、今後の治療についての相談が医師とのあいだで行なわれ、場合によってはリハビリ施設の充実した東京の専門病院に転院することが検討されたようだった。そこまでは、亜紀も明日香本人や紀夫さんから聞かされていたが、結局、明日香は手術からわずか五日後の八月五日火曜日に裕美子さんと二人で東京に帰っていった。亜紀は四日の月曜日から鹿児島に出張が入っており、六日の日に戻って市民病院に行ってみると、すでに明日香は退院したあとだった。

その晩、上の階を訪ねて紀夫さんに事情を聞いた。

「亜紀さんにどうしても話したいことがある、と明日香は言ってたんですが、急に向こうの病院から受け入れるという返事が届いてしまって」

紀夫さんは申し訳なさそうな顔になる。

「こちらこそ肝心なときに留守をしてしまって、ほんとうにすみませんでした。私のせいであんな大怪我をさせて、一体どうやって償えばいいのかまだ見当もつかなくて……」

亜紀は深々と頭を下げるしかない。

「もうあんまり気に病まないでください。明日香も『冬姉ちゃんが謝ってばかりいるから、私の方もどうしていいか分からないよ』ってこぼしてたくらいですから。昨日もさよならも言えないで福岡を発《た》つのをとても残念がってました。向こうの病院に入って、落ち着いたら必ず手紙を書くから、と伝えてくれと頼まれました」

そのあと、事故の翌日に亜紀が届けたお見舞いの袋を紀夫さんは持ち出してきて、「こんなに沢山はとても受け取れません」と返そうとしてきた。亜紀は驚いて拒み通し、早々に玄関先から引きあげてきたのだった。

十一月の初旬を過ぎて、ようやく体調が元に戻りはじめた。元気になってくると考え方も自然に前向きになってくる。身体の衰えを年齢のせいにばかりしているのは、健康の維持に無頓着《むとんちゃく》すぎる日頃の生活を自己弁護しているだけのことだ、と亜紀は気づいて、まずは天神にあるスポーツジムに入会し、週に二日は会社帰りにマシンで汗を流すようにした。さらにジムのない日は、六時前に起床して早朝の散歩を欠かさなくなった。亜紀の選んだ散歩コースは、マンションを出て香椎川の川べりを歩き国道三号線に出る→そこを右に折れ、勅使《ちょくし》通りで左に入って西鉄「香椎宮前」駅を通り過ぎる→そのまま香椎宮参道を真っ直ぐ進んで香椎宮で折り返す、という往復一時間ほどの道程だった。

六時半に出発し、七時ちょうどくらいに神社の鳥居をくぐると、大勢の人たちが夫婦連れや犬を連れて散歩を楽しんでいる。杉木立に囲まれた朝の境内は、由緒ある大社だけあって一種荘厳な冷気をたたえ、そこで大きく深呼吸して拝殿に柏手《かしわで》を打てば、それだけで心が洗われるような爽快感《そうかい》があった。

復路は往きよりもかなりピッチを上げ、部屋に着く頃合にはしっかり汗をかくようにした。軽めの朝食を済ませ、シャワーを浴びて出社する。一週間もしないうちに亜紀は全身の細胞が元気を取り戻していくのが分かった。身ごなしがスムーズになり、溜《た》まりやすかった疲れが一日できれいに抜ける。明け方の下半身の冷えがなくなり、ベッドを離れるのが億劫《おっくう》でなくなった。そして何より、よく眠れるようになった。

純平のことを完全に吹っ切れたのは、心の努力ではなく、そうした身体の努力のたまものだと亜紀は思っている。

十一月は後半に入って衝撃的なニュースがつづいた。

まずは十七日に、北海道拓殖銀行が都銀としては初の経営破綻《はたん》に陥った。さらに二十四日には山一証券が自主廃業を決めた。昨年、住宅金融専門会社への税金投入を決断した政府は、この四月には消費税を三パーセントから五パーセントに引き上げ、景気はゆるやかながら確かな回復軌道に乗ったと内外に説明していた。それだけにこの都銀の破綻、三大証券の一角の突然の崩壊は、政府の信用の失墜と経済に対する先行きの不安を尚《なお》一層国民に印象づけることになった。

亜紀個人の身の上にも変化があった。長引く不況の影響で、いまやリストラという言葉は完全に定着した感があったが、亜紀の勤務する九州支社でも秋口から大幅な人員整理の噂が取り沙汰《ざた》され始めていた。支社長の赤坂も、来春新たに設立される中国の現地法人の社長に就任することが十月段階で本決まりとなり、秘書役を務める亜紀の立場はにわかに微妙になってきていた。赤坂と共に中国に赴任するか、それとも本社に戻るか、実際上はこの二つの選択肢しかなかったが、来年早々には中国に先乗りの予定の赤坂からは、十一月の半ばを過ぎても何の打診もなかったのだ。

その赤坂から食事に誘われたのは、十一月二十八日の金曜日のことだった。

「実は、きみにも一緒に中国に行ってもらおうと思って、ずっと本社と掛け合っていたんだが、どうしても了解が得られなかった。この大競争の時代にいまさら男も女もないし、優秀な人材にはどんどん仕事をしてもらいたいと俺は思ってるんだが、まだうちの上の連中は保守的なんだ。たしかに中国勤務になれば、一年や二年じゃ戻れないし、その間は新工場の起《た》ち上げで仕事漬けの毎日になる。きみの年齢やなんかを考慮すると、俺にも多少の迷いはあった。で、結果的にはきみは本社に戻すことにしたよ。俺は一月にはここを離れるが、きみには春までいてもらってもいいし、望むなら一月に本社に帰っても構わない。いまの俺にしてやれるのはその程度のことだが、きみの好きにしてくれて結構だよ」

そう赤坂に告げられ、亜紀は「では、一月に東京に戻りたいと思います」と即答した。いかにも亜紀のために苦心したように言っているが、事実はきっとその正反対なのだろう、と亜紀は赤坂の話しぶりからすぐに察した。本気で中国に連れていくつもりならば、まずは亜紀本人の意志を確認するのが先決だし、現地法人の社長が是が非でもと申し出れば、秘書役一人くらいの人事はどうにでもなるに決まっている。「きみの年齢やなんかを考慮すると、俺にも多少の迷いはあった」という言葉こそが、彼の本音であることは疑いなかった。

本社での赴任先について探りを入れても、「何しろ人事部の案件だから、どの部署とは俺も聞いていないけどなあ」と赤坂は呟いたきりで、あとは注文したワインの蘊蓄《うんちく》をべらべらと喋《しゃべ》り、亜紀にもしきりに勧めてくるだけだった。

帰りのタクシーの中で亜紀は落胆とも失望ともつかぬ重苦しい気分にひたされた。それは譬《たと》えようがなかったが、大きな徒労感、脱力感といったものに近かった。別に赤坂と一緒に中国に行きたいとは亜紀は望んではいなかった。もともと純平の独立を機に九月には退職する心づもりだったのだ。すでに亜紀の中で会社での仕事は大きな価値を有してはいなかった。そう考えれば、一月に東京に戻ることができる今回の人事は、現在の亜紀には願ってもない話かもしれない。純平との関係があんな顛末《てんまつ》で壊れてしまった以上、もうこの福岡に残る理由など何一つないのだから。

だが、それでも亜紀はどうにも口惜しかった。赤坂の今夜の様子からも、本社に戻ったところで熱意を持って取り組める仕事を与えられる可能性はまずないだろう。要するに亜紀は三十三歳にして、サラリーマンとしての前途を閉ざされてしまったのである。このリストラの時代に仕事があるだけでも恵まれてはいるが、とどのつまりは、女性総合職第一期生のありきたりの終着駅に、とうとう自分も辿《たど》り着いてしまったということだ。

これから、自分はどうやって生きていけばいいのだろう。かつて佐藤佐智子が手紙の中で記していた「運命」というものは、一体、いつになったら自分のもとに訪れるのだろう。

高速道路から見える博多湾の暗い海を眺めながら、亜紀はそう思った。

純平との結婚を確かなものと感じたとき、運命とはなんとさりげなく静かなものなのだろうか、と不思議の感に囚《とら》われた。が、一方で、どうしても彼との結婚に現実感を持てない自らの心模様に奇妙な焦燥感も覚えた。

いまになって思えば、あの微かないらだち、あの非現実感こそが真実だったのだ。

であるならば、本物の運命とはやはり鮮烈で激しいものでなくてはならないのだろうか。そんな運命が、この私にもやって来ることは果してあるのだろうか。

亜紀には何もかもが分からなく思える。

純平が誕生日に送ってきた花束には一枚のメッセージカードが入っていた。

その中で純平はこう書いていた。

「亜紀は、いつも賢くて冷静で、やさしくて、まるで本物の大人のようでした。子供の僕はそんな亜紀が心から好きでした。でも、反面では、どうしても最後まで亜紀の中に入り込めないもどかしさも感じていたのです。亜紀はもう僕のことをほんとうに愛していないのですか？　僕のことを見損なったというのなら、そんなダメな僕から逃げ出さずに、僕のことをきたえなおそう、よくしてあげよう、と一度でも思わなかったのですか？　あんなことを口走った愚かな僕を見捨てずに、もう一度やりなおしてみようとは、亜紀はまったく思わないのですか？　僕は、人と人とが愛するということは、きっとそういうことだと思っているのに」

純平の言う「本物の大人」とは何だろう。彼の感じた「もどかしさ」とは何だったのだろう。いまになってあの文中のそれらが疑問に感じられてくる。たしかに自分は、事故の夜の純平の行為に、すべてを投げ捨てるほどの失望を味わった。もう二度と彼と付き合いたくないと思ったし、純平の問いに答えるならば、「愚かな」純平を「見捨てずに、もう一度やりなおしてみよう」などとは「まったく思わな」かった。だが、純平はそう思うことこそが「人と人とが愛するということ」なのだ、と言っているのだ。

純平にすれば、亜紀のそういった「賢くて冷静」な態度が、いつももどかしかったのかもしれない。

そして、さりげない静かな運命に現実感を覚えない亜紀は、最初から激しく鮮烈な「運命」だけを望みつづけていたのかもしれない。

純平が亜紀を失望させたのではなく、亜紀こそが純平を失望させてしまったのではないか。亜紀は、純平が本当に困ったとき「どんなことでもしてあげる」と約束した。彼は事故の夜、その亜紀の約束を信じて、あんなことを口走ったのではないのか。

いまのいままで亜紀はそのことに気づかなかったのだった。

タクシーがマンションの玄関前で止まり、亜紀は足元を確かめながら路上に降りた。ワインの酔いが回ってきたせいか身体がふらついていた。冷たい海風が頬を刺してくる。――佐藤康と別れた五年前とは大きく変わった、と思い込んでいたが、実際は何一つ私は変わっていないのかもしれない。

明かりの消えた自分の部屋の窓を見上げ、ふとそんな気がした。

9

澤井明日香からの手紙が届いたのは、その翌日、十一月二十九日土曜日のことだった。

亜紀は九時過ぎまでたっぷり眠った。前夜は赤坂にかなり飲まされてしまったので、起き出してみると頭の芯《しん》にかすかな痛みが残っていた。散歩は午後からにすることにして、とりあえずシャワーを浴びた。

ベッドに腰掛けてスウェット姿で熱い紅茶を飲んでいるところに、ドアのチャイムが鳴った。そのままの恰好《かっこう》で玄関に出ると、気配で察したのか「冬木さん、速達です」という配達人の声がして、郵便受けに一通の封書が落とし込まれたのだった。

水色の封筒は思いのほか分厚くふくらみ、きれいな文字で書かれた亜紀の名前を一瞥《いちべつ》して裏を返すと、そこには東京都多摩《たま》市の住所と大学病院の名が並び、「7B－724号澤井明日香」と記されていた。

事故から四ヵ月が過ぎて、明日香がいまだに入院生活を送っていることに、亜紀は軽い衝撃を受けた。

寝室に戻り、手紙を開封する前にまず着替えをすませた。明後日の月曜日からはもう師走《しわす》ともあって、さすがにこのところ福岡も寒さが厳しくなってきていた。ことにこのマンションは海のそばにあるので、窓を閉じていても冷気が知らず知らず忍び寄ってくる。今朝はまだ暖房をつけるほどではないが、もう一杯紅茶を淹《い》れることにして、亜紀はリビングルームに移動した。

茶葉がほぐれるのを待っているあいだに、重い封筒をハサミを使って丁寧に開けた。新しいティーカップに紅茶を注ぎ、マーマレードを垂らして、亜紀は取り出した便箋《びんせん》の束とカップとを持ってソファに座る。

便箋にはびっしりと手書きの文字が並んでいた。冒頭の「冬姉ちゃんへ」という言葉に、胸がじんわりしてくるのを感じた。明日香の懐かしい声が聞こえてくるようだった。

一度呼吸を整え、亜紀はじっくりと手紙を読み始めた。

冬姉ちゃんへ

お元気ですか？　私はいま四回目の手術を受けるために、多摩市にある大学病院に入院しています。お医者さんの話では、これが最後の手術らしくて、この手術がうまくいったら元通りに歩けるようになると言われています。手術は明後日の二十九日なので、きっと冬姉ちゃんがこの手紙を読んでくれているときは、私は手術室で手術の真っ最中にちがいありません。そう考えると、いまこうして手紙を書いていてもなんだか不思議な気持ちになってきます。

私の足はもうほとんどよくなっています。最初の手術のときは、ちゃんと歩けるようになるかどうか分からないとお医者さんに言われてすごいショックでしたが、九月に受けた三回目の手術が成功して、二週間くらい入院したあと退院してからは、もう普通に歩けるようになりました。今度の手術は、膝《ひざ》の骨をすこし削るのと、メインは足の傷を分かりにくくするためのものです。入院も一週間くらいだということです。

私は、いま母と弟と一緒に暮らしています。母の新しい結婚相手は、現在は札幌の支店（その人はＪＴＢに勤めているのです）に単身赴任していてめったに帰って来ません。だから、私はその人とはまだ三回くらいしか会ったことがありません。

学校は、母たちの家がある多摩市の中学に編入しました。どうせ来年受験なので、この中学に通いながら受験勉強をしています。高校に入ったら、できれば家を出て、どこかアパートを見つけてそこから高校に通いたいと考えています。いずれ父も東京に戻ってくるでしょうから、そうしたら、また私は父と一緒に暮らすつもりでいます。

冬姉ちゃんには、結局、何も言わずに東京に戻って来てしまって、ほんとうに申し訳なかったと思っています。もっと早くにこの手紙を書かないといけないと考えていたのですが、毎月くらいに手術と入院がつづいて、なかなか落ち着いて書くことができませんでした。すっかり遅くなってしまってほんとうにごめんなさい。

とにかく、私は元気にしているし、足ももう大丈夫なので、何も心配しないでください。東京に帰って、達哉ともしょっちゅう会えるようになって、私は福岡に住んでいたときより楽しい生活をしています。母や弟とも、いまのところ仲良く暮らしているし、母は今度の事故のことで、とてもやさしくしてくれます。

それより、冬姉ちゃんは元気にしていますか？

純平君とはうまくいっているのでしょうか？　純平君もきっと独立したと思うし、もしかしたらもう結婚したのですか？

実は、私は、私の事故のことで冬姉ちゃんが純平君のことを嫌いになったのではないかとても心配しているのです。もしそうだとしたら、もう一度純平君のことを好きになってあげてください。だって、私は純平君のことをちっとも恨んでなんかいないのですから。むしろ、いまの私は純平君にすごく感謝しているくらいです。私だけじゃなくて、達哉も同じ気持ちでいます。その理由は最後に書きます。

純平君は私が入院してから、毎日何回もお見舞いに来てくれました。一度は冬姉ちゃんとも会いましたけど、あの日だって朝、昼、晩と来てくれました。もし私がちゃんと歩けるようにならなかったら、どんなことをしてでも歩けるようにするとも言ってくれました。純平君は私の両親の前で土下座までしたそうです。そして、私が東京の病院に移るかどうか迷っているとき、絶対にいい病院に移るべきだと励ましてくれました。友達に頼んで、車椅子の手配や自動車の手配、飛行機の手配も全部純平君がやってくれたのです。

純平君の車で私が怪我をしたのは事実ですが、あの事故は仕方なかったのだと思います。私も、MDを聞いていて前を全然見てなかったし、すごい暗い道だったから、純平君にも私の姿はよく見えていなかったのだと思います。私も突然、車とぶつかって何がなんだか分かりませんでした。純平君の車だったというのも、病院に着いて、お父さんから教えて貰《もら》って初めて知ったくらいです。

冬姉ちゃん、人と人とのあいだには、きっと取り返しのつかないことばかり起きるけれど、それを取り返そうとするのは無理なのだから、取り返そうなんてしない方がいいんだと私は思います。大切なのは、その悲しい出来事を乗り越えて、そんな出来事なんかよりもっともっと大きな運命みたいなものを受け入れることなんだと思います。

そういう意味では、今度の私の事故は、きっと私の運命でした。

私はこうして怪我をしたおかげで、いま東京で、達哉と一緒に歩けるようになりました。母や弟とも一緒に暮らせるようになりました。この事故がなかったら、私は、再婚した母と二度と会うつもりはなかったんです。

それもみんな純平君のおかげだと私は思っています。

運命を信じるって、決して、あきらめたり我慢したりすることばかりじゃないでしょう？　だから、私と達哉の運命のために、どうしてもあの事故は必要なことだったんです。

最後にその理由を書いておきます。このことは父にも母にも話していません。冬姉ちゃんも、もしよかったら父や母には黙っていてください。いずれ、私と達哉の二人できちんと話せる日も来るような気がしています。

実は、私と達哉は、達哉がゴールデンウィークに福岡に来たときに、今度の夏休みに一緒に死のうと約束していたんです。

ほんとうはあの事故があった次の日、私は家を出て、達哉と神戸で待ち合わせることになっていました。二人で地震にあった場所を見て回って、それから一晩ホテルに泊まって、神戸のどこか高いビルから一緒に飛び下りるつもりだったんです。事故の晩は、翌日の家出にそなえて、父に黙ってコンビニにお菓子を買いに行きました。そうしたら、あんな事故にあってしまったんです。

私だって、それまでは、いくらいいなずけと言っても、達哉とほんとうに結婚できるなんて信じていませんでした。達哉と一生をともにするなんてとてもできっこないし、もし私たちにできることがあるとしたら一緒に死ぬことだけだって思っていたのです。

きっと達哉も同じ気持ちだったんだろうと思います。私が一緒に死んでほしいと頼むと、達哉は何も言わずに「死のう」と言ってくれました。

二人で家出の計画を立てて、七月三十一日に同時に家を出て神戸で会う約束をしました。そして八月一日に死ぬつもりでした。

でも、私たちは、あの事故にあって、私たちが出会ったことは偶然や親たちのエゴのせいじゃなくて、ほんとうに運命だったんだと初めて分かったんです。

私と達哉はきっと生まれる前から一緒に生きていく運命になっていたんだと思います。そして、それを教えてくれたのは純平君だったんだと、私も達哉も信じているのです。

だから、冬姉ちゃん、純平君のことを嫌いにならないでください。

純平君はなんにも悪いことなんかしていないのです。

もし冬姉ちゃんと純平君が私のことで喧嘩《けんか》したりしているのなら、どうか、この手紙を純平君に見せてあげて、仲直りしてあげてください。

ずっとそのことが伝えたくて、私は、いまようやくこの手紙を書くことができました。こんなに遅くなってしまったことをどうか許してください。

私はいまとても幸せです。

冬姉ちゃんもどうか純平君と幸せになってください。

平成九年十一月二十七日

澤井明日香より

追伸・入院前日に達哉と一緒に外苑《がいえん》前の並木道を散歩してきました。銀杏《いちょう》の葉がすっかり色づいて、すごくきれいでした。そのときの記念に一枚入れておきます。いつか冬姉ちゃんと東京で会える日を楽しみにしています。

亜紀は便箋を畳むとソファから立ち上がり、座卓の上の封筒を摑《つか》んだ。封を切ったときには気づかなかったが、封筒の中には黄葉した銀杏の葉が一枚入っている。柄の部分を摘《つま》んで取り出すと、座卓の前に座り込んで、しばらくその黄色い葉をじっと眺めていた。

いま読み終えた手紙の内容は真実なのだろうか、と思った。

明日香が、自分と純平とを仲直りさせたくて考えついた、手の込んだ作り話なのではないだろうか。

そうとでも思わなければ、まったくやりきれない文面だった。

だが、亜紀にはよく分かっていた。

ここに記されていることはきっと真実にちがいない。

その証拠に、純平と最後に会った日、彼が話していたことと明日香の書いていることととは見事に符合していた。純平は、目前に迫る自転車に乗っているのが明日香だと気づいた瞬間に「どういうわけかアクセルを踏んでしまった」と言っていた。また、自分が明日香を撥《は》ねてしまったことを「魔がさしたとしか思えないし、とても現実だとは思えなかった」とも言っていた。その純平の弁明を、無責任な自己弁護にすぎない、とあのときの亜紀は切って捨てたが、あれは純平の嘘偽りのない正直な告白だったのだ。

二日後には達哉とともに死ぬことを決意していた明日香と遭遇し、かねて二人の危うさを懸念していた純平は、事故の寸前に恐らく何かを直観したのだろう。彼にはそういう資質があった。デザインに自分の心が乗り移ると言い、人の心は本来、身体とは別物で自由にこの世界を動き回っている——と信じていた。仕事が佳境に入ると、そのまま違う世界に飛んで行っちまいそうで怖い——と不安がっていた。そんな彼だからこそ、あのとき、無意識のうちにブレーキではなくアクセルを踏んでしまったのだ。明日香が手紙の中で感謝しているように、純平はその一瞬、明日香を傷つけようとしたのではなく、逆に、彼女を死の淵《ふち》から救い出そうとしたのではなかったか。

明日香は、純平のおかげで自らの真実の運命に気づかされたと言っている。そして達哉も同じように感じているのだ、と。

そういえば純平は言っていた。達哉が昔の自分に似ているような気がするのだと。自分も達哉や明日香も根無し草で、似た者同士なのだと。「俺にはその匂いが分かる。だからちょっと心配になった」のだと……。

亜紀は不意に寒けを感じて、座卓の前から立ち上がった。エアコンのスイッチを入れて再びソファに戻る。居間の窓からベランダ越しに外の景色を見るともなく見た。風が出てきたのか、マンションの中庭に植えられた街路樹の枝葉がざわざわと揺れていた。

——運命を信じるって、決して、あきらめたり我慢したりすることばかりじゃないでしょう? だから、私と達哉の運命のために、どうしてもあの事故は必要なことだったんです。私たちは、あの事故にあって、私たちが出会ったことは偶然や親たちのエゴのせいじゃなくて、ほんとうに運命だったんだと初めて分かったんです。大切なのは、その悲しい出来事を乗り越えて、そんな出来事なんかよりもっともっと大きな運命みたいなものを受け入れることなんだと思います。そして、それを教えてくれたのは純平君だったんだと、私も達哉も信じているのです。

亜紀はもう一度便箋《びんせん》を開き、明日香の言葉を丹念に拾い集めながら、明日香が何を自分に伝えたかったかがすこし分かるような気がした。

それは、五年前にやはり手紙の中で佐藤佐智子が亜紀に伝えようとしていたことと、奇妙なくらいに同じものだった。

——あなたを一目見た瞬間、私には、私からあなたへとつづく運命がはっきりと見えました。あなたがこの佐藤の家に来て、この家を継ぐ子供を生んでくれるに違いないと直観したのです。私とあなたとは運命を共にするものと私は信じていました。私は人間の縁というものの不思議さに胸を打たれていました。この世界に偶然など何もないのだ、という気がしました。あなたは康という息子を松明《たいまつ》にして、はるばる遠い町から私のもとへとやって来てくれた、と思いました。そして、そのありがたさを私は嚙《か》みしめました。

そうだった。自分も初めて純平と出会ったとき、なんだ、私はこの男とめぐり合うためにこんな遠くの街までやって来たんだ——と思った。純平もまた「ああ、やっとこの人が僕に会いに来てくれた」と感じたのだと最初のデートで打ち明けてくれた。さらに自分は、平田達哉があの筑後川の川原で「選択しないことでしかほんとうに受け入れることはできない」と語ったとき、雅人の妻である沙織のことを思い出しながら、たとえ自分の人生であったとしても、黙って受け入れるしかない運命というものがあるのだ、という気がした。それなのに自分は、まるで本物の大人のような顔で、ダメな純平から逃げ出し、もう一度二人でやりなおそうなどとは露ほども思わずに、ただ彼を見捨ててしまった。

康のときも今回も結局はまったく同じだったのだ。

佐智子には見えた「運命」が自分には見えず、また見ようともしなかった。純平には見えた「運命」が自分には見えず、また見ようともしなかった。純平には見えた明日香と達哉の「運命」が自分には見えず、また見ようともしなかった。純平と明日香と達哉には見えた彼ら三人の「運命」が自分にだけは見えず、また見ようともしなかった。

亜紀は、胸中に押し寄せてくる様々な想念から逃れたくて、テーブルの上にぽつんと置かれた銀杏の葉を見つめた。

いまの時期、神宮《じんぐう》外苑の銀杏並木はさぞや美しいことだろう。

早く東京に帰りたい……。

一人きりで構わないから、あの並木道を静かな心で歩いてみたい、と亜紀は泣きそうな気持ちで思っていた。

雷鳴の手紙

I

背後から誰かが近づいてくる気配がした。幽《かす》かだが規則正しい靴音が聞こえる。そのうち亜紀の名前を呼ぶ声も耳に滑り込んできた。

一体誰だろう？　こんな朝早くに……。
亜紀はゆっくりと目を開けた。

靴音が、部屋のドアをノックする音で、名前を呼んでいるのが母の孝子であることはすぐに了解できた。

ベッドヘッドに置いてある携帯電話を摑《つか》んで時刻を確かめる。窓からのカーテン越しの光で液晶の文字がはっきりと読めた。午前七時七分。「亜紀ちゃん、入っていい？」という声に「いいわよ」と返事して、亜紀は素早く半身を起こした。

下腹の真ん中に一瞬鋭い痛みが走った。そういえば、昨夜、帰りのタクシーの中で生理になったのだった。予定より一週間も早かった。東京に戻って来てからというもの、生理の周期はずっと乱れがちだ。

頭がぼんやりしているのは生理のせいだろう。福岡時代から続けているウォーキングのおかげで寝起きの悪さはもうすっかり克服している。

孝子は部屋に入って来ると、起き上がった亜紀に「おはよう」と声をかけ、「ごめんなさいね、こんな早くに起こしちゃって」と言った。

「どうしたの？」

孝子もパジャマ姿のままで、起き抜けの眠たそうな顔をしている。今日は土曜日だった。

「雅人から電話が来て、沙織さんがまた入院したそうなのよ」

「いつ？」

「昨日の夜中だって。かなりひどい発作だったみたい」

「まさか、危険な状態なの」

そうだったら孝子もこんなに平静ではいないだろう、と思いつつ亜紀は訊《たず》ねた。

ようやく意識がはっきりしてきた。

「そんなことはないらしいけど、雅人もつきっきりで一睡もしてないって。発作も治まったから、とりあえずマンションに戻って、それで連絡してきたのよ。いまから少し眠るって言ってた」

「そうなんだ……」

沙織の入院は、今年に入って三度目だ。最初は亜紀が東京に戻ってすぐの一月で、二度目はこの七月だった。そして十月最初の土曜日にまた入院したという。病状が次第に悪化しはじめているのは事実だろう。亜紀は一ヵ月ほど前に会った沙織の顔を思い浮かべ、気持ちが沈んでいくのを感じた。あのときは、ずいぶん元気そうに見えたのに。

「どうする」

孝子が言った。

「どうするって？」

「私は昼からお見舞いに行こうと思ってるんだけど」

「もちろん私も行くわよ」

一月のときも七月のときも、亜紀はその日のうちに沙織を見舞っている。孝子も同様だった。前二回はそれぞれ一週間程度の入院で沙織は退院した。今回も長引かなければよいが、と亜紀は思った。

「じゃあ、お父さんにお昼食べてもらってから一緒に出ましょうか」

そう呟《つぶや》くように言う孝子の顔を見上げ、母もこの数年でずいぶん歳を取った、とあらためて亜紀は感じる。朝の光の中で見ると、頬の肉は薄くなり、顔の皺《しわ》も一段と増えている。四年前の一九九四年、ちょうど佐藤康と大坪亜理沙が結婚した同じ年に雅人と沙織も式を挙げた。沙織が重い心臓病を抱える身であることは、二人の婚約が正式に整う直前に雅人の口から冬木の面々に伝えられたのだった。あれは亜紀の会社で若杉社長が突然退陣を表明した時期だった。それから二ヵ月後の七月、雅人と沙織は結婚した。

以来、雅人夫婦のことで孝子と四郎は思い悩んできたのだろう。あげく、長女の亜紀はその翌々年には東京を離れ、博多へと転勤してしまった。こうして二年ほどで舞い戻ってはきたものの未《いま》だ独身のままだ。あと半月足らずで三十四歳を迎える亜紀の将来について、孝子も四郎も沙織の病状に劣らず気を揉《も》んでいるに違いなかった。

加えて、この三月に四郎が胃潰瘍《いかいよう》で突然吐血し、一ヵ月半の入院生活を余儀なくされたのが孝子にとっては痛手だった。二年前に都立高校の校長を定年退職し、北区の中・高一貫の私立校の校長に招かれた四郎だったが、そこでの理事長一族との人間関係で苦労を強いられ、もともと強くなかった胃腸をこわしてしまったのだった。

結局、四郎は五月末で退任し、いまはこの両国の家で静養をつづけている。

孝子も来月十一月には還暦を迎える。息子の嫁の重い病、一向に嫁ぐ気配のない娘、そして仕事も健康も失ってしまった夫――それまでが順調だっただけに、この数年でいちどきに押し寄せた困難に、彼女の抱える鬱屈《うっくつ》も相当なものがあるのだろう。

「朝御飯の準備するけど、亜紀ちゃんはどうする」

いつもならば、八時前には起床して、隅田川沿いをウォーキングするのが亜紀の週末の日課になっていた。

「悪いけど、もうすこし寝させてもらうわ。昨日は残業で遅かったし」

「じゃあ、起こしてあげようか」

「大丈夫。十時過ぎには起きるから」

そう言って、亜紀は再び横になった。下腹部に痛みの芯《しん》がわずかに残っている。

孝子が部屋を出ていって、古びた天井板を眺めながらしばらく沙織のことを考えた。

沙織の病気は、心臓弁膜症の一種である大動脈弁膜症と呼ばれるものだった。弁膜症には、弁と弁とが癒着して弁口が狭まり、血液が通りにくくなる「弁狭窄《きょうさく》」と弁自体が壊れて完全に閉まらないために血液の逆流が起こる「弁閉鎖不全」の二種類があるが、沙織の場合は、心臓の大動脈弁が狭窄と閉鎖不全を合併した重度の弁膜症であった。

発症は、小学校の低学年の頃だと聞いている。体育の授業中に動悸《どうき》や息切れが頻繁になって専門病院で受診したところ、弁膜症と診断された。弁膜症の原因の大半は幼少期のリウマチ熱によるが、沙織についてはリウマチ熱の既往はなく、何らかの別の要因で大動脈弁組織が変性したものと考えられるという。雅人が沙織の病気を知って伯父《おじ》の二郎に相談した際も、「非常に稀《まれ》な症例で、まことに気の毒な患者さんと言うほかない」と言われたそうだ。二郎は心臓内科医で、現在は国立病院の副院長から港区の企業系列の総合病院の院長に就任していた。亜紀たちの父である四郎とは三つ違いだから、伯父も今年で六十五歳になるが、すこぶる壮健でいまでも週に三日の外来をこなしている。四郎が胃潰瘍で今回世話になったのも、この二番目の兄の病院だった。

沙織のかかりつけは実家の加藤家が上野毛《かみのげ》にあるために、ずっと世田谷の関東共済病院で、雅人夫婦もこの病院の最寄り駅である用賀《ようが》駅そばのマンションに新居を構えていた。そこからだと上用賀の共済病院までは車ならば五分もかからない距離である。主治医の皆《みな》川《がわ》医師は、偶然伯父の大学の後輩で、かつては同じ医局で伯父の指導を受けた経験のある人物だった。心臓内科医としての腕は申し分ないとの二郎の折り紙もつき、四年前は沙織の病状も日常生活にさして支障をきたさないほどだったので、冬木の両親も最後には納得して二人は一緒になったのだった。

とはいえ、長年にわたって細菌性の心内膜炎予防のための抗生剤を服用しつづけ、過度な運動や長時間の入浴でさえ用心してきた沙織の身体は、皆川医師や二郎の見解でも、妊娠・出産は原則として不可とされていた。大動脈弁膜症は一度心不全を起こしてしまうと、その後の治療が大変難しくなるようだ。その点で、心臓に大きな負荷のかかる出産は、患者にとって致命的になる可能性が拭《ぬぐ》えないらしかった。

夫である雅人が沙織との結婚を選び、子供の誕生を諦《あきら》めている以上は、四郎も孝子もそのことで雅人たちにとやかく言うわけにはいかない。ただ、長男のそうした選択に二人が落胆したのは当然だった。その分の期待が長女の亜紀にかかってくるのも、これまた当然の成り行きにすぎない。

亜紀には、自分の子孫を後代に残したいという願望は、言葉では理解できても心中では理解できない。こんな世界に新しい生命を送り出すというのは、ある意味で無謀な行為にも思えるのだが、孝子や四郎は、冬木の血が途絶えることをかなり本気で恐れている様子だった。「御先祖さまに申し訳ない」、「孫の顔を見ないで死にたくない」などといった台詞《せりふ》があの母の口からたまに飛び出して、亜紀は意外の感に打たれてしまう。

父も病後はすっかり気弱になり、これまで我慢していた感情をあまり抑えなくなっていた。吐血して入院した翌日、病室で二人きりになった折には「俺もこうしていつどうなるか分からないんだし、お前の結婚式くらいは見届けさせてくれないか」と真顔で言われた。父が亜紀に直接結婚の話を持ち出したのはそれが初めてだった。が、最近は、しきりと似たようなことを口にする。

一月の沙織の発作はそれまでになく激しかったようだ。深夜、呼吸困難に陥り、心不全に近い症状が現れて慌てて共済病院に運び込まれた。幸い、狭心症の範囲内で治まったため一週間程度の入院で済んだが、七月にも同様の失神発作が起こり、病態の増悪は決定的だと主治医から雅人は告げられていた。

この発作以降は、好きな酒もやめ、雅人は沙織の急変にそなえて神経の張り詰める生活を送っているようだった。彼もこの八月で三十三歳になり、職場では学芸部デスクへの昇格の話も出ているそうだが、週に二日の泊まりが義務づけられるデスク業務は固辞しているとのことだった。

稲垣純平との結婚が流れ、逃げるように福岡の地をあとにしてきた亜紀だったが、こちらに帰って来ても、父や沙織の入院、新しい部署での不慣れな仕事に追われて、ゆっくりと心身を癒《いや》す余裕がないままにもう一年近くが経とうとしていた。戻ったらすぐに会うつもりだった澤井明日香とも、再会したのは彼女が無事に都立高校に合格し、通学を始めた四月のことだ。

明日香は受け取った手紙にあった通り、いまは都内にアパートを借りて一人暮らしをしている。彼女の左足は、四度の手術が奏功し、歩行の不自由は、もう見た目にもほとんど分からぬくらいに改善していた。

当初は亜紀も、一、二ヵ月実家に厄介になり、夏前には新しい部屋を見つけて引っ越す心づもりだった。だが、四郎が倒れたことで、父の世話を孝子一人に任せて両国を離れるわけにもいかない状況になってしまっている。

様々なことが前触れもなしに起こり、それぞれの整理がつかないうちにまた別の出来事に見舞われてしまう。最後は自分独りきりだ、と思い定めていても、その独りきりの人生すら思うようにはいかないものだ、と亜紀はしみじみと思った。

思い定めるだけでは、複雑で込み入った世界を泳ぎ渡るにはきっと不十分なのだろう。そう考えてみると、いまこの時間、苦しい発作の末に眠っているにちがいない沙織のことが同情や憐憫《れんびん》の対象としてではなく、また異なる様相のものとして亜紀の脳裡《のうり》に起《た》ち上がってくるのだった。

雅人に初めて紹介されたときの沙織を亜紀は思い返してみる。

あれは四年前の正月二日で、家族みんなですき焼きの鍋《なべ》を囲みながらいろいろな話をした。沙織はまだ二十四歳で慶応で心理学を学ぶ大学院生だった。同年修士課程を終えると、彼女は就職はせずに家庭に入った。沙織には家事と仕事の両立は難しいだろうから、そのことで本人が迷ったふうはなかった。

あの初対面の日、沙織は、自分は中学生の頃から「好きになったら命懸け」という言葉が一番好きだった、と言った。こんなにきれいな女の子がどうしてそんな大仰なことを言うのか、と亜紀は不可解だったが、のちに病気のことを知らされて深く得心した。沙織にとっては誰かを好きになることは、掛け値なしに命懸けの行為なのだ。そして、彼女はいまもその命懸けの行為の只中《ただなか》で生きつづけている。沙織をよく知るようになり、亜紀は、その胸の芯に秘めた強い情熱、夫である雅人への献身的とも言える愛情を間近に垣間見《かいま》て、歳は五つも下ながら、この義妹に心から敬愛の念を持つようになっていた。

沙織の精神には一本の硬く真っ直ぐな背骨のようなものがある、と思う。

それは常に生命の危機を感じながら育った彼女が否応《いやおう》なく作り上げた苦肉の産物かもしれないが、一方で、人間という存在が自身の生を確認するために不可欠な微量元素のようなものを拾い集めた希有《けう》の産物でもあるような気がする。

自分という人間には、その肝腎《かんじん》の背骨がない……。

沙織と引き比べてみて、亜紀はつくづくそう感じる。

ベッドの中でじっとしているうちに身体は次第にあたたまり、下腹部の痛みも薄らいできた。やはりもうすこし眠っておこう。昨夜は午前二時過ぎまで煩瑣《はんさ》な計算に没頭して、くたくたになってしまったのだ。

亜紀は天井から目を離し、毛布を引き上げて横臥《おうが》の姿勢になると静かに目を閉じた。

雅人が淹《い》れてくれたコーヒーはびっくりするくらいに濃かった。

亜紀はもともと紅茶党だが、コーヒーならばエスプレッソ派なのでさして気にならなかったが、孝子は一口すすった途端に、

「ちょっとこれ濃すぎるんじゃない」

と言った。

「だったら、注《さ》し湯しようか」

雅人は椅子から立ち上がってキッチンの方へ行く。

「あなた、いつもこんな濃いコーヒー飲んでるの」

ヤカンを持って戻ってきた雅人に孝子は訊《たず》ねる。

「まあね」

孝子のカップに湯を注しながら雅人は頷《うなず》いた。雅人と会うのは一ヵ月ほど前にここを訪ねて以来だが、また痩《や》せてしまったように見える。その折は「酒を飲まなくなったから贅《ぜい》肉《にく》が落ちたんだよ。食欲は前よりずっとあるんだけどね」と話していたが、やはり沙織のことで心労が重なっているのだろう。このコーヒーも、禁酒と看病のストレスの副産物にちがいない、と亜紀は思う。

2

「これじゃあ、いつか胃を悪くするわよ。お父さんだって潰瘍《かいよう》で倒れたんだし、あなたも胃腸には気をつけないと駄目よ」

孝子は母親らしい心配を口にする。雅人は曖昧《あいまい》に笑っただけだった。

雅人と沙織の住むこのマンションは、東急田園都市《でんえんとし》線「用賀駅」の出入口からほんの目と鼻の先にある。2LDKのカップル向きの部屋だが、場所が都内でも有数の住宅地とあって家賃はおそらく亜紀が昨年まで住んでいた福岡のマンションの倍はするだろう。そう思って部屋を眺め渡してみると、その狭さは理不尽なほどだ。首都圏で暮らす人々が支払いつづけるこの種の法外なコストに一体どんな意味があるのか、いまの亜紀には大きな疑問だった。

十畳ほどのリビングダイニングに置かれたテーブルの椅子に三人は座っていた。亜紀と孝子が並び、テーブルを挟んで雅人が向かいの椅子に腰掛けている。室内はこざっぱりと片づいているが、調度やカーペット、カーテンも暖色系で統一されて落ち着ける雰囲気になっている。沙織の人柄が滲《にじ》み出ているようだ、と初めて来たときに亜紀は感じたものだった。

午後一時半過ぎに亜紀たちは沙織の病室を訪ねた。すでに雅人もいて、加藤の両親も顔を見せていた。沙織は顔色は決して良くはなかったが、思ったよりは元気そうだった。

「ご心配かけてすみません」

孝子にしきりに頭を下げるのはいつものことだったが、言われた孝子の方が今日は涙ぐんでしまい、しばし全員無言の一幕があった。見舞いのお金と果物を置いて十五分ほどで雅人と共に病室をあとにし、彼の車でこの部屋に立ち寄ったのである。車中で昨夜の発作のあらましと皆川医師の診断について雅人から聞かされた。発作自体は、前二回と比較してむしろ軽かったようだ。それでも病院に連れて行ったのは、沙織の精神不安が激しかったからだという。「俺が余計なことをしてしまったのが悪かったんだ」と雅人はしょげ返っていたが、その「余計なこと」の中身を告げられて、亜紀も孝子も何とも言いようがない気分にさせられてしまったのだった。

それでも皆川医師の判断では、沙織は週明け早々には退院できるだろうとのことで、ほっと一息つける状況ではあった。

「ご飯は食べてるの」

コーヒーにはほとんど口をつけぬまま、孝子が言う。

「食べてるよ。昼飯も病院のカフェテリアですませたし」

雅人は浮かない表情で返事をする。

「でも、よかったじゃない。沙織さん大したことないみたいだし」

亜紀が言う。

「だけど、沙織が発作を起こすたびに、こっちは生きた心地がしなくなるよ」

雅人は煙草に火を点《つ》け、一服吸いながら呟《つぶや》くように言った。亜紀は彼の吐き出した薄い煙を眺め、佐藤康のことを思い出す。最近は、誰かが煙草を吸っているのを見るたびに康のことをついつい考えてしまうのだった。さきほども久し振りに関東共済病院に出向き、沙織のいる四階の病棟の廊下を歩きながら、彼とその妻の亜理沙のことを思い浮かべてしまっていた。

——きっと、私のせいなのだ。

何度打ち消してみても、康のことを耳にした際に覚えた深い罪悪感を亜紀は払拭《ふっしょく》することができなかった。

「でも、このままどんどん悪くなるってわけでもないんでしょ。あなたがそんなふうにしょげてたら沙織さんだって元気になれないわよ」

孝子が笑みを作り、励ますように言った。

「弁膜症は、突然症状が急激に悪化する場合も多いんだ。沙織も、今年に入ってこれで大きな発作は三度目だし、近頃は寝ているときに息苦しそうにしてることもよくあるんだ。このままどんどん悪くなる可能性だって十分にあるよ」

雅人は煙草を灰皿に揉《も》み消すと、席を立って、ベランダの窓を開けて戻ってきた。

七月に沙織が入院したときも、彼はこの部屋で煙草を吸いながら「こんなときしか、ここじゃ吸えないんだよ」と苦笑いしていた。あの頃は、まだ康の事情を知らなかったので、「どうせ会社で吸ってるんだから、家で吸えないのは沙織ちゃんの内助の功よ」と亜紀は軽口をきいたが、いまはその自分の台詞《せりふ》を思い出しただけで胸がきりきりと痛むようだった。

しばらく三人とも黙り込んでいた。

「今朝、皆川先生から『手術を考えてみたらどうか』ってまた言われたよ」

不意に雅人が言った。亜紀も孝子も思わず彼の顔を注視する。

「まだ重症の心不全は出てないけど、このままだといつそうなってもおかしくないってさ。だったらいまのうちに手術に踏み切って人工弁に置き換えてしまった方が得策かもしれないって」

「だけど、二郎伯父《おじ》さんは、人工弁はあんまり勧められないって言ってたんでしょ」

七月の発作のときも人工弁置換手術の話が皆川医師から出て、雅人は伯父のもとへ相談に行ったばかりだった。

「手術後の血栓とか人工弁のトラブルとかを考えると、沙織の場合は時期尚早なんじゃないかって伯父さんは言ってたけど、皆川先生の話だと、最近は人工繊維でできた優秀な弁も開発されてきてるし、手術の安全性も飛躍的に上がってるらしいんだ。もちろんリスクはあるけど、あんまり尻込《しりご》みして手術の時期が遅れると症状の改善が見込めなくなるって言われたよ」

「そのこと、沙織ちゃんには話したの」

亜紀は訊《き》いた。雅人は首を振る。

「いや。沙織は手術には一貫して乗り気じゃないからね。七月に勧められたときも絶対に嫌だって言ってたし」

「雅人はどう思うの」

「俺にも判断がつかないよ。沙織の病気は一度心不全になると薬が効きにくいから、手術は選択肢の一つだとは思うけど、術後の管理は伯父さんが言うように大変だろうしね。血栓や塞栓《そくせん》が起きたら、そのまま脳卒中で死ぬ可能性だってあるし、術後は一生、抗凝血薬を飲みつづけなきゃいけない。いまだって毎日抗生物質やら何やら山ほど薬を飲んでるのに、これ以上薬が増えるのは沙織本人もたまらないんじゃないかな」

いつもながら、沙織の病状について話していると、彼女には暗い未来しか待ち受けていないような気になる。だが、実際の沙織と会っていると、そんな暗鬱《あんうつ》な未来は決して彼女には訪れないという確信を持てるのだった。さきほども病室で沙織の姿を一目見た瞬間、この人は絶対に大丈夫だ、と亜紀は感じた。

「あんなにいい子が、どうしてこんな目にあわなくちゃいけないのかしら」

孝子はまた少し涙ぐんでいる。

雅人は遠い目をして、そんな母親を見ていた。

「これから何が起こるか分からないけど、俺は、沙織のことを信じているから」

誰に言うともなく雅人が言った。今日の彼はひどく疲れているようだった。というよりどこか虚脱したような、心ここにあらずといった趣がある。昨夜の発作がよほどショックだったのだろうか、と亜紀は考えた。

部屋の隅で猫の鳴き声がして、三人揃ってそちらに顔を向けた。

ベランダの窓の手前に段ボール箱が一つ置かれている。鳴き声はその箱の中から聞こえてきた。

「あの猫ちゃんは、どうするの」

亜紀が訊いた。この部屋に上がってすぐに、箱の中の猫を見せてもらった。アメリカンショートヘアの子猫で、まだ生後三週間足らずらしい。子猫は握り拳《こぶし》二つ分もないほどの小ささで、柔らかなバスタオルにくるまれて愛くるしい姿で眠っていた。しかし、不意に始まったその鳴き声は思いのほか甲高く力強い。

雅人は亜紀の問いには答えず、席を立ってキッチンからミルクの入った哺乳《ほにゅう》瓶を持ってくると、箱の中から子猫を取り出した。胡坐《あぐら》をかいてその場に座り込み、懐に猫を抱いて案外器用にミルクを飲ませている。途中から亜紀も孝子も立ち上がって傍《かたわ》らまで近づき、懸命にミルクを吸っている子猫を眺めていた。

「可愛いわねえ」

孝子が顔をほころばせる。

「このまま飼いつづけてれば、沙織さんもきっと可愛がるようになるんじゃない」

五分ほどで猫は再び眠り込み、雅人は慎重に箱の底に戻すと、浅いため息をついて亜紀たちを見上げた。

「今日、これから会社の同僚が来てくれて、しばらく預かってもらうことにしたよ。一度貰《もら》ってきたものを古田《ふるた》先生にたった一日で返すわけにはさすがにいかないしね」

この猫を雅人が連れてきたのは、昨夜のことだった。

親しく付き合っている作家の古田敦夫《あつお》氏の飼い猫が子供を生んで、そのうちの一匹を引き取ってくれないか、と以前から頼まれていたのだ。それまで犬も猫も飼ったことがなかったが、子供を諦《あきら》めている沙織のためにも良い機会かもしれないと雅人は考え、わざわざ昨夕、古田邸に猫を引き取りに出向いたのだった。沙織には内緒にして、突然連れて帰って驚かせる魂胆だったという。

沙織は猫を見て、最初はとても喜んでいた。彼女の方は子供の頃に猫を飼った経験があり、たまに死んだ愛猫の話をしたりもしていた。それもあって、夜中になって突然に沙織が泣きだしたときは、雅人は理由がまったく分からずうろたえてしまった。普段は滅多に涙を見せない妻が、どうしてこんなに悲しむのか見当もつかなかったのだ。

「あなたは私なんかと結婚しなければよかったのよ」

泣きじゃくりながらそう言われても、雅人には沙織の真意が読み取れなかったという。

「ねえ、サーちゃんどうしたの。一体何があったの」

何度も訊《たず》ねるうちに、

「あんまり残酷すぎる。いくら悪気がなくっても、もうすこし私の気持ちを考えてくれたっていいと思う」

嗚咽《おえつ》の合間に切れ切れの言葉で言われ、雅人はようやく自分が子猫を連れてきたことが沙織を深く傷つけてしまったのだ、と覚《さと》ったのだった。

発作が起きたのは、何とか沙織も落ち着いて一緒にナイトミルクを飲み、ベッドに入った直後だった。

「今夜の私、どうかしてた。なんであんなに変になっちゃったんだろ」

明かりを消すと沙織はぽつりと呟いて、いつになく静かな寝息を立てはじめた。

「それが、三十分も経たない頃、突然胸を押さえて苦しみだしたんだ。あんな発作は初めてだった」

病院からの帰りの車中で、雅人はそう言っていた。

雅人の話を聞いて、亜紀は、子どもを生むことのできない沙織の苦しみの大きさをいまさらながら見せつけられたように思った。が、結婚していない人間には、その苦しみの内実はどうにも摑《つか》み難かった。それよりも、妻のためを思って子猫を貰ってきたにもかかわらず、「残酷すぎる」と責められてしまう雅人が無性に哀れに感じられたのだった。

猫が眠ったのをしおに、亜紀たちは引きあげることにする。

「手術の可否も含めて、二郎さんに皆川先生の考えを詳しく聞いてもらった方がいいと思うわよ。あなたには仕事だってあるし、こんなふうにしょっちゅう沙織ちゃんが入院してたら、あなたまでどうにかなってしまうんじゃないの。沙織ちゃんも、このまま発作が続くようだったら手術のことも前向きに考えた方がいいかもしれないわ」

孝子は椅子の背にかけていたジャケットを羽織りながら言った。

「俺は大丈夫だよ。いまは沙織のことで頭がいっぱいだし、自分のことはどうでもいいと思ってるんだ」

「気持ちは分かるけど、それは間違いよ。あなたがストレスを溜《た》め込んでダウンしないようにしないと、結局、共倒れになるだけなんだから。お父さんもそうだったけど、何でも自分独りで抱え込んで我慢ばかりしていると、突然病気になったりするのよ。あなたはお父さんによく似てるし、気をつけなきゃ駄目よ」

孝子が言い、亜紀も母の言葉に同調した。

「私もお母さんの言う通りだと思うわ。沙織ちゃんは私たちが考えているよりずっと強い人だし、今度のこともきっと乗り越えてくれると思う。だから雅人も彼女のことを信じて、自分の仕事や自分の時間も大切にした方がいいわ。沙織ちゃんは絶対死んだりなんかしないし、これからが長丁場なんだし、無理は禁物だよ」

雅人は黙って頷《うなず》き、わずかに笑みを浮かべる。

ちょうどそのとき、インターホンのチャイムが鳴った。

受話器を持ち上げて訪問者を確認すると雅人はリビングから出ていった。玄関のドアが開く音がして、彼が相手とやりとりしている声が聞こえてくる。そしてすぐに戻って来ると、猫の入った箱を抱えて再び出ていこうとする。亜紀たちはバッグを持ち、慌てて彼のあとにくっついて玄関まで行った。

小柄な女性が玄関先に立っている。彼女が猫を預かってくれる学芸部の同僚なのだろう。てっきり男性だと亜紀は思い込んでいたので少し意外な気がしていた。隣の孝子もそんな気配だ。

「私たちは帰るから、上がってもらったら。せっかく来て下さったんだし、ここじゃ失礼だわ」

先方に会釈をしてから、孝子が雅人に言った。

「彼女は僕の会社の後輩でつぶらやまどかさん。こっちがおふくろと姉貴」

雅人は急いでそれぞれを紹介した。

「はじめまして。いつも冬木先輩には大変お世話になってます」

丸顔の彼女が丁寧にお辞儀をする。

「こちらこそ、今日はほんとうにありがとうございます。どうぞお上がりください。私たちはちょうどいま帰るところだったんです」

孝子が同じ台詞《せりふ》を繰り返すと、

「いえ、ここで結構です。このマンションの玄関に車を駐《と》めたままですし」

彼女ははっきりと言った。歳は、恐らく二十四、五といったところだろう。ちょっと小太りだが愛嬌《あいきょう》のある顔立ちの女性だった。くりっと黒目がちの瞳《ひとみ》が独特の光を放っている。記者としてはまだまだ駆け出しなのだろうが、その潑剌《はつらつ》とした雰囲気はやはり若さのたまものだろう。

亜紀は肩に下げたバッグから名刺入れを取り出すと、一枚抜いて彼女に差し出した。彼女もグレーのコットンジャケットのポケットから名刺を出してきた。受け取って名前を確かめる。「東京本社編集局　学芸部　円谷まどか」と記されていた。

まどかの方は、亜紀の名刺をじっと眺め、「先輩からお姉様のお噂はよく伺っています」と言った。

「猫のことでご迷惑をかけてしまって、ほんとにすみません」

亜紀は頭を下げながら、雅人が自分のことを会社の同僚に話しているというのが不思議な気がした。

「財務部主事って、亜紀のそういう気持ちを察したのか、なんかすごい仕事なさってるんですね。お姉様は子どもの頃からめちゃくちゃ頭が良かったって先輩がしょっちゅう言ってます」

と円谷まどかは言った。よく気のつく子だな、と亜紀は感じた。

「そんなことないですよ。今年の初めに転勤先から戻されて、どこにも行くところがないから財務部に回されてしまっただけです。数字ばっかりの仕事で、一年足らずで私ももううんざりしちゃってるんですから」

亜紀が笑って否定すると、

「でも、なんか想像した通りの方でした。きっとカッコいい人なんだろうなって思ってたから」

とにかく円谷まどかは気さくである。

亜紀は、社内の後輩の女性たちからもよく「カッコいい」という言われ方をした。三十半ばの「お局《つぼね》」社員ともなれば、そんな表現でしか持ち上げることもできず、一部揶揄《やゆ》の意味も込めて彼女たちは口にしているのだろうと初めは思っていたが、どうやらそういうわけでもなさそうだと最近は感ずるようになった。彼女たちと亜紀たちの世代とでは、結婚や仕事に対する意識の根本的な部分が様変わりしているような、そんな気がしはじめている。

しかし、いくら言われてみても、自分が「カッコいい」などとは亜紀には到底思えない。

本社復帰後にいまの部署に配属されたのも、事情はまどかに説明した通りだった。営業の一線から外され、財務部でも一番地味な出納課に回されたのだ。昨夜の残業も、九月末の中間決算に向けて保有有価証券の照合を先月下旬に済ませたところ、決算発表間近の先週になって経理部から小さなミスを指摘されてしまい、証券類の取引データと会計データの照合の一部をやり直さねばならない羽目に陥っただけのことだった。出納課の主事として作業のリーダーを務めていたために、亜紀は課長ともども財務部長から直々にお小言を食らったばかりだ。

「じゃあ、これ頼むよ。近々に正式の里親を探すから、それまで面倒を見てくれればいいんだ。悪いね」

亜紀たちのやりとりに割って入るようにして、雅人は手に持っていた段ボール箱をまどかの方に突き出す。

「別に急がなくっていいです。奥さんが大変なときなんだから、猫のことは私に任せて、先輩はもう気にしないでください」

箱を受け取ると、円谷まどかは笑顔でそう言い、亜紀たちに黙礼して、さっさと帰っていった。

「元気な子ねえ」

孝子が半分呆《あき》れたような口ぶりで言う。

「まあね。でも、あいつはあいつで結構苦労してるんだけどね」

と雅人が言った。

「入社二年目くらい？」

亜紀が訊《たず》ねる。

「いや、支局二つ回って一昨年戻ってきたんだから、たしか沙織と同じ歳だったと思うよ」

「じゃあ、もう二十九なの」

亜紀は驚いた声になった。とてもそんな歳には見えなかったのだ。

「うん。あんなふうだけど、仕事はよくできるんだよ」

受け取った名刺の文字をもう一度しげしげと見直し、「円谷まどか」とはまさに打ってつけの名前だな、と思う。

「じゃあ何かあったらすぐに連絡してね」

孝子は言いながら靴を履いている。時刻も三時を過ぎている。家に残してきた父のことが気になるのだろう。亜紀も玄関に降りた。ドアを開けて孝子が先に外廊下に出る。つづこうとした亜紀の背中に雅人が囁《ささや》くように声をかけてきた。

「姉ちゃん、ちょっと相談したいことがあるから、あとで電話くれないかな」

振り向いて亜紀は雅人の顔を見た。いままでの浮かない表情は消え、ひどく真剣な面持ちになって彼は亜紀の目を見つめてきた。

3

広い公園の中は秋の気配で満たされていた。

園内に併設された世田谷《せたがや》美術館横の大きな駐車場に車を駐め、亜紀と沙織はゆっくりとした足取りで、公園の西側にあるバードサンクチュアリを目指している。この都立・砧《きぬた》公園から沙織が入院していた関東共済病院までは、環八《かんぱち》通りを挟んで五百メートル足らずの距離だ。わずか一週間前の土曜日、その病院のベッドに横たわっていた沙織と、いまこうして連れ立って歩いているのが亜紀には不思議な心地がしていた。

沙織は血色も良く、とても元気そうだった。美しい人だから、遊歩道を進んでいるとすれ違う大勢の人々の目線が彼女に集まるのが分かった。今日の沙織はチョコブラウンのゆったりしたワンピースにベージュのカーディガンを羽織っていた。退院してからはパンツやジーンズは穿《は》かなくなった、とさきほど話していたが、そのときの嬉《うれ》しそうな表情が目に浮かんでくる。

行き交う人には、こんなに若く美しい女性が重い心臓の病気を抱えているとは想像もつかないだろう。

十月三日深夜に入院した沙織は、皆川医師の見立て通り、先週六日の火曜日には退院した。手術の話は、本人の状況がそれどころではなくなったため、自然に立ち消えとなってしまった。

雅人は日曜出勤していた。昼前に用賀のマンションを訪ね、しばらく紅茶を飲みながら二人で語り合ったあと、沙織の提案でこの公園に出向いてきたのだ。空は見事な晴天で、爽《さわ》やかな秋風が吹き渡っている。雅人の車を使ったが、運転は亜紀がした。沙織はむろん免許は持っていない。

春先、新しい部署にも慣れると、亜紀はすぐに教習所のペーパードライバーコースに通ってハンドルを握れるようになった。稲垣純平との過去を振り返ることは極力避けているが、事故が起きた晩、亜紀が運転を買って出ていれば、純平との関係があんな形で壊れることはなかったかもしれない。それはそれとしても、もう二度と同じ失敗を繰り返すつもりはなかった。

約四十万平方メートルの広大な敷地の真ん中を横切るようにして、亜紀たちはバードサンクチュアリ手前の観察窓に到着した。それだけで三十分ほどの散策になったが、隣の沙織には疲れた様子もない。秋の野鳥観察シーズンともあって、観察窓のあたりには沢山の人が群がっている。一様にハンチングにチョッキ姿で胸に双眼鏡をぶら下げた老人たちの集団、様々な年齢層で構成される「野鳥の会」のメンバーらしき一団、それに小さな子ども連れの親子、若いカップルなどが、コナラやサワラ、エゴノキの生い茂る樹林を塀の窓越しに熱心に覗《のぞ》き見ていた。

だが、亜紀たちはサンクチュアリを取り囲むように巡らされた長い塀の方へは行かず、その脇に設《しつら》えられた大きな花壇へと近づいていった。

花壇は一面の黄色だ。

「素晴らしいわね」

亜紀が感嘆の声を洩《も》らすと、

「でしょう」

と沙織が言った。

この花壇にはボランティアグループの手で種から育てられた黄花コスモスが咲いていて、昨日の土曜日、マー君と散歩に来たときに目を奪われたのに、あいにく小雨が降ってきて満足に見られなかったから——と沙織に誘われてやって来たのだった。

「黄色のコスモスって初めて」

亜紀が言う。

「私も、昨日、初めて見つけたんです。厳密には品種が違うみたいだけど、コスモスっていえばピンクや白が当たり前だからちょっとびっくりしちゃって。秋桜っていうよりは、秋のヒマワリって感じでしょ」

花壇の奥に咲いたピンクのコスモスや赤いサルビアの方へも目をやりながら、亜紀は沙織の言う通りだと思った。コスモスにはさみしい花という印象があったが、この黄花コスモスを見ていると気持ちが昂揚《こうよう》してくる気がする。

「ほんとね。眺めてるだけで元気が出てくるみたい」

「そうですね」

沙織がしっかりとした声で言った。

二人は花壇のそばにあるベンチに腰を下ろした。

秋の光を浴びて日向《ひなた》ぼっこする。しばらくして車椅子に乗った青年が母親らしき人に椅子を押されて花壇に近づいて来た。土気色の顔をした尋常でない痩せ方の青年だった。歳の頃はまだ二十代前半くらいだろうか。亜紀も沙織も無言で彼の横顔を見つめた。先に亜紀の方が視線を外し、薄い筋雲がたなびく真っ青な空を見上げた。昨日は夕方から夜半にかけて雷雨になったが、今日の空はどこまでも高く澄みきっている。

筋雲の尾を漠然と追いながら、亜紀は目の前の青年と佐藤康とをだぶらせていた。

康は大坪亜理沙と結婚した年に夫婦でアメリカの現地法人へと転勤していった。若杉社長が電撃辞任した直後で、若杉派一掃のための新人事の一環だった。その翌々年には亜紀も福岡に赴任して本社から離れたので康の消息を聞くこともなくなったが、今年本社に戻った時点では、彼はアメリカから帰ってきていなかった。若杉社長の進めた脱メーカー路線のいわば尖兵《せんぺい》ともいえた康が、佐伯社長をはじめとする現首脳陣に忌避されるのは無理からぬところで、しかも佐伯路線が期待以上の成果を収めたいま、彼の会社員としての将来は決して明るいものではなかったのだ。

二年半ぶりに康の近況を知ったのは、この九月になってからだ。財務部の同僚数人と取りとめない会話をしていたときに、突然康の名前が飛び出したのだ。康がアメリカで発病し、八月半ばに治療のために東京に戻って来たという噂だった。いまは都内の病院に入院し、総務部付きとなって休職しているらしい。

病名は肺癌だった。

その噂を耳にした瞬間、亜紀が受けた衝撃は甚大だった。亜紀より三つ年長の康はまだ三十七歳である。その彼が癌を患ってしまったのもショックだったが、腫瘍《しゅよう》ができた部位が肺だというのが亜紀の胸を抉《えぐ》った。肺癌が治癒成績のよくない癌であることはもとより、その原因の第一が喫煙であることは常識中の常識だからだ。

もともと煙草を吸わなかった彼が吸うようになったのは、亜紀と別れたせいだ。最後に康と話したのは五年近くも前の九三年十二月半ばのことだったが、あのとき康は、「きみにふられてから吸い始めたんだ。大して旨《うま》くもないんだけど」と言い、亜紀が「美味《おい》しくないんだったらやめた方がいいんじゃないの。発癌物質の最たるものなんだから」とたしなめると、「だけど、あのときはとにかく自分が変わらないと駄目だと思った。別に煙草を吸いだしたら変われるってものでもないだろうけど、思い立ってすぐできることとなんてそれくらいしか考えつかなかったから」と語ったのだった。

亜紀が康の発病に責任を感じてしまったのは止むを得ない。

むろん彼の病気の真の原因が何であるかなど亜紀には分からない。癌となれば、その原因を特定することは医師や患者本人にも不可能だろうし、喫煙者が必ず肺癌になってしまうわけでもない。癌という病気はさまざまな生活習慣の歪《ゆが》みや過大なストレスが複雑に絡み合って生ずる――というのもいまや常識になっている。長年外科医として癌治療に携わってきた父の長兄である一郎伯父《おじ》にかつて聞いたことがあるが、約六十兆個の細胞でできている人間の肉体は、毎日数千個もの癌細胞を誰でも生み出しているのだそうだ。ただ、大方の場合は、その癌細胞は体内で増殖を始める前に各人の免疫力によって駆逐されてしまう。何らかの特殊な要因、たとえば煙草のような発癌性物質の常用や免疫力の急激な低下がなければ、癌細胞が億単位にまで分裂して「癌」となることはない。

若杉体制が崩壊し、それまでの有望な前途が唐突に閉ざされ、明らかな左遷人事としての米国駐在を丸四年もやらされれば、もともと温厚篤実で決して気の強い方ではない康が相当のストレスを抱え込んでしまったことは想像に難くない。それにアメリカで仕事をするとなれば、赴任した段階で彼が禁煙した可能性も高い。

何も自分のせいで康が肺癌に罹《かか》ったなどと大仰に悩む必要はないし、そんな思い込みは逆に自らを買い被《かぶ》ってしまうあさましい考えだ、と亜紀は幾度も我が身に言い聞かせてきた。が、どうしても深い罪悪感を払拭《ふっしょく》することができない。むしろ日を追うごとにその思いは強くなる一方で、佐藤康のことが心配でたまらず、胸が引き絞られるような気分になることも再々なのだった。

もしも佐智子の手紙にあったように自分が康の求婚を受け入れていれば、彼は肺癌にならずにすんだのだろうか。それとも、自分が妻になっていたところで結果は同じだったのだろうか。ありもしない仮定ではあっても亜紀はそう思う。そして、佐智子は一体どう思っているのだろうか、と想像してみたりもするのだった。

車椅子の青年は五分ほど花壇のふちに佇《たたず》み、背後の女性とさして言葉を交わすでもなく、その場から去っていった。

二人の後ろ姿を見送ったあと、隣で黄花コスモスの花群に見入っている沙織に声をかけた。

「一緒に歩いてみて、ずいぶん元気そうだから安心したわ」

沙織は、ワンピースの裾《すそ》を整えて、

「なんだか、矢でも鉄砲でも持って来いって感じなんです」

と笑った。亜紀もその言葉に思わず笑ってしまった。

「自分がこうなれるなんて、ちょっと信じられなくて。きっと必要以上に興奮してるんだと思います」

「そうなのかな」

「はい。こういうことって普通の人にとっては、きっとごくごく当たり前のことなんでしょうけど」

「そんなことないんじゃない。私には経験がないからはっきりとは分からないけど」

「そうでしょうか」

沙織は亜紀の方に顔を向けた。

「うん。妊娠って、やっぱり普通のことじゃないと私は思うよ。普通の人が、普通じゃないことをする数少ない経験の一つなんじゃないのかな」

亜紀は、何かを確かめたがっているような沙織の視線に気づいて、そう言った。

「そうかな」

沙織は呟《つぶや》き、独り頷《うなず》いて、

「そうかもしれないな」

と言った。

先週の土曜日、孝子と共に用賀のマンションを辞去した亜紀は、渋谷駅で孝子と別れて改札を出ると、電話が欲しいと言っていた雅人に早速連絡した。そこで、彼から沙織の妊娠の事実を知らされたのだ。皆川医師が今回も手術を勧めて来た、というマンションでの雅人の話は嘘ではなかったが、それは沙織が入院した直後の話で、検査結果を受けての午後からの説明は実はまったく異なるものだった。尿と血液のデータで妊娠を確認した皆川医師は、まるで雅人を難詰するような勢いで、「どうしてこんなことになってしまったんですか」と質《ただ》してきたという。

雅人は電話口で心底困り果てた口調になって、

「姉ちゃん、どうすればいいんだろう」

と言った。

「沙織ちゃんには伝えたの？」

別れ際の弟の真剣な目つきを思い出しながら、亜紀は一番肝腎《かんじん》なことを訊《き》いた。

「言ってないよ。恐らく本人もまだ気づいていないと思うし」

「だったら、いまから病院に戻って、すぐに沙織ちゃんに伝えなさい」

「だけど、いまの沙織にはショックが大き過ぎるよ」

「それでも黙っているわけにはいかないでしょ。できるだけ慎重に話すにしても、とにかく一刻も早く教えてあげるべきだと私は思うわ。そんな大切なことを本人があとから知るなんてあり得ないことよ。私も、先に聞いたことは誰にも言わないから、すぐに病院に行くべきだわ」

「でも、教えたら沙織は絶対に生むって言うよ。皆川先生は、どうしろとはもちろん言わなかったけど、彼女の身体は出産には耐えられないって断言していたんだ」

「雅人、しっかりしなさい。いまは、これからどうするのかを考えるのじゃなくて、赤ちゃんができたという事実を真っ先に沙織ちゃんに伝えることが何より大事なのよ。沙織ちゃんはお腹の赤ちゃんの母親なのよ。今後のことは、沙織ちゃんとあなたが充分に話し合って決めるしかないんだから」

雅人の「分かった」という返事を聞いて、亜紀は電話を切ったのだった。

少し風が出てきたようだった。沙織はカーディガンのボタンを上から下まで留めて、お腹のあたりを覆うようにぐいと引き下げた。

入院時の検診で、妊娠二ヵ月目に入っていることが分かっている。

「先生たちも認めてくれて、ほんとによかったわね」

亜紀が言うと、沙織は小首を傾げるような仕種《しぐさ》になって、

「でも、渋々って感じだから」

と微笑む。

「うちの伯父は、沙織ちゃんなら大丈夫だって太鼓判押してたらしいわよ。そのこと雅人もすごく喜んでたでしょ」

「ええ」

今回、皆川医師が沙織の出産を承認したのは、二郎伯父の助言があったからだった。雅人に先日聞いた話では、伯父は、「妊娠中の体調管理を厳密に行なえば何とかなるかもしれない。もちろん危険はあるし、自然分娩《ぶんべん》にしても帝王切開にしても、彼女の心臓が耐えられるかどうか疑問は残る。しかし、いまの彼女の状態ならば出産の例も皆無ではない。これが、あと二、三年もすれば、とても子どもを生むのは不可能になってしまうだろう」と言っていたそうだ。

伯父が太鼓判を押した、という表現には誇張があったが、生むことを決断した以上、沙織に自信を持たせるのはとても大切なことだった。

さきほど部屋で話していたときは、彼女は薬のことを一番気にしているようだった。飲みつづけてきた薬が受胎時の子宮に悪影響を及ぼしたのではないかと不安げな様子で、自身の心臓のことなど二の次、三の次という感じだった。妊娠が分かってからは、薬のほとんどを胎児に害のない種類に替えてもらったと言っていた。

「みんなに心配ばかりかけて、ほんとに申し訳ないって思ってるんです」

少しの沈黙のあと、沙織は言い、

「マー君だって、私がこんな身体じゃなかったら、赤ちゃんができたことを素直に喜べたはずなのに、逆に心配の種を増やしてしまうようなことになって。私のわがままでこうやってお姉さんやお義母《かあ》さんにも気をつかわせてしまってるし。ほんとにすみません」

小さく頭を下げてみせた。

「全然そんなことないよ。沙織ちゃんが子どもを生みたいというのは当たり前のことだし、私も母も実のところ、そんなに心配なんてしてないよ。沙織ちゃんはきっと元気な赤ちゃんを立派に生むだろうって信じてるから」

亜紀は言いながら、母の孝子が沙織の妊娠を知ったとき、彼女の身を案じながらも喜びの表情を隠しもしなかったのを思い出していた。そんな孝子の反応に、亜紀は内心でかなりの幻滅を感じたのだ。

「ただ、だからといって、絶対無理はしないでほしいって私は願ってるの。お腹の赤ちゃんも大事だけど、私にとってはやっぱり沙織ちゃんの方がずっと大事だから。雅人は誰よりもそう思ってるだろうし、沙織ちゃんのご両親もきっと同じ気持ちだと思うわ」

亜紀の言葉に、沙織はやや考えるような顔つきになった。

「お姉さん」

静かな口調だった。亜紀は促すように笑みを浮かべる。

「私、もう長くは生きられないと思うんです」

驚いて彼女の顔を見つめ返した。

「四年前、雅人さんと結婚したときも、もうこれで自分の一生はいつ終わってもいいんだって思いました。私が死んで、雅人さんには哀しい思いをさせてしまうけど、その分短い結婚生活を精一杯生きようって二人で話し合ったんです。だから、私が先に死んでしまうことは、彼も覚悟してくれていると思います。それが今回、こんな形で妊娠が分かって、とても意外でした。二人とも子どもを作ることは初めから考えてなかったし、私が妊娠できるとも思ってなかったから。雅人さんは男だし、いずれ私が死んだら、他の人と一緒になって、その人とのあいだに赤ちゃんを作ればいいんだと私は思ってました。彼も口には出さないけど心のどこかではそう考えていたと思います」

「そうかなあ……」

亜紀には、そういう言い方しかできなかった。沙織の言葉のどこが「そうかなあ」なのか、自分でもよく分からない。彼女が長く生きられない、ということなのか。雅人が沙織の死を覚悟しているということなのか。それとも、雅人が次の結婚で子どもを作ろうと考えている、ということなのか。

「私は思うんです。たとえ出産を諦《あきら》めたとしても、私がいまのお姉さんの歳まで生きることはないだろうって。だったら生むしかないって。もともと妊娠できないと思っていたのに、妊娠できたんです。私にとっては信じられない、まるで奇跡のようなことです。だから絶対に生みたいと思います。ただ、生まれてくる子どものことを考えると迷いもあります。この子を生んでも、この子は小さいうちに母親を失ってしまいます。母親のいない淋《さび》しい子供時代を送らなくてはいけない。マー君のことも考えます。彼は子どもを残されて、きっととても苦労するでしょう。私がいなくなったあとも完全に自由にはなれないし、誰か他の人を好きになるのにも大きな制約ができてしまう。そんなふうに考えていくと、私の、私だけのわがままでほんとうに赤ちゃんを生んでいいのかどうか、だんだん分からなくなってくるんです」

亜紀は沙織の話を聞きながら、母から初めて彼女について聞かされたときのことを思い出していた。加藤沙織という名を耳にした瞬間、亜紀は心の奥深い場所で、この結婚はきっと悲しい結末を迎えてしまうだろう、と直観したのだった。

亜紀はいま、真剣な面持ちで語る義妹のそばにいて、その予感は当たってしまうのではないか、とふと思った。あのときの亜紀は、康の結婚と雅人の結婚とを無意識のうちに重ね合わせて馬鹿げた妄想に陥った自身を笑った。だが、現に康夫婦がいまや厳しい困難に直面しているのだ。その明らかな事実が、どういうわけか、雅人夫婦がこれから見舞われる悲劇を逆に証拠立てているような気がする。いまの沙織の物言いを聞いていると、具体的には説明できないが、そうした目に見えない運命の大河に彼女が押し流されているようにも感じられた。そして、その奔流の中で、康夫婦も、さらには雅人や亜紀も同じ船に乗せられているような、そんな薄気味の悪い感触があった。

「あんまり考え過ぎない方がいいんじゃない」

亜紀は、ついたしなめるような調子で言っていた。

「私には妊娠した経験もないし、将来子どもを生むかどうかも分からないけど、こんな私でも、ときどき、自分はするべきことをしないで、どんどん時間だけが過ぎてるんじゃないかって怖くなるときがあるわ。冬のひどく寒い日に、ほんとは分厚いコートを着て、あったかなマフラーを巻いて、それからふかふかな手袋をはめて外に出たいのに、肝腎《かんじん》な手袋が見つからないまま戸外を歩き回っているような、すごくじりじりした気持ちになることがあるの。さっきも言ったけど、女にとって子どもを生むことは、誰のためになるとかならないとかじゃなくて、もっと根源的なことなんじゃないかしら。そうじゃなきゃ、この世界で人間という種が存続しつづけるなんてあり得ないんじゃないの。動物たちは、自分が生んだ子が幸せになるかどうか生む前に絶対悩んだりしないだろうし、まして、その子の父親のことなんて考えもしないと思うよ。もし動物たちが生むか生まないかで迷うとしたら、それによって自分が傷ついたり弱ったりするかどうかってことだけじゃないのかな。だから、私は、沙織ちゃんは自分の身体のことだけを考えて決断すればいいと思うの。

極端に言えば、生まれる赤ちゃんのことも考える必要はないのよ。別に、その子だって、どうしても生まれたくて沙織ちゃんのお腹に宿ったわけじゃないでしょう。自分の意思なんてお構いなしに、否応《いやおう》なく生まれさせられるだけなんだよ。だったら、子どものことも父親のことも、周囲のどんな人のことも考えないで、ただ、沙織ちゃんが自分の都合だけ考えて決めればいいってことじゃない。結局、女が自分の都合だけで子どもを生んできたから、この世界で人類は生き残ってきたんだろうなって私は思ってるよ」

亜紀は長々と喋《しゃべ》りながら、佐藤佐智子の手紙の文面が頭の片隅に甦《よみがえ》ってくるのを感じていた。「子を生み育て、この世界を存続させていくのは私たち女性の仕事です。私たちが家を守り、子供を生まなくなったら、この世界は瞬く間に滅んでしまいます」という部分だ。

「お姉さん、ありがとう」

沙織が言った。

「だけど、この子はやっぱり、この世界に生まれたいんだと思います。他の誰よりも生まれたくて生まれたくて仕方なくて、それで、こんな欠陥だらけの母親でもいいと思って、私を選んでくれたんだと思うんです。だから、私はどうしてもこの子の願いを叶《かな》えてあげたいんです」

彼女はもう一度花壇の方へ顔を向けて、ひっそりとした声でそう言った。その大きな瞳《ひとみ》が潤んでいる。亜紀はそれには気づかぬふりをして、

「風が出てきたし、そろそろ帰りましょうか」
と声をかけた。

4

沙織が自宅で破水し、雅人の車で関東共済病院に運ばれたのは、翌一九九九年の一月十五日の早朝のことだった。ちょうど成人の日ということもあって救急外来に駆け込んだのだが、出血がひどく、各種の検査でも胎児の死亡がほぼ確認されたため、招集された医師団によってただちに中絶手術が行なわれた。

亜紀たちが病院に着いたときには、すでに手術は終わり、沙織はICUで呼吸管理を受けていた。術中に出血性ショックが起きて一度心臓が停止したが、なんとか拍動を取り戻して手術を乗り切ることができたのだった。

それから半日後の午後六時十三分、冬木沙織は失った意識を回復させることなく、急性心不全で死亡した。享年二十九歳。

せめてもの救いは、手術室に入る直前まで意識が鮮明で、雅人とも普通に話ができていたこと、お腹の子どもの死を結局知らぬままに意識を失ったこと、そして、最期は家族たちに囲まれて医師たちも驚くほど安らかに息を引き取ったことだった。

三月に入ってすぐに、亜紀は中古マンションを買った。JR総武線「平井《ひらい》」駅前の2LDKで価格は二千三百五十万円だった。頭金は亜紀の預金から一千万、四郎からの援助が三百五十万で、残額の一千万円を銀行から十五年ローンで借りた。冷えきった不動産市況の底支えのために小渕《おぶち》新政権は大幅な住宅取得減税を実施していたし、バブル崩壊後の低金利も継続しているため、月々の支払いは管理費を除けば八万円程度とかなりの安さだった。独身者向けに建てられたマンションだから広さは六十平米と手狭だったが、九三年築と比較的新しく、何より駅まで徒歩五分足らずというのが魅力だった。両国からも総武線・西船橋《にしふなばし》方面へわずか三駅の距離で、実家との往来に至便な場所でもあった。

リフォーム済みの物件だったので、契約を終えた翌々週の日曜日、三月十四日には新居に引っ越した。孝子や四郎は、インターネットで見つけた物件を数ヵ所見回っただけで、さっさと購入を決めてしまった亜紀にやや呆《あき》れ顔だったが、これといって口を差し挟むことはなかった。

というのも、四郎も孝子もあれこれと忙しく動き回っていて、娘にかかずらっている余裕などなかったのだ。年明けとともにすっかり体調が回復した四郎は、埼玉にある私立女子大の専任講師の口を見つけてきて、四月から始まる講義のためのノート作りや資料集めに忙殺されていた。学生時代から地道につづけてきた万葉集の研究を軸に講義録をまとめているらしいが、「大学生に教えるとなれば手を抜けない」と毎日せっせと図書館通いをつづけている。孝子の方も、二月になって学生時代の友人から突然舞い込んだ英語教室設立の件で飛び回っている。亜紀の転居を孝子がすんなり認めたのは、両国の家の一階部分に手を加えて教室を開きたかったからでもある。生徒の募集やカリキュラム作り、講師の派遣などは友人の経営している本部が一括して行ない、孝子は教室長兼務の講師として、小学生に英語を教えればよかった。契約内容を子細に検討した結果、収入の多寡はともかくも経営リスクはほとんどないことが分かったので、亜紀も教室開設に賛成した。

誰もが沙織の死を受け入れかねて、熱中できる何かを求めていた。

通夜、葬儀が終わった直後、亜紀は沙織との思い出を心奥の倉庫に封じ込め、厚い扉に重い錠を下ろした。それでも扉の隙間から沙織の姿や声、言葉が時折漏出してくることがあった。そうなると昼であれ夜であれ、会社であれ家であれ、込み上げてくる涙を抑えるのが困難だった。

孝子も四郎も似たような状態だった。二人とも、亜紀に対して結婚の話を持ち出すことは金輪際なくなった。見ることも叶わなかった初孫のことも、沙織のことも、そして雅人のことですら彼らは決して口の端に掛けなかった。亜紀にしてもそれは同じだったが。

引っ越しと前後して、亜紀は二度にわたって会社に異動願いを申し出た。最初は直属の上司である財務部長に口頭で申し入れたのだが、案の定、はかばかしい反応は返ってこなかったので、二度目は人事部宛に正式に「異動願い書」を提出したのだった。佐伯社長は就任後、流行の成果主義をさっそく取り入れ、二年前からは各社員の報酬に部分的な査定制度が導入されていた。ゆくゆくは年俸制を見据えた人事改革で、その対価として社員たちには、上司を経ることなく直接人事部に異動を直訴できる権利が与えられたのだ。だが、実態は他企業同様に、上司の査定は馴《な》れ合いに堕し、「異動願い書」を上役の頭越しに人事に提出する社員もほとんど出てはこなかった。

書類上では、営業職への復帰を亜紀は強く希望した。

認められるとは端《はな》から思っていなかったが、四月一日付けの定期人事で、亜紀は財務部を離れ、赤羽《あかばね》にある電子部品事業本部の品質保証センターに異動することができた。

まだ一年しか勤務していない財務部を何としても出ようと亜紀が決意したのには相応の理由があった。

その異変が起きたのは、沙織が亡くなってちょうど一ヵ月目にあたる二月十五日月曜日のことだ。

十五日の朝、普段通り携帯のアラームで目覚めた亜紀は、ベッドから出ようとして、おやと思った。いつものようにスムーズに上体を起こすことができなかったのだ。頭がぼうっとして、全身がどうにも重い。半期末の預金残高のチェックや、急な海外送金の手配などで先週いっぱい残業つづきだったので、週末は充分に休養したつもりだった。土日ともに一時間ずつのウォーキングのほかは外出しなかったし、昨夜も十二時前に眠りについていた。なのにまるで一年前に逆戻りしたような寝起きの悪さだった。

それでも何とか起き上がると、だるい身体を引きずって洗面所に行った。悪寒も熱っぽさもないから風邪を引いたわけでもなさそうだ、と思いつつ、洗面台の鏡に映った自分の顔を一目見て、息を呑《の》んだ。

文字通り瞼《まぶた》をこすって、目の錯覚ではないのかと見直した。

左の眉《まゆ》が真っ白になっていたのだ。

驚愕《きょうがく》した亜紀は、洗顔も歯磨きも忘れて慌てて自室に取って返すと、ドレッサーに向き合ってこの異変の正体を見極めようとした。最初は何か白いものが付着しているか、塗られているのだと考えた。馬鹿な話だが、寝ているあいだに誰かが妙ないたずらをしたのではないか、と本気で思ったりした。しかし、そうではなかった。いくら確かめても間違いなく左の眉毛が一本残らず白くなってしまっているのだ。

昨夜まではまったく異常がなかったので、たった一晩で眉毛が白髪に変わったことになる。それも左眉だけが……。

亜紀はドレッサーを離れ、今度は机の前の椅子に座った。机上のパソコンの電源を入れて画面を起ち上げる。検索サイトを呼び出し、「眉毛＋白い」など思いつく単語を次々と打ち込んで、自分のこの状況に類似した体験報告がないかを探した。

十分ほどつづけて、ほとんど同じ経験をした女性の日記をヒットすることができた。その人は地方都市の銀行員だったが、ある朝、目覚めてみるとやはり眉毛の大半が真っ白になってしまっていたという。彼女の場合は片方の眉ではなく、両方ともだった。驚いて会社を休み、病院に相談に行ったところ、内科の医師から「ストレス性白毛」と告げられたと記している。

〈もうこれで決まりだ！　今度こそ絶対、会社辞めてやるゾッ！〉

その日の日記は、彼女のこの言葉で終わっていた。

亜紀はドレッサーに戻り、とりあえずアイブローペンシルで左眉を完全に染めると、いつも通りに家を出た。両国駅まで来て、改札口に吸い込まれていく人波をしばし眺め、その場から携帯で会社に連絡した。出社する気がすっかり失せてしまったのだ。風邪だと告げて休みを取ると、タクシーを拾い、東京駅へと向かった。

今日一日、東京を離れて、自分の将来についてじっくり考えてみたかった。

午前九時二十六分発の「ひかり二〇七号」新大阪行きに乗って、京都駅に着いたのは十二時ちょうどだった。

京都までの二時間半のあいだに、大体の考えはまとまっていた。

日記の女性のように、まずは会社を辞めることを考えた。だが、新横浜を過ぎるあたりで、それは無謀で感情的な行動に過ぎないと気づいた。これからの人生を真剣に考えるならば、どうしたって仕事は必要だった。いまさら自分が、二十代の若いＯＬのようにいきなり退社して、結婚に目標を絞ることなどできはしない。

ずっと独身を通していくことを前提に、この先の暮らしを設計するのが現実的だろう。

熱海《あたみ》を通過したときには、最初とは正反対の結論にたどりついていた。

とにかく会社だけは辞めない。ただし、現在の部署からは即刻異動し、これからはできるだけ仕事の負担の軽い職場に身を置く努力を重ねる。そもそも一年前、現在の部署に配属された段階で、会社でのステップアップは諦《あきら》めたのだ。今後は与えられた業務だけを堅実にこなしていけばいいし、そう割り切れば、定年までそこその給与を貰《もら》える身分は決して悪くはない。

むしろ用心すべきは、いまがまさにそうであるように、突発的な事態に直面して発作的に辞職してしまおうとすることだ。今朝の出来事はたしかに重大な警告だろうが、冷静になってみれば、これは何も仕事上のストレスだけが原因ではない。沙織の死や、佐藤康や稲垣純平との別れや、昨春の父の病気など、この十年近くの様々な出来事が絡まり合ってもたらされた当然の結果ともいえるのだ。

静岡駅を出る頃には、安易に会社を辞めないための算段をしていた。

幾つか考えて、名古屋に着く前に、自分の家を購入することに決めた。

ローンは五十歳までの十五年で組み、月々の返済を家賃並みで抑える。贅沢《ぜいたく》な物件は探さない。そして、その家が自分のものになった五十歳の時点で選択定年制の適用を申請すればいい。昨年策定された長期経営計画に基づき、それまで五十五歳のみだった選択定年が五十歳で適用可能となっていた。五十歳で退職すれば、六十歳まで勤務したのと同じ掛け率で退職金を受け取ることができるのだ。主事という亜紀の目下の肩書のままでも、降格さえなければ、かなりまとまった金額が支給されるはずだった。

名古屋から京都までのあいだは、車窓から外の景色を眺めながら沙織のことを想った。最初の月命日なのだ。今日ばかりは思う存分に偲《しの》んでも構わないのだ、と自分に言い聞かせた。

実は、沙織が亡くなって以降、しきりに脳裡《のうり》に浮かんでくる言葉があった。去年の十月十一日に二人で砧公園に出かけた折の彼女の言葉だった。

——私は思うんです。たとえ出産を諦めたとしても、私がいまのお姉さんの歳まで生きることはないだろうって。

いつもは、それ以上何か考えるのは避けてきた。しかし、この日は一歩先に進んだ。

あのとき、二十九歳の沙織は、あと三日で三十四歳を迎える自分のことをそんなふうに見ていたのだ——と思った。思うと、幼い頃から自分以外の人間の年齢をそのような気持ちで数えつづけてきた沙織の一生が亜紀には心底哀れに感じられた。沙織にとっては、こんなありふれた三十四年の人生でも、到達することのできぬ未来であり、見果てぬ夢だったに違いない。

そう考えると、これからの日々をゆっくりゆっくり、焦らず騒がず思い悩まずに、大切に生きていかなくては、と亜紀は思った。沙織のためにも、彼女が生きることのできなかった時間を自分が精一杯に生きてあげたい、と思った。たとえ結婚しなくとも、たとえ子どもを生まなくとも、たとえ死ぬまで独りきりであったとしても、沙織が生きられなかった未来を自分は見届ける義務があるのだ、と思った。

死んでいった人たちに対して生き残った者が果たすべき役割がもしあるとしたら、きっとそういうことだろう。だからこそ、人は子どもを生み育て、後の世に送り出しつづけてきたのではないか──亜紀は生まれて初めて、自分が生きていることの真実の一端に触れたような気がしたのだった。

その日は、夕方まで京都の町を散策して東京に帰った。

翌日からはいつも通りに出社し、仕事の合間に、新幹線の中で立てた計画を着実に実行していった。毎朝染めていた左眉も引っ越しが済む頃にはすっかり生えかわり、いつの間にか元通りになっていた。

5

東京駅から歩くつもりだったが、待ち合わせの六時半に遅れてしまいそうなので、亜紀は丸の内南口の改札を抜けるとタクシーを拾った。帝国ホテルまではワンメーターの距離だから、車に乗り込んで行き先を告げる際に、つい気が引けてしまう。幸い、運転手は女の人だった。「近くで申し訳ありません」と言うと、「そんなことないですよ。お仕事お疲れさまです」と、彼女は明るい声で答えてくれた。

女性のドライバーというのは嬉《うれ》しい。去年、東京に戻って来て、二年足らずの不在の間に女性のタクシードライバーがずいぶん増えていることに亜紀はびっくりした。これも長引く不況のあおりかもしれないが、かつては男性だけだった職場に女性が進出しているのは心強い。タクシーなどは殊《こと》にそうだ。いずれは、深夜に車を呼ぶときに女性運転手を指名できるようになればいいのにと思う。

時間帯が時間帯なだけに、日比谷《ひびや》通りは混雑していた。

帝劇の前あたりで渋滞につかまり、亜紀は携帯を見る。六時二十分。車を降りて歩こうかと考えたが、一度会ったことのある円谷まどかの顔を脳裡に浮かべ、何もそこまで神経質になる必要もないか、と思いなおした。まどかから亜紀の職場に連絡が入ったのは、今日の昼間だった。「冬木先輩のことで、ご相談したいことがありまして」と言われ、さっそく今夕、帝国ホテルのロビーで会う約束をしたのだ。相談の中身については、そこそこ察しはついた。このところ雅人とは実家で月に一、二度会う程度だが、妻を失った痛手からはまったく脱却していない様子だった。二度に一度は酔い潰《つぶ》れて、昔の自分の部屋に泊まっていく。これでは仕事もまともにはできていないだろう、と先月あたりからは家族皆で危惧《きぐ》していた。

沙織が死んで半年が過ぎている。四月から大学で講義を始めた四郎も、五月から英語教室を開いた孝子も、そして赤羽にある新しい部署に転属した亜紀も、いまは相当に忙しく、時とともに沙織の死を冷静に受け止められるようになってきていた。だが、雅人に対してわずか半年でそうなることを期待しても、それは酷と言うものだろう。

とはいえ、彼の憔悴《しょうすい》ぶりは亜紀たちの目にも、やや度を超えているように見受けられた。つけっぱなしのカーラジオからは宇多田《うただ》ヒカルの曲が流れていた。

宇多田ヒカルは、去年十二月に「オートマティック」という曲でデビューし、いきなりミリオンセラーを記録、さらに、この三月に発売したデビュー・アルバムはすでに六百万枚を超えるメガヒットとなり、いまや一大社会現象を巻き起こしている女性シンガーだ。年齢はまだ十六歳。演歌歌手だった母とミュージシャンだった父を持ち、長くアメリカで暮らしていたバイリンガルでもある。亜紀のような素人でも、その豊かな才能は、これまでのシンガーソングライターたちとは一線を画しているように思う。亜紀も発売と同時に彼女のアルバムを買い、眉毛が脱色して悩んでいた時期、通勤の行き帰りによく聴いていた。

アルバムタイトルにもなっている「ファースト・ラブ」を聴きながら、亜紀は車の窓から皇居前広場の向こうに佇《たたず》む鬱蒼《うっそう》とした皇居の森を眺めた。沈みかけた初夏の夕陽が濃緑の木々を朱の色に染め上げている。

世の中には、宇多田ヒカルのような祝福に満ちた人生があるのだなあ、と思った。その一方で、沙織のようにたった二十九年の生涯を苦しみとともに閉じる人生もある。雅人のように独り残されて、癒《いや》しがたい喪失感に苛《さいな》まれる人生もあるのだ。

沙織は、もうこの美しい夕陽を見ることも、これほどの人気を博している歌を聴くこともできない。そう思って、亜紀はふと胸の奥から形容しがたい感情が湧き上がってくるのを感じた。それは、人は死んでしまえば、自分の死後もつづいていくこうした世界の様々な出来事を何一つ知ることができない、という虚《むな》しさのようなものだった。

せめて自分の身代わりを残したい——沙織はそう願ったに違いない。早く死んでしまう運命にあった彼女は、より一層強く我が子の誕生を望んだことだろう。
そこで亜紀は、迫《せ》り上がってくる感情のうねりが、さらに激しく心を揺さぶるのを感じた。
私だって同じだ、と切々と思った。とりたてて祝福されたとは思えぬ平々凡々な人生を与えられ、私だってせめて自分の身代わりくらいは残しておきたい。
I hope that I have a place in your heart too.
この十六歳の少女は歌っている。たしかに、人は誰でも、愛する人の中に自分を残したい。そして、それ以上にきっと、
I hope that I have a place in this world too.
この世界に自分の生きた証《あかし》を残したいのだ。
日比谷交差点を過ぎると、車は流れだし、六時半ちょうどに亜紀はホテルの正面玄関に着いた。人々でごった返す広いロビーを早足で歩いていると、百席を優に超えるシートの大半が埋まっているランデブーラウンジの入口付近に円谷まどかの姿を見つけた。

グレーのパンツスーツに黒いトートバッグを提げたまどかは、以前雅人の部屋の玄関先で初めて出会ったときの印象とは幾分異なっている。あのときは、沙織と同じ二十九だと聞いて不思議な気がしたし、まん丸な目が特徴的で、とにかく快活で気さくな感じだった。が、こうして九ヵ月ぶりに目にする彼女は年齢相応の落ち着きを見せて、その黒目がちの大きな瞳《ひとみ》も理知的な光を湛《たた》えていた。

亜紀が近づいて声をかけると、円谷まどかは笑顔になってぺこりと頭を下げた。

「お待たせして、ごめんなさいね」

亜紀もお辞儀をする。

「こちらこそ急に電話なんかしてしまって、ご迷惑だったでしょうか」

お互い型通りの挨拶《あいさつ》を済ませたところで、

「お姉さま、晩御飯まだですよね」

まどかが言った。亜紀が頷《うなず》くと、

「じゃあ、一緒に食事いかがですか？　それとも、このあとご予定がおありですか」

と誘ってきた。

「別に今日は用事はないんです。円谷さんこそお時間大丈夫ですか」

「もう仕事は終わりましたから全然平気です。実は、このホテルの中のお店を予約したんですけどよろしいですか。今夜は私が御馳走《ごちそう》させていただきますから」

「そんな、とんでもない。私の方こそ弟のことでお世話になってるんだし、今夜は奢《おご》らせて下さい」

そう言いながら、亜紀は、このホテル内の店となれば相当の出費になるが構わない、と思った。

「だったら兵隊払いってことにしましょう」

まどかはあっさりと言って、さっさと歩き始める。兵隊払いって何だろう、と亜紀は怪《け》訝《げん》に思いつつ彼女と並んで歩く。

「先輩の奥様のお葬式以来だから、半年ぶりですね」

言われて、そういえばそうか、と亜紀は気づいた。通夜、葬儀の日の記憶はぼんやり霞《かす》んだままなのでよく憶《おぼ》えていなかった。もしかしたら、彼女と言葉を交わしたりしたのかもしれない。

まどかに案内されたのは、本館一階の「ユリーカ」だった。この店なら安心だ、と亜紀は人心地ついた。

奥の四人席に着席し、四千円のディナーメニューをそれぞれ注文した。メインは、亜紀がスズキのポワレを選び、まどかは牛肉の赤ワイン煮込みを選ぶ。ドリンクは二人とも白のグラスワインにした。

ワインが運ばれ、「今日は急に呼び出すような恰好《かっこう》になっちゃってすみませんでした。お久し振りです」とまどかがグラスを持ち上げる。亜紀も応じて乾杯した。

前菜を食べ終えたところで、

「円谷さん、さっき兵隊払いって言ってたけど、どういう意味？」

亜紀は率直に訊《き》いた。ワインも二杯目に入って気持ちがほどけてきている。まどかも酒はいける口のようだ。彼女も一杯目をさっさと飲み干し、お代わりしていた。

まどかは独特の笑顔になって、

「あれってうちの父がよく使う言葉なんです。昔の兵隊さんたちは、シャバで飲むときに、あとくされないようきっちり割り勘にしたらしいんです。だから兵隊払いって言うんだそうです」

と言う。亜紀はまた、上官が部下に馳走するという意味だろうかと考えていたので、なるほどと思った。

「へえ。私は初めて耳にしたわ」

「そうですか。すいません古臭いこと言っちゃって」

「まどかさんのお父さんは戦争に行った経験があるの」

そんなはずもないが、と思いながら亜紀は訊《たず》ねた。

「結婚が遅かったんで、結構歳なんですけど、でもさすがにそこまでは。父は山形の小さな町でずっと町長をやってて、別に戦争経験があるわけでもないのに軍隊用語が大好きなんです。カラオケやれば軍歌ばかり歌いまくるし、とにかく変な男なんですよ」

「お幾つなの」

「もう六十九歳です」

「じゃあ、まどかさんはお父様が四十歳のときの子どもなのね」

「はい。上に兄が一人いますけど」

「そうなの」

「ええ。兄は今年で三十四だから、冬木先輩と同じ歳です」

そこで亜紀は「三十四歳か」と内心で呟《つぶや》いた。そして、

「当たり前の話なんだけど、歳を取るたびに、どんどん自分より若い人が増えていくのよね。なんだか不思議な気分になることがあるわ。もっともっと歳になったら、街を歩いても、どこかに入っても、周りは年下の人ばかりで、そしたらどんな気持ちなんだろうって時々思ったりするわ」

と言った。

「さあ、どうなんでしょうね。この前、学生時代の友達から聞いたんですけど、彼女、結婚が決まってお料理教室に通いだしたら、生徒がみんな二十代前半の子ばかりですぐに辞めちゃったそうです。歳を取って毎日がそんな感じだったら、すっごい厭《いや》でしょうね」

「ま、その分、面の皮もガチガチに厚くなるだろうから案外平気かもしれないけどね」

「そうですよね」

まどかはくすくす笑った。その笑みには得も言われぬ愛嬌《あいきょう》がある。

「私なんかも、昔に比べたらだいぶ厚くなってきてるし」

「そうなんですか」

「そりゃそうよ」

「羨《うらや》ましいなあ」

その口調はほんとうに羨ましそうで、亜紀も思わず笑ってしまう。

スープとメインディッシュを片づけているあいだ、ずっと二人で取りとめない話をつづけた。まどかによれば、五歳年長の兄も現在はこちらに出てきて働いているという。「父に言わせれば、町長の長男のくせに故郷を捨てた兄は裏切り者で、ブンヤなんかに成り下がった私は不肖の娘なんだそうです」と彼女は愉快そうに言った。傑作だったのは、彼女の名前の由来についてだ。

「自称ベテラン地方政治家の父のモットーは『何事もまあるくまあるく』だそうなんです。だから、私の下の名前はまどか。ちょっとひどくないですか。円谷まどかって、漢字に直したら円谷円でしょ。丸く丸くってことらしいです。兄なんてもっとひどくって、亜紀さん、うちの兄の名前何だと思います？」

スープが終わったところでワインのフルボトルを頼んでしまったから、二人ともほろ酔い気分になり始めていた。まどかの亜紀に対する呼び方も「お姉さま」が「お姉さん」になり、いまは「亜紀さん」に変わっていた。亜紀もいつの間にか「まどかちゃん」と呼んでいる。

亜紀はしばし思案して、

「もしかして、丸男《まるお》さんだったりして」

と言った。エッセイストの塩田《しおだ》丸男氏の名前が咄嗟《とっさ》に頭に浮かんだのだ。

すると、まどかは大袈裟《おおげさ》なくらい驚いた顔になって、

「亜紀さん、どうして分かったんですか!」

と叫んだのである。

6

デザートとコーヒーにたどり着いたところで、まどかはようやく本題に入ってきた。

予想していたとはいえ、彼女の語る最近の雅人は驚くばかりの荒《すさ》み方のようだ。毎晩、深酒をつづけ、何より亜紀が啞然《あぜん》としたのは、泥酔のあげく夜中に学芸部に戻って来て、自分の席で失禁してしまったというのだ。それも一度ならずのことらしい。

「そんな状況じゃあ……」

眉間《みけん》の皺《しわ》が深くなっているのが、自分でも分かった。まさかそこまでとは思ってもみなかった。

「早晩、会社に通うこともできなくなるわ」

亜紀は言った。すると、まどかは、

「先輩はとっくに会社に来なくなってるんですよ。たまに顔を出しても飲み屋帰りですっかり出来上がってるし。原稿だって、この半年近くほとんど一行も書いてないと思いま

す」

事も無げに言う。亜紀は絶句した。

「それじゃ馘《くび》になってしまうんじゃない。上司の方たちはどう言ってるの」

「うちの部長、正林《しょうばやし》っていうんですけど、まあ一年くらいはこのまま放っておくしかないな、って言ってるんです。正林もB型肝炎という爆弾抱えてる人間なんで、部下に対しては割と理解ある方なんですけどね。ただ、私はもうそんな呑気《のんき》なこと言ってる場合じゃないと判断してるんです。正林にも、あんまり悠長に構えてて、万が一取り返しのつかないことになったらどうするんだっていつも文句言ってるんですけど」

「はあ」

亜紀はいま一つしっくりこないままに彼女の話を聞いていた。半年間もろくに出社せず、酔っ払って職場に顔を出したかと思えば自席で失禁する——そんな社員がいまだに何ら処分も受けず、それどころか直属の上司が、一年くらいは放っておこうと公言しているなど、会社員としての亜紀の常識ではおよそ考えられないことだった。

「弟は、会社にも行かないで、毎日一体何をしてるんだろう」

「たぶん、昼間は家でごろごろして、夜は飲み回ってるんだと思います。部の連中も渋谷とか新宿で先輩が酔っ払ってるところに何度か遭遇してるみたいだから」

ため息しか出ないような話だ。

「それで、実は、今月の初めにちょっとした事件が起きてしまって」

まどかが少し言いづらそうな顔になった。今日は七月二十七日だから、今月といってももう一ヵ月近く前だ。亜紀が黙っているとまどかがつづけた。

「七月二日に、このホテルの宴会場で、ある文学賞の授賞式があったんです。そしたら、会場に先輩がひょっこり現れて、何杯も立てつづけに水割りを呷《あお》って、選考委員の一人と摑《つか》み合いの大喧嘩《おおげんか》になっちゃったんです。社の幹部たちも出席してたんで問題化してしまって、それで、正林部長としても、『これでは、冬木はいかんなあ』と困り顔なんです。まあ相手の先生も飲んだくれで有名だし、もともと先輩とはすごい仲良しだったんで、結果的には大したことにならなかったんですけど」

亜紀が知っている雅人からは想像もできないことばかりだ。幾ら沙織の死が応《こた》えているとはいえ、あの雅人がそのような乱行に及ぶとはにわかには信じがたい。実の弟といってもお互い大学に進んでからは表面的な付き合い以外はなくなってしまった。思春期を過ぎた雅人がどのような人間に成長していったのか、ほんとうのところは全然分からないのだ、と亜紀はつくづく思った。

「で、その翌々日、先輩がまた会社で失禁しちゃって。例のパーティーの件もあったから、善後策を真剣に検討すべきじゃないかって部の仲間たちも言いはじめたんです」

そうなれば、当然、配置転換だと亜紀は察した。少なくとも現場の一線からは追放されるだろう。万が一どころか、亜紀の会社ならば文句なしに解雇されてしまう。

「私たちはまさかそこまで雅人が変になってるなんて何にも知らなくて。月に何度かは実家にも来るんですけど、そのときは、黙り込んでお酒を飲むだけで、何も話してくれないものだから。職場の皆さんにとんでもないご迷惑をかけて、何とお詫《わ》びしたらいいのか言葉が見つかりません」

亜紀は口調をあらためて頭を下げた。

「亜紀さんが謝ることなんて全然ないです。会社としても、先輩には何とか立ち直ってもらいたいと思ってるだけで、いまのところ処分しようとか、異動させようとか考えてるわけじゃありませんから。学芸記者としての先輩の才能と実績がピカ一なのは自他ともに認めるところだし、とにかく先輩はほんとに誰からも好かれてるんです。先輩って人の悪口は絶対に言わないタイプだし、誰にでも心から親切で優しいじゃないですか。だから先輩がこんなことになっても悪く言う人はいないんです。事情が事情なんで、みんなすごい心配してるだけなんです」

まどかは却《かえ》ってひどく恐縮したような表情になっていた。

「どうすればいいんでしょう。本人はどう言ってるんですか」

亜紀は途方に暮れた気持ちで訊《き》いた。まどかは小首を傾げてみせた。

「とにかく、滅多に会社に来ないので先輩自身が何を考えてるのかよく分からないんです。部長は部長で、一度本人とちゃんと話すとか言いながら、何も動こうとしないし。他の部員には、『こういうときは、そっとしておいてやるしかないんだ』なんて相変わらず言ってるみたいだし。デスク連中の中には、アルコール依存症の専門病院にしばらく入院させたらどうかと言う人もいます」

アルコール依存症、入院——愕然《がくぜん》とする言葉のオンパレードだ。

「雅人は、もともとお酒には滅法強い体質だから、そう簡単に依存症になるとは思えないけど」

亜紀は言葉を詰まらせながら言った。

「私も違うと思います。奥様が亡くなって、先輩はその事実を受け入れることができないんだと思います。要するに自棄《やけ》っぱちになって、後先考えずにお酒を飲んでるだけなんじゃないでしょうか。だから病院になんて入る必要はないと思います」

まどかの物言いは、実にきっぱりとしていた。同時に、彼女が雅人のことを心底心配してくれているのが何となく分かる。

「だけど、いまのままだと雅人はどうなるのかしら」

「さあ、当分は会社の方も大目に見てくれると思います。仕事だったら私たちで肩代わりできるし、部長も何しろ放任主義なわけだから。ただ、私は、状況はもう少し深刻だと感じてるんです。このまま先輩を放っておいたら、ほんとにダメになってしまうような気がします」

たしかに、出社拒否同然の有り様で毎日飲んだくれていれば、いくら酒豪の雅人でも心身ともに参ってしまうだろう。あの雅人が職場で失禁までしているという事実が、すでに事態が急を要するものであることを物語っている。頭では、そう充分に理解できるのだが、亜紀にはどうにも現実感がなかった。両国に来たときの雅人は、父や母とも普通に会話し、酔い潰《つぶ》れはするものの乱れることはない。この半年でずいぶん痩《や》せはしたが、病的なほどとも思えなかった。

「まどかちゃんは、どうすればいいと思う？」

亜紀はグラスに残っていたワインに口をつけた。いつの間にかボトルは空になっている。

「とにかく、このまま独りにしておくのはまずいと思います。とりあえず半年くらい休職して、お酒の量を減らして、先輩が自力で立ち直るのを待つしかないんじゃないでしょうか」

たしかにその通りだ。が、問題はそのために周囲に何ができるかだ、と亜紀は思う。

「だけど、本人がどう言うかしら。いきなり休職しろと言っても、男の人が一時的にせよ仕事を手放すのは抵抗があるだろうし。それに、沙織さんと暮らした部屋を捨てて、いまさら実家に戻れというのもとても無理な話だと思うわ」

「それはそうでしょうね」

まどかは、やけにはっきりと頷《うなず》いた。彼女の方が余計に飲んでいるはずだが、顔色ひとつ変わっていない。

「ほんとは私の部屋に寝泊まりさせて面倒見てあげてもいいんですけど、私も独り暮らしなんで、さすがに先輩の今後のことを考えると、それはまずいんじゃないかと思うんですよね」

彼女は、いともあっさりと大胆なことを言った。

亜紀は一瞬、呆気《あっけ》に取られたが、相手は大真面目な顔つきだ。

「だったら、私の部屋に呼ぶことにしようかしら。三月にマンションを買ったから、そこなら弟も来てくれるかもしれない」

亜紀が呟《つぶや》くように言う。

「それはやめといた方がいいですね」

しかし、歯切れよく一蹴《いっしゅう》されてしまった。

「どうして」

つい言い返すような語調になった。自分の方がだいぶ酔っているようだ、と亜紀は感じた。

「だって、先輩は亜紀さんに相当コンプレックス持ってるみたいだから。いつも、俺の姉貴は完璧《かんぺき》すぎるんだって言ってました。子どもの頃から成績も抜群で、背も高くてかっこよくて、男子からもモテモテだったそうですね」

「まさか」

亜紀は法外な話に、またまた啞然《あぜん》とした。

「少なくとも先輩はそう思ってますよ。だから先輩が亜紀さんと暮らしだしたら、落ち込みがますますひどくなるかもしれません」

亜紀はその一言で口を噤《つぐ》んでしまった。聞きようによっては円谷まどかの言葉はかなり不躾《ぶしつけ》なものだった。親切心で言ってくれているのは分かるが、家族間の事情は他人には窺《うかが》い知れぬ部分もある。こういう問題であまり立ち入られても困る、という気持ちが家族に湧くのも自然なことだろう。その辺に対する配慮が、まどかにはやや欠けているのではないか。そもそも、彼女の話は最初からすこし大袈裟《おおげさ》過ぎるきらいがある。雅人の上司が、しばらく放っておくべきだと言っているのなら、案外、そちらの判断が正しいのかもしれない――亜紀は、まどかの顔から視線を外して、そんなことを考えていた。

そして一方で、まどかの解釈がどこまで正確かはともかく、たしかに両親や自分が雅人といまから一緒に暮らすのは非現実的かもしれないとも思う。雅人が仮に会社を一旦《いったん》離れるとなれば、仕事を持っている自分たちが昼間の彼の動静を完全にフォローするのは不可能だし、身内に監視されるなど雅人本人が願い下げだろう。となれば、誰か信頼できる第三者に任せるのが最善であるのは疑いない。

そんな亜紀の考えを感じ取ったのか、しばらく間を置いたあとで、まどかは不意に身を乗り出してきた。

「ほんとは、これを提案したくて、今夜亜紀さんをお誘いしたんです。もしご家族が賛成してくださるなら、私は、これが最良の方法じゃないかと思ってるんです」

大きな瞳《ひとみ》をさらに見開いている。俯《うつむ》き加減にしていた顔を上げ、亜紀はその意志的な目を見つめる。

「半年くらい休職して、先輩、私の兄の店で働いたらどうかと思うんです」

まどかが言った。

「兄は、いま埼玉県の川口市で夫婦二人で餃子屋《ギョーザ》をやってるんです。住まいも店の二階だし、まだ子どももいないから、先輩が一緒に暮らしても大丈夫なんです。兄は面倒見のいい人だから、私から頼めばきっと引き受けてくれると思います。そこだったら、先輩も店の手伝いをしながら生活できて、客にお酒を出すのが仕事だから、自分で飲む時間もあまりないし、兄夫婦がつきっきりで先輩の面倒を見ることもできます。私には、もうそうするしかないように思うんですけど」

突然の提案に、亜紀は二の句が継げない。

「まどかちゃん、ちょっと待ってくれない」

思わず、そう言っていた。

「雅人のことも今夜初めて聞いたばかりだし、うちの家族としても、これからどうやって彼をサポートすればいいか真剣に考える必要があると思うの。いきなりそういうふうに言われても、まだ判断がつかないし、それに、まどかちゃんのお兄さんに幾らなんでもそこまで迷惑をかけるわけにもいかないでしょう。とにかく、雅人も交えて今後のことを家族全員で話し合ってみるから、すこし時間をくれないかな」

亜紀は、まどかの性急さを諫《いさ》めたくて、とりあえずそう言った。

だが、この亜紀の言葉に、まどかの顔色が変わった。彼女は厳しい表情で亜紀の顔を見据えてくる。

「お姉さん。もう遠慮なんてしている場合じゃないんですよ」

それまでとは違う、腹の底から絞り出すような声だ。

「失礼な言い方になりますけど、お姉さんもご両親も、それに会社の人たちも、先輩が抱えている問題の深刻さがよく分かっていないんじゃないでしょうか」

亜紀はまどかの様子に気圧《けお》されるものを感じた。何も言葉が出てこない。すると、彼女は一つ大きく息をついたあと、

「このままだと、先輩は近いうちに必ず自殺すると思います」

そう断言したのだった。

7

盆休み明けの八月十七日、本社での会議に出席したあと、亜紀は営業部時代のかつての同僚たちと暑気払いに出かけた。今年は猛夏で、八月に入ってからは日中の気温は連日三十度を超え、夜中も二十五度を下回ることがない。まさに熱帯夜の日々だった。この日も、昼間は三十四度まで上がって、うだるような暑さだった。午後四時からの会議は六時過ぎに終わったが、席上でたまたま昔の仲間と一緒になり、そのままビヤホールへ繰り出すことにしたのだ。

本社のある三田からタクシーで天王洲《てんのうず》アイルまで行き、第一ホテル東京シーフォートの

ビアテラスに腰を落ち着けた。メンバーは亜紀のほかに三人、むろん全員が後輩の女性たちだ。といってもみんな三十路《みそじ》の独身者ぞろいで、気が置けない相手ばかりだった。互いの近況や仕事の話など喋《しゃべ》り合いながら、それぞれハイピッチでジョッキを空にしていく。亜紀は自分のことは棚に上げて、「酒の強い女は結婚しにくい」という統計結果がきっとどこかにあるに違いない、などと他の面々の豪快な飲みっぷりを眺めつつ思ったりした。

その三人の中に、半年ほど前に子宮筋腫《しきゅうきんしゅ》の手術を受けた者がいた。筋腫自体は二十代後半に見つかっていたらしいが、三十歳の年を迎えて思い切って切除に踏み切ったのだという。

「取り出してみたら、筋腫はソフトボールより大きいくらいだったって。それ聞いてゾッとしちゃった」

と彼女は笑い、

「一週間くらい傷口が疼《うず》いたんだけど、咳《せき》とかくしゃみとかじゃなくて、こうやって笑ったときが一番痛いのよ。笑うっていうのはすごい腹筋運動なんだって初めて知ったわ」

と言った。

そして、その彼女が不意に思いもかけないことを口にしたのだった。

「そうそう、二月に私が入院しているとき、同じ病院に亜理沙のご主人も入院していたのよ。私が院内の売店で買い物してたら、彼女とばったり顔を合わせたの。立ち話だったけど、そのときは、ご主人の治療のためにほんとに一生懸命って感じだったんだよ。それが、まさか離婚したなんて、驚きよね」

亜紀以外は本社勤務だから、佐藤康と亜理沙が離婚したことはとっくに知っていたようだ。が、亜紀は初耳だった。一瞬、息が止まるほどの衝撃を受けた。

「だけど、佐藤さん、もうすっかり良くなったんじゃないの。たまに会社で見かけるけど肺癌で八ヵ月も休んでたなんて全然思えないくらい元気そうだよ」

別の一人が言い、

「ほんと。なのに、なんであの二人別れちゃったんだろう」

もう一人が言った。三人ともずっと営業畑だから、もちろん亜理沙のことはよく知っている。二人が別れたという話は七月中には社内に広まっていたそうだ。亜紀は彼女たちのやりとりを茫然《ぼうぜん》とした心持ちで聞いていた。

佐藤康が会社に復帰したのは、亜紀が赤羽の電子部品事業本部に異動になった直後の四月半ばのことだった。復帰先はNTT営業本部の情報通信営業一課で、ポストは課長代理だった。この人事には本社の誰もが驚きを隠せなかったようだ。現場に戻ってきたとはいえ、重い病気を患ったばかりの人物が、そんな花形ポストに着任するのは異例中の異例と受け止められたからだ。

だが、現在の会社の状況に鑑《かんが》みればこの抜擢《ばってき》は当たり前のことだ、とその人事を知った当座から亜紀は思っていた。

PC市場への再参入で売上高を劇的に好転させた佐伯体制も、三期・五年目を迎えたいま、業績の伸び悩みに苦慮しはじめている。すでにPC市場は飽和状態に陥り、次なる事業の柱にすべく資金を注ぎ込んだ液晶や半導体製造も、韓国メーカーの台頭で思うほどの収益を得られないでいる。だとすれば、従来からの一番の得意先であるNTTとの取引を拡大方向に持って行くことは、業績安定のために欠かせない要件だった。

NTTは、八五年四月の民営化以降も、通信業界のガリバーとして市場に君臨している。今年の七月一日には更なる再編を行ない、東と西の地域通信会社と国際通信会社、それにこの三社を統括する持ち株会社の四社に分割されたが、その独占力は、依然衰えてはいなかった。米国からの市場自由化要求も日ごとに強まり、新規通信事業者にとって最大の参入障壁と化している接続料金問題で、日米間で熾烈《しれつ》な駆け引きがつづいているが、その一方でNTTは、携帯電話事業ではすでにNTTドコモという別会社を擁しており、さらに、五月に設立された国際通信のNTTコミュニケーションズもNTT法の規制対象外に置くことに成功していた。こうした点から見て、インターネットサービスやデータ通信も含めた成長性の高い通信分野でのNTT支配は当分揺るがない、というのが専門家の一致した見方なのである。

となれば、たとえ旧体制の生き残りであったとしても、社内では数少ないインターネットビジネスのエキスパートである佐藤康が、そうした状況下で抜擢されるのはいわば当然の話だった。たとえばこの九九年二月からNTTが始めたiモード・サービスひとつ取ってみても、こうした有望なネット・ビジネスに食い込むことのできる人材は、亜紀の会社では佐藤康以外にほとんど見当たらないのが実情だったのだ。

「やっぱり、佐藤さんの病気のことが大きかったんだろうね」

「そうね。治ったといっても癌だから、いつ再発するか分からないでしょ。佐藤さんが復帰したときにはもう離婚が成立していたらしいから、二人でいろいろ話し合った結果なんだろうね」

「子どももまだみたいだし、やり直すのなら確かにいまがチャンスだよね」

「あの子、私たちよりずっと若いんだもん」

「まだ二十九歳でしょ。再婚だってできるし、御主人の方も彼女の将来を考えてあげたのかもしれないね」

「だけど、五年前の結婚式はすごかったよね。亜理沙のお父さん、ホテルの重役だったものね」

「そうそう。しかも相手が佐藤さんだったから、ずいぶん鼻息荒かったわよ」

「でも、人生、ほんとに何がどうなるか分からないわね」

「彼女もこんなことになるなんて予想もしてなかったんじゃない」

ひとしきり亜理沙の離婚が話題にのぼったが、亜紀は、「私、今日初めて知った」と呟《つぶや》いたきり一言も口を挟むことができなかった。

康が肺癌を克服し、職場復帰を果たしたと知ったときは、ほんとうに嬉《うれ》しかった。

翌日には、わざわざ用事を作って赤羽の品質保証センターから三田の本社に出かけた。十七階の情報通信営業部を訪ね、遠目に康の姿を覗《のぞ》き見た。五年ぶりに見る康は病後ということもあって痩《や》せてはいたが、三十八歳という年齢よりはずっと若々しく、昔と変わらぬ静かな物腰でデスク上のキーボードを叩《たた》いていた。その横顔をキャビネットの陰からしばらく眺めた。そして、「神様、どうか彼をお救いください。どうか二度と癌を再発させないで下さい」と心の中で祈りを捧《ささ》げ、亜紀は黙ってそこから立ち去ってきたのだ。

午後十時に暑気払いの会もお開きになり、帰路についた。シーフォートスクエアも運河沿いのボードウォークも若い男女でごった返している。人波を掻《か》き分けるようにして亜紀は歩いた。かなりの量のビールを飲んだが、酔いはまったくといっていいほど感じなかった。天王洲アイル駅からモノレールに乗った。浜松町までの短い時間、窓外の東京港の美しい夜景に目を凝らしながら、頭では、

——離婚した康は、一体どんな暮らしをしているのだろう。

と、そのことばかり考えていた。アメリカから帰国した去年八月から今年四月までの八ヵ月間、彼は入退院を繰り返していたにちがいない。それが復職と同時に妻を失い、一体どこでどうやって生活しているのだろう。日々の食事の支度や洗濯などは誰がしているのだろう。一気に多忙な部署に投げ込まれ、病後の身体をそれ以前の状態に戻すにはまだまだ周囲の手厚い援助が必要なはずだ。とりわけ、ちゃんとした食べ物を食べるのは何より大切なことだろう。弟の雅人の場合も、親身になってくれる身近な存在が彼の立ち直りの

ために決定的な役割を果たしている。いまの康には亜理沙以外にそうした人間はいるのだろうか。

あの佐藤康が離婚してしまった……。

もはや色褪《あ》せた過去でしかなかった彼とのことが、その意想外な出来事によってにわかに色づき始めているのを、亜紀は全身に鳥肌が立つような心地で感じていた。

8

上海餃子《ギョーザ》の店「シャン・シャン」は川口駅の東口から川口銀座通りに出て、真っ直ぐに十分ほど歩いた場所にある。栄町一丁目交差点の一つ手前の路地を右に三十メートルくらい入ったところだが、通り沿いではないので、一見の客を集めるにはちょっと不都合な店構えだった。

それでも、いつ行っても余り広くない店内は客で満杯だった。大半が常連客だが、たまに情報誌に紹介されたりもするので、都内や横浜あたりからわざわざやって来る人も結構いるようだ。雅人によると、店の経営はなかなか順調であるらしかった。

亜紀は勤務先が隣駅の赤羽にあるから、覗こうと思えば毎日でも来られるのだが、なるだけ顔を出さないように心がけている。それでも、この三ヵ月のあいだに、均《なら》せば週に一度のペースで「シャン・シャン」に来ている勘定にはなるだろう。

最初は、やはり雅人の様子が気がかりで通っていたのだが、八月を過ぎた頃からはこの店の餃子の味に惹《ひ》かれて訪ねるようになった。たしかに「シャン・シャン」の餃子は美味《おい》しかった。とびきりと言ってもいい。初めて口にしたときから亜紀はその味に魅せられてしまったのだ。あとから聞いた話だが、円谷まどかに連れられて初めてこの店を訪れた雅人も、ここの餃子を一口食べて、彼女の突飛な提案に乗ってみる気になったのだという。もちろんそれは半ば冗談で、本当の理由は丸男と咲《さき》の人柄に触れたからではあろうが……。

十一月に入って、東京もだいぶ涼しくなっていた。朝晩の冷え込みはかなりのもので、亜紀は油断して風邪を引いてしまい、最初の週は二日ばかり会社を休んでしまった。季節は急速に秋から冬へと移り変わっている。

十日の水曜日。亜紀は久々に「シャン・シャン」に出かけた。昨夜、雅人から連絡が入り、春ちゃんの誕生パーティーを店で開くので出席しないか、と誘われたのだ。まどかも出席の予定らしい。常連さんも何人か招いているから賑《にぎ》やかな会になるだろう、と雅人は言っていた。「シャン・シャン」の定休日は水曜日である。

赤羽のララ・ガーデンで大きなバースデイケーキを買って、亜紀が店に着いたのは六時半だった。「本日休業」のプレートが掛かったドアを引くと、すでにパーティーは始まっていた。

「亜紀さん、いらっしゃい」

奥の大きな丸テーブルに陣取っていた丸男が手を挙げる。その左隣に奥さんの咲さん、つづいて春ちゃん、雅人、そして店でよく見かける客たちの顔が並んでいた。丸男の右にはまどかが座っている。総勢で十人ほどだった。常連さんたちが席をずらし、亜紀はまどかの横に腰を下ろすことができた。

「久しぶり」

亜紀がまどかに言う。九月初旬に偶然この店で会ったきりだから、約二ヵ月ぶりだった。

「お久しぶりです」

まどかはさっそくグラスにビールを注いでくれる。

「じゃあ、これで全員揃ったし、もう一度乾杯しようか」

丸男が言って、それぞれ杯にビールを満たした。

「今度は雅人さんに音頭をとってもらおうかな」

雅人は照れたような笑みを浮かべたが、ゆっくりとグラスを持ち上げる。

「それでは僭越《せんえつ》ながら、乾杯の発声をさせていただきます」

彼が飲んでいる姿を見るのは何ヵ月ぶりだろう、と亜紀は思う。完全に禁酒したわけではないらしいが、最近はずっと店で働いている彼と会うだけだから、酔った姿を目にする機会がなかったのだ。雅人はまどかの勧めで八月から半年間の休職に入り、すぐにこの店に住み込んで働くようになった。当初は仕事もそこそこに飲んだくれていたようだが、沙織の初盆を迎えた前後から急速に立ち直り始めた。

彼の心境にいかような変化があったのか、そこは窺《うかが》い知れないが、丸男や咲と一緒に暮らす中で、以前の自分を取り戻し始めているのは確かだ。

「いつも明るく元気な高原春子《たかはらはるこ》さん、僕も心から春ちゃんの笑顔に救われた一人です。丸さんや咲さん、そして今日わざわざ駆けつけて下さった皆さんをはじめ、お客さんたちもきっと同じだろうと思います。ほんとうにありがとう。そして二十九歳の誕生日ほんとうにおめでとう。では、カンパーイ」

唱和する声につづいて大きな拍手が沸き起こった。春子は恥ずかしそうな顔で、隣の雅人と顔を見合わせていた。

高原春子は、咲の母方の従姉妹《いとこ》だった。咲より三つ年下で、一昨日の十一月八日が誕生日だったそうだ。二十九歳ということは、まどかや亡くなった沙織より一つ下である。

「シャン・シャン」が一階に入っているこの高原第一ビルはもともと春子の父親、つまり咲の叔父《おじ》の持ち物で、丸男と咲はその店子《たなこ》ということになる。

円谷丸男は東京の大学を卒業後、神戸の鋼材メーカーに就職したが、三年足らずでその会社を辞め、幾つか職を転々とした末に神戸市内の餃子屋の住み込み店員になった。結局、その店で五年ほど修業して、三十歳になった年に川口に出てきて自分の店を構えたのだった。それがいまから四年前のことだ。丸男は雅人と同じ三十四歳、咲は三十二歳だが、二人が一緒になったのは丸男が鋼材メーカーに勤めていた時代だというから、彼らはもう結婚十年近くのベテラン夫婦だ。

亜紀の目にも、珍しいほど仲の良い夫婦と映るだけに、子どもがいないのが一番の不思

議だが、そのことを以前咲に訊《たず》ねてみたところ、

「結婚したと思ったら丸さんは会社辞めちゃって、しばらくは私の収入で暮らしていくしかなかったし、一年も経つと今度は丸さんがお師匠さんの店に住み込みで働きだして、それから五年も別居暮らしでしょ。ようやく修業が終わってこっちに出てきたら、お店の準備で寝るひまもないし、開店したら開店したで、店を軌道に乗せるために二人とも必死だったの。気づいてみたらこの歳になってて、子どもを作る時間なんてどこを探しても全然なかったって感じなんですよね」

と別に苦にするふうでもなく言っていた。その話を聞いて、案外そんなものかもしれない、と亜紀は妙に腑《ふ》に落ちた気がしたものだ。

「僕たちには、店が可愛い子どもだからね」

丸男もよく言っている。そうした二人を見ていて、亜紀は時折たまらなく羨《うらや》ましくなることがあった。

丸男特製の上海餃子がどんどん振る舞われ、めいめいビールやワイン、紹興酒などを飲みに飲んで、宴《うたげ》は大いに盛り上がった。

本場の上海餃子は、蒸し餃子が主流だという。「シャン・シャン」でもメニューのほとんどは蒸した餃子だった。焼き餃子より淡白で、日本人には物足りないと思われがちだが、その分、ぷりぷりとした食感は一度口にしたらやみつきになる。丸男の作る餃子は食材も多彩で、特に餡《あん》に白身魚を使った餃子やエビとセロリを包み込んだ餃子は絶品と言ってよ

かった。他にも中国野菜や菊の花、ヒジキ、切り干し大根といった薬膳《やくぜん》系の材料を使った餃子、干しナマコや貝柱、冬瓜《とうがん》や卵などを入れた高級餃子など、餃子の種類は様々だ。さらに、手作りのやや厚めの皮は、日によってブレンドする小麦粉の分量を変えながら、もちもちとした食感をきっちり保っている。彼が修業した店は神戸でも名店の一つとして評判だったというが、わずか五年でここまでの技量を会得したのはよほどの努力のたまものだろう、と亜紀は丸男に対してある種尊敬の念を抱いていた。

雅人は、隣の春子と笑顔で話しながら紹興酒を飲んでいた。沙織を失ってからの、まるで酒と命懸けの勝負でもしているような陰鬱《いんうつ》な飲み方ではなく、いかにも楽しそうにグラスを重ねている。「店に来た頃はとことん空酒だったから、見ていて怖いくらいだった」と咲が一度言っていたが、いまは料理にもよく手を出していた。店の二階が丸男夫婦の自宅で、雅人はその一室に寝泊まりしていた。春子は同じ川口市内にある実家から通って来ている。

春子は一度結婚に失敗していた。詳しい事情は知らないが、離婚直後に鬱状態に陥って半年ほど上尾《あげお》市にある療養所に入院した経験があるという。二十代初めの頃のことらしく、現在はすっかり元気になって、「シャン・シャン」開店の時から店を手伝っている。従姉妹同士とあって咲とはよく似ていた。細身の身体つきも同じだし、赤みがかった髪の色も同じだった。そして咲と同様に美しい人だった。

亜紀は紹興酒を飲みながら丸男やまどかと話した。といっても丸男は妹とは正反対に口数の少ない人だったから、相手はもっぱらまどかだった。彼女は相変わらずワインをぐいぐいやりながら、陽気な調子でよく喋《しゃべ》る。

丸男が調理場に立ったのを見計らって、亜紀は彼女に礼を言った。

「何から何までまどかちゃんのおかげだわ。雅人はもちろんだけど、私もお兄さんや咲さんに出会えてほんとによかったと思ってるの。こんなに素晴らしい人たちに助けてもらって、雅人も何とか立ち直ってきているんだと思う。ほんとにありがとう。このご恩は決して忘れないつもりよ」

「私の方こそ、家族でもないのに勝手なことを言って申し訳なかったと思ってます。亜紀さんもご両親も、よく承知して下さったと感謝してるんです」

「だけど、この分だと半年といわずもっと早くに職場に戻れるんじゃないかしら」

亜紀は雅人の方に目をやりながら言った。まどかも亜紀の視線を追っている。

「それはちょっと難しいんじゃないかな」

一拍置いて彼女が言った。

「そうかなあ。もうずいぶん元気になってきてると思うんだけど」

すると、今度は例のきっぱりとした口調でまどかは断言する。

「先輩は全然元気にはなってないですよ」

「丸男さんがそう言ってるの」

亜紀は意外な気がして訊《き》き返す。まどかは頷《うなず》いた。

「兄も、まだまだ時間がかかるだろうって言ってます」

亜紀は多少釈然としない気分で口を噤《つぐ》んだ。まどかが言葉を重ねてくる。

「いまの先輩は、哀しいことを我慢する力が少しずつついてきてるんだと思います。沙織《さおり》さんのことを思い出しても、心が砕けそうになる前に、エイッて心の唇を噛《か》みしめて堪《こら》えられるようになってきてるんです」

『心の唇』という言葉に亜紀は耳を留めた。心にもやはり目や耳や鼻や口、手や足があるのだろうか、と思った。そして、そういう目でテーブルの向かい側に座る弟を見直してみる。相変わらず愉快そうに春子や咲と喋り合っていた。

しばらく雅人の様子を観察していると、

「私ね、むかし先輩にすごい怒られたことがあるんです。お前みたいにいつまでも後悔したり反省したりくよくよしたりするくらいなら、ただじっと我慢して、思い通りにならないから人生なんだって自分に言い聞かせた方がずっとマシだぞって」

不意にまどかの声が聞こえ、亜紀は少し驚いて隣を見た。

「もっともっと哀しい目にあっている人が、いまこの世界に何千万人もいて、自分はその人たちのために何もできないでいる。自分が無力だってことを思い知るのが人生の基本だ。そしてその基本にわずかでも別の何かを付け加えていくのが生きることなんだって」

まどかは亜紀の表情を確かめるようにしてつづけた。

「先輩も自分が無力だってことを思い知りながら、いまじっと我慢してるんだと思います。

だから、まだしばらくはこのまま何もしないで、じっとしてた方がいいんです」

「むかしっていつ頃のこと？」

亜紀は訊ねる。

「どうしてですか」

まどかが不審そうな顔つきになった。

「彼がそんなことを言ってたの、沙織さんと結婚してからかなと思って」

「私が本社に戻ってすぐだから、むかしといってもまだ三年前ですけど」

なんだ、という感じでまどかは答える。

自分より哀しい目にあっている人がいて、何もしてやれない——という雅人の言葉は、直截《ちょくせつ》的には沙織のことを指していたのだろう、と亜紀は思った。だが、それは誰にでもあてはまる言葉にちがいない。思い通りにならないから人生だし、自分が無力だと日々思い知らされるのが人生なのだ、と自分も最近つくづく感じる。

それにしても、まどかのさきほどの物言いが気になった。三年前、彼女に一体何があったというのだろう。訊ねてよいものかどうか分からず、亜紀はグラスを持ち上げて紹興酒を二口三口と飲んだ。

先に口を開いたのはまどかだった。

「実は私、その頃、旦那《だんな》に逃げられてガタガタだったんですよね」

亜紀は予想もしなかった台詞《せりふ》に、思わず声を上げてしまった。

「えっ、まどかちゃん結婚してたの」

「はい」

彼女は途端に照れくさそうな顔になっている。

「初めて聞いたわ。丸男さんたちも何も言ってなかったし」

「そうですか」

そこで亜紀は思い出した。初めてまどかと会った際に「あいつはあいつで結構苦労してるんだ」と雅人は言っていたが、そういうことだったのか。

それからまどかは、自分が離婚に至った経緯を詳しく語り始めた。その顚末《てんまつ》は普段の彼女からは思いもつかないような内容だった。

まどかが結婚したのは就職してすぐのことだった。相手は大学の同級生で、二人とも二十二歳になったばかり、夫は司法試験に挑戦中の身だったという。夫婦で支局のある岐阜、水戸と移り住み、生活はまどかが賄《まかな》っていた。その夫に愛人がいると分かったのは、まどかが水戸支局勤務を終えてちょうど本社に帰る直前、三年前の三月のことだ。水戸に転居すると同時に、夫は受験勉強のかたわら市内の学習塾でアルバイト講師を始めていた。夫が関係を結んだのは、その塾の事務員で、まどかより二つ年上の女性だったそうだ。

「私、全然気づいてなかったけど、二人の関係は旦那が塾で働きだした直後からで、私が知ったときには、『そんなふうだから俺はお前が嫌になったんだ』って逆ギレされる始末でした」

　まどかは自嘲《じちょう》気味な笑みを浮かべてそう言った。

「それで、離婚になったわけね」

　亜紀が返すと、彼女はかぶりを振った。

「そうじゃないんです。私は離婚する気はまったくなくて、一緒に東京に戻れば旦那も目を覚ますだろうくらいに考えてたんです。だから、大して追及もしなかったし、こういうときは放っておくしかないかな、なんて思ってたんです。旦那も試験に何度も落ちてストレスを溜《た》め込んでたし、私も仕事が忙しくてあんまり構ってあげられなかったから、それでついフラフラッと年上の人に惹《ひ》かれちゃったのかなって。一度問い詰めたときは、そのうち清算すると旦那もきっぱり言ってくれたから」

　亜紀は、話を聞きながら、まどかの父親のモットーをふと思い出していた。「何事もまあるくまあるく」。この店の名前「シャン・シャン」も、咲によると「何事もしゃんしゃんでまとめる」という丸男のモットーから命名されたという。なるほど血は争えないということか。

「私は、彼のことが心底好きだったし、彼も私なしでやっていけるなんて思ってもいなかった。そしたら水戸の社宅の片づけも終わって、明日いよいよ東京に引っ越しだっていうその日に、旦那が愛人と駆け落ちしてしまったんです」

「駆け落ち」という古風な一語が飛び出して亜紀は思わず箸を止める。

まどかが夫の所在をようやく突き止めたのは、五月の連休前だった。夫は愛人の故郷に逃げ込んでいたのだ。彼女は休みを利用して、群馬県桐生《きりゅう》市にある愛人の実家へと足を運んだ。

「大きな農家で、広い敷地の隅にもう一軒古い小さな家が建っていて、彼はそこで彼女と暮らしていました。部屋に上がったら、着の身着のまま出ていったはずなのに、ちゃんと司法試験用の参考書も勉強道具も揃っていて、それが全部ピカピカの新品でした」

夫は愛人を慌てて外に出すと、もう戻る気はないから別れて欲しい、と妻の目の前で土下座したという。

「あいつは必死だった。お前はそうじゃなかった。あいつが必死だから俺も必死になろうと思った」

と彼は言った。まどかは「私だって必死だった」と口にしかけたが、どうしても言えなかったそうだ。

「そのとき分かったんです。自分の気持ちというのは、どんなに頑張っても理解されないことがあるんだなって。そして、妻である女が『私だって』と言うしかなくなったらもう終わりだなって。人と人との縁はこんなふうに切れるんだ、すごいなあと思いました」

桐生から戻り、署名捺印《なついん》した離婚届を連休明けに彼女は夫宛に送った。

「学芸部に着任したばかりで仕事も一番大変だったし、そのあと私は、離婚と仕事で頭がどうにかなってしまったんです。自分がやってることが全部駄目に思えて、毎日、死にたくて死にたくてどうしようもなかった。そんなとき、私のことを誰より支えてくれたのが冬木先輩でした。だから、今度は私が先輩のために一肌脱ぐ番だと思ったんです。恩返ししなきゃいけなかったのは私の方なんです」

「まどかちゃんも苦労したんだね」

亜紀はため息まじりの声になって言う。

「私、何も知らなくて悪かったわ」

「そんなことありませんよ。もう昔の話だし、別れた旦那のこともとっくに忘れてしまいました」

まどかの前に置かれたワインボトルはとうに空になり、いまは紹興酒をオンザロックで飲んでいる。話の途中で戻ってきた丸男は各人に焼き餃子を配り終えると、雅人の横に割り込んでわいわいやっていた。焼いた餃子の味も抜群だ。

グラスを干して、なみなみと紹興酒を注ぎなおすと、まどかは例の独特の笑みを浮かべた。

「実は、前の旦那、今年司法試験に合格したんです。十日ほど前に二次試験の合格者が発表されて、名前を探したらありました。きっと今頃は、私と別れてほんとによかったとしみじみ思ってると思います」

亜紀はその話を聞いて、彼女が離婚の事実をいまになって打ち明けた理由が分かる気がした。前夫が無事に合格して、ようやく肩の荷を下ろしたのだろう。

「それ違うと思うよ」

亜紀が言うと、まどかは怪訝《けげん》な顔になる。

「別れた旦那さんも合格できて、まどかちゃんがずっと支えてくれてたことにやっと本気で感謝できたんじゃないかな。離婚してよかったなんて全然思ってないよ」

「そうでしょうか」

「そうよ」

まどかがにやりと笑う。

「実は、私もそうじゃないかなって思ってるんです」

「なんだあ」

「ごめんなさい。最初に言ったことは、ちょっとした厭味《いやみ》でした」

亜紀も笑った。

「じゃあ、別れた御主人の合格を祝って乾杯しましょうか」

「いいですね」

二人でグラスをぶつけて乾杯した。珍しく頬を赤く染めているまどかの顔を眺め、この人は昔の夫のことがいまだに好きなのかもしれないな、と亜紀は思った。

「亜紀さんはどうして結婚しないんですか」

不意にまどかが訊《き》いてくる。

亜紀はしばらく思案して、

「この人だってピンと来る人がいないからかな」

と言った。真剣に考えた末の返事だった。

「そうなんですか。やっぱり亜紀さんくらいになると望みが高いのかな」

「そうじゃないの。こんな歳になって言うのもちょっと恥ずかしいんだけど、具体的な希望なんて何もないの。私はこんな性格だから、この人が私にとって運命の人だな、って思える人がなかなかいなかったの。ただ、二十代の終わりにそのことに気づいて、そしたらほんとに相手がいなくなったのよ」

亜紀は年甲斐《がい》もなく幼稚なことを話している自分が、ものすごく恥ずかしかった。だが、今夜のまどかにつまらない見栄を張るわけにはいかないと思っていた。

「運命の人ですか」

まどかは口の中で、その言葉を幾度か繰り返している。

「だったら、想定される答えは二つしかありませんね」

「答え？　二つ？」

亜紀は彼女の言っていることがよく分からない。

「そうです。一つは、まだその運命の人に亜紀さんは出会っていない。もう一つは、すでに出会ったのに亜紀さんが気づかないまま通り過ぎてしまった。亜紀さんだったら、たぶん二番目の方じゃないかな」

亜紀は、図星をつかれたようで思わず息を呑《の》んでしまった。稲垣純平の無骨な顔が脳裡《のうり》に浮かび、そして佐藤康の端整な横顔が浮かんだ。

「言う通りかもしれないわ。私も、運命の人を取り逃がしてしまったんじゃないかと思ってる」

誰かに面と向かってそんな告白をするのは初めてだった。口にしたあと、凍《い》てつくような心の痛みを感じた。心にも身体があるのなら、いま痛んでいるのは『心の胸』の部分だろう、と思う。

「それだったら、全然大丈夫ですよ」

しかし、まどかは持ち前の明るい声で力強く言う。

「どうして」

亜紀は訊《たず》ねた。

「だって、もしその人が運命の人だったら、何があっても最後には必ず結ばれるはずだもの」

まどかはグラスを持ち上げ、亜紀の面前にかざすと、残りの酒を一息で飲み干してみせた。

9

二〇〇一年六月十日日曜日――。

午後六時から、内幸町の日本プレスセンタービル内にあるレストランで雅人と高原春子の結婚披露パーティーが行なわれた。先週六日には関東甲信地区の梅雨入りが発表され、この日も雷をともなった強い雨が断続的に降りつづくあいにくの空模様だったが、両家の親族、雅人の会社の同僚、それに親しい友人たちを招いての小規模な会だったので、一人の欠席者もなく披露宴は和やかな雰囲気で進められていった。

二人が結婚を決めたのは、沙織の三回忌が済んでしばらくしてからのことだ。

雅人は半年の休職のあと、昨年二月、無事に元の職場に戻ることができた。今春には学芸部デスクに昇進し、仕事も順調そうだった。春子とは「シャン・シャン」で働いていたあいだに親しくなっていたが、丸男や咲によれば、彼らが真剣に付き合いだしたのはやはり今年の一月以降だという。だとすれば、二人はあっと言う間に結婚にまで漕《こ》ぎ着けたことになる。

二年五ヵ月という時間は、長過ぎるのでもなく短すぎるのでもなかったのだろう。雅人にとってそれは沙織との思い出を丹念に濾過《ろか》し、透き通った上澄みだけを抽出するのに必要なごく自然な時間だったにちがいない――春子と二人で各テーブルを回り、出席者たちと笑顔で言葉を交わす雅人の姿を眺めながら、亜紀はそんなことを思っていた。

亜紀と同じテーブルに座る四郎や孝子も今夜は満面の笑みだ。四郎の兄である一郎、二郎も楽しげに語り合っていた。隣のテーブルには丸男や咲、まどかの顔が見える。まどかは去年大阪に転勤になったのだが、この結婚式のために上京してきた。昨日は久しぶりに二人で夕食を共にした。大阪の気風が性に合っていたらしく、仕事が面白くて仕方がないと話していた。

彼女はどうやら新しい恋の相手も見つけたようだ。「まだ入口付近でうろうろって感じかな」とぼやかしてはいたが、その表情は明るく輝いていた。しばらくぶりに会って、まどかがずいぶんときれいになっているのに亜紀はびっくりした。いずれ近々に彼女からも結婚の報告が届くだろう、そう期待しつつ昨夜は別れたのだ。

春子もまどかもまだまだ若い。目の前の春子のウェディング姿に見とれながら、亜紀はつくづく感ずる。春子の三十一歳は、女性の一生を季節に譬《たと》えるならば夏の終わりというところだろう。比較して今年で三十七になる自分はもはや晩秋も過ぎ、冬の初めといったあたりか。年とともに実年齢の開きを上回る乖離《かいり》が、彼女たちと自分とのあいだに生まれている気がする。

女はどうしたって損だな、とも思う。八月で三十六になる雅人を見ていても、男はいまが夏の盛りという感じだ。亡くなった沙織は二十九だったが、女にとってはその頃が夏の盛りで、三十代の初めには夏も終わる。そして短い秋があってすぐに冬だ。男の場合は長い夏がつづき、収穫期である秋もさらに長い。わずかな冬の後、彼らは死んでしまう。平均寿命でも男より十年近く余計に生きる女は、三十代後半からの長い長い冬の暮らしに耐えねばならない。

女の幸せとは何だろう？

結婚だ、と言う人もいまだにいるが、そうとは思わない。この時代、結婚＝幸福という公式を覆す実例は山ほどある。まどかにしても春子にしても最初の結婚は惨憺《さんたん》たる結果に終わっている。あの大坪亜理沙にしてもそうだ。亜紀の同僚や友人たちの中にも離婚経験者はごまんといる。沙織ですら最期だけを見れば結婚の犠牲者と言えなくもない。

ただ、結婚が女性の幸福を保証しないからといって、未婚が女性にとって幸福かと言えばそれは違う。「結婚＝幸福」が確実でないにしろ「未婚＝非幸福」という公式はいまだに揺るがないのではないだろうか。

それはなぜだろう？

先週の土曜日、亜紀はこれも久しぶりに親友のあずさに会った。あずさは例の婚約破棄の一件からちょうど四年後、亜紀が福岡に赴任する直前の一九九六年三月に、勤めていた会社の二つ年下の同僚と結婚した。亜紀の福岡時代に、夫の転勤で彼女も四国へ行き、東京に戻って来たのは今年の六月だった。あずさはすでに四歳の男の子と二歳の女の子を抱える母親になっていた。いまは子育てに追いまくられる日々のようで、一緒に昼御飯を食べたのだが、場所は彼女の社宅の最寄り駅である新江古田《しんえこだ》駅そばのロイヤルホストだった。ちびちゃんたちも当然連れてきていた。とにかく子どもたちがじっとしていないから、ろくに話もできなかった。ことに四歳になる男の子は活発で、水のコップとジュースのコップをウエイトレスがテーブルに載せた途端にそれぞれ引っ繰り返し、自身の服と母親のスカートをびしょびしょにしていた。

一時間半ほどで解散したが、駅まで送ってきたあずさは、別れ際に、

「亜紀も早く子ども生まないと駄目だよ。子育ては体力勝負だからね。相手なんて誰だっていいんだから」

と言っていた。

亜紀は帰りにさっそく新宿のデパートに立ち寄り、あずさの子どもたちのために服を見《み》繕《つくろ》って送った。デパートの子供服売り場を真剣に見て回ったのは生まれて初めての経験だった。さっさと品定めするつもりだったのに、さきほど目にした子どもたちの顔の造作や身体つき、仕種《しぐさ》などを思い浮かべながら似合いそうな服を選んでいると熱中してしまい、一時間以上も費やす羽目になった。あまりの面白さに時を忘れてしまったのだ。ここ数年来ついぞなかった感覚だった。

帰路の電車の中で、自分にもあんなに可愛い生き物がいればいいのに、と亜紀は心の底から思った。

子どもを持つというのは、女性にとってかなりの確率で幸福なのではないだろうか。「未婚＝非幸福」という公式が揺るがないのは、「未婚＝未出産」という通念がいまだ社会全体に罷《まか》り通っているからではないか。要するに「結婚＝出産＝幸福」という公式と「未婚＝未出産＝非幸福」という公式があって、最終的に女性の幸福を論じるときに重要なのは、結婚・未婚の区別ではなく、出産・未出産の区別の方ではなかろうか。「出産＝幸福」、「未出産＝非幸福」というカテゴリーには確かにある種の説得力がある。その点に着目すれば、結婚できない女性が不幸なのではなく、ほんとうに不幸なのは出産できない女性なのかもしれない。

そういえば、先月の十五日に皇太子妃雅子さまの御懐妊が宮内庁から発表された。雅子さまが不妊治療で苦心されているとの種々の報道がこれまでなされていただけに、亜紀もこのニュースには心あたたまるものを感じた。同時に、亜紀とは同世代の女性の一人である雅子さまが懐妊されたことに、何か励まされるような気さえしたのだった。


雅人と春子の結婚式は二時間ほどで滞りなく終了した。

式の後半、各テーブルに二次会の時間と場所が記された紙が回ってきたが、亜紀は二次会は遠慮するつもりだったので、式がお開きになると、会場出口で見送りに立っている新郎新婦に挨拶《あいさつ》して、そのまま四郎や孝子たちとともにプレスセンター一階の玄関に降りた。

時刻は八時半を回っていた。雨は止んでいたが、夜空は厚い雲に覆われて月も星も見えない。両親や伯父《おじ》たちをタクシーに乗せたあと、亜紀は酔い醒《ざ》ましも兼ねて少し歩くことにした。雨上がりの心地よい南風が吹いている。丸男や咲、まどかたちは早々に二次会が開かれる原宿の店に向かったのだろう。いつの間にかいなくなっていた。

内幸町の交差点を左に渡り、日比谷公園沿いの道を進む。このまま晴海《はるみ》通りに出て、銀座の街まで足を伸ばしてみる気になっていた。

通りを隔ててライトアップされた帝国ホテルが見える。二年前の今頃、まどかとあのホテルで雅人のことを話し合った。このままだと先輩は自殺してしまう、とまどかは断言した。たしかに当時の雅人の状況は深刻だった。まどかや丸男夫妻がいてくれなかったら、彼はどうなっていたか分からない。少なくとも今日のような日が訪れるのはずいぶん先のことになっていただろう。とはいえ、妻を失い悲嘆の淵《ふち》に沈み込んでいた人間が、わずか二年で新しい妻を迎えるまでになった。これは一体どういうことなのだろう。人間も、そしてこの人の世も想像を超えた不思議さに満ちている——と亜紀はしみじみ思う。亡くなった沙織が知ったらさぞや驚くに違いない。今日のパーティーで沙織の名を口にする人は誰もいなかった。むろん春子の前夫について触れる者もいなかったが。当たり前のことではあるが、しかし、亜紀にはそれが哀しかった。沙織はいまどこにいるのだろう。何をしているのだろう。雅人の子どもを身ごもり、その子と共に死んでいった彼女の魂は、いま一体どんな気持ちで雅人の再婚を見つめているのだろうか。

10

有楽町《ゆうらくちょう》マリオンを過ぎ、首都高速の高架をくぐって数寄屋橋《すきやばし》交差点の手前まで来たところで空が光った。

急いで上を向いたがもう何も見えない。と、黒々とした空が再び光った。今度は鉤裂《かぎざ》き状に閃《ひらめ》く稲妻がはっきりと目視できた。二度、三度と立てつづけに電光が走る。直後、天上に雷鳴が轟《とどろ》いた。地面を揺するような恐ろしげな響きとともに生ぬるい風が上空から固まりになって顔に吹きつけてきた。

日中も何度か遠く雷の音を聞いたが、夜の雷鳴の不気味さは格段のものがある。落雷の地点も間近のようだった。すでに時刻は九時を回って人通りは少なかった。新宿や池袋、渋谷ならば若者たちでごった返している時分だが、日曜の夜の銀座は閑散としている。それでも数寄屋橋の交差点にたむろしていた人々は、信号の色が変わると同時に小走りになっている。

ふと気づくと、ぽつぽつと雨の雫《しずく》が落ちはじめていた。手にしていた傘を開いた瞬間、それは突然のように激しい雨に変わった。亜紀も急ぎ足で交差点を渡る。向かいのビルにロッテリアの赤い看板を見つけて、地下の店舗へと駆け込んだ。曲がりくねった階段を降りきったところで、背後にドーンという雷の音がまた聞こえた。

コーヒーを受け取りながら店員に閉店時間を訊《たず》ねる。十一時までだと言われて一息ついた。席につく前に自動ドアを踏んで首を出し、階段越しに上の様子を窺《うかが》ってみる。外は土砂降りの雨になっているようだ。

次々と飛び込んでくる客たちで店内はあっという間にいっぱいになった。傘を持っている人たちも上着がびしょ濡《ぬ》れだ。ドアが開くたびに雷鳴が響き、階段のあたりが稲光で白く光っている。騒々しい雨音のせいで客たちの話し声が聞き取れないほどだった。

亜紀は入口脇の二人掛けのテーブル席に座った。コーヒーを一口すすって、バッグから一通の封書を取り出す。これを読むか否かも含めて、マンションに帰ってからじっくり思案するつもりだったが、ひょんなことから何もない時間が生まれ、いまここで目を通してしまおうと決めたのだった。

亜紀は近年、どんな偶然や思いがけない出来事にも隠された理由や意味があるのではないか、と考えるようになっていた。

例えば、雅人から預かったこの手紙についても、果して自分が読んでいいものかどうか迷いがあった。渡された際に彼はどちらとも言わなかったからだ。だが、式が終わって外に出たとき、亜紀は何となく銀座まで歩いてみたい気分になった。空は曇っていたがこれほどの雷雨が来るとは思いもよらなかった。歩く道々ずっと沙織のことを考えていた。そして、ちょうどこの店の近くにやって来たところで突然の激しい雨にあい、こうして雨宿りせざるを得なくなった。閉店まで二時間足らず。雨はそのあいだにきっと上がるだろう。それまでの時間、亜紀には何もすることがない。この預かった沙織の手紙を読む以外には……。

そうやって些細《ささい》な日常のあれこれを繋《つな》ぎ合わせて考えてみる習慣は、変化に乏しい亜紀の近頃の生活を見違えるように豊かなものにしてくれている。自分の周囲に起こる出来事をどれもバラバラの偶然と捉《とら》えるより、すべてが一つの意味を持っているのだ、と考えた方が人生はずっとリアルで楽しい——亜紀はそう感じている。

もう一口コーヒーを飲んでから、息を整え、封筒の中身を抜いた。五枚の便箋《びんせん》が小さな手書きの文字でびっしりと埋まっている。

その美しい文字を見ただけで、亜紀は、鼻の付け根がつんとなってしまった。

「妊娠が分かってすぐに書かれた手紙なんだ。沙織が亡くなったあと抽出《ひきだ》しの中身を整理していたら出てきた。もう僕の手許《てもと》に置くわけにはいかないから、悪いけど姉ちゃんにずっと預かってて貰《もら》いたいんだ。この手紙だけは春子に読んでほしくないから」

式が始まる直前、これを手渡しながら雅人は言っていた。

折り皺《じわ》が深くなり、いまにも千切れてしまいそうな手紙を丁寧に広げる。雅人は一体どれほどの回数これを読み返したのだろうか。

亜紀はゆっくりとその手紙の文章を読み始めた。

マー君へ

いままでも何度か、こうやってマー君への手紙を書こうと思っていたのですが、ずっと書けないいままできてしまいました。四年前、マー君と結婚したときにも一度書こうとしたし、最近だと、一月に私が発作を起こして入院したときにも病室で書きかけたのです。でも、いざペンを持ってみると何を書けばいいのか分からなくて、ほんの数行だけでいつもやめてしまいました。

これで何度目になるのだろう。それでも、今夜の手紙は最後まで書けそうな気がしています。どうしてもマー君に私からお願いしたいことがあるのですから。

その前に、まず最初に、マー君にお礼を言いたいと思います。

あの日、私の両親や、おかあさんや亜紀さんがお見舞いに来てくれたあと、マー君が病室に戻って来てくれて、私のお腹に赤ちゃんがいるんだよって教えてくれたとき、私はほんとうに嬉《うれ》しかった。あれからもう一週間も過ぎたなんて不思議な気がします。まだ私は夢を見ているような心地でいます。

マー君、ほんとにありがとう！

私たちに子どもが授かるなんて、考えてもみませんでした。マー君もきっとそうだったと思う。二人で信じられないねって言い合ったけど、でもこれは現実なんですね。これからはこの現実をしっかり受け止めて、一緒に頑張っていけたらと私は願っています。


さてここからが本題です。

マー君がこの手紙を読むときは、私はもうこの世にはいません。きっと読み進むうちに、いま以上につらい気持ちになると思う。でも、これは私からマー君への心からのお願いです。必ず、私がいまから記すことを守ってください。私とマー君との最後の約束だと信じて私は真剣に書き進めていくつもりでいます。

マー君と出会い、結婚できたとき、私は自分の運命を信じました。そして、その運命を司《つかさど》っている神様の存在をはっきりと確信することができました。

私たちの結婚は運命でした。私がこうやって先に死んでしまうこともまた運命だったのです。マー君はそのことを冷静に受け入れてほしいと私は願っています。

いま、私が一番恐れているのは、私が死んでしまったら、マー君も死んでしまうのではないか、ということです。二人で最初に話し合ったように、私はマー君とずっと一緒にいられれば子どもはいらないと思っていました。たとえ私が死んでも、私はマー君の心の中に生きつづけることができると信じていたから。

でも、七月の発作の後からは、私のその確信が揺らいできていました。マー君は一度だってそんなこと口にしたことはないけれど、私は、私が死んでしまったらマー君も私のあとを追うつもりなのではないか、と感じ始めたのです。デスクの仕事を引き受けたくない、と先日話したときに、マー君はこう言いましたね。「仕事で他のみんなに迷惑かけたくないし、サーちゃん以外のことで責任を持つのはもうイヤなんだ」と。あのマー君の何気ない言葉を耳にしたとき、私は、この人はもしかしたら一緒に死ぬつもりなのでは、と直観したのです。

私だったらどうするだろう、と思いました。

私だったらマー君が死んでしまったら、すぐに自分で命を絶つと思います。もうこの世に何の未練もないし、マー君のいない世界で生きていくことはできないから。ただ、それは私がこんな身体だから考えることだし、マー君が私より先に死ぬこともあり得ないと分かっているからそう思うのだ、と私はこれまで自分に言い聞かせてきました。

だけど、七月以降のマー君の様子を見ていると、何だかそうじゃないような気がしてきたのです。私がそんなふうに思うのと同じようにマー君も思っているんじゃないか？　私が今年に入って何度も発作を起こし、そのたびに自分の死を次第に受け入れ始めているように、マー君も同じ覚悟を身につけているのではないか？　そう思えてきたのです。

私はいままで自分がとても傲慢《ごうまん》だったことを知りました。

私がマー君を愛するほどに、マー君が私を愛することは絶対にできないのだ、と思い込んでいたのです。だからこそ、私が死んでしまったときの話をしても決して「自分も死ぬ」とは言わなかったマー君のことを、私は安心して見ていました。たとえ独りぼっちになっても、マー君ならばその孤独をきっと乗り越えて、やがては別の女性とまた一緒になって子どもを作ったりもするんだろうな、と単純に望んでもいたのです。

でも実際はそうじゃないかもしれない……。

そんな不安に怯《おび》え始めていたとき、私の妊娠が分かりました。私はほんとうに嬉しかった。何としてもこの子をちゃんと生んでマー君に残していきたいと思いました。そうすれば、マー君は私が死んでしまっても、私のあとを追うようなことはしないだろうから。できれば私は女の子を生みたいのです。私とそっくりな女の子です。そしたら私はマー君の心の中にも、そして心の外にも生きつづけることができるでしょう。

だけど、もし赤ちゃんが私と一緒に死んでしまったら……。

私の身体が出産に無事に耐えられるかどうか私にもよく分かりません。私の心臓はいつ止まってしまっても不思議ではない状態です。そのことは私自身が一番よく分かっています。出産時にこの心臓が耐えきれなかったら、お腹の赤ちゃんの生命にも当然危険が及ぶはずです。私と赤ちゃんとが同時にマー君の前からいなくなることもあり得ると私は考えています。

そのときのために、いまこの手紙を書いています。

マー君、いまあなたがどれほどの哀しみに襲われているのか、私には痛いほどよく分かります。私は心からあなたに謝りたい。ごめんねマー君。私だけじゃなく赤ちゃんまであなたから奪ってしまって。ほんとうにごめんなさい。でも私は一生懸命に頑張りました。あなたや赤ちゃんのために全力を尽くしたのです。そのことにきっと悔いはないと思います。これは私に与えられた運命だし、私とあなたの赤ちゃんに与えられた運命なのです。だから、どうか、そんなに哀しまないでください。私は小さな頃からの長年の望みを叶《かな》えられたのです。命懸けであなたを愛することができたのです。もう後悔は何ひとつないのです。

私はあなたと出会い、あなたと一緒に生きることができて幸福でした。短い一生だったと人は言うかもしれないけれど、誰よりも幸福で豊かな人生だったと思っています。

マー君、ほんとうにありがとう。ちゃんとしたお礼の言葉が見つからないけれど、ほんとうにありがとう。

だから、マー君、絶対に死んだりしないで下さい。マー君はこれからも私や赤ちゃんの分までずっとずっと生きて、この世界でなすべきことをなして下さい。いつもマー君が言っていたように、たとえ何もできない無力な人間でも、何かをこの世界に付け加えることがきっとできるのだと私も思います。そのために与えられた自分の命をどうか大切にしてください。命は神様からの素晴らしい贈り物です。私はそのことを確信しています。神様のもとに帰っていった私や赤ちゃんのせいで、自分の命を粗末にすることだけはどうかやめて下さい。

でも、幾らこんなことを言っても、時間が経つほどに哀しさはつのり、生きていくのが苦しくて仕方がなくなるかもしれません。きっとそうなるだろうと思います。私や赤ちゃんにどうしても会いたくなるかもしれない。

だったらせめて、こう考えてください。二年でいいです。私が死んで二年間でいいから死なないでください。二年たって、それでもマー君がまだ死にたかったら、そのときはマー君の好きにして構いません。私はもう何も言わない。ただ、私は、そのあいだにマー君が必ず立ち直ることを信じています。そのために私に何かできることがあったら、どんなことでもするつもりです。もう死んでしまった私に何ができるか分からないけれど、でも、できることがあればどんなことでもしてあげます。

マー君、いままでありがとう。三枝《さえぐさ》先生の教室にマー君が取材のために訪ねて来た日のことをいつも思い出します。あのときマー君の顔を一目見た瞬間に、私はこの人が自分の愛すべき人なのだと知りました。

お腹の赤ちゃんを無事に生めるかどうか、私はとても不安です。たとえ私の命を引き換えにしてもちゃんと生みたいと念じています。だけど、それでも駄目だったら……。私はやはりすごく不安です。

もし私だけが死んでしまったときは、どうかこの子のことをよろしくお願いします。この子が生き残ってくれただけで、私は本望です。これからマー君にはたくさん苦労をかけてしまうだろうけど、きっとこの子は素晴らしい人間に成長してくれるはずです。マー君も誰か好きな人を必ず見つけてください。結婚して、その人とのあいだにも子どもを作ってください。

そして、私のことも、どうか忘れないでくださいね。

私は自分の運命に身を委《ゆだ》ねます。どんなときでも自分の運命を信じます。

外はものすごい雨が降っています。稲光が光って、ドーンドーンと雷の音も聞こえます。まるで真夜中のお祭りみたいですよ。マー君は隣の部屋で静かに眠っています。

何だか、いまの私は、矢でも鉄砲でも持って来いって気分です。

読み返してみたら、ずいぶんとりとめない手紙になったけど、最後まで書くことができてよかった。

来年、ちゃんと子どもを生むことができたら、もちろんこの手紙は破って捨てるつもりです。

この手紙をマー君が読むことがなければいいな、と思います。

子どもと一緒に、一年でも二年でも生きていければ、私は満足なんです。でも、私って欲張りですね。マー君と結婚したときは、もうそれだけで十分だと思っていたのに。神様に、ほかの望みは何一つ要りませんって誓ったはずなのに。

不思議ですね。

じゃあ、マー君さようなら。

あなたのことを心から愛しています。あなたの幸福を永遠に祈ります。

さようなら。

一九九八年十月十日

冬木沙織より

亜紀は溢《あふ》れ出る涙をハンカチで拭《ぬぐ》い、手紙をバッグにしまうとドアの外の階段を見た。いつの間にか雷も雨もすっかり止んでしまったようだ。客たちが三々五々店を出て行く。五分ほどで客はほとんどいなくなった。冷めたコーヒーの残りを飲み干して気持ちを落ち着けた。

この手紙は、沙織と二人で砧公園を散策する前日に記されたものだった。あれからもう三年近くになる。たしかにあの前日は夕方から夜半にかけて東京は雷雨となった。沙織は雅人と公園に出かけ、バードサンクチュアリのそばに黄花コスモスの花壇を見つけたものの小雨に打たれて、それで翌十一日の日曜日、もう一度亜紀とともに散歩することにしたのだった。咲き競うコスモスの前で「私、もう長くは生きられないと思うんです」と呟《つぶや》いた沙織は、前夜にこの手紙を書き終えたばかりだったのだ。亜紀は、自分の身体のことだけを考えて欲しい、としきりに沙織に忠告したが、彼女の心にあったのは、ただ一人雅人のことだけだった。

沙織は自分の身代わりを残したくて子どもを望んだのではなかった。彼女は、雅人に生きつづけてほしくて我が子を望んだのだ。彼女にとっては、雅人の生がそのまま自分の生だった。大学の心理学教室を取材に訪れた雅人を一目見て、彼こそが愛すべき人だと沙織は知ったという。そしてその相手と結婚できたとき、彼女は自身の運命を信じ、神の存在を確信したという。

いまの亜紀には、沙織が残した言葉の意味が分かるような気がした。

沙織が自分の運命に身を委ね、たとえ行く手に死が待っていたとしても、その運命を信じつづけることができただろうこと。たとえ、短い一生だったと人に言われようとも、彼女が誰よりも幸福で豊かな人生を送ったに違いないこと――そうしたことを、自分はよく知っている、と亜紀は感じていた。

愛する人の声

I

香港の面積は東京都の約半分、そこに六百八十万の人々が暮らしているが、大半の商業施設、観光施設がヴィクトリア湾を挟む両岸、香港島市街と九龍《きゅうりゅう》地区に集中しているため人口密集度は東京を遥《はる》かに凌《しの》いでいる。

二〇〇二年五月十三日月曜日。ＪＡＬ七三一便が香港国際空港に到着したのは定刻の午後一時五十五分ちょうどだった。亜紀は三十分ほどで税関を通過すると、タクシー乗り場の方向を示す標識に従って北側のバッファーホールを抜け、人々でごった返す到着フロアからそのまま空港ビルの外に出た。

足を一歩踏み出した途端にむっとする熱気と車の喧騒《けんそう》に包まれて一瞬めまいに似た感覚に見舞われる。一泊二日の出張なので幸い手荷物は小さなボストンバッグ一つだった。亜紀は気を取り直して、タクシー乗り場へと歩いて行った。

目指す香港駐在事務所は香港島セントラル地区のエクスチェンジ・スクエアにある。赤色のタクシーに乗り込み英語で行き先を告げる。若い運転手が無言で頷《うなず》いて車を発進させた。

車内はクーラーの効きすぎで肌寒いくらいだ。

五月半ばの東京はまだ平均気温が十五度前後で日中でも上着が必要なときもある。とくに今年は雨が多く、ぐずついた空模様の日がつづいていた。それに比べると車窓越しに時折見える香港の海は陽光に輝き、空は真っ青に晴れ渡っている。さすがに亜熱帯気候に準ずる土地柄ということだろうが、湿気も強く、タクシー乗り場まで歩くあいだにも額に汗が滲《にじ》むほどだった。恐らく体感温度は三十度を超えているのではないか。

亜紀が香港を訪れるのはこれで三度目だった。前回は福岡勤務時代に赤坂支社長のお供で北京、上海に出張し、その帰りに仕事で立ち寄った。四ヵ月後に中国への返還を控えた一九九七年三月のことだったが、もうあれから五年以上が経っている。最初の訪問となれば二十年近く昔、学生の頃で、そのときも大学の友人たちとタイ、シンガポールに旅行に出かけ、帰途に二日ばかり滞在したに過ぎなかった。

ろくに香港を知っているわけではないが、こうした高温多湿な地域は日本人が暮らすには不向きな気がする。まして東京都心の稠密《ちゅうみつ》さを倍にしたようなこの街のビル街で働くのはストレスに違いない、と亜紀は学生時代に来たときにも人々で溢《あふ》れ返る高層ビルの谷間を歩きながら感じた。

佐藤康は去年一月から駐在事務所長としてここ香港に赴任している。

青馬大橋を通過し、右手に九龍やセントラルの巨大ビル群が姿を現しはじめた。その光景を眺めながら、病後丸三年が経過してはいるものの、こんな超過密都市での生活は康の身体にはやはり大きな負担だろう、と亜紀はあらためて考えていた。

タクシーは九龍駅の西側から海底トンネルに入り、マカオ・フェリーターミナルを通り過ぎて香港駅正面のエクスチェンジ・スクエアに到着した。国際空港から香港市街まで三十五キロの距離だが、空港のあるランタオ島、青衣島、そして九龍半島を経由して香港島へと繋《つな》がる道がわずか四十分足らずという交通アクセスには、今回も感心させられてしまう。

亜紀は車を降りて時間を確認した。午後三時を少し回ったところだ。成田発九時五十分の飛行機だったので昼食は機内で済ませていた。別に空腹というわけでもない。インタビューの約束は午後四時からだったが、どこかで時間を潰《つぶ》すのも億劫《おっくう》な気がして、このまま駐在事務所を訪ねることにした。目の前に聳《そび》え立つエクスチェンジ・スクエアⅡは五十二階建て、二百五メートルという香港でも有数の高層ビルだ。

そして、佐藤康はこのビルの三十六階で働いている。

事務所は想像したよりずっと大きかった。幾つもの部屋に分かれ、現地スタッフも含めてかなりの人数が忙しそうに働いている。受付で用向きを伝えると、日本人職員がすぐに出てきて所長室まで案内してくれた。青い絨毯《じゅうたん》を敷きつめた長い廊下を進んだ突き当たりに女性秘書が控えるオフィスがあり、さらにその先が所長室だった。

「所長は取引先との会合で出ておりますが、約束の四時までには必ず戻ると申しておりました」

職員から引き継いだ若い秘書が、亜紀を部屋の中に招き入れながら言った。流暢《りゅうちょう》な日本語だったので彼女もおそらく現地採用の日本人職員なのだろう。

所長室はびっくりするほどの豪華さだ。五十平米はあろうかという室内には立派な革張りの応接セットが据えられ、その奥に黒光りする巨大な執務机が置かれている。ゆったりとしたチェアの背後はほぼ全面ガラス張りの窓だった。窓の外は眼下にヴィクトリア・ハーバーの七本の埠頭《ふとう》が望め、その向こうに九龍・尖沙咀《チムサチョイ》地区の華麗な高層ビル群の光景が広がっていた。亜紀が今夜泊まる予定のペニンシュラ・タワーもそそり立つビルの林の一角にはっきりと視認できる。

ノックの音がして、窓辺で景色に見とれていた亜紀は振り返った。さきほどの秘書が飲み物を持って入ってくる。亜紀は自分の鞄《かばん》を置いてあるソファに戻った。

「ここからだと夜景が素晴らしいでしょうね」

そう声をかけると、オレンジジュースの入ったグラスをテーブルに載せた彼女は、

「そうですね。でも、向こうのプロムナードからこちらを眺めるともっと素晴らしいですよ」

と笑顔になった。

「じゃあ、今夜さっそくホテルから眺めてみるわ」

「お泊まりはどちらなんですか」

「ペニンシュラにしたの」

「だったら、きっと楽しめると思いますよ」

彼女は如才ない口ぶりで受け答えする。

「だけど佐藤さんが羨《うらや》ましいわね。毎日こんな景色を見ながら仕事できるんだから」

佐藤さん、と名字を口にして亜紀はどういうわけか少し気恥ずかしかった。彼とまともに相対するのは、実に八年半ぶりなのだ。

「所長は、あんまり好きじゃないみたいですよ」

彼女が言った。机の上のデジタル時計は三時三十分を表示している。まだ康が戻るまでに時間があった。

「好きじゃないって？」

亜紀が訊《き》き返すと、彼女は思い出し笑いでもするような表情で、

「何だこの景色は！　まるでモダン・タイムスの世界だ！　っていつも怒ってます」

と言う。

「モダン・タイムスとはまた古臭いこと言うわね」

「はい。私は最初何のことか分からず、所長に訊いてしまいました」

「そしたら？」

「翌日、黙って映画のビデオを貸してくれました。すごい面白かったです」

いかにも康らしい話だと思いながら亜紀は聞いていた。この秘書ともうまくやっている

ようだし、何となくほっとした心地になる。そんな自分自身が不思議でもあった。

彼女が出ていって、亜紀はテーブルの上のオレンジジュースを一口飲んだ。喉《のど》が渇いていたはずだが、いまはそれほどでもない。この部屋も冷え過ぎているせいだろうか。身体を冷やすのは極力避けた方がいいのに、と亜紀はまた康のことが気になってしまう。八年半もろくに話したことさえない相手なのに、病気のことを知ってからは、思い出すたびにまず考えるのは彼の健康管理についてだった。その証拠に、ここに入室して真っ先に目を配ったのも灰皿の有無だ。当然のこととはいえ、どこにも見当たらないのを確認して亜紀は安堵《あんど》した。

鞄からテープレコーダーを取り出してテーブルの上に載せる。新しいテープも一緒に出してレコーダーにセットした。いつも使っている九十分テープだ。今日のインタビューは一時間の予定だからこれで事足りるはずだった。が、やはり念のため予備のテープを一本出して封を切り、すぐに交換できるようにレコーダーの横に置いた。それから外部マイクを接続して録音テストを行なった。

「香港の空は快晴、香港の空は快晴、ただいまマイクのテスト中」

と小さな声で三度繰り返す。再生してみると明瞭《めいりょう》な音で自分の声が聴こえてきた。

停止ボタンを押して、亜紀は窓の外の明るい景色に再度目をやった。

こうして自分の声を聴くたびに、もう若くないのだと思い知らされる気がする。顔や身体と同じように声も歳を取っていくのだ、と亜紀はこの仕事に就いてから初めて気づかされた。亜紀は今年で三十八歳だ。まさに我とわが身を疑いたくなるような年齢ではある。

亜紀が突然、赤羽の品質保証センターから本社広報課に異動になったのは四月のことだった。保証センターでの勤務も丸三年になっていたので異動そのものは意外ではなかったが、まさか本社に復帰させられるとは夢にも思っていなかった。まして新しい部署は広報セクションで、それまで亜紀が経験したことのない仕事だった。その上、ポストは広報課次長というもので相当の栄転と見なしてよかった。

思いがけない内示にセンター長も首をひねっていたくらいだったが、着任してみて異動の理由が判然とした。四月定期人事と併せて実施された機構改革の一環として本社広報体制が大幅に刷新され、六月の役員交代を待たずに常務の赤坂憲彦が広報担当に就任していたのだ。

赤坂は二年余りの中国勤務を無事に終え、二年前の二〇〇〇年四月に本社に戻ってきていた。昨年六月には、佐伯後継の座を虎視《こし》眈々《たんたん》と窺《うかが》う副社長の太田黒耕一《こういち》の下で常務に昇進し、着々と出世の階段を駆け上がっている。かつての黒鬼・赤鬼コンビはいまだ健在というわけだ。そして、その赤坂が亜紀を広報課に呼び寄せた張本人だったのである。

四月一日、新広報体制発足にあたっての役員訓示のあと亜紀は常務室に呼ばれた。出前のそばを食べながら赤坂と一時間ほど二人きりで話した。四年ぶりに会った彼は福岡支社長時代とそれほど変わっていなかったが、相手が常務だと思うと、ずっと本社を離れていた亜紀の方が思いのほか緊張してしまった。

「あのときは、北京に連れて行ってやれなくてすまなかった」

のっけから赤坂に頭を下げられたのも予想外だった。

「戻ってみたらきみが赤羽なんかでくすぶってるんで驚いたよ。人事に問い合わせてみれば、本人は営業復帰を強く希望してたんですが、なんてしどろもどろの説明だしな。ほんとうは去年戻してやりたかったんだが、僕も本社役員としては一年目が終わったばかりでとても手が回らなかった。今年こそはと思っていた矢先に、僕自身がこういうことで担当替えになってしまって、急いで押し込めるとしたら広報課が手っとり早かったんだ。きみには不本意な面もあるかもしらんが、広報業務は今後ますます重要性を増す職種だし、きみにとってもやり甲斐《がい》のある仕事だと思う。山際《やまぎわ》課長も新任で大変だろうから、よろしくサポートしてやってくれたまえ。僕はきみの能力を誰より高く買っているつもりだから、大いに期待させてもらうよ」

赤坂はそう言うと、亜紀のプライベートなどには一切触れずに福岡時代の思い出や北京時代の話を面白おかしく喋《しゃべ》って終始笑顔を崩さなかった。

亜紀は常務室を退出したあと、何とも言いがたい気分に陥った。実力常務から目をかけられて本社復帰を果たしたのだから、これが男性社員ならば手放しの快事だろうと思った。広報課次長というポストは女性としてはむろん異例であり、また広報課勤務それ自体が今後の昇進にとって有利なのは亜紀の会社でも他社と変わりない。広報は経営企画や財務企画、人事、総務などと並んで役員たちと日常的に接するセクションなのだ。「赤羽なんかでくすぶって」いた亜紀にすれば、今回の異動はラインに復帰するまたとないチャンスでもあった。

だが、亜紀の気持ちは弾まなかった。三年前に本社を離れた時点で仕事に対する意気込みは完全に捨てたはずだった。五十歳を迎えたら選択定年制を使って早々にサラリーマン稼業から足を洗う心づもりだったのだ。それが不意に本社勤務に戻され、目の前に出世という人参《にんじん》までぶら下がっている。

この三年で、これはという相手にめぐり合ったわけでもなく、日々の生活の単調さは相変わらずだった。であるならば、望外の復帰を果たした以上はここで方針転換して、もう一度仕事に精を出してみるのも悪くないのではないか――頭ではそうも考えるのだが、どうにも気持ちがついてこないのだった。

出世といったところで、と逆に亜紀は思った。いまさら自分が役員になれるというわけでもない。そもそも、日本の企業社会での出世とはあくまで男性にとってのもので、女性の出世はいつの時代も「女性として」という定冠詞で表現される別物に過ぎなかった。

確かに赤坂のように常務あたりまで昇っていければ、それなりの手応《てごた》えがあるのだろう。さきほどの彼を見ていても、自《おの》ずから周囲を威圧する迫力が身に備わってきている。だが、と亜紀はさらに思った。敢《あ》えて「女性として」の利点がこの世界にあるとすれば、そうした立身出世の単純な力学からいつでも身を切り離せる点にこそ、女性の立場の優位性があるのではないか。

男は否応《いやおう》なしに男同士の競争を強いられるが、女は女同士で争うこともないし、また男と争う必要もない。男と女はパートナーにはなり得ても本来ライバルにはなり得ない。要するに女性はいかなる競争からも自立していられるのだ。そこが女性の最大の強みなのではなかろうか。

そうやって煎《せん》じ詰めていくと、亜紀はいまさら仕事に没頭する自分の姿をどうしても脳《のう》裡《り》に思い描くことができなかったのだった。

広報課次長としての重要な仕事は社内広報誌の編集だ。広報誌はもちろんグループ全社員に毎月配付されるが、同時にインターネット上にも公開されて誰にでもアクセスすることができる。加えて、亜紀の会社の広報誌は折々発表されるニュースリリース以上に業界紙や一般紙の記者たちが注目する媒体でもあった。というのも佐伯社長をはじめとした各役員のインタビューや有識者との対談などが毎号掲載され、思わぬ本音が幹部たちの口から飛び出すことも再々だったからだ。そういう点では業界に話題を提供しつづける異色の広報誌として名物的な存在だったのだ。

その広報誌の編集長を亜紀は任されてしまった。スタッフは亜紀を含めて四人。日常業務も兼務しながらの編集なので、着任早々から目の回るような忙しさになった。毎号の企画、各部署との交渉、談話筆記や対談のまとめなどそれまで経験したこともない作業が押し寄せ、四月に何とか一冊出したときは精も根も尽き果てたというのが正直なところだった。

今月末には早くも二号目を出さなくてはならない。

そこに先週、赤坂常務が直々に持ち込んできたのが佐藤康へのインタビューという企画だった。

昨年三月に国内契約者数が二千万人を突破したNTTドコモのiモードは、今年に入っていよいよ世界進出が始まっていた。すでにドイツ、オランダなど欧州各国、オーストラリアでもサービスが開始され、アメリカでもiモード型サービスのmモードがスタートしている。そんな状況の中で通信メーカー各社は、諸外国での携帯端末やインフラ、モバイルインターネットを支えるサーバーやゲートウェイシステム、アプリケーションなどの主要サプライヤーとなるべく熾烈《しれつ》な競争を展開していた。こうしたいわゆる第三世代携帯電話をめぐる市場獲得競争において亜紀の会社で陣頭指揮を執っているのが佐藤康だった。彼が昨年、急遽《きゆうきよ》香港に赴任したのも、第三世代携帯の市場として今後最も期待される香港、中国の巨大マーケットに足場を作るのが目的であった。そのために康は香港や欧州で通信事業を展開する地元香港のコングロマリットとの提携を模索していた。そして、今月に入ってようやくインフラシステムの大口受注に成功し、引き続き相手企業への資本参加にまで漕《こ》ぎ着けようと悪戦苦闘していたのだ。

この携帯電話事業は、社内でもいまや中核事業の一つと位置づけられつつあった。赤坂は中国事業担当の常務でもあるため、今回のインフラ受注を何とか社内外に強くアピールしたいとの思惑から、康の広報誌への登場を働きかけてきたのだ。

亜紀はこの話を半ば押しつけられて、赤坂が自分を広報課次長に据えた理由がやっと分かったような気がした。彼は使いやすい子飼いの部下を配置し、広報誌を自身の宣伝媒体として存分に利用したかったのだろう。

亜紀はいかにも赤坂らしいやり口だと感じたが、それほど不快には思わなかった。長年会社に身を置いていると、幹部たちによるその程度の会社の私物化が常態化していることは分かりきっている。だから亜紀はいつものようにただ幻滅を感じたに過ぎなかった。

そんなことよりも遥《はる》かに深刻だったのは、常務の肝煎《きもい》り企画とあって当然のように亜紀がインタビューを担当する羽目になってしまったことだった。亜紀は仕事とはいえ佐藤康に会わねばならないという事態にひどく緊張した。

自分がなぜ唐突に広報課次長のポストに座らされたのか、その真実の理由がこの仕事の中に隠されているのではないか――亜紀にはどうしてもそんな気がして仕方がなかったからだ。

2

「繰り返しになるけど、もともとティンハウ・グループは3G（第三世代携帯）の事業者としてイギリスやオランダですでに3Gの商用サービスを始めてるし、そこには去年うちのインフラも提供済みなんだ。むろん今回みたいに百パーってわけじゃなかったけどね。

だから、今回の受注自体はまあ順当なところと言えなくもない。ただ、香港全土で今年の八月から始まる予定の3Gは、ゆくゆくは大陸全体のスタンダードになる可能性があるという意味で、ビジネスとしての価値はかなり大きいと僕たちは見込んでいる。ティンハウがこれまで保有してきた2G（第二世代携帯）のコアネットワークに、3Gの無線アクセスネットワーク部分をサプライして、それが首尾よくいけば、うちのモバイル・インターネットの技術が今後のプラットフォームとして、それこそ中国全土に普及する可能性だってゼロじゃない。何しろ今度の受注だけでも無線基地局の設置台数は千台を超えてるからね。この小さな香港にしてその数なんだ。ということは大陸すべての基地局を仮にうちが請け負うことができたとすれば、まあそんなことは現実にはあり得ないけど、想像を絶するビジネスになる。要するにそれくらい中国の3Gのマーケットは巨大だっていうことなんだ。端末の受注台数でもティンハウだけですでに二百五十万台を突破してるしね。これまた、大陸だったらその百倍以上の潜在需要が期待できるわけだからね。

この辺は上手《うま》く書いて欲しいんだけど、だからうちとしてはティンハウとの関係強化はあくまで中国市場への橋頭堡《きょうとうほ》作りという側面が大きい。もしこの関係が順調に発展してティンハウが大陸のシェアに食い込んでいければ、携帯端末関連のサプライヤーとしてのうちのプレゼンスは一挙に他社を圧倒するものになると思う。同時に2Gでは大きく水をあけられてしまっているノキアやモトローラといった欧米勢とも充分互角に戦える。そのためにも、ティンハウへの出資は是が非でも実現させなくちゃいけないんだ。単なる製品納入業者のままでは、いつ別のメーカーに乗り換えられても文句一つ言うわけにいかないからね。出資比率と金額はもちろんオフレコだけど、僕としてはティンハウ・グループの携帯事業部門二社にそれぞれ五パーセントずつの資本参加をしたいと考えている。額で言うと総計八千万ドル強の結構大きな出資になるんだけど。同時にドコモにも出資を呼びかけている。ドコモにはiモード・サービスを行なうそのうちの一社に二十五パーセント程度の資本参加をしてもらうつもりだ。こっちも相当な額だけど、いまのドコモの体力なら問題はないと思ってる。ただ、ドコモがリスクを取ってティンハウ・グループ単体にそれだけの出資を決められるかどうかが当面の課題ではあるね。とはいえ、とりあえずこのビジネスでの勝算は大と言っても構わないと思う。話は煮詰まって来てるし、香港市場を取り込むことは、やがては中国市場の獲得競争でうちが勝ち残る重要な一里塚になるんだから、いま事務所のスタッフが一丸となって取り組んでいるこのビジネスはほんとうにやりがいのあるものだ、と僕は確信しているんだよ」

佐藤康はそこまで一気に喋《しゃべ》ると、ふうっと息をついて、

「よかったらテープ止めてくれないかな」

と言った。

約束通り午後四時にオフィスに戻って来た彼は、亜紀を見ても格別の様子を見せるでもなく「お久しぶりです」と頭を下げると、さっそくインタビューに入ってしまったのだった。何かを期待していたわけではなかったが、その余りにそっけない態度に亜紀は肩透か

しを食ったような気分を味わっていた。

　康は事前に亜紀が提出していた質問表に時折目をやりながら、すらすらと現在の自分の業務について語った。率直な物言いで、亜紀からしてもかなり機微に触れる部分にまで話を掘り下げ、一方でオフ・ザ・レコードの指示は抜かりなく行なう。この手の取材に充分に習熟していることが、その話しぶりからも窺《うかが》われた。

　亜紀がテープを止めると、

「大体こんなものでいいんじゃないですか」

と康は言い、腕時計を覗《のぞ》いた。亜紀も康の背後にある机上のデジタル時計を見る。午後五時。ちょうど約束の一時間が過ぎたところだった。

「お忙しいときに貴重な時間をいただきありがとうございました」

　亜紀も他人行儀な言い方をする。テープを巻き戻すとイヤホンを接続して耳にはめ、最初の三十秒ほどを再生した。録音状態は良好だった。

テープレコーダーを鞄《かばん》にしまっていると、テーブルの向かいのソファに深く座り込んでいた康が話しかけてきた。

「だけど、いまどきテープレコーダーを使っているのもちょっと珍しいね」

　彼は笑顔になっている。笑うと顔に幾つもの皺《しわ》が寄った。康も今年で四十一になるはずだが、今日の彼は四十代半ばくらいに見えた。顔の色艶《いろつや》は決して悪くないが、目元に疲れが滲《にじ》んでいる。康を最後に見たのは、病後の彼がNTT営業本部に配属された三年前だったが、あのときの若々しい姿に比べると、三年のあいだにむしろ老け込んでしまった印象がある。身体もさらに一回り痩《や》せたような感じがした。

「前任者から、インタビューのときはやっぱりこれが一番安心だって言われたから」

亜紀は淡々とした口調で答えた。

「そうかなあ。ここ数年は新聞記者たちもほとんどがデジタルボイスレコーダーを使ってるし、カメラもデジカメだよ。中にはインタビューに携帯の録音機能を利用する記者だっているくらいだしね」

カメラと聞いて、亜紀ははっと思った。慌てて鞄からデジタルカメラを取り出した。

「ごめんなさい、あと五分くらい時間を下さい。写真を何枚か撮らないといけないから」

亜紀が言うと、

「別に何時間でも構わないよ。どうせこの後の予定は入れてないから。きみも今夜はこっちに泊まるんだろ。僕は一緒に食事でもしようと思ってたんだけど」

思わず亜紀は康の顔を見つめた。彼は困ったような表情になっている。どうやら康の態度を見誤っていたようだ、と亜紀は気づいた。彼は単に仕事をさっさと片づけて、それからゆっくり話がしたかったのだろう。相変わらずこの人とは間合いがずれてしまう、と亜紀は内心で苦笑する。

窓の外はようやく陽射しが弱まってきている。クーラーのせいで室内は冷えきってしまっていた。

「この部屋ちょっと寒くない？」

デジカメのディスプレイに写った康の顔を見ながら亜紀は言った。

康は即座にテーブル上のインターホンを押して「ちょっと寒いみたいだから空調弱くして下さい。それと何かあったかい飲み物を持ってきて」と秘書に指示した。

十枚ほど撮影する。ソファに座っているところばかり撮っていたら康の方から「デスクに向かっているカットも念のため押えておけば」と提案してきた。それもそうか、と亜紀が立ち上がって大きな執務机の前に陣取ると、康もソファから立ち上がり、そそくさと席についてポーズを作った。

「なんだか手つきが頼りないなあ」

不安げな顔である。

「仕方ないでしょ。先月広報課に移ったばかりなんだし、私だって自分が何やってるのかいまだによく分かってないんだから」

「だけど、きみの弟さんって新聞記者だっただろ。記者稼業のポイントくらい教えてくれたんじゃないの」

「よく覚えてたわね」

「何が」

「私の弟が記者だってこと」

「そりゃそうさ。きみの話したことは僕はほとんど忘れてないつもりだよ」

「へぇー」

写真を撮り終えると、見せてくれと言う。受け取ったカメラのデータを一枚一枚確認し、

「思ったより上手に撮れてるな」

と彼は呟《つぶや》いた。秘書がお茶を淹《い》れてきたので、二人ともソファに戻った。甘い香りに誘われて茶碗《ちゃわん》の中を覗くと黄色い花が浮かんでいる。

「花茶ね。きれいだわ」

亜紀は茶碗を両掌《りょうて》に包むようにしてひらひらと揺れる黄色い花びらにしばらく見入っていた。

「金蓮花《きんれんか》だよ。僕のお気に入りなんだ」

康も花の香りを楽しむようにちびりちびりと茶をすすっている。

「さっきは景気のいい話ばっかりしたけど、現実はなかなか厳しいよ」

茶碗を茶托《ちゃたく》に戻すと、不意に浮かない顔になって彼がぽつりと言う。

「でも、出資はなんとか実現できるんでしょ」

「まあね。実は今日のネゴで本決まりになった。来月初めにはプレス発表できると思うよ」

「よかったじゃない」

うーんと康は唸《うな》ってみせる。

「ティンハウの欧州での携帯事業は赤字山積だしね。ほんとうにこの八月からサービスを

開始できるかどうかも実ははっきりしてない。まあ、だからといって出資を取り止める必要はないし、うちの端末はすでに百万台納入済みなんだ。ただ、いまの計画だと使用料や端末価格が高すぎる。そこがネックだと僕は見てるよ。特に端末は香港ドルで四千ドル近くもする。日本円にすれば五万円を超える額だ。これはちょっと高すぎるんじゃないかな。それに無線基地局にしても、ライバルメーカーから次々と小型で安い機種が出てきてるし、うちが頼りにしてるドコモだって去年はｉモード効果もあって経常で四十パーセント近い増益だったけど、これからはそうやすやすとは行かなくなると思う。月額使用料金のダンピング競争も激化してるし、日本国内の携帯市場は昨年の販売台数が初めて前年割れしたように、そろそろ飽和状態に達しつつあるからね」

「何だかあなたも大変そうね」

亜紀はソファに凭《もた》れた康の姿を見ながらため息まじりに言った。康は頷《うなず》き、

「僕は最近の携帯ビジネスにはあんまり魅力を感じないんだ。というより自分がやってることがほんとに社会のためになるのかどうか疑問を持ってる」

と言う。

「どうして？」

「だってそうだろ。近頃の若者たちが電車や喫茶店でみんな黙りこくって携帯カチカチやってるの見て、これがまともな現象だときみは思えるかい。連中はくだらないメールを毎日何十件も送って、くだらないゲームを毎日何時間もやってるだけなんだぜ。みんな手放

しでテクノロジーが世の中を幸福にすると信じているけど、飛行機のオートパイロット技術の進歩のせいで、アルカイーダのテロリストたちは世界貿易センターに難なく突っ込めたという現実も片一方ではあるわけだからね」

昨年の九月に起きたアメリカの同時多発テロ後、ブッシュ政権はテロとの戦争を宣言し、その一ヵ月後には精密誘導兵器をはじめとする圧倒的な軍事力でアフガニスタン空爆を開始した。十一月には首都カブールが制圧され、テロの首謀者ビンラーディンを匿《かくま》っていたタリバン政権は瞬く間に崩壊してしまったのだった。

同時多発テロからすでに八ヵ月が経過していたが、今日も香港国際空港の警備は厳重を極めていた。アメリカは現在、一月の年頭教書演説でブッシュが「悪の枢軸」と名指しした「北朝鮮・イラン・イラク」のうちの一国、イラクに対する戦争を準備中とも噂されている。たしかに康の言うように、技術の進歩がそのまま人類の進歩だとはとても思えない現実が我々の前に横たわっていた。

「僕はこの街に来てつくづく感じるんだけど、時間というのは小刻みに細分化されればされるほど、僕たちの掌《てのひら》から砂のようにこぼれ落ちていくものなんじゃないかな。ゆったりと流れる時間だけがきっと本物の時間なんだと思うよ」

康の言葉を耳にしながら、亜紀は先刻秘書が言っていたチャップリンの「モダン・タイムス」の話を思い出していた。そして、この人は自分が付き合っていた十数年前と本質的にはちっとも変わっていないと感じていた。

──たとえば僕たちの会社が作っているコンピュータや半導体にとって水は大敵だろう。車にしても家電製品にしても、金属や化学物質を使用したものは全部そうだし、電気や磁気のたぐいも同じだ。そういった水を嫌うものは基本的には僕たち人間の敵なんだ。一方で植物や動物、土や空気、そして海は人間にとって本質的に善だと思う。だから、水を嫌う製品を産みだす仕事をしている僕らのような人間は、よほど気をつけて仕事を進めないと、人々のためになっているつもりで、実は、人類に害をなすことをやらかしている可能性がある。

かつて彼が口にしていた言葉が鮮やかに脳裡に甦《よみがえ》ってくる。

しばらくのあいだ、二人とも黙り込んでいた。部屋は空調を絞ったためかずいぶん温かくなっていた。

「いまはどこに住んでるの？」

亜紀から先に口を開いた。

「太古地区のでっかいマンションに住んでるよ。近所には日本のスーパーもあるし、日本のテレビもリアルタイムで観ることができる。案外快適な暮らしだよ」

「身の回りの世話は？」

「自分で何とかやってるよ。家族連れの駐在員は住み込みのメイドさんを雇ってるけど、僕の場合は独りだからね。別に必要ないんだ」

「お料理は？」

したりしてる」

「食事はほとんど外食だね。平日は取引先との会食で毎晩潰《つぶ》れるし、休みの日は食べ歩き
康は矢継ぎ早の問いに答えながら「何だか尋問みたいだね」と呆《あき》れ顔になっていた。

「それよりきみの方はどうなの。まだ結婚したって話は聞いてないけど」

今度は康が質問する番だ。

「私も寡聞《かぶん》にしてその話は聞いてないわね」

亜紀が真面目な口調で言ったので康は笑った。

「きみはどうして結婚しないの」

さらに突っ込んでくる。

亜紀はしばし考えるそぶりをした。そして、

「あなたはどうして亜理沙と離婚してしまったの」

と逆に訊《たず》ねてみた。

寛《くつろ》いだ姿勢だった彼がソファの背から身体を離す。

「いろいろあったからね」

と言った。

「いろいろってあなたの病気のこととか？」

「まあそうだね。それがやっぱり最大の理由かもしれない」

「よく分からないなあ」

亜紀が呟くと、康が怪訝《けげん》な顔になる。

「分からないって何が？」

「だから、あなたが病気になったからってどうして離婚しなくちゃいけなかったのかってこと。だってそうでしょ、普通は夫婦だったら一緒に病気と闘うものだし、ましてあなたみたいに良くなった場合は、別に離婚する理由なんてないんじゃないのかな」

そこで康はすっかり冷めたお茶を飲み干し、窓の方に目をやった。いつの間にか日は翳《かげ》り室内は暗くなってしまっている。

「良くなったとはいっても肺癌だからね。とくに僕の肺癌は小細胞癌といって半分くらいの患者は抗がん剤治療で一旦は良くなるんだ。しかしほとんどが三年以内に再発する。一度再発したらもう治療の方法がない病気なんだ」

彼は落ち着いた口調で言った。

「やっぱり小細胞癌だったのね。手術はしなかったって聞いてたから、たぶんそうだろうなって思ってた。だけどあなたの場合はもう三年を経過して再発してないんでしょう。肺の小細胞癌で三年生存を果たした人の根治率はかなり高いはずよ」

亜紀が言う。

「そうだといいんだけどね。それにしてもやけに病気のことに詳しいね」

康は亜紀の顔をしっかり見据えてきた。もともと彫りの深い顔立ちが逆光のせいで更に際立っている。

「それはそうよ。あなたが肺癌だと知って、手当たり次第に医学書を読みまくったんだから」

「何でまた、そんなことを」

康が意外そうな声を出した。

「だってあなたが肺癌になった責任の一端は私にもあるでしょ」

亜紀は自分の声が上擦《うわず》ってきているのが分かった。

「まさか。僕の病気はきみとは全然関係ないよ」

康は強い調子で否定した。亜紀は身を乗り出し、その疲れた顔を見返す。胸の奥から熱い固まりのようなものが喉元《のどもと》に突き上げてくる。

「そんなことないわ。あなたが煙草を吸いはじめたのは私と別れたのが原因でしょう。最後にデニーズで会ったときもあなた自身がはっきりそう言っていたじゃない」

康は亜紀のこの一言に驚きを隠せぬ表情になった。何か言いたげだが咄嗟《とっさ》に言葉が出てこない様子だ。その複雑な面持ちに、亜紀は胸の鼓動が一気に速まるのを覚えた。いままで抑えつけてきた感情が口をついてほとばしり出てくる。

「だから、四年前にあなたが肺癌になってアメリカから帰って来たと聞いたとき、私はものすごいショックを受けたの。どうしていいか分からない気持ちだった。ほんとうならすぐにでもあなたのところに飛んで行って謝りたかったし、償いをしたかった。私にできることならどんなことでもしてあげたいって思ったわ。もしも私が十年前にあなたのプロポーズを受け入れて結婚していれば、あなたは肺癌になんてならなくて済んだのかもしれないってずっと後悔しつづけた。自分は何てひどいことをしてしまったんだろうって。八ヵ月間の休職のあとあなたが復帰したときは、元気な姿を見て少しほっとしたけど、直後に亜理沙と離婚したことを知ってまたとても不安になった。あなたの肺癌はきっと小細胞癌だろうと思ってたから、抗がん剤治療後の体調管理が何より大事だと私は考えていたの。あなたは独りきりでどんな暮らしをしてるんだろう、ちゃんと身体にいいものを食べてるんだろうか、忙しい部署に移ってへとへとになってるんじゃないだろうか、きちんと眠れてるだろうか、身体を冷やしたりしてないだろうか、そんなことばかり気になって一日だってあなたのことが頭から離れたことはないわ。この四年間、私はあなたのことが心配で心配でたまらなかったのよ」

喋《しゃべ》りながら、涙があとからあとからこぼれてきた。どうして自分はこんなに泣いているんだろう、きっと康はひどく困惑しているに違いないのに――と亜紀は頭の片隅で冷静に考えている。だが、溢《あふ》れる涙を止めることができない。

ハンカチで涙を拭《ぬぐ》いながら大きなテーブルを隔てて座る康の様子を窺《うかが》った。いつの間にか腕を組んでいた彼は下を向いて身じろぎもしない。

「ごめんなさい。ちょっと興奮してしまったわ」

亜紀は消え入るような声で言ったが、なおも康は黙り込んでいる。

「ほんとにごめんなさい。いまさら勝手なことばかり言ってしまって。気を悪くしたのなら謝るわ。私なんかにあなたのことを気遣う資格なんてないことは自分でもよく分かってるの」

今度ははっきりと相手に聞き取れるように亜紀は言った。

ずいぶんと間があってから、康が俯《うつむ》いたまま小さく首を横に振った。

その仕種《しぐさ》の意味が掴《つか》めず、亜紀はじっと彼を凝視する。

やがて、康は組んでいた腕をゆっくりとほどき、一度洟《はな》をすってから右手で静かに目頭を押さえたのだった。

3

拝啓

昨日はいろいろとありがとう。予定通り朝一番の便で東京に戻って来ました。復路は往路より一時間半近くも速いので、ずいぶん楽ですね。そのまま出社して、午後はずっと録音したあなたの声を聴きながら、話してくれたことを文字に書き起こす作業をしました。原稿は今週のうちにまとめます。出来上がったらファイルで送るので存分に手を入れてください。よろしくお願いします。

いまは夜の十一時を過ぎたところです。さきほど食事を済ませて部屋に帰り着き、シャワーを浴びて、好きなワインを飲みながら（この数年は、ワインにハマッてるんです）この手紙を書いています。

ところでテープであらためて聴いてみると、意外とあなたって早口だったんですね。昔はどうだっただろうと思い出そうとしましたが、よく覚えていなかった。こんなに早口だということは、案外あなたはお喋りな人だったのかもしれない。あの頃はもっぱら私の方が喋っていたし、あなたは寡黙な人なんだと決め込んでいたけど、実はそうじゃなかったのかな。だとしたら、あなたに申し訳ないことをしてしまったと思います。

そういえば昨夜の食事のときも私ばかり喋っていましたね。今日は反省しきりです。ほんとにごめんなさい。

これからは、もっともっとあなたの話を沢山聞いてあげるようにしたいと思います。私のような自分勝手な人間でも、このくらいの歳になればそれ相応の謙譲の美徳というものも身についているはず（？）なので……。

お母様も、その後はお元気にされているとのこと。安心しました。あなたと一緒に新潟を訪ねた折にお目にかかっただけですが、お母様と二人で吹雪の山道をたどって長岡のはずれの小さな温泉宿に出かけた日の情景は、いまもありありと私の目に浮かんできます。とても親切にしてくださいました。

お父様のことは残念でした。心からお悔やみ申し上げます。

あなたは「自分が病気や離婚で余計な心配をかけてしまったから」と言っていたけれど、

でも、すっかり回復して元気な姿を見せられたのだから、あまり気に病む必要はないと私は思います。お父様はさぞや安心して逝かれたのではないでしょうか。人の生命は一つの運命に違いありません。昨夜も少し話しましたが、私は弟のお嫁さんを三年前に見送ったときに深々とそう感じました。

あなたも辛《つら》い病気をして、いのちについては私のきっと何倍も何十倍も考えたのだろうと思います。そんな人にこんなことを言うのはおこがましいけれど、自分のいのちの年限を推し量ることは誰にもできないのです。人間はたとえどんな境遇に置かれていたとしても、一日一日を精一杯生きることしかできないのだ、といまの私は考えています。

昨日私が、「がんという病気は治る人は絶対に治るし、治らない人は治らない病気だと思う」と言ったら、「当たり前じゃないか」とあなたは笑っていましたが、私はほんとにそう思っているのです。そしてあなたは絶対に治る人だと私は信じています。

あなたはもう自分のいのちについて余り心配しないでください。この四年近くずっと心配しつづけてすっかり疲れてしまっているでしょう？　これからは私があなたに代わって心配します。私があなたの病気に立ち向かっていこうと思います。

最近、私はいろいろなことを難しく考えないように努力しています。だからあなたも難しく考えないで欲しいと思うのです。あなたの売った携帯やゲームで今の若い人たちがどれほどバカになったって、それはその子たちの自己責任です。いろんな国で紛争や戦争が起きて人々が殺したり殺されたりしたとしても、それもその人たちの自己責任なのだと私は思います。

この世の中というのは、どんなに頭が良くてどんなに人格の優れた人物が現れたとしても、恐らく大して立派な世界にはならないのだろうと思います。そもそも、お釈迦《しゃか》様やイエス様でさえできなかったことが、神ならぬ身の私たちにできるはずがないのです。だから私は三十五歳を過ぎた頃からは、何かが起こったり何かが起こらなかったりした時はいつも「ああ、これが神様の思《おぼ》し召しなんだな」と考えるようになりました。

この世界で生起することは、毎日どこかの国で起きる大事件や大事故から始まって、私の身の回りで起きるほんの些《さ》細《さい》な事柄まで、全部丸ごと神様の思し召しなんだと思います。そうでも考えないと、たとえば私とあなたが十年前に別れ、それからあなたにも私にもさまざまなことがあって、そして十年後のいま、再びこうしてめぐり合うなんてとても説明のつくことではないでしょう？

私には、もしあなたと再会できたら、どうしてもしたい二つのことがありました。

一つはあなたに謝罪することです。もう一つはあなたにお願いすることです。

康さん、あのときあなたのプロポーズを断った私をどうか許してください。私のせいで辛い思いをさせてしまって悪かったと思います。当時の私の気持ちがたとえどうであったにせよ、結果的にあなたを苦しめ、あなたのいのちを深く傷つけてしまったことを、いま私は心から申し訳なく思っています。あの頃の私は余りにも若く、そして愚かでした。ほんとうにごめんなさい。

康さん、あれから長い時間が過ぎ、いまさらこんなお願いをしても受け入れてくれるかどうか自信はないけれど、もしあなたが厭《いや》でなかったら私と結婚してください。一度あなたの申し出を断った私です。今度は私の方から結婚を申し込ませていただきます。

八月には定期検査で戻って来ると言っていましたね。返事はそのときで構いません。私はそれまで、あなたが私の願いを聞き入れてくれることを祈りながら待つつもりです。最後にもう一度言います。

康さん、もうあなたは独りきりで頑張らなくていいのです。これからは私が全力であなたのことを守っていきますから。

では、さようなら。八月に再会できるのを楽しみにしています。

冬木亜紀

二〇〇二年五月十四日

佐藤　康様

4

拝復

五月十四日付けの手紙を今日（十九日）ようやく受け取りました。

十五日にインタビュー原稿を受信したとき、僕宛に手紙を書いたとメールにあったので、週の後半はずっと待ちつづけて仕事が手につかないくらいでした。香港といえども郵便に限っていえばまだまだ遠い異国というべきですね。これではインターネットが瞬く間に普及していったのもむべなるかなという気がします。

十三日は、きみに会えて嬉《うれ》しかった。その一週間前にインタビューのオファーをメールで貰《もら》い、末尾にきみの名前を見つけたときは、ようやく再会の機会が訪れたのだとしばし感慨に耽《ふけ》ってしまいました。僕にも、そしてきみにとってもこの十年間はあまりにも長過ぎる年月だったと思います。

あの日、きみの顔を見た瞬間、僕は緊張で思うように言葉が出てきませんでした。きみの方も硬い表情でそっけない態度でしたね。自分と同じなのだと知って、とりあえずインタビューを先に済ませることにしたのです。僕が早口だったとすれば、それはひどく緊張していたためです。インタビューのあいだ、きみの顔をまともに見ることもできなかった。それで、必要もないのに事前に受け取っていた質問表ばかり眺めていました。きみもきっと気づいていただろうと思います。

気持ちが多少ほぐれたのは、僕が仕事の話を切り上げてからです。直後にきみはテープレコーダーに差し込んだイヤホンで録音状態を確認しましたね。眉間《みけん》に皺《しわ》を寄せてじっと耳を澄ませ、実に神妙な顔つきでした。僕はその顔を見たとたん、懐かしさで胸がいっぱいになった。僕の知っている若い頃のきみがたしかに目の前にいたからです。

きみはいつも僕のことを真面目すぎると笑っていたけれど、僕にすればきみほど何事にも真剣で、一生懸命で、素直な人はいないと常々思っていました。きみは小さな嘘の一つもつけない、上に馬鹿がつくほど正直な人でした。そんなきみがいつも見せていたのが、あのときの、まるで思い詰めたような表情だったのです。

それからオフィスでしばらく話し、尖沙咀の海鮮酒家で食事をしてホテルの前で別れるまでの数時間は、僕にとっては遠い記憶を現在という印画紙にもう一度くっきりと焼き付けていく充実した時間でした。僕たちは十年の歳月にさらされて二人ともすっかり変わってしまったけれど、それでも何ひとつ変わらぬものも沢山あったのだと僕は感じていました。

たとえば、当時のきみは僕を寡黙な人間だと思い込んでいたようですが、それはいまもその通り。きみの思い違いなどではありません。僕はきみに比べればやはり無口で、そしてきみは相変わらずのお喋《しゃべ》りですね。人が心の奥に未整理のまま放り込んでいる本質的な問題にぐいぐいと踏み込んでくる率直な性格も、反面でそうした相手の抱える問題に当人以上に深い関心と同情を寄せてしまう少々お節介な優しさも、きみは昔と全然変わっていなかった。

病気になった僕のことを心から案じてくれていたのですね。僕のところへ飛んで行きたかった、どうしていいか分からなかった、ときみは言ってくれました。あれほど嬉しい言葉を耳にしたのは生まれて初めてでした。実は、僕も肺に病変が見つかってアメリカから戻って来る飛行機の中でずっと念じつづけていたのです。今度こそはきみのもとへ帰りたいと。

抗がん剤治療は想像以上に厳しいものでした。過度の食欲不振や脱毛、白血球数の急激な低下で一歩も外に出られず、治療自体を諦《あきら》めざるを得ない瀬戸際まで追い込まれました。あのときはさすがにもう駄目なのかと覚悟したものです。

それでも不思議です。三年の時を経たいまになってみるとあんなに苦しんだ自分のことをまるで他人事《ひとごと》のようにしか振り返ることができないのですから。

最近、きみは物事を難しく考えないようにしているのだとか。僕も病気になってからはできるだけそうするように心がけています。自分の未来がどうなるか見当もつかないのは当然にしろ、自分の過去さえはっきりと記憶していない。人間というのは現在しか見えないいつくづく寂しい生き物なのだと思います。要するに、希望も絶望も人生には本来無用のものなのかもしれない。僕たちはただ、希望も絶望もないこの茫漠《ぼうばく》たる世界で、その日その日を生かされていくだけ――きっとそれが嘘偽りのない真実なのでしょう。

僕にとっては、きみと別れたこと、自分がこんな年齢で癌になってしまったこと、愛情乏しき結婚に破れてしまったこと、それらすべてを神様の思し召しだと信ずるのは容易ではありません。それでもきみとこうして再会し、もしもこれからの人生をきみと共に歩むことができるのなら、僕はそのことを受け入れる努力をしてみるつもりです。

三年前、最初に離婚を切り出したのは僕の方でした。

僕たちの結婚は、四年間のアメリカでの生活ですっかり壊れてしまっていた。すべては僕の責任でした。

僕はこの十年間ずっと不満でした。毎日、何かが心にひっかかっている感じです。分かりますか？　たとえば子どもの頃に母親を失ってしまったとか、身体にひどい障害や傷を負って、それが気になって仕方がないとか、せっかく作った自分の会社を保証人倒れで失って、もうそれ以上の事業は一生かかってもなし遂げられないと分かっているとか、自国で内戦が起こって国境を越えて難民となり、二度と故郷に戻れないとか、要するにそういう自分ではどうにもならないけれど、だからこそ絶えず自分の日常を拘束し、ちくちくと一秒ごとに胸を刺すようなはっきりと原因のある焦燥感、そうしたものに僕は日々苛《さいな》まれていたのです。

むろん見通しのきかなくなった仕事やアメリカという殺伐とした生活環境なども僕の気持ちをささくれ立たせていました。でも、最大の原因はそんなことではなかった。きみと別れてみて、僕はなぜきみに求婚を断られなくてはいけなかったのか、どうしてもその理由がわからなかったのです。我ながら未練がましいと思ったし、自分でも子供じみていると分かっていました。それでも僕には何としても納得がいかなかった。

別れたあとの一年ほどもそんな精神状態のまま時間が過ぎ、母がくも膜下出血で倒れたこともあってさすがに僕も一度は考え直しました。いつまでもきみにこだわっていても仕方がない。新しい人と新しい出発をすべき時期が来たのだと。結局、いまになってみれば、そうやって自身の肝腎《かんじん》な選択を他人に預けてしまったことは大きな失敗でした。巻き込まれた妻には心から悪いことをしたと強く後悔しています。結婚と同時に僕は仕事の面でも窮地に立たされ、実家の両親や友人たちと離れたくないと嘆息する妻を連れて、いつまた日本に戻れるかも分からぬままにアメリカへと赴任せざるを得なくなりました。

滞米中は、きみを忘れるどころではなかった。反対に、きみへの思いは募るばかりでした。思いというのはふさわしい言葉ではありません。憎しみと表現した方がきっと適切だったと思う。

もちろんアメリカでも喫煙を止めることはなく、生まれつき気管支の弱い妻からは毎日文句を言われていました。向こうでは仕事中に煙草を吸うわけにはいきませんから、もっぱら自宅で吸っていたのです。煙草を止めてしまったら、もうきみとの繫《つな》がりは何もなくなってしまう。それにきみと最後に会ったとき、きみが言った言葉も脳裡《のうり》に染みついていました。きみは僕が煙草を吸うのを見ると、「美味《おい》しくないんだったらやめた方がいいんじゃないの。発癌物質の最たるものなんだから」といとも簡単に言ってのけたのです。

あの瞬間、僕は思いました。その発癌物質の最たるものを僕に吸わせている張本人はきみ自身ではないのか、と。店を出て会社に戻る電車の中でさらに思いました。もしもきみが唯一残してくれたこの煙草というもので僕が癌にでもなったなら、そのときこそは、かつて下した自らの残酷な決断にきみ自身が恐れ戦《おのの》くことになるだろうと。

むろんそんなことを本気で考えたわけではありません。感情にまかせた一場の妄想にすぎないことは僕自身が一番良く知っていたつもりです。でも、現実に肺癌の宣告を受けた瞬間、とうとう来るべきものが来たかと僕が感じたのも事実でした。罰が当たったのだと即座に思いました。自分の不甲斐《ふがい》なさを一方的にきみのせいにして恨んだこと、気持ちの整理もつかぬままに結婚して妻への充分な愛情を持てなかったこと、そうした僕自身のそれまでの不誠実な行動に対して当然の報いが来たのだと僕は思ったのです。

僕の発病は妻に激しいショックを与えました。

もともとアメリカ滞在一年目から彼女は精神的にかなり参ってしまいました。無理もありません。将来を嘱望されていると思って結婚した夫はそのとたんに左遷され、しかも任地では月の半分は出張で家を空けているのです。言葉もろくに話せない彼女には友だちを作るすべも、何かのコミュニティーに参加する機会もなかった。僕たちは話し合い、二年目からは別居することにしました。彼女は東京の実家に戻り、一年のほとんどをそこで暮らすようになったのです。

彼女は日本で英会話を学び、精神的に立ち直ったらアメリカに戻って来てくれるはずでした。しかし、帰国して半年ほどが経った頃、一度戻ってきた彼女が提案してきたのは僕の転職でした。彼女の父がどうやら奔走したらしく、幾つかの企業から僕を受け入れる約束を取り付けていたのです。再就職先としてはどれも悪くない会社でしたが、何の断りもなしにそんな真似をしていた妻を僕は頭ごなしに叱り飛ばしてしまった。転職の可否はともかく、思えば、あのときもうすこし真剣に彼女の話に耳を傾けるべきだったといまは悔やまれます。

ですから、滞米四年が過ぎ、病院の検査で肺癌の宣告を受けたとき、彼女は僕のそばにいませんでした。僕は半月ほどでとりあえず仕事の整理をつけ、帰国する前日に電話で妻に病気のことを告げました。「だから、あのとき日本に帰ってくればよかったのよ」そう言って彼女は電話口で絶句しました。

結果的に治療は奏功し、僕はかろうじて病の淵《ふち》から脱することができた。治療中は彼女も懸命に僕に尽くしてくれましたが、最終的な検査で僕の癌が画像上完全に消えたことを確認したとき、もう二人のあいだに何一つとして互いを繋ぐものが残ってはいないことを僕たちは感じていました。

幸い子供もなく、まだ妻も若かった。僕たちが別れたことは間違いではなかったと僕は思っています。彼女もまたそう確信していることでしょう。

あれから三年余の歳月が流れ、僕はきみと再び出会いました。いつかこういう日が訪れることは分かっていました。そのとき僕は一体どういう態度を取るのだろうか、きみは何と僕に言うのだろうか、たまに想像をめぐらせては幾つもの想定を脳裡に描いてきました。きみが今回僕にプロポーズをしてくれたことには心から感謝します。僕のことを真剣に案じてくれていることにも望外の喜びを感じます。しかし、いまの僕にはきみの申し出を受け入れていいのかどうか分からない。

僕は、まだまだ遠いと高を括《くく》っていた自分の死に突然直面させられたとき、心の底からきみと最後の時間を過ごしたいと切望しました。これは事実です。ただその一方で、死地をとりあえず抜け出すことができたとき、どういうわけか、僕はきみとのことを初めて吹っ切ることができた。これもまた事実なのです。

自分のいのちについて余り心配するな、ときみは書いていました。ずっと心配しつづけてすっかり疲れてしまっているだろうと。そしてこれからはきみが僕に代わって心配するのだと。

だけど、たとえきみのような強い人でもそれだけは無理だと僕は思う。

人間は、愛する人の人生に寄り添うことはできても、その人のいのちに介入することはできないのです。それはアイデンティティーやエゴといった見え透いた観念の問題ではなく、本質的にそうなのだと僕は思う。僕が病気になって唯一知ったのはそのことでした。いのちの終わりを予感して、僕はたしかに恐れ、哀しみました。でも決してそれだけではなかった。僕は自分の死が自分にとっていかに重大な事件であるかを思い知ると同時に自分の生が自分にとっていかに重大なものであるかを痛感した。

人は一人一人かけがえのないいのちを与えられています。その与えられたいのちを大切に育《はぐく》むことが人の使命なのでしょう。幸福になるとか不幸になるとか、早く死ぬとか長生きするとか、そういうことはほとんど関係ないのかもしれない。短くても豊かに育ついのちもあれば、長生きしても小さな花ひとつ咲かないいのちもある。

人と人との関係もそうだと思います。ある人だけが与えつづける関係はおかしい。ある人だけが与えられつづける関係もやっぱりおかしい。互いが与え与えられることで、それぞれ固有のいのちを実りあるものにしてこそ、真実の人間関係なのだと僕は思います。

そう考えたとき、いまの僕にはきみに与えられるものがあるだろうか？　きみはもしかしたら、一方的な償いのためだけに僕と一緒になろうと考えているのではないか？

そうした疑問を僕は払拭《ふっしょく》することができません。

抗がん剤治療のために入院しているとき、僕は一度きりですが忘れがたい経験をしました。経験といっても大したものではありません。ただ当時の僕にとってはそれは決定的なものでした。

四年前の十月十一日日曜日のことです。前夜の雷を伴った激しい雨が嘘のように晴れた清々《すがすが》しい秋空の一日でした。僕は2クール目の抗がん剤治療のために前の週の月曜日から再び入院していました。週末までの五回の抗がん剤投与で、僕は激しい腹痛と吐き気に悩まされていた。週の半ばからはとても食事をとれる状態ではなくなって水だけを飲んで苦しみに耐えていたのです。四人部屋でしたから、それでも朝、昼、晩と他の三人の食事が運ばれてきます。そのうち、食べ物の匂いを嗅《か》いだだけで猛烈な吐き気に襲われるようになり、僕は配膳《はいぜん》が始まる直前には病室を出て、病棟の一番端に設けられた狭いディルームで患者たちの食事が終わるのをひたすら待たねばならなくなっていました。

この日曜日の昼も、そうやってデイルームの隅でぼんやりと椅子に座って窓の外の明るい景色を見るでもなく眺めながら、時間をやり過ごしていたのです。

十五分ほどして、僕は目の前の大きな窓の敷居に小さな鉢植えが置かれていることに初めて気づきました。それまでは降り注ぐ秋の陽光を全身に浴びてはいても、ほんの手の届く先にあるその鉢植えの存在がまるで目に入っていなかったのです。

一体何という名前の植物なのかは分かりませんが、コスモスに似た美しい黄色い花が咲いていました。僕はしばらくその黄色い花をまじまじと見つめていました。最初はどうしてこんなきれいな花を見落としていたのだろうとショックでした。それほどに自分は心の余裕を失っているのかと愕然《がくぜん》とする思いだった。しかしなおも花を眺めていると、次第にそうした想念は洗い流されて、小さな黄色い花のその姿だけが心のスクリーンにくっきりと映り込んでいるのを感じるようになりました。湿りけを帯びたわずかな土と空から注ぐ光によって、この花はここに咲いている。いまにして思えばたったそれだけのことですが、あのときの僕にはそれが正真正銘の奇跡のように感じられた。

この花は土や水、太陽の光だけでここにこうして存在しているわけではない、と僕はまるで雷に撃たれたように覚《さと》ったのです。この花はそうした諸々《もろもろ》のエネルギーを吸収しつつも、この花自身としてこう咲きたいと思っているからこそ、いまこのように咲いている。僕は花そのものの確かな意志をはっきりと感じ取ることができた。

生命は授けられ、やがて奪われるものではあるけれど、しかし生きているあいだは、受け止める側にそれを決して手放さず自分なりの色や形にしたいという強烈な意志があって、だからこそこの世界に固有の像を結ぶことができる。僕たちが生命の力と感じているのはまさしくその意志のことではないのか、と僕は感じたのです。

僕の肉体はいまや癌細胞によって滅びようとしている。だが、何よりも僕を脅かしているものは、そうした肉体の危機のせいで僕固有の生命の意志までもを失いつつあることではないか、と僕は思いました。この小さな花にたとえれば、いまの僕は水を絶たれ、光を遮断され、足元の土を根こそぎ削り取られているに等しいかもしれない。だがこの花ならば、自分はこう咲きたいのだという意志を決して失いはしないだろうと。

この花のようにならねば、と僕は強く強く思いました。

僕が本気で自分の病気に立ち向かおうと決心したのはこのときです。

きみは僕の代わりに病気に立ち向かっていくつもりだと書いていましたね。でも、きみがそんなことをする必要はこれっぽっちもないのです。誰も僕の代わりに病気と闘うことはできないし、そんなことをされては僕自身のいのちの力が損なわれてしまう。

僕はきみのために辛い思いをしたことは一度もなかった。きみとのことにしても、きみが僕を苦しめたのではなく僕自身が僕を苦しめたにすぎません。だから、きみが僕に償わねばならないことなど何一つないのです。

僕は、きみにそのことをきちんと理解してもらいたいと思います。そしてあらためて僕とのことを考え直してほしい。そうすれば、きみが僕と一緒になりたいという気持ちも、一時の憐《あわ》れみや同情の産物でしかないことが分かるのではないか、と僕は考えます。きみはきみの幸福だけを考えてください。僕とともに生きることがほんとうに自分自身の幸福につながるのかどうかもう一度真剣に考え詰めてみてください。

そうすれば、きっと違う答えが見つかるはずです。

ずいぶん長々と書きつらねてしまいました。いつの間にか日付も変わっています。もうそろそろ夜が明けそうです。

先日は、きみと会えてほんとうに嬉《うれ》しかった。

きみのこれからの幸せを心から祈っています。

さようなら。

二〇〇二年五月二十日

佐藤　康

冬木亜紀　様

5

いちょう（銀杏・公孫樹）

銀杏は、現存する最も古い前世界の植物の一つです。地質学上、古生代の末期（一億五千万年前、巨大な恐竜が棲息《せいそく》していた時代）に地球上にひろく分布し、生育していた樹種です。従って、その化石の発見は極地より南北両半球、中国・日本にまで及んでおります。氷河期の到来により、多くの地方では、銀杏樹は絶滅しましたが、温暖な気候を保ち得た中国では死滅を免れ、生育を続けて現在に至っております。

日本の銀杏は、この中国より渡来した樹種で、現在では街路樹・防火樹・庭木としてひろく植えられており、「東京都の木」ともなっております。現在では東南アジア以外ではほとんど植えられておりません。

並木の総本数は一四六本（雄木四四本・雌木一〇二本）

「へぇー、銀杏って東南アジアにしかないんだ。私、全然知らなかった。あなたは？」

亜紀はその掲示板の文章の冒頭だけ読むと、隣の康に話しかけた。康は無言のままあとにつづく長々とした説明文に熱心に見入っている。

しばらくの間があって、彼はようやく亜紀の方に顔を向けた。

「いや、僕も知らなかった」

どこか得心した口調になっている。亜紀はいつもながら何事にも真剣な康の態度が好ましい。結婚して一緒に暮らし始めてみて、若い頃は無骨で不器用にしか見えなかった彼のそうした一徹さ、思慮の深さに何かしらかけがえのないものを感じるようになっていた。

「たしかにアメリカでは銀杏の木は見なかったな。街路樹はカエデやプラタナス、ポプラが多かった。あとはホースチェスナット。これは日本で言えばトチノキ、フランスだとマロニエのことだけど」

並木道の方へと歩きだしながら康が言った。

今日の神宮外苑は、休日ともあって大変な人出になっていた。正面の絵画館へとつづくこの有名な銀杏並木は人の波であふれんばかりだ。明日香から、「二十三日の土曜日は勤労感謝の日だし、ちょうど『いちょう祭り』の最中だから、すごい混んじゃうかもしれないけど」とは言われていたが、ここまでとは思わなかった。明日香たちとは並木を歩ききった先にある噴水の前で午後二時の待ち合わせだったが、これでは彼らを見つけ出すのにも一苦労だろう。

「ニューヨークに住んでるときは、意外にサクラが多いんでびっくりしたよ。だけどサクラはやっぱり日本で見ないと駄目だね。ニューヨークの街だと花見の季節でも全然目立たないんだ。やっぱりその土地柄にあった樹木というのがあるんだろうね」

比較的空いている右側の並木道を亜紀たちは歩いた。左側はヤクルトスワローズの法被《はっぴ》や野球帽姿の人々が帰り道の長蛇の列を作っている。

この混雑は、一つには今日がヤクルトスワローズの「ファン感謝デー」に当たっていたこともある。亜紀たちは並木の入口に「平成14年　第6回　神宮外苑いちょう祭り」と書かれた看板と共に立っていた案内板で初めて気づいたのだが、きっと明日香も「感謝デー」のことは知らなかったにちがいない。

今期のペナントレースは、就任一年目の原辰徳監督率いる巨人軍が西武を圧倒して日本シリーズを制した。昨年の覇者ヤクルトは巨人に次ぐ二位ながらも十一ゲームの大差をつけられ、今年は精彩を欠いていた。それでもこれだけのファンがシーズン終了後のイベントに詰めかけるのだから、近頃は大リーグに挑戦する有力選手が増えて人気の翳《かげ》りを危惧《きぐ》される日本野球も、まだまだ捨てたものでもないということか。

「それにしても、植物ってのは凄《すご》いもんだ」

二十メートルは優に超える銀杏の巨木を見上げながら康は呟《つぶや》く。

亜紀も立ち止まってすっかり黄葉した銀杏を眺めやった。とんがり帽子のような木々の頭上は残念ながら分厚い雲に覆われている。最寄りの青山一丁目駅の出口を出てみると路面がわずかに濡《ぬ》れていたから、地下鉄に乗っているあいだにきっと小雨がぱらついたのだろう。微《かす》かに吹く風も午前中よりむしろ冷え冷えとしていた。嫌がる康に無理を言って冬物のコートを着させてきたが正解だったと思う。バッグには折り畳み傘も忘れずに収めてある。

「僕は、生物の中で最も進化したのは、実は人間なんかじゃなくて植物じゃないかと常々思うよ。この銀杏という種一つとってみても一億五千万年をしっかり生き抜いて、こうしていまだに繁栄してるんだからね。この並木だって明治四十一年生まれだよ。人間ならう九十四歳のじいさんばあさんだ。それがさっきの入口の看板の説明だと、まだまだこれから太く立派になって、あと何百年も生きつづけると書いてある。不老長寿という点では人間なんておよそ足元にも及ばないよね」

今日の康はいつにもまして饒舌《じょうぜつ》だった。顔色もいいし、今週は忙しかったはずなのに疲れの様子もまるでない。

「ニューヨークの街路樹はすぐ枯れてしまうんで、ここ数年問題になってるんだ。たしか二万本近くの街路樹のうち毎年三、四千本が枯れてたと思う。ボランティアグループが枯れた木を引っこ抜いてよく燃やしてたよ」

アメリカに赴任した康は最初の一年余をカリフォルニアのサンノゼで暮らし、亜理沙が帰国してからの三年近くはニューヨークで過ごしたと聞いていた。

「やっぱり排気ガスとか酸性雨の影響？」

ゆっくりとした足取りの康に歩調を合わせながら亜紀が訊《たず》ねる。

「いやそうじゃない。街路樹のほとんどが中国や韓国からの輸入品で、もともと害虫にやられてるんだ。害虫たちは新天地で天敵もいないからどんどん繁殖する。人間のやることってのはまったく矛盾だらけだよ。あんな広大な自然を持つ国家が自前で育てた樹木を使わないで、外国産の木々をアメリカ第一の都市の街路樹にしている。理由はただ値段が安いからってことだろ。しかも、そのせいで中国や韓国の害虫がのさばって、結局高いコストを支払う羽目に陥っているんだ」

「ねえ、寒くない？」

亜紀は康の手を取って、そう言った。風が少し強くなっていた。

「ぜんぜん」

手を握り返して康が言う。康の掌《てのひら》の方があたたかい。

「亜紀は？」

「私は大丈夫」

「悪かったね。つまらない話しちゃって」

康が頬笑む。

「そんなことない。でも、こんなに黄葉がきれいなんだから、せっかくの散歩を楽しみましょうよ」

舗道に敷き積もった銀杏の葉が、足裏に心地良い感触を伝えてくる。

以前明日香から受け取った手紙に添えられていたのは、この並木道の黄葉だった。稲垣純平と別れ、鬱々《うつうつ》とした日々を送っていた九七年の同じ十一月のことだった。あれからちょうど五年の歳月が流れた。そういえば手紙を読んだときは、一人きりで構わないからこの並木道を静かに歩きたいと思った。が、結局、一度も足を運ぶことはなかった。それがいまは、かつて明日香が傷ついた足を庇《かば》いながら達哉と二人で歩んだ道を自分も康とともに歩いている。

康が言うように、銀杏たちはこうやってこの場所で五年前の明日香を見下ろし、現在の亜紀を見下ろしている。彼らはこれからも何百年にわたって、死んでは生まれ死んでは生まれていく無数の人々の姿をじっと黙って見守っていくのだろう。

そう思うと不意に形容できないむなしさを感じ、亜紀は摑《つか》んでいた康の手を強く握りなおした。

康が左腕でそっと肩を抱いてくれる。

その腕が、容赦なく流れ去っていく時間をせき止めてくれるような気がした。

この瞬間が、と亜紀はまた不意に思った。

こうして愛する人と共に同じ道を歩くこの瞬間こそが、悠久の生命を与えられた木々とは異なる、自分たち人間というものの運命の素晴らしさなのかもしれない……。

「だいぶ人の数が減ってきたね」

左の舗道に目をやりながら康が言った。

この半月ほどは康も神経質になっていた。半年ぶりに受けた八月の検査で腫瘍《しゅよう》マーカーに若干の上昇が見られ、再び三ヵ月ごとの検査スケジュールに戻されてしまった。昨日がその三ヵ月目の検査の日だったのだ。亜紀と康は朝早くから病院に行った。九時にMR、十一時にCTを撮り、先週のうちに済ませていた採血の結果ともども診断を受けたのは午後一時過ぎのことだった。

画像で見るかぎり腫瘍の再発を疑わせる兆候は何もなく、腫瘍マーカーもすべて正常値に復していた。

笑顔の主治医から結果を聞かされた刹那《せつな》の、康の表情の変化が亜紀の目にいまも焼きついている。

結婚して最初の検査でマーカーの上昇が分かったとき、亜紀は康の内心を慮《おもんぱか》って辛い気持ちになった。絶対に大丈夫だと確信していたが、それでも昨日の検査を終えるまでは正直なところ気が気ではなかった。今回の結果で、自分たち夫婦が大きな峠を一つ乗り越えることができたと亜紀は感じている。隣の康もきっと同じだろう。

二十日付けの康からの長文の手紙を受け取ったのは五月二十四日金曜日だった。

亜紀は週末を使って考え抜き、二十七日月曜日に会社に辞表を提出した。突然の退職願いに広報課長の山際をはじめ誰もが驚いたが、亜紀は一身上の都合としか言わず余分なことは何一つ口にしなかった。常務の赤坂にもその日のうちに呼び出されたが、ただひたすら頭を下げて頑張り通した。しまいには赤坂も呆《あき》れ顔になって、

「どういう理由かは知らないが、戻って来たくなったらいつでも戻って来い」

と苦笑まじりに言って解放してくれたのだった。

月末までの一週間で残務整理を終え、正式な退職日は七月一日付けだったが、残っていた有給休暇をフルに使って翌週六月三日月曜日からは出社の要なしとなった。亜紀はその日の午前中の便で香港に向かった。

夕方突然、セントラル地区の事務所を訪ねると、康はそれこそ鳩に豆鉄砲とはこれかと

いう顔をして迎えたが、亜紀が開口一番、

「あなたの奥さんにしてくれるまではもう帰らないつもりだから」

と宣言すると、

「相変わらずきっぱりしてるなあ」

彼はぼやくように言って満面の笑みを浮かべたのだった。

亜紀は当日から康のマンションで一緒に暮らし始めた。毎朝、彼を仕事に送り出し、一日かけて夕食の準備をした。二日目からは昼の弁当も用意した。食材は近くの日系スーパーで日本と同様のものが何でも手に入ったので、和食中心でメニューを組み、癌患者には禁物の肉類や卵、牛乳、チーズなどの動物性タンパク質はほとんど使わなかった。

毎日献立を工夫するようになり、亜紀は忘れていた料理の醍醐《だいご》味《み》を思い出した。

「料理というのは、自分や自分の愛する人たちを守るとても大切な手段なのよ」

孝子の口癖が身の内にしみてくるようだった。

ティンハウ・グループへの資本参加がプレス発表された六月十二日、レセプションを終えて深夜に帰宅した康から、「今月いっぱいで東京に戻ることにしたよ」といきなり告げられた。何も知らされていなかった亜紀は、康から事の経緯を聞いてびっくりした。彼は契約調印と記者会見出席のために前日にやって来た担当役員の赤坂憲彦に直訴して、強引に帰国を認めさせたのだという。「もちろん亜紀のことは黙っておいたから」と言ったが、事前に何らの説明もしなかった康に亜紀は激しく反発した。

「こんな重大なことを私に一言の相談もなしに決めるなんて。こういうやり方はこれからは絶対に許さないからね」

亜紀の剣幕に、「きみが喜んでくれると思って無理をしたんだ」と康も不快さを露《あらわ》にして怒った。それでも亜紀は折れなかった。激しい口論になり、最後には康が「大切なことはもう二度と勝手に決めたりしない」と誓約してその場はおさまったのだが、

「とんだ押しかけ女房だな」

と二、三日彼は機嫌が悪かった。温厚な康にもこんな一面があるのだと亜紀は内心で面白くて仕方がなかった。むろん彼女には彼の気持ちは充分過ぎるほど分かっていた。自分のために会社での今後の不利益をも顧みず、日本に戻ることを決めてくれたことも重々承知していた。だが、それでもこうした独断専行を認めるわけにはいかなかった。いまだに再発の不安と闘っている康に隠しごとの習慣をつけさせてしまうのを、亜紀は何よりも恐れたからだ。

六月三十日日曜日に亜紀たちは帰国した。翌七月一日は亜紀の退職の日であり、康がネットワーク・ソリューション事業部情報通信一課長として着任する日でもあった。

夕方、亜紀が住民票を置いている江戸川区役所に二人で婚姻届を提出した。康は両国の実家に挨拶《あいさつ》に行く方が先だとずいぶん渋っていたが、これも亜紀が強引に押し切ってしまった。両親には事後報告で充分だと思っていた。反対されようが賛成されようがもはや何の問題でもなかったからだ。

一ヵ月近くを共に過ごし、亜紀は、この人しかいないと決めていた。

死んだ沙織は、雅人に初めて出会ったときに、自分の愛すべき人はこの人だと知ったという。だが、亜紀は自身が同じ立場に立ってみて、沙織の言葉のもう一つの意味に気づいていた。

運命というのは、たとえ瞬時に察知したとしても受け入れるだけでは足りず、めぐり合ったそれを我が手に摑み取り、必死の思いで守り通してこそ初めて自らのものとなるのだ

――最後の手紙で沙織が言いたかったのはきっとそのことに違いなかった。

6

二時ちょうどに噴水の前に到着すると、明日香たちがすでに来て待っていてくれた。

「いちょう祭り」のこの会場で、遅い昼食をみんなでとろうと約束していたのだが、噴水の周囲に設置されたテーブル席は満杯だし、おでんやラーメン、うどん、甘酒などを売る模擬店の前には長い行列ができている。とても落ち着いて話せる雰囲気ではなかった。

「冬姉ちゃんごめんね。こんなに混雑してるとは思わなかったよ」

明日香が詫《わ》びを言う。隣の達哉も一緒に頭を下げている。

「そんなことないよ。おかげで楽しい散歩ができたわ」

亜紀は手を胸前で振りながら、二ヵ月ぶりに会う明日香の姿を惚《ほ》れ惚《ぼ》れするような心地

で眺めた。彼女はまた一段ときれいになっている。

東京で再会した折は、いまほどは背も高くなかったし、相変わらずの痩《や》せっぽちで目ばかり大きな鳥のような高校一年生だった。それが三年になって受験勉強に励みだした時期からみるみる女性らしくなっていった。会うときはいつも達哉と一緒だったが、最初の頃は横にいる達哉の方がよほど見栄《みば》えがしていたのが、最近は明日香の美しさに達哉のスマートさがすっかり霞《かす》んでしまっている。上背も亜紀を凌《しの》ぐくらいになり、その瑞々《みずみず》しい肌は思わず触れてみたくなるほどだ。しかも、彼女はいまも一日一日殻を脱ぐように美しくなっている。

初めて知り合ったときは十四歳、中学二年生だった明日香が今年でもう二十歳なのだ。彼女はこれからの数年、女性だけに与えられる祝祭の時間の中で生きる。羨《うらや》ましくはないが、その大切な時間を決して無駄にして欲しくないと亜紀は心から願っていた。

とりあえず人だかりから抜け出すことにして四人で青山通りに出た。

渋谷方向に連れ立って歩いていると、そのうちぽつぽつと雨が落ち始めた。表参道あたりまで散歩するつもりだったが、寒さも増してきていたので、通り沿いの小さな蕎麦屋《そばや》に入ることにした。

時分どきを過ぎているせいか店内に客は誰もいなかった。真ん中の六人掛けの大きなテーブル席に陣取る。康はなめこそば、亜紀はきつねそば、明日香と達哉は二人とも天ぷらそばを注文した。

日本蕎麦は代表的な抗がん食の一つなので、亜紀は康と二人きりで外食するときはよく蕎麦屋に行った。日本に帰ってからも、康の食事には可能な限り気を配っている。といっても余り押しつけると逆にストレスになりかねないから、香港にいたときのように弁当を持たせたり、夜の会食を控えるよう求めたりはしていないが、それでも朝食や夕食、週末の食事には相当の工夫を重ねていた。康も亜紀の方針に素直に従い、昼食はもっぱら蕎麦で済ませてくれているようだった。

とにもかくにも五年——と亜紀は思い定めていた。康の肺の腫瘍《しゅよう》が抗がん剤治療で消失したのは九九年の三月半ばだった。それからすでに三年八ヵ月が経過している。あと一年四ヵ月のあいだ再発がなければ、一般的に根治と言われる五年生存を果たすことができるのだ。まずは二〇〇四年三月までの期間を何としても切り抜けることが、亜紀の当面の目標である。

康が熱燗《あつかん》と板わさを追加した。少量の酒は血液の流れを活発にしてくれる。こんな日は冷えた身体をあたためてくれるから康にとっても好都合だった。お銚子が二本届き、お猪《ちょ》口《こ》で一同乾杯した。

「どう、卒論のめどは立ったの」

康が達哉に訊《たず》ねる。

「ええ。もうほとんど仕上がってます」

「そりゃ良かった」

明日香たちと会うのは結婚後、今日で三度目だ。九月に平井のマンションを訪ねてくれた折は亜紀の手料理でもてなした。そのとき、康は達哉の卒論のテーマについて親身に相談に乗ってやっていた。

達哉は高校卒業後、東大の経済学部に進んだ。現在四年生で来春には就職だが、勤務先はすでに東京電力と決まっていた。康と達哉は、大学は異なるが同じ経済を専攻したこともあって初対面からウマが合ったようだった。普段は余り他人に打ち解けないという達哉が康に対しては胸襟を開いて接している。

達哉が東電を選んだ理由は単純明快だった。それほど酷使されることなく、海外や僻地《へきち》への転勤がなく、絶対に倒産しない会社——を条件に探すと東電が一番理想的だったというのだ。

「僕は別に出世する気も全然ないし、身を粉にして働くつもりもまったくないんです。住み慣れた東京に長くいたいし、明日香と暮らすプライベートな時間をできるだけ大事にしたい。去年東電に入った先輩に話を聞いてみると、本社勤務でも枢要な部署に配置されない限りはそんなに忙しくないみたいだし、ある程度仕事を覚えたらとりあえず留学すればいいんだって言ってました。その先輩も来年くらいには社内留学制度を使ってアメリカに行くみたいでした。僕も実際に面接を受けてみて、なんかのんびりしていて雰囲気のいい会社だと思ったから一発で決めたんです」

初めて康と会った七月に、達哉はそう言っていた。聞いてみると、達哉の大学での成績は優秀だったので、会社としてもすんなり合格させたのは当然ではあったろう。

「そういう考えなら東電は悪くないかもしれないね。最近はあそこもいろいろな事業に手を伸ばしてはいるけど、電力会社はもともと半官半民のようなものだし、よその会社よりは多分忙しくないんじゃないかな。サラリーマンを長くやってきた僕がいまさらこんなことを言うのも何だけど、会社なんてそんなに無理して働くところじゃないよ。きみが言うように自分や家族との時間をできるだけ大事にして、周囲にあんまり迷惑がかからない程度にやればいいさ。僕も最初から真ん中狙いと決めて入社したんだけど、上司に大事にされたり、逆に左遷されたりするとついつい頑張ってしまって、気づいてみたら病気になってた。いまは真ん中狙いでも足りなかったって反省してる。きっとブービー狙いくらいがちょうどよかったんだと思ってるよ」

康は達哉の話にあっさり同意してみせて、

「まあ、きみが頑張らなければ、その分、出世したい人たちのチャンスが広がるんだから
それも功徳《くどく》というもんだと思うよ。それに仕事というのは、あんまり欲張ると案外行き詰まったりすることも多いんだ」

と付け加えたのだった。

お銚子は大半を亜紀と明日香で飲み干した。達哉はもとから酒に弱く、お猪口《ちょこ》二杯で頬を赤くしている。康もたくさんは飲まない。明日香とは大学入学後、何度か一緒に飲む機会もあったが彼女の方はなかなかいける口のようだった。

各人そばを食べ終えて、そば湯をすすっているとき、達哉がすこし改まった姿勢になって口を開いた。ようやく酔いも醒《さ》めたのかさっぱりした顔をしている。

「今日は、こんな寒いときにお誘いして申し訳ありませんでした。こんなことならお宅に伺えばよかったんですが、あの銀杏並木は僕たちが中学の頃からよくデートした思い出の場所なので、こういうお願いをするにはあの場所が一番いいんじゃないかと思ったんです」

「なのに、すごい混んでてすみませんでした」

隣の明日香も神妙な声で言う。

「どうしたの？　急に二人とも真面目な顔しちゃって」

亜紀が笑う。

「実は……」

達哉が両手を膝《ひざ》の上に下ろした。

「僕たち来年の五月に結婚しようと思ってるんです。僕が仕事を見つけたらすぐに式を挙げようとずっと考えてきました。それで、もしよければお二人に媒酌人になって貰《もら》いたいんです。引き受けていただけるでしょうか」

達哉はそう言うと明日香と二人揃って頭を下げた。

亜紀と康は互いに顔を見合わせる。

「もちろん、僕たちのような新米夫婦でいいのなら喜んで引き受けさせてもらうよ」

康は即答する。

「ありがとうございます」

顔を上げると、今度は声を揃えて二人が言った。

明日香は高校入学と同時にアパート暮らしを始め、達哉もその翌年大学に入ると実家から独立していた。以来、この四年間は半同棲《どうせい》のような形で二人は交際してきた。達哉の就職を機会に正式に夫婦となるのは、彼らに限って言えばごく自然の成り行きだろう。

「だけど、明日香は大学はどうするの」

亜紀が訊ねた。

「大学はこのまままつづけるつもり。学費はいままでもバイトで稼いできたんだし、父が出してくれてたアパート代や生活費は結婚すれば要らなくなるでしょ。だから卒業だけはしておこうと思ってる」

明日香の父親の紀夫さんも一昨年には再婚し、母の裕美子さんは二度目の夫とのあいだに女の子を生んでいた。離婚した両親と明日香との関係も現在はそれなりに落ち着いているようだ。

「僕たちは結婚式は盛大にやりたいんです」

達哉が言う。

「といっても別に立派な式場を借りて豪華な結婚式を開きたいわけじゃないんです。ただ、できるだけ大勢の人に集まって貰って僕たちの結婚を皆さんの前で報告したい。もちろん明日香の両親にも来て欲しいし、二人の新しい奥さんや旦那《だんな》さん、それに明日香の弟や妹たちにも出席してほしい。結婚は人生のスタートだってよく言われますけど、この結婚は僕たちにとっては人生のゴールなんです。こんなこと言ったら亜紀さんや康さんは笑うかもしれないし、呆《あき》れるかもしれないけど、ほんとにそうなんです。これからの人生で、僕は明日香さえいてくれれば何も要らないし、明日香も僕さえいればそれで満足なんです。だから、僕たちは自分の人生のオープニングであると同時にフィナーレでもある結婚式を思い切り盛大に祝いたいと思ってるんです」

康の承諾も得て彼は昂揚《こうよう》した声になっていた。

「だけど、いきなり現実的な話で悪いけど結婚式の費用はどうするつもりなの？　大勢呼ぶって何人くらい予定してるの」

亜紀はここ最近の達哉の言動に多少の違和を感じてきたので、ついそんなことを訊《き》いてしまう。

「親戚《しんせき》もできるだけ招きたいし、友だちも中学、高校、大学とその時期その時期で仲の良かった子たちにはみんな来てほしいと思ってるの。学校の先生や塾の先生、バイト先の仲間。それに達哉の会社の同期の人なんかも呼ぶつもりだから、たぶん二人合わせたら二百人くらいになると思うわ」

明日香が嬉《うれ》しそうな顔で答える。

「二百人って言ったら相当な規模の結婚式になるよ。安い式場を選んだとしても結構な出費になるんじゃないかな。そのお金はどうやって工面するつもり。達哉君だって入社したばかりだと蓄えもあるわけじゃないでしょう」

「それは全然大丈夫です。結婚式の費用は僕の両親が貸してくれると思います。まとまったお金を借りたとしても、月々の給料からきちんと返していけばいいんです。就職したら社宅暮らしだから家賃も只《ただ》同然だし、僕たちは生活は質素で平気だから、たとえ安月給でもその程度の返済は充分可能だと思っています」

亜紀は達哉のこの台詞《せりふ》に再び考え込んでしまった。隣の康は持ち前の柔和な顔つきで二人の話に黙って耳を傾けていた。

「私は、あなたたちの言っていることは何となく違うような気がするよ」

しばらく間を置いて亜紀は思わずそう言っていた。

「違うって？」

達哉が怪訝《けげん》な表情になる。

「僕も明日香も同じことを言ってると思うけど」

「違うというのはそういう意味じゃなくて、あなたたちの考えてることが私には少し納得がいかないって言ってるの」

明日香も不思議そうな顔になっていた。

「納得できないってたとえばどんなことですか」

達哉が訊いてくる。

「そうねえ……」

亜紀は言葉を選ぶ。

「たとえば、前の前に会ったとき達哉君は、就職しても出世する気はないし身を粉にして働こうとも思わないって言ってたでしょ。できれば転勤もしたくないし、明日香との時間を大切にできればそれで十分だって言ったよね。だけど、私はそんな気持ちで会社に入るくらいなら、最初から就職なんてしなければいいと思うわ。康さんはあなたの話を聞いて、自分みたいに無理して働いて病気になってもしょうがないって言ってたけど、それは逆に言えば彼は病気になるくらい頑張って働いたってことだし、そうやって一生懸命働いて、そこでようやく、会社のために身を粉にして働くのも善し悪しだと気づいたってことでしょ。康さんは達哉君みたいに最初から一生懸命働きたくないと思って会社に入ったんじゃないし、病気をして自分が頑張れなくなって初めて、そうやって頑張らなくても、その分、他の人にチャンスを与えることができるんだって体験的に知ったのよ。それに比べて達哉君の話を聞いてると、私は、あなたは何だか物凄《ものすご》く割りのいいバイト先でも見つけたような感覚で東京電力に入ろうとしてるような気がする。だけど、就職ってバイト先選びとは全然違うことなんじゃないの。一度会社に入ってしまえばバイトみたいにすぐ辞められるわけでもないし、逆にすぐクビになるわけでもないのよ。まして達哉君みたいな東大出の新卒だったら会社側だって相応の期待はしてるだろうし、大変な投資を覚悟して迎え入れるはずよ。だからこそ留学制度も用意してるし、月々、バイトではとても稼げないような給料を払ってもくれる。達哉君がたとえ身を粉にして働きたくなくても、出世なんて眼中になくても、入社してしまえば会社はあなたに提供する待遇に見合っただけの仕事をきっと求めてくるわ。幾らプライベートを優先しようとしてもとても無理な状況もたくさん生まれてくると思う。私は、いまの達哉君みたいな考え方で就職してしまったら、達哉君自身も会社の方もお互い絶対にハッピーにはならない気がする。

それに、大きな結婚式をやりたいというのも、二人のことを長年見てきた私にはその気持ちはすごくよく分かるけど、だけど、その費用を御両親から全部借りてローンみたいに月々返済すればそれで構わないっていう発想はやっぱり間違ってると思うわ。

もし結婚式が二人の人生にとって何よりも大切なことなら、それは自分たちの力だけでやり遂げるべきだし、たとえばもし御両親にそんなお金を都合するだけの資力がなかったら、一体あなたたちはどうしたんだろうって疑問に感じる。一時的にせよ親のお金を当てにしなくてはならないような人生の重大事なんて、重大事でも何でもないってあなたたちは思わない？　なんだか私にはいまの二人は社会にも親にもちょっと甘え過ぎって気がするんだけどな」

亜紀は喋《しゃべ》りながら、かつて稲垣純平が達哉について「要するにあいつにはフォルムがないんだ」と吐き捨てるように言っていたのを思い出していた。

「そうだろうか……」

しばしの沈黙のあと康が呟《つぶや》き、亜紀は彼の方を見た。正面の達哉と明日香は気まずそうに口を噤《つぐ》んでいる。

「亜紀の言っていることもよく分かるけど、僕は達哉君のような考え方も決して間違っていないと思うよ」

彼はきっぱりとした口調で言った。

「少なくとも、仕事はほどほどにして家庭を大切にしたいと考えてるような人間は端《はな》から就職なんてしない方がましだというのは明らかに言い過ぎだ。たしかに現実には達哉君の希望通りにはなかなかいかないかもしれないけど、だからこそ、彼みたいに最初からしっかりとした人生の目標を持っておくことは大切だと僕なんかは自戒を込めて思うね。しかもその目標は妻である明日香さんを幸福にするってことだろ。それは何より素晴らしいことだし、そうした大目標に比べれば会社での出世や仕事なんて取るに足らないものだと思うよ。明日香さんを幸福にすることは達哉君にしかできないけれど、仕事はいつだって誰か代わりがいるもんだ。だったらたとえどんなに小さなことでも、自分にしかできないことをやり遂げた方が、結局、人間は満足できる。結婚式に関しても、たしかに達哉君の実家に経済的な余裕がなければ借金はできないけど、現実には可能なんだから大いに借りればいいと僕は思う。彼の実家が裕福なのは彼のせいじゃないし、ましてそのことで彼を責めるような言い方をするのは変だよ。いまどき、親に無心して平気な顔で豪華な式を挙げる人たちも沢山いるんだ。そうした人たちに比べれば、借りたお金を月々返済していくつもりの二人はよほど立派だと僕は思う。僕は最近よく考えるんだけど、人生なんて台風の後の増水した川を小さなゴムボートに乗って流されていくようなもので、自分の思った通りにはまったくいかない。ただ、それでもボートの舳先《へさき》だけはブレない方がいいし、そのためには自分のボートの舳先をどこに向けるか最初に決めておくのが大切なんだ。そういう意味では、達哉君も明日香さんも自分たちの生活というものに方角を絞っているんだから、その方角さえ見失わずに舵《かじ》を切っていけば、二人はこれからきっと幸せになれると僕は確信するよ」

亜紀は康の言葉を聞きながら彼の深い優しさを感じていた。

昔から康はよほどのことでない限りは誰かを批判したり、断罪したりすることのない人だった。そんな生来の温和な性質が若い頃の亜紀には歯痒《はがゆ》く、物足りなく感じられたが、いまは反対にとても大きなものに感じられる。さきほど銀杏並木を歩いているとき、木々の方が人間よりもずっと進化しているのだと彼は言っていた。つらい抗がん剤治療の最中、病院の窓辺に小さな花を見つけて、この花のように生きようと決意したのだと手紙の中で書いていた。そうした康の大らかな精神は、自分のような狭量な人間には及びもつかぬものだ。

「すいません」

黙り込んでいた達哉がぽつりと言う。

「僕たちもようやく結婚できるんでちょっと舞い上がってたのかもしれない。亜紀さんのおっしゃることもよく分かります。式についてはもう一度二人でよく話し合ってみることにします」

明日香も俯《うつむ》けていた顔を上げて、

「私も達哉と結婚できればそれで十分だから、お金のことも含めて自分たちの力でできる範囲で考え直してみる」

と言う。

「それはそれでいいと思うよ」

康が静かな口調で言った。

「ただ、媒酌人は僕たちが喜んで引き受けるからどんな形であれ式だけはきちんと挙げた方がいい。ほんとうは僕らもきみたちを見習って親戚《しんせき》や友だちを招いてちゃんとお披露目したいところなんだけど、何しろこの気の強い女房がこんな歳で結婚式なんてみっともないって大反対だし、僕の病気のこともあって彼女の両親、とくにお父さんが僕らの結婚をいまだに認めてくれないから、なかなかそうもいかないんだ」

彼は正直に自分たちの事情を語る。こういうところにも相手に対する行き届いた気遣いを亜紀は感じてしまう。

「康さんのお墨付きが出たんだから、明日香たちの思い通りにすればいいわ。前言撤回。私はもう何も言わない。康さんがいいと思うことを私もいいと思うことに決めてるから」

亜紀が言い添えると、

「冬姉ちゃんがそんなしおらしいこと言うなんて、なんか信じられないなあ」

明日香がおどけた調子ですかさず口を挟んで、康も達哉も大声で笑った。

蕎麦屋を出てみると、幸い雨は止んでいた。店の前で二人と別れ、亜紀たちは外苑前駅から地下鉄に乗った。平井のマンションまでは四十分ほどの距離だ。

香港から戻って、亜紀は自分のマンションに康を迎えた。七月に会社を辞めた時点でローンが五百万円ほど残っていたが、これは亜紀の退職金で清算した。康は自分が肩代わりすると言ってくれたが亜紀は断った。部屋は手狭だが夫婦二人の暮らしなら別に不便はなかった。

「せっかくあんなに嬉《うれ》しそうだったのに、余計なこと言って明日香たちに悪かったわ」

電車の中で亜紀が言うと、康は笑みを浮かべて、

「そんなことないさ。亜紀が話しだしたら二人の顔が引きつってきたから反論しておいたけど、亜紀の言ってたことは至極正論だと思うよ。僕もあの二人を見てるとすこし心配なところがある」

と言う。

「心配って？」

聞き返すと、

「あんなに互いに依存し合ってたら、もし片方が早くに死んでしまったりしたときどうするんだろうって、亜紀は不安にならないか」

と康は真面目な顔つきで言った。

亜紀は何も言えずに黙った。

「突然の事故だってあるし、若くても僕みたいに癌になってしまうこともあり得るしね。達哉君も明日香ちゃんも、もう少しお互い距離を取る訓練をしておかないと、相手を失ったときほんとに立ち直れなくなってしまうよ。どんなに愛していた相手でも、死んでしまえば、残された方はその思い出だけで生きていくわけにはいかないからね」

「そうかなあ」

亜紀は呟くように言った。ふと死んだ沙織のことが頭をよぎる。

「まあ、子供でもできれば少しは違うんだろうけどね」

「あなたも、私が死んだら、やっぱり思い出だけで生きていけないと思う？」

亜紀はそう訊《たず》ねながら、自分は康の死後、彼との思い出だけで生きていくことができるだろうか、と自問していた。せめてあと数年、一緒に過ごす時間を与えられればきっとできるだろうと感じた。だが、自分たち夫婦の場合はその数年が大きな難関として目の前に立ち塞《ふさ》がっている。たとえ康が死んだとしても、彼のことを一日一日思い出しながら生きたいと亜紀は強く思った。そのためには、普通の夫婦の何倍もの密度で彼との大切な時間を過ごしていかなくてはならない。

「きみが僕より先に死ぬことは恐らくないと思うよ。だけど、もしそんなことになったら僕もすぐに死んでしまうだろうね。きっとそうなるような気がするよ」

康はさらりと言った。

「馬鹿なこと言わないで」

「きみが、縁起でもないこと訊《き》いてきたんだろ」

「あなたが、片方が死んだらとか、若くても僕みたいに癌になったらとか、厭《いや》なことばかり言うからよ」

「ごめん、悪かったよ。ただ、あの二人を見てるとほんとにそう感じたんだ」

ちょうど康が謝ったところで電車が丸の内線の御茶ノ水《おちゃのみず》駅に到着した。

平井までは総武線なので地下鉄からJRに乗り換える。乗り換えの客たちで混雑する狭い通路を歩いて亜紀たちはJR御茶ノ水駅のホームまで上がった。

時刻はまだ四時を少し回ったところだが、空はいよいよ灰色の雲に埋め尽くされて、そのせいで日没前のようにホームは薄暗い。気温もどんどん下がってきているようだ。亜紀はバッグから小さな魔法瓶を取り出すと、蓋《ふた》にビワ葉茶を注いで康に差し出した。いつものことなので康は当たり前に受け取って温かいお茶をすすっている。このビワの葉は長岡の佐智子が毎月送ってきてくれるもので、朝晩煎じて康も亜紀も常用していた。ビワ葉は煮出すと美しい琥珀《こはく》色のお茶になる。味もクセがなくてとても美味《おい》しいのだった。

入籍直後に亜紀が康とともに結婚の報告に出向くと、四郎も孝子もかなり激しいショックを受けたようだった。ことに四郎は、康が肺癌を患っていたと聞いて愕然《がくぜん》とした面持ちになった。

「自分が生きているあいだに、もう二度と我が子を失う哀しみは味わいたくない。その子を失って悲嘆にくれる我が子の姿も金輪際見たくない」

彼はそう言って、康の面前で二人の結婚はあくまで認めないと宣言したのだった。

以来、両国の実家との行き来はこの五ヵ月のあいだ完全に途絶えてしまっている。

亜紀は過剰とも思えるその反発に、父が沙織を失っていかに苦しい思いをしたか今になって思い知らされたような気がした。

雅人と春子は亜紀の結婚を祝福してくれた。二人は子供にはいまだ恵まれていなかったがうまくやっているようだった。夫婦ともども両親とのあいだを周旋しようと努力もしてくれたが、孝子はその甲斐《かい》あって軟化したものの四郎の方は長男夫婦の説得にも頑として譲る姿勢を見せなかったという。

七月六日の土曜日、長岡の佐智子のところへ挨拶《あいさつ》に行った。

佐智子はすでに七十一歳になっていたが、相変わらず若々しく溌剌《はつらつ》としていた。くも膜下出血の後遺症も皆無で、一見するとてもそんな病気を抱えている人とは思えなかった。三年前に夫を失い、いまは長男の学と嫁の佳代子が佐藤酒造を切り盛りしていたが、佐智子も店の仕事にあれこれと精出しているふうだった。学夫妻には奈津子ちゃんという娘が生まれ、すでに七歳になっていた。

亜紀たちの乗った「とき三一三号」は十二時前に長岡駅に到着した。

佐智子や学、佳代子や奈津子も新幹線のホームまで出迎えに来てくれていた。

亜紀が列車から降りると、佐智子は一人離れてホームのベンチのそばに佇立《ちょりつ》していた。

その姿を一目見た瞬間、亜紀の瞳《ひとみ》から自然に涙があふれてきた。

康に背中を押されるようにして、亜紀は自分から佐智子のもとへ近づいていった。佐智子は亜紀の顔を食い入るように見つめながら、ただじっとその場に立っている。

この日のためだけに買った白いスーツを亜紀は着ていた。

そばまで来ると、佐智子が両手を差し伸べてくる。亜紀はその細い手を両掌《りょうて》で包み込むようにしっかりと握った。真っ直ぐに目を合わせて、

「すっかり遅くなって、申し訳ありませんでした」

と亜紀は詫《わ》びた。

佐智子はようやく頬に笑みを浮かべて、

「ほんとね。丸十年の遅刻よ」

と言う。佐智子の瞳も涙で濡《ぬ》れていた。

亜紀は返事ができずそのまま佐智子に抱きついた。

「よく来たわ。ずっとずっと待っていたのよ」

そう耳元に涙声で囁《ささや》きながら、佐智子は亜紀の身体を長いこと抱きしめてくれたのだった。

7

妊娠検査薬の丸い小さな判定窓には赤紫色の縦のラインがくっきりと浮かび上がっている。

これできっと間違いない……。

それでも亜紀はこの現実がおよそ現実とは思えない気がした。康が会社に出かけたあとですぐに最初の判定を行なった。そのときも一分も経たないうちに陽性を示すラインが判定窓に現れた。ラインは濃い赤紫色で、説明書によればたとえ色が薄くてもラインさえ出れば陽性なのだという。念のため検査薬を製造しているメーカーのホームページも調べたが、亜紀の場合は明らかな陽性反応と判断してよかった。この検査薬の正確さは九十九・九パーセントとＨＰでは謳《うた》われていた。

昼食を済ませてから再度検査薬を使ってみた。

結果はやはり同じだった。

九八年の一月に福岡から戻って以来、亜紀は長く生理不順がつづいた。当時すでに三十半ばに差しかかっており、年齢のせいだろうと諦《あきら》めていたが、不思議なことに一昨年に康と結婚してからは周期が次第に安定してきたのだった。いまはほぼ二十八日の理想的な周期に戻り、生理も以前より軽くなっていた。

それが今月に入って急に乱れているので、亜紀はもしやと思ったのだった。先月から数えると今日でちょうど二週間、生理が遅れていた。

検査薬を買ってきたのは三日前だ。亜紀はこの三日間、検査薬を使うかどうかずいぶんと迷った。

というのも明日の三月十八日木曜日が康の定期検査の日だったからだ。まして通常の検査日ではなかった。康の肺の腫瘍《しゅよう》の消失が画像で確認されたのは一九九九年の三月十七日のことだった。それからちょうど五年、明日の検査で異常なしと診断されれば康は見事に五年生存を果たしたことになる。半年前の検査のとき、主治医からも「次回の検査で問題がなければ、これからは血液だけは半年ごとに見て、画像については年一回撮れば十分でしょう」と言われていた。

亜紀がこの二年近く念じつづけてきた「とにもかくにも五年」がいよいよ完了する。むろん妊娠の確認は明日の検査を終えてからとも亜紀は考えた。が、一方ではこのところの康の体調を考慮すると、検査の前に調べてしまった方が気持ちの整理がつけやすいような気もした。そうやって三日間悩みに悩んだ末、今朝になってようやく検査薬を使う決心をしたのだった。

しかし、こうして実際に現実を突きつけられてみると、亜紀はこれから何をどうしていいのかますます分からなくなってしまった。

まず、自分が妊娠しているという事実がいまだに信じられなかった。

結婚して一年九ヵ月、亜紀はただの一度も子供が欲しいと思ったことはない。この十月には四十歳になる身だし、妊娠は最初から難しいと考えていた面もある。だが、やはりそれに数倍して、新しい命を望むよりも目の前の愛する人の命を守ることに彼女は無我夢中だったのだ。

亜紀は細いスティック状の検査薬を二本ともケースに戻すと、その箱を寝室のドレッサーの抽出《ひきだ》しの奥にしまった。そしてベッドに横になった。脳裡《のうり》にはさまざまな思いが渦巻いてうまく考えがまとまらない。そっと下腹部を両手でさすってみた。このお腹の中に康の子供がいる——そう思うと急に全身が熱くなってくるような気がした。康と私の赤ちゃんが生まれる、私は母親になることができる——そう思うと意識までが熱を帯びてくるようだった。

どうしよう……。

今夜帰って来た康に自分はどんな顔で接すればいいのだろう。

こんなことなら、明日の結果を待って妊娠の判定をするべきだったのだろうか。だが、妊娠の事実がそれで変わるわけではない。何があったとしても父親である康にはこの事実を伝えなくてはならない。

ひとまず今夜は康には黙っておこう。明日の結果が良ければすぐに告げ、仮に悪い結果だったなら、いずれ時期をみて伝えることにしよう。

いまの亜紀に思いつくのはその程度のことだけだった。

寝室の窓からは柔らかな陽射しが注ぎ込んでいた。亜紀は仰向《あおむ》けになったまま光の方へ顔を傾ける。その拍子に瞳に溜《た》まっていた涙がこめかみを伝って流れ落ちる。何度か強くまばたきして霞《かす》む視界をはっきりとさせた。この一週間で東京も急速にあたたかくなってきていた。外の光の量がたしかな春の到来を告げている。

今日知ってよかったのだ、これはきっと良い兆しなのだ、と亜紀は懸命に信じようとする。が、すぐさま、康が再発していた場合、妊娠などしていては何もしてあげられなくなってしまう、という不安が心の隙間から首をもたげてくる。

もし再発していたら亜紀の妊娠を康はどういう気持ちで受け止めるのだろうか。我が子の誕生を励みに病気と闘う気力を滾《たぎ》らせてくれるだろうか。肺の小細胞癌の再発には決定的な治療法は存在しない。一般的には半年足らずで亡くなってしまう例も少なくないのだ。まして康のような若さであれば、増殖を再開した癌細胞の分裂速度は素早いだろう。病状が厳しい経過を辿《たど》ったとき、康はどんな目でお腹の大きくなっていく亜紀の姿を見つめるのだろう。生まれてくる子供の顔すら見ることができないと覚《さと》ったとき、彼はどんな思いでその現実を受け入れていくのだろうか。

窓の外の景色が再び滲《にじ》んでくる。亜紀は左掌で涙を拭《ぬぐ》った。

ここ一ヵ月ほどの康の体調は、亜紀の目から見ても尋常ではない。

康も気にしていないふうを装っているし、亜紀も心配の素振りは極力見せないように努めているが、それでも夜中に激しい咳《せき》が出て眠れなかったり、微熱がずっとつづいていたりと、かつてない症状が現れているから、本人も内心では再発の可能性をかなり危惧《きぐ》しているに違いない。

結婚してすぐに病歴を詳しく教えて貰《もら》ったが、康が身体の異常を感じてアメリカで検診を受けたのは、やはり微熱、身体のだるさ、そして一向におさまらない咳のためだったという。その話を思い出すと、現在の彼の状況はそのときとそっくり同じと言っても過言ではない。

もともとは二月初旬に風邪を引いたことがきっかけだった。突然三十九度の熱が出て医者に行くとインフルエンザと診断され、タミフルを処方された。この薬の効果で熱はすぐに下がり、二日休んだだけで出勤したのだが、それからも康の体調は完全に回復しなかった。夕方になると微熱が出るようになり、深夜に決まって咳《せ》き込むようになった。寝汗もひどくて一晩で下着がぐっしょりすることもある。日によって症状の軽重はあったが、そんな状態がこの一ヵ月余りずっと継続しているのである。

康は今年に入ってからの激務が身に応《こた》えているのだろう、とよくこぼしていた。

彼はこの二〇〇四年一月から戦略企画部長に就任していた。年明けに突然の辞令を受けて否《いや》も応もなく異動させられたのだ。断ろうにも断れない人事だった。前任の企画部長が正月二日に自宅で心筋梗塞《こうそく》で倒れ、そのまま帰らぬ人となってしまったのだ。去年一年間、康はこの部長と共にNTTとアライアンスを組んでの巨大プロジェクトを推し進めていた。それもあって、社の上層部としてはプロジェクトの実質的責任者である戦略企画部長に康を横滑りさせることにしたのである。

社内的には異例とも言える抜擢《ばってき》人事だった。亡くなった前任者はすでに執行役員に名を連ねていたから、その後任を務めるということは、今年六月の株主総会後に康が執行役員に任じられる可能性があった。そうなれば、四十三歳での役員会入りとなり、これは同期で二番目のスピード出世ということになる。

だが、康自身は前任者の死亡を受けての着任に決して乗り気ではなかった。仕事の量も格段に増え、責任も一気に重くなる。本来ならば辞退したいところだったが、プロジェクトとの絡みもあってどうしても固辞できなかったのだ。

亜紀もこの異動を知って厭《いや》な予感がした。よりによって五年目を迎える直前にこんな予想もしなかった人事を受けたことが、三月の検査結果に暗い影を投げかけるような気がした。ただでさえ多忙な仕事がさらに過酷になることももちろん不安だった。

案の定、企画部長就任後の康は、それまで多少無理してでも休んでいた土日もなくなる忙しさになった。週に三日は家で食べていた夕食も、取引先向けの新任挨拶《あいさつ》の接待や部下たちとの飲み会などで潰《つぶ》れて、一度も時間が取れない週もあった。そうした無理がたたって、二月初めに風邪を引き、それを機に彼は体調を崩してしまったのだった。

十五分くらい横になっていただろうか。涙が乾いたところで亜紀はゆっくりと起き上がった。ナイトテーブルに置かれた目覚まし時計の針は午後一時半を指している。

明日のことをくよくよ気に病んでも始まらない。まだ再発と完全に決まったわけではないのだ――そう気持ちを切り換えてみる。

今日は、明朝の検査に備えて康は早く帰って来ることになっていた。何か美味《おい》しいものを彼に食べさせてあげたい。久しぶりにブイヤベースをこしらえようか。和風仕立てにしてソースには練りゴマを使ってみてはどうだろう。銀座のデパートまで足を伸ばして新鮮な食材を見つけてこよう。うららかな外気に触れれば、この憂鬱《ゆううつ》な気分も少しは晴れてくれるかもしれない。

亜紀はベッドから降り、よしっと気合をかけて立ち上がった。背筋をしゃんと伸ばし、もう一度スカートの上から両手でお腹をさすった。おへその下あたりで掌《てのひら》を止めて静かに目を閉じる。

――私の赤ちゃん、どうかあなたのお父さんを守ってちょうだい。

亜紀は心の中でそっと念じてみた。

8

ふと目覚めると、隣にいるはずの康の姿がなかった。

亜紀は反射的な動作で身を起こし、ベッドランプを灯《とも》す。目覚まし時計に目をやって時刻を確認した。午前五時二十分。まだ夜は明けきっていない。カーテンの隙間にも闇が張りついたままだった。三時過ぎに康が激しく咳き込んで、咳止めの薬包を一服飲ませた。しばらく背中をさすってあげていると再び寝息を立て始めたので亜紀もそのままもう一度眠ったのだった。亜紀は生まれつき物音には敏感な体質なので、あれからまた康が咳で起きたのでないことは分かっていた。手洗いにでも立ったのだろうか。

しばらく待ったが康は戻って来なかった。

亜紀はベッドを離れると、寝室のドアを開けて狭い廊下に出た。ガラスの嵌《は》まった扉越しにリビングの明かりが洩《も》れている。

テレビの前のソファに座っている康の後ろ姿が見えた。

軽くノックしてリビングに通じるドアを開けた。康のいる二人掛けのソファの脇に置かれた一人掛けの方に回り込んで亜紀が腰を下ろすと、

「おはよう」

康は笑顔で迎えてくれる。

「どうしたの？　眠れなかったの」

亜紀も笑顔になって訊《たず》ねる。

部屋は暖房がついている。春めいてきたとはいえまだまだ朝方の冷え込みは厳しい。

「いや、薬を飲んでからはぐっすり眠れたよ」

「何かあたたかいものでも淹《い》れましょうか」

「いいよ。それよりきみはもう少し眠っておけばいいのに」

「大丈夫。私もたっぷり寝たから」

康はナイトウェアの上に愛用のカシミヤのカーディガンを羽織り、靴下もちゃんと履《は》いている。身体をとにかく冷やさないこと——亜紀はこの一年九ヵ月のあいだ口を酸っぱくして彼に言いつづけてきた。東洋医学の観点から見れば、すべての病気は血流の滞りから

生じるという。癌もその例外ではない。そして血の流れを阻害する最大の要因は何と言っても「冷え」なのだった。

五年目の検査を目前に控えた今朝の今朝も、こうして自分の言うことを忠実に守ってくれている夫の姿に、亜紀はつい涙ぐみそうになってしまう。この人は再発の恐怖とずっと闘いながらこんなにも頑張ってきたのに、そう思うと胸が熱くなってくる。

「やっぱり何か淹れるわ。紅茶でいい？」

康が頷《うなず》き、亜紀はキッチンに行った。

お湯が沸くあいだに眸《ひとみ》に滲んだ涙を拭《ぬぐ》い、紅茶をお盆に載せて亜紀はソファに戻った。

「実はちょっと怖い夢を見たんだ。それで目が覚めてしまった」

熱い紅茶を一口すすってから不意に康が言う。

亜紀は、自分のカップをソファの前のガラステーブルに戻して、

「どんな夢？」

さりげなく訊《き》いた。

康は幾分記憶を探るような面持ちになり、それから夢の内容について語り始めた。

「どこだか分からないんだが、すごく大きな建物の中に僕はいて、固いベッドの上に寝ているんだ。どうやらだだっ広い部屋のようなんだけど、あたりは真っ暗でどのくらい広いんだか見当もつかない。ただ、その部屋には僕一人きりで他には誰もいない。亜紀はどこに行ったんだろうと心配になってベッドから起き上がろうとするんだが、なぜか身体が自

由に動かせないんだ。別に不快な感じはないんだけど、これはすこし困ったなあと思って黙って寝そべってた。そしたらしばらくして、突然、遠くで雷のような大きな音が聞こえて、と思ったら今度は物凄《ものすご》い地響きが起きて、建物全体がぐらぐら揺れはじめたんだ。さすがに恐ろしくなってベッドから飛び起きようとするんだけど、相変わらず全然身動きが取れない。揺れはどんどんひどくなって、ついには壁や天井が崩れだして、僕の寝ているベッドの周りにコンクリートの固まりがドカドカと落っこちてくるんだ。これはちょっと駄目かもしれないと思って叫び声を上げた瞬間に、巨大な柱みたいな真っ黒いものが僕の身体に倒れかかってきた。でもほんとうに怖かったのはそのあとで、いつの間にか僕は、高いところからその建物が崩れる様子を眺めていて、そこが大きな病院だったと初めて分かるんだ。僕は必死になって地上に降りようともがいて、瓦礫《がれき》の中から自分の身体を見つけ出そうとする。だけど凄い量の瓦礫に埋まっていて見つかるわけがない。諦《あきら》めかけて、また高い場所に昇っていこうとしたとき、ふっと気づくんだ。そういえば亜紀はどうしたんだろうって。亜紀は、僕と同じように壊れた建物の下敷きになって死んでしまったんじゃないかって。そう思ったら、胸が張り裂けそうな気持ちになって、気がついたら目を開けていたんだ」

康は話し終えた途端に咳き込み、慌てて手元の紅茶をすすった。

「不思議な夢ね」

亜紀は咳がおさまるのを待ってから言った。

「そうかな。そういえばそうかもしれないな。目が覚めたときは、今日が検査の日だし、我ながら情けない夢を見るもんだとちょっとがっくりきたんだけどね。ただ、ここに座ってぼーっとしてるあいだに、不思議な夢だなって気が僕もしてきたよ。僕は、自分が死ぬことが怖いんじゃなくて亜紀と別れるのが怖いんだって思った。自分が死んでしまうことはたしかに夢の中でも大して怖くなかったんだ。ただ、亜紀が死んでしまったんじゃないかと思ったら怖くて怖くてたまらなかった。考えてみれば変な話だよ。僕も死んでしまったんだから、亜紀が一緒に来てくれた方がよさそうなものなのにね」

　亜紀はお腹に手を当てながら康の話を聞いていた。妊娠が分かってからは自分でも意識しないうちに下腹部に手がいってしまうのだ。たった半日程度なのに、この身に宿った生命がいとおしくて仕方なくなってきている。

——私の赤ちゃん、お母さんも頑張るから、あなたもお父さんを守ってあげてね。

　昨日からすでに何十回も繰り返している言葉を心の中で呟《つぶや》く。

「人間は死んだらどうなるんだろう。亜紀はどう思う？」

　俯《うつむ》けていた顔を上げて、康が亜紀の方を真っ直ぐに見た。

　亜紀は涙が出そうになるのを我慢して一心にお腹の赤ん坊に語りかけていたので、突然の問いにうまく返事ができなかった。

「私にはよく分からないわ」

　やっとの思いで口にする。

「死んだら終わらない眠りにつくんだろうか。夢のない眠り。それは何もないのと同じだね」

また康が小さく咳をした。

「生姜湯《しょうがゆ》でも作りましょうか」

亜紀が立ち上がりかけると、康が目でそれを制止する。

「せっかくだからきみと少し話をしておきたいんだ」

静かな声で言った。亜紀は座りなおして両手をお腹から外した。

「僕は五年前に入院したとき、自分が死んだらどこに行くんだろうってよく考えたよ。でもどれだけ考えても全然分からないんだ。どうしても死にたくないからその先のことを考えられないとかじゃなくて、ほんとに何も見えてこないんだ。ただ、薬の副作用が一番ひどくて物がまったく食べられなくなって、このまま衰弱して死んでしまうんじゃないかって感じてた時期、一つだけ気づいたことがあった。僕はこう思ったんだ。死んだらどこに行くかというのは生きているうちは絶対分かりっこないだろうって。これぱかりはほんとうに死んでみないと分からないんだってね。でも不思議なんだ。そう気づいた途端に、どこかは皆目見当もつかないけど、自分は死んだらきっとどこかに行くんだろうなって思った。いまとなっては、あのときの感覚をはっきり思い出すことはできないけど、たしかに僕は、そう確信したような気がするんだ」

亜紀は康の落ち着いた物言いに、波立った心が鎮まっていくのを感じた。いまは哀しむのではなく、きちんと康と話すべき場面なのだろう。

「私は、人は死んだらきっと生まれる前の世界に帰るんだと思うよ」

亜紀は言った。若い頃から彼女は漠然とそう考えてきた。この世界へと通ずるドアを開けて私たちはここに来た。そしてまた同じドアを通ってここから去っていくのだ。

「生まれる前の世界ってどんな世界なのかな」

康が真剣な面持ちで訊いてくる。

「たぶん、こととてもよく似ている世界よ」

「そうかな」

彼が怪訝《けげん》な表情を作る。

「ええ。私はなんとなくそんな気がするの。この世界とつづく世界。お隣同士みたいなところ。だってこの世界がこんなふうなら、もう一つの世界も同じじゃないとおかしいと思うもの。そうじゃなきゃ、この世界がこういうふうである意味も理由もなくなってしまうでしょ。私はこの世界のことをそれほどいい世界だとは思ってないけど、でも、とてもよくできてるとは思うの。だから、生まれる前の世界もこういう感じだと思うわ」

「じゃあ、あの世はあるってこと」

「そうね。たぶんあると思うわ。そして、生まれる前の人も死んだ人もみんなそこで暮らしてるんじゃないかしら。案外この世界と同じようにね」

「へえ」

次第に康が興味深そうな顔になってきている。

「だから死ぬのはきっとそんなに悪いことじゃないし、向こうの世界に戻ったら、この世界でやってたことがちゃんと報われるの。不幸だった人ほど幸福になったりするのよ」

亜紀は喋《しゃべ》りながら、また目に涙が滲《にじ》んでくるのが分かった。死後の世界がほんとうにそうであって欲しいと心から思った。

「それは便利な世界だなあ」

康が笑っている。

亜紀にはその笑顔がたまらなく切なかった。

「笑わないでよ。私はほんとにそう信じているんだから」

ついつい怒ったような口調になった。

「ごめん、ごめん」

康は素直に謝ると、

「じゃあ、きみに約束しようか」

と言い掛けてきた。亜紀はその言葉の意味を図《はか》りかねて問い返すような顔になった。

「もしも僕が先に死んで、亜紀がいま言ったようにあの世というものがあったら、きみに知らせに来てあげるよ」

思ってもいないような彼の台詞《せりふ》に、亜紀は何と言っていいか分からない。

「そうだな。どんな方法がいいんだろ」

康はいかにも本気な様子で思案している。

「やめましょう、そんな話。今日みたいな日にするような話じゃないわ」

だが、康はますます真剣な表情になっていた。

「そうだなあ、もう僕の肉体は無くなってしまってるから、何か別の生き物に姿を変えてきみを訪ねてくるというのはどうだろう。珍しい生き物がいいよね。しょっちゅうその辺で見かける犬や猫じゃあ、どれが僕なのか分からないだろうしね」

「もうそんな話やめてちょうだい。私、聞きたくないわ」

亜紀は耳を塞《ふさ》ぐポーズをとって、康の顔を見返す。

それでも、康は頓着《とんちゃく》したふうもなく、ソファに一度深く座りなおして目を閉じてしまった。眉間《みけん》に皺《しわ》を刻み、微《かす》かな音に耳を澄ますような神妙な面持ちになっている。

亜紀はその姿に何か近寄りがたいものを感じた。いままで一度も見たことのない康が目の前にいるような気がした。

「ねえ、どうしたの」

そう声をかけた瞬間、彼が目を開けた。

「真っ白な馬にしよう」

射すくめるような目で亜紀を見つめながら康が力を込めて言う。

「もしもあの世があったなら、僕は白い馬になってきみのところへ行くよ。僕が死んで、それからしばらくして白い馬がきみの前に現れたら、それは僕で、あの世はあったということだ」

「ねえ、ほんとにどうしたの。どうしてそんな話をするの。今朝のあなたは何だか変だわ」

哀願するような口調になって亜紀は言う。全身に寒けを感じはじめていた。康がこのまま遠いところへ行ってしまいそうな気がした。

そこでようやく、康は普段の顔つきになった。

「悪かったよ。でも、現実は直視しなくちゃいけないからね」

いつもの冷静な口ぶりに戻っている。

「恐らく今日の検査で、僕が再発していることがはっきりすると思う。この一ヵ月ほどの身体の状態は普通じゃないからね。きみも気づいていると思うけど、初めて癌が見つかったときもこれと同じ症状だった。残念だけど十中八九再発だと考えた方がいい」

そんなのまだ分からない、いまから決めつけちゃ駄目だ、そんなことを言って本当にそうなってしまったら一体どうするの？――幾つもの言葉が亜紀の脳裡《のうり》を駆けめぐるが、いまの康の前ではどうしても声にならなかった。

「僕はもうきみとは長くはいられないような気がするんだ」

すこしの間があって、康がぽつりと呟く。何かを堪《こら》えるように唇を嚙《か》みしめている姿を亜紀は黙って見つめた。

「だけど、そのことできみにあんまり哀しんで欲しくない。僕はもう思い残すことはないんだ。きみと結婚して長年の夢も叶《かな》えることができた。わずかな時間だったかもしれないけど、きみと暮らせて僕はほんとうに幸せだった。そりゃあ、よその人たちからすれば何て短い一生だったんだろうと同情されるだけかもしれないけど、僕にとっては有意義な人生だったと思う。病気のことだって、そのおかげできみと再びめぐり合うことができたと思えば、それほどの悔いはないよ。ただ、きみを独り残して先にいくことだけが心残りだ。僕は十分過ぎるほど幸せにしてもらったのに、きみのことは哀しませるだけだったなんて、何と言って謝ればいいのか言葉も見つからない。だから、せめて、僕が死んでも決して哀しむ必要がないことをきみに知っておいて貰《もら》いたいんだ。僕は生きている限りはきみのためにどんなことでもしてあげたい。でも、恐らくもう時間がそんなに残っていないと思う。だったら、死んでからでも何か僕にできることがあればやってあげたい。さっきは妙なことを口走ってしまったけど、話を聞いてるうちに、きみが言うような死後の世界がもしもあるんだったら、そのことを僕は伝えに来てあげようって本気で思ったんだ。そうしたらきみは死の恐怖から解放されるだろう。僕みたいに恐れることなく死を乗り越えることができるだろう」

亜紀は康の話を耳に刻み込みながら、不可解で得体の知れぬ何ものかに自分たちが搦《から》め捕られてしまったような戦慄《せんりつ》を覚えていた。すっかり温かくなっているはずの部屋の中が異様に寒い。

康がたったいま口にしたことは、三年前の六月、雅人と春子の結婚式の帰りに読んだ沙織の遺書の内容と酷似していた。自分の死を哀しまないで欲しい、人は短い一生だと言うだろうが自分にとっては満足した人生だった、たとえ死んでしまっても自分にできることがあればどんなことでもしてあげたい——どれも、沙織が生前に記した言葉とそっくり重なるものだ。ただ、それだけならば二人の境遇の類似性からして、人はこうした状況にあっては同じ心理を共有するのだと納得できなくはない。

しかし、実際はこれだけではなかった。亜紀には以前からずっと気にかかってきた別の事柄があったのだ。

一昨年の五月に亜紀の手紙への返信として受け取った康の手紙の中には、摩訶《まか》不思議な記述があった。過酷な抗がん剤治療で衰弱しきっていた康が、生きる希望を見いだすきっかけになった出来事について触れた件《くだり》だ。康はその日のことを「四年前の十月十一日日曜日のことです」とはっきり記していた。そしてこの日、彼は病院の窓辺に「コスモスに似た美しい黄色い花」を見つけて「本気で自分の病気に立ち向かおうと決心した」のだと書きつづっていた。

亜紀はこの件を読んだ瞬間、思わず息を呑《の》んだ。

自分と康とのあいだに見えない絆《きずな》が存在することを強く感じ、身が震えるほどの感動を味わったのだ。

だが、いましがた康が発した言葉のあれこれを反芻《はんすう》しながら、一つの想念が急速に亜紀の脳裡に広がってきていた。康の手紙の中の「十月十一日日曜日」とは、まさしく亜紀が沙織と共に砧公園に出かけ、咲き乱れる黄花コスモスの花を一緒に眺めた一九九八年十月十一日のことだった。前の晩、沙織は夜半までかけて、やがて亜紀が読むことになる雅人への遺書を書き上げて来ていた。

見えない絆は果して自分と康とのあいだに結ばれたものだったのだろうか。

そういえば、と重ねて想起されることがあった。

黄花コスモスの花壇の前で車椅子の青年を見かけ、亜紀は康の病気に思いを馳《は》せた。やがて青年がいなくなり、沙織とのやり取りの中で、彼女が「もう長くは生きられないと思う」と呟《つぶや》いた。あのとき、亜紀は沙織の話を耳にしつつ、孝子から初めて彼女について聞かされた数年前のことを思い出していた。康の結婚と雅人の結婚とをだぶらせて不吉な予感を持った当時の自身について、あらためて不可解な気分に囚《とら》われたのだった。「長くは生きられない」と言う沙織の一言に、亜紀は、目に見えない運命の大河に彼女が押し流されているような印象を受けた。さらにはその奔流の中で、康や雅人、亜紀自身も同じ船に乗せられているような薄気味悪い感触を抱いた。だからこそ「あんまり考え過ぎない方がいいんじゃない」と沙織に向かってたしなめるような物言いをしてしまったのだ。

ほんとうに繋《つな》がっているのは、自分と康とではなく、沙織と康なのではないか。

亜紀は、突然のように舞い降りてきた不気味な想念に、胸が苦しくなってくるのを感じていた。なんて馬鹿げたことを考えているのだろう。よりによってこんな大切な日に……。

亜紀は自分の妄想を振り払いたくて、目の前の康を見た。彼は亜紀の長い沈黙に戸惑っている気配でカーテンの閉まった窓の方をぼんやりと眺めていた。

「たとえ癌が再発していたとしても、私はあなたを死なせたりなんて絶対にしない」

亜紀はお腹に手を当てて、強い調子でそう言った。

この子がいる、と亜紀は思った。この子こそが自分と康とを繋ぐ運命の結晶にちがいないのだ、と思った。

康が顔を向けて弱々しく頷《うなず》いてみせる。

「僕も全力で病気と闘うよ。きみを独りぼっちになんてさせないさ」

だが、彼はそう言ったあと、激しく咳《せ》き込んでしまったのだった。

9

あたたかな湯に浸《つ》かって、亜紀は何度も心地よい吐息をついた。

湯の中で余分な力を抜いて自分の胸に触れてみる。なるほど両方の乳房が心なし張っているような気もする。

昨日、康と二人でさっそく錦糸町《きんしちょう》にある都立墨田病院の総合周産期母子医療センターに診察を受けに行ってきた。内診と尿検査で妊娠が確定し、「妊娠二ヵ月ですね。分娩予定日は十一月十日頃でしょう。おめでとうございます」と医師に告げられた。そこで、胃のもたれなどの「つわり」の症状の有無を問われ、乳首の黒ずみや乳房の張りについても訊《たず》ねられたのだ。

診察室を出ると、待ちかねた様子でドアの向かいに立っていた康に亜紀は小さくVサインを送った。その瞬間、彼は派手なガッツポーズを作って亜紀に抱きついてきたのだった。

亜紀の妊娠を知っての康の喜びようは、想像以上のものがあった。

妊娠検査薬で陽性反応が出たことは、一昨日、康の検査結果を聞いたあとで打ち明けた。病院の最寄り駅まで戻り、近所のスターバックスにとりあえず二人で腰を落ち着けたときのことだ。この状況で言うべきかどうか亜紀は逡巡《しゅんじゅん》したが、思い切って口にした。康の方はそれを聞いてしばしぽかんとしていた。何を言われたのかよく分からない表情で、答えを待つ子供のように不思議そうな目で見つめ返してきた。

「ごめんなさい、こんな時にまた驚かせるようなことを言って」

相手が黙ったきりなので、亜紀は気恥ずかしさも手伝ってそう言った。

「陽性だったということは、要するに僕たちの子供ができたってこと？」

だいぶ間を置いて康が訊《き》いてくる。

「たぶんそうだと思う。市販の検査薬でも、反応が出ればほぼ百パーセント間違いないらしいの」

「なるほど……」

先刻の診断結果にかなり混乱した気配だっただけに、康はうまく思考を切り換えられずにいるようだった。

「でも、ちゃんと病院に行って診察して貰わないと確実じゃないのよ。まだ決まったわけでもないし、先々のことは診察が終わってから考えればいいの。今日はとにかくあなたにとって大事な日だったんだし、なんだか余計なことを持ち出してごめんね」

亜紀は再び謝った。

康はなおも考え込むようにしばらく無言だった。が、ふと腕時計に一瞥《いちべつ》をくれ、

「まだ二時半だ。いまからすぐ病院に行こう」

といきなり立ち上がったのだった。

亜紀はびっくりして、

「ちょっと待ってちょうだい。病院に行くのなら、きちんと設備の整った評判のいい総合病院を選びたいし、妊娠に関する本も買って、診察を受ける前に少しは勉強しておきたいから」

と勢い込んでいる康に着席を促した。

だが、彼は座らなかった。椅子の背に掛けていた上着を羽織るとテーブルの上のカップを亜紀の分まで取り上げ、

「だったらいまから大きな本屋に行こう」

さっさと出入口に向かったのである。

せっかくのコーヒーにもろくに口をつけぬまま店を出て、仕方なく亜紀は駅舎の方へと歩き始めた。すると後ろから康の手が伸びてきて今度は腕を掴《つか》まれた。

「何を呑気《のんき》なことしてるんだ」

彼は怒ったような顔で亜紀をタクシー乗り場まで引っ張って行くと、亜紀を先にして車に乗り込み、

「八重洲《やえす》ブックセンターまで頼みます」

とドライバーに指示する。そして、

「運転手さん、女房が妊娠しているんで安全運転で頼みます」

強い口調でつけ加えたのだ。

ブックセンターでは時間をかけて何冊もの本を見比べた。それも途中からは、亜紀は二階のティールームに連れていかれ、本を選んだのは康一人だった。帰りも当然のようにタクシーに乗り、車中では買ったばかりの本にさっそく目を通していた。

自分の検査結果のことなどすっかり念頭から消え去ってしまったかのようだった。

マンションに帰り着くと、二時間ほどで康は本を読み終えた。そして、その中に紹介されていた都立墨田病院をインターネットで念入りに調べ上げて、「明日ここに行こう」と言ってきた。亜紀はそのあいだ何もすることがなく、矢継ぎ早に作業をこなす彼にお茶を淹《い》れたり、溜《た》まっていた汚れ物を洗濯したりで時間を潰《つぶ》していた。

「これじゃあ、どっちが妊娠したのか分からないわ」

墨田病院の産科に電話を入れて翌朝九時半の診察予約を取りつけた康に、亜紀は呆《あき》れ顔で言った。彼はようやく人心地ついた気配だったが、

「きみは何も心配しなくていいから」

とピント外れなことを言い、

「大丈夫。明日は、僕も一緒に病院に行くからね」

と胸を張ったのだった。

湯船に肩まで浸かって、いつにない康の興奮ぶりを亜紀は反芻《はんすう》していた。この三日間の彼の態度を子細に思い返すとついつい噴き出しそうになってしまう。

「とにかく、妊娠十一週までは流産の可能性が最も高いんだ。少なくともあと一ヵ月半はなるべく安静にしていないとね。お酒も薬も厳禁だし、一人での外出も十分に気をつけないと。家事もこの期間はなるべく僕が肩代わりするつもりでいるから」

そういえば、さきほども康はそんな台詞《せりふ》をしきりに繰り返していた。

一昨日などは、亜紀が夕飯の準備を始めようとすると、

「とにかく明日病院に行くまではお願いだから絶対安静にしてくれ。晩飯は前祝いも兼ねて寿司の出前でも取るから」

と真顔で頼み込まれたほどだった。

三十五歳を超えて初産を経験する女性は、国の規定で「高年初産婦」と呼ばれるのだそうだ。亜紀の場合は予定日の十一月十日にはすでに満四十歳になっているため、その中でもとりわけ高い年齢層に入る。高年での出産は、流産や早産、難産の頻度が高まり、また胎児の先天異常の確率も格段に上がる。何より心配なのは妊娠中毒症の発症であるらしか

った。

康はそうした知識を本から仕入れて、やたらに気を揉《も》んでいるようなのだ。

だが、亜紀の方はいくらその類《たぐい》の記述を彼に読み聞かされても、一片の不安さえ覚えなかった。このお腹の子供くらいちゃんと立派に産んでみせる、という自信がここ数日でふつふつと身の内から湧き上がってくるのを実感していた。そもそも、康の病気と比較すれば、これくらいの課題を乗り越えるのは何でもないに決まっている。

診察してくれた医師も「年齢を考えるといろいろ不安な面もあるかもしれませんが、出産というのは個人差の方がずっと大きなものですから、あまり気にする必要はありませんよ。高年初産でもまったく正常に分娩《ぶんべん》する方もたくさんいますからね」と言っていた。

事実その通りだろう、と亜紀は思っている。

それに、墨田病院の周産期センターは母体胎児集中治療室も備えた高度な産科医療施設で、亜紀のような高年初産婦には打ってつけの病院だった。現在の産科医療、新生児医療は一昔前と比べても長足の進歩を遂げている。四十歳を過ぎての出産も、晩婚化が進んでいる昨今、それほど珍しいことではないのだ。

――なのに、あの人ったらどうしてあんなに心配しているんだろう。

普段は冷静さが取り柄の康がすっかりおろおろしているのが、だから彼女には面白くて仕方がないのだった。

髪と身体を洗って、もう一度湯に浸かったところで、不意に浴室の扉を開けて康が入って来た。

「僕も入っていいかな」

と訊くが、すでに裸になっている。亜紀は伸ばしていた足をたたんで浴槽内にスペースを作った。康がゆっくりと湯船に身体を沈めてきた。湯が溢《あふ》れて湯煙が立った。

「気持ちいいなあ」

目の前の康は上機嫌そうだ。ニコニコの笑顔になっている。

「そういえば、昨日も一昨日《おととい》も咳《せき》が全然出ていないんじゃない」

一緒にお風呂に入るなんて一ヵ月ぶりくらいだろう、と思いながら亜紀は言った。

「ほんとだね。嘘みたいに出なくなった。微熱も身体のだるさも霧が晴れるみたいに消えちゃったよ」

一昨日の検査結果は血液データも画像も何ら異常なしだった。

「もう余り心配する必要はないですね。すでに五年を経過したわけですから一応完治と申し上げてよいと思います。ただ、今後とも検査だけは念のために続けていく方がいいでしょうね」

主治医にそう言われたときの康の意外そうな顔は忘れられない。ここしばらくの体調不良やおさまらない咳についても質問したが、医師は取り合うでもなく「ちょっと風邪をこじらせてしまったのかな。咳や微熱がつづいているのなら、もしかしたら軽いアレルギー症状かもしれませんね。そろそろ花粉の季節ですから」と言って、咳止めと抗アレルギー剤を処方してくれただけだったのだ。

「あなたが変な夢の話をするし、縁起でもないことばかり言うから、私、ほんとにどうしようって思ったのよ。心配させるにもほどがあると思うわ」

亜紀は冗談めかして言う。

だが、そう口にした途端、ここ数日の康の過剰なほどの気づかいの理由が何となく腑《ふ》に落ちた気がした。彼はこの五年間、自分以外の人間のことを心配したくてうずうずしていたのではないか。結婚してからも亜紀にばかり負担をかけてきたのが本当に悔しく歯痒《はがゆ》かったのだ。だから、その分を取り返したくて、必要以上に今回の件で案じてくれているのかもしれない……。

「僕も悪かったと思ってる。だけど、人間の気持ちというのは厄介なものだね。あらためて痛感したよ。検査結果を知ったときは僕だって狐につままれたような気がしたんだ。一昨日の朝にしても、自分ではそんなに大げさなことを言ったつもりはまるでなかったよ。僕は間違いなく再発だと思い込んでた。それが、そうじゃないと分かった途端に、あんなにひどかった咳がぴたりと止まってしまったんだから、自分でもちょっと信じられない気分だよ」

康は照れくさそうな表情になっている。

「まったく小心者だよ、僕という男は」

亜紀は手を伸ばして康の腕を引き寄せた。

「そんなことない。あなたは凄《すご》く頑張ったわ。私の方こそ、せっかくの記念すべき日に妊娠のことを言ってしまって申し訳なかったような気がしてるの。もう一日待てば良かったなっていまになって後悔してる。あの日は、あなたの病気が完治したことを二人でお祝いすべきだった。私にとっても、子供ができたことより、あなたの病気が治ったことの方がずっと嬉《うれ》しかったんだから」

「そんなこと言ってたら、お腹の赤ちゃんに怒られちゃうよ。子供ができたことは僕には最高のプレゼントだったよ。いまでも信じられないくらいだ。今回の検査結果が良かったのも全部、亜紀と赤ちゃんのおかげだと思ってる」

亜紀は康の言葉に胸が詰まるようだった。

この子はちっとも怒ってなんていないよ。私と同じように父親であるあなたが癌を克服したことを心から喜んでいるのだから――と内心で呟《つぶや》く。

康が亜紀のお腹のあたりにそっと手を当ててきた。

「まだ男の子か女の子か分からないけど、この子はきっとすごく親孝行な子供だね。この子のためにも僕はどんなことしてでも長生きしないといけない」

お湯の中の亜紀のお腹を見つめながら自分に言い聞かせるように康は言った。亜紀はたまらなくなって彼の胸に思わず抱きついた。康は腕を開き、その身体をしっかりと受け止めてくれた。

「私、ちゃんとこの子を産むから心配しないで。あなたが治ってくれたお礼だもの、そのくらい立派にやり遂げてみせるわ。絶対に大丈夫、約束する」

亜紀はそう言いながら、怖いほどの幸福を感じていた。自分のようなささやかな人生にもこれほどの喜びがあるのだ、と初めて知った気がした。何か大きな存在に感謝を捧《ささ》げたい気持ちだった。

「心配なんてしてないさ。僕はきみのことを誰より信頼しているからね」

康は亜紀の肩に手を掛けてゆっくりと身体を引き離した。

「亜紀……」

彼は真っ直ぐな視線を向けてくる。

「実は、大切な相談があるんだ」

口許《くちもと》を引き締めて、静かな声で康が言った。

10

病院の売店で買った豆乳を飲みながら、亜紀は外来ロビーの長椅子に腰掛けて会計の呼び出しを待っていた。もうすぐ昼の十二時になるが、ロビーは患者やその家族たちでごった返している。この会計窓口の一角もずらりと並ぶ長椅子は支払い待ちの人々で埋まり、そこからあぶれた人が柱の横や椅子の脇に所在無げに佇《たたず》んでいた。

亜紀は今日が二度目の診察だったが、内診とエコーで胎児の状態を確認した医師は、

「順調ですよ。何の問題もありませんね」

と言ってくれた。

むしろ亜紀の方から、

「本の説明によると、いまの時期は大きくなってきた子宮の重みで膀胱《ぼうこう》や直腸が圧迫されて、おしっこが近くなったり便秘になると書いてあるんですけど、私の場合はそういう感じが全然なくてちょっと心配なんです」

と訊《たず》ねたくらいだった。

大鶴《おおつる》という名前の丁寧な物腰の中年医師は、

「赤ちゃんもしっかり育ってるし、お母さんも元気いっぱいってことですよ。この前も言いましたがあまり年齢を気にする必要はありません。便秘や頻尿というのは個人差が大きいもので、それに日頃の食生活も影響してきますからね。佐藤さんは見たところも若々しいし、きっと安産だろうと私は予想してますよ。ただ、今が一番大事な時期であることは確かです。元気だからといってあんまり羽目は外さないようにして下さいね」

と笑顔で説明してくれた。

次回の健診日をちょうど一ヵ月後の五月二十一日と決めて、亜紀は十五分ほどの診察を終え、二階の周産期センターからこの一階ロビーに降りてきたのだ。

健診の結果は携帯ですぐに康に報告した。康は今日も付き添うはずだったが、急な用事が入って駄目になってしまった。今月いっぱいでの退社が決まり、このところの彼は業務の引き継ぎや残務整理に追いまくられている。

康が辞表を提出したのは三月二十二日月曜日のことだった。二十日の土曜日、一緒に入浴している最中に「明後日《あさって》、辞表を出そうと思う」といきなり言い出されたときは、思いもかけない話に亜紀は啞然《あぜん》とした。

しかし、康の決心は固かった。

「いまのポストに就いてからの忙しさはきみも承知の通りだし、僕自身、こんなことを続けていたら癌が再発するのは時間の問題だと感じていた。今回は何とか切り抜けたけれど、まだまだ油断はできないよ。もともといずれは会社を辞めて田舎に戻るつもりだったし、実は五年前にも一度そうしようかと思ったんだ。ただ、あのときはどうしても踏ん切りがつかなかった。こんな落ちぶれた姿でおめおめ帰れるかっていう馬鹿げた意地もあったし、きみのことも頭の隅にあったからね。でもいまは違うだろ。こうしてきみとも一緒になれて、十一月には子供も生まれる。僕は昔から自分の子供は長岡で育って欲しいと思っていた。それに、親父が死んで、佐藤酒造の切り盛りも兄貴一人で大変そうだ。そろそろ僕が帰って手伝わないとね。そういうことをいろいろ考えてみれば、いまがいい潮時だと思うんだ。ねえ、亜紀、会社を辞めて三人で長岡に帰ろう。そうしようよ」

康にこう言われると、亜紀に反対する理由はなかった。結婚した時点で、亜紀は康のやりたいことは全部させてあげようと心に誓っていた。どんなことも彼の選択を尊重し、彼と同じ道を共に歩いて行こうと思い定めていた。

「ほんとうにいま会社を辞めてしまっていいの？　後悔しない？」

だから、亜紀はそう問いかけただけだった。

「後悔なんてしないし、僕はもう十分に会社のために働いたと思うよ」

その言葉に、それはその通りだろう、と亜紀は思った。

康の突然の辞意は当然ながら驚きを持って受け止められたようだ。経営幹部からの強い慰留もあったが、彼が意志を翻《ひるがえ》すことはなかった。同業他社への転職説、癌の再発説など様々な憶測が一時期は社内で飛び交ったという。

半月ほどでそうした騒ぎも一段落し、五月一日付けの退職がようやく正式に決まったのは四月の第二週に入ってからだった。その正式決定を受けて、亜紀は、長岡の佐智子や両国の両親、それに雅人夫婦や明日香たちに連絡した。

佐智子は亜紀の妊娠にも、康の退職にもそれほど驚いた様子はなかった。新潟に戻ることに決めた、と告げると、

「そんなに慌てて戻ってくることもないわ。うちのことは学たちがよくやってくれているから心配しなくていいし、大切な時期なんだから亜紀さんがしたいようにしなくては駄目よ。子供ができたら夫婦の時間もなくなるんだし、康も会社を辞めるのならせっかくだもの、しばらくは二人きりの生活を満喫したらいいじゃない」

彼女はそう勧めて、

「とにかく、こっちのことには気を遣う必要なんてないのよ。あなたが嫁いで来てくれた

だけで私はもう十分満足なんだから、あなたの思う通りにやってちょうだいね」

と念を押したのだった。

結婚してみて亜紀が意外だったのは、佐智子が自分たちの生活にほとんど干渉してこなかったことだ。かつての手紙の文面からして、康と一緒になれば佐藤の家との関わりはとりわけ深いものとなるだろうと亜紀は想像していたが、実際は、滅多に佐智子は東京に出てくることもなく、この二年で顔を合わせたのはほんの数回に過ぎなかった。康でさえ、「きみと結婚したら、お袋はなんだかすっかり気が抜けたみたいだな」と不思議そうな顔をしているほどだ。

亜紀の妊娠を知らされて、それまでの態度を一変させたのはむしろ四郎と孝子の方だった。

康との結婚以来、孝子とはたまに外で買い物をしたり、電話で連絡を取り合ってもいたが、父の四郎とは完全な没交渉になっていた。つい目と鼻の先の実家にも亜紀はいままで一度も足を踏み入れることはなかった。

それが、亜紀が孝子に電話で妊娠を伝えた当日の夜、突然、二人揃って亜紀のマンションを訪ねてきたのだった。九時過ぎのことで、康は会社から帰ったばかりでまだ着替えも済ませていなかった。とりあえず部屋に上がってもらい、四人差し向かいでダイニングテーブルに腰を落ち着けた。

四郎は、緊張している康に向かって、

「康君、これまでの数々の御無礼、誠に申し訳なかった。平にご容赦願いたい」

と深々と頭を下げた。そして、亜紀に対しては、

「亜紀、ほんとによくやった。でかしたぞ」

と喜色満面の顔つきで言ったのだ。

康が会社を辞めて家業を手伝う決心をしたこと、子供が生まれたらすぐに東京を離れ、新潟に戻るつもりでいることを懇切に説明したが、四郎は先刻承知の顔で、別段異を唱えるでもなかった。

「長岡なんて新幹線で二時間足らずの距離じゃないですか。これからの時代、子供を育てるなら自然の豊かなところに越したことはない。家族みんなのためにも康君は立派な選択をしてくれたと感謝しております」

四郎は手放しの喜びようなのだった。余りの豹変《ひょうへん》ぶりに、これまで二年間の確執は一体何だったのか、と亜紀は半ばげんなりした気分になった。

「近々に長岡のお母様にも御挨拶《あいさつ》させていただかないと。康さんもお忙しいでしょうけど一度お母様の方にも相談してもらえませんか。何分亜紀の身体のこともあるので、今回だけはこちらに足を運んでいただけると嬉《うれ》しいのですけど」

孝子も四郎の横で上擦ったような声を出していた。

だが、亜紀が何より驚いたのは、そう持ちかけられたときの康の返答の方だった。

「いや、実は僕の方からもお父さんたちに是非相談させていただきたいことがあったんで

す。退職したらすぐに亜紀と二人で参上するつもりでいたのですが、いい機会なので、この場でお願いさせていただきます」

彼はだしぬけに言うと、隣の亜紀にちらりと視線を送ったあとで、

「まだ亜紀には話していなかったんですが、僕としては、来月中に結婚式を挙げさせて欲しいと思っているんです」

と言ったのだ。

「それはちょうどいい。まだ亜紀のお腹も目立たないだろうし、長岡のお母さんたちとも顔合わせができる。いやいや実に結構、大賛成だ」

四郎はさらに顔を上気させて、すかさず大乗り気の態《てい》になった。

「僕も年内には新潟に帰るつもりですし、亜紀も長年住み慣れた東京を離れるわけですから、いままでお世話になった人たちにそういう形で御挨拶をするのが一番いいんじゃないかと思うんです」

亜紀はといえば、この意想外な展開に、ただ呆気《あっけ》に取られた思いで二人のやり取りを聞いていた。

「でも、そんなに急じゃあ準備が間に合わないんじゃないかしら」

孝子は孝子で、早々に段取りの心配まで始めている。

「ちょっと待ってちょうだい。私はまだ何も聞いていないし、いまさら結婚式なんて絶対やりたくないわ。大体、お父さんたちだって、いまになってどうしてそんなふうに態度を

コロッと変えるのよ。これまでずっと私たちのこと認めてくれなかったくせに。ほんと信じられないわ」

たまりかねて亜紀は言った。

「だから、こうして罷《まか》り越して康君に頭を下げて謝ったじゃないか。とにかく状況が変わったんだ。子供もできるというのに結婚式一つ挙げていないんじゃあ、生まれてくる子が可哀相だとは思わんのか」

四郎はいかにも心外そうな面持ちで亜紀をたしなめてくる。

「式といってもそれほど大げさにするつもりじゃないんです。去年の五月に僕たちが仲人《なこうど》をした若い夫婦に先月相談してみたら、彼らが式を挙げた青山の式場だったら何とかなるというんです。そこは、若夫婦の旦那さんの方の同僚の父親が経営しているところで融通が利くんですよ。そんなに大きくはないですが、とても感じのいい式場だったんで、一応五月末の土日どちらかで押さえてもらうよう僕の方から頼んでおきました」

さらなる康の予期せぬ発言に、亜紀は絶句した。明日香には夕方電話連絡をしたばかりだったが、彼女はそんなことはおくびにも出さず、亜紀の妊娠を大喜びして、康の退職については「冬姉ちゃんも案外苦労するよね」などともっともらしいことを口にしていたのだ。

明日香と達哉は当初の予定通り、昨年五月に結婚式を挙げた。康が言ったように達哉と同期入社の同僚の実家が経営する南青山の結婚式場で挙式したのだが、たしかにサービスの行き届いた雰囲気の良い式場ではあった。

「どうして私に内緒でそんな勝手な真似するのよ」

亜紀が詰問口調になって言うと、康は、

「だって、きみに相談したら絶対反対されると分かってるんだから、相談する意味がないじゃないか」

と平気な顔をしている。

「康君、ふつつかな娘で誠に申し訳ない。結婚式のことは私たち夫婦は大賛成だから、きみの決めた通りにやってくれて一向に構わないから」

あげく、四郎がこう言うに及んで、亜紀はこれ以上何を言ってもとりあえず仕方がないという気がした。

「亜紀ちゃんは年齢よりずっと若いし、スタイルだっていいんだからウェディングドレスはすごくよく似合うと思うわよ」

孝子が宥《なだ》めるように見え透いたことを言う。

口を噤《つぐ》んでしまった亜紀に、康も、

「お父さんたちも賛成してくれたんだし、この際だからあんまりわがまま言うなよ。僕も亜紀のウェディング姿を見てみたいと前々から思ってたんだ」

と言葉を重ねた。

そのあと尚《なお》も黙り込んでいると、四人の間に気まずい沈黙が生じ、亜紀は三対一ですっかり孤立したような恰好《かっこう》になってしまった。この場はともかく返事をはぐらかして、後から康相手に断固突っぱねようと思っていたのだが、どうやらそれも無理な雰囲気だった。どうしてこんな成り行きになるのか、と亜紀は癪《しゃく》に障って仕方がない。

四十歳も間近になっていまさら結婚式などできるわけがない、と思った。ましてウェディングドレスを着るなんて想像しただけで穴にでも入りたい気分になる。明日香のように若い頃ならばともかく、こんな年齢になってそんなみっともないことを誰がするものか——そう考えながら、亜紀は明日香のウェディング姿を思い出していた。見とれるような美しさで、会場の全員が彼女に視線を集めていたものだ。そのうち、これまで列席した数々の結婚式の情景が記憶の底から次々と立ち現れてきて、そのどれを取っても、印象に残っているのはウェディングドレスを着た新婦の姿ばかりであることに亜紀は気づいた。思い返してみれば、友人や同僚の式に出るたびに、いつか自分もこのドレスを一度は身にまとってみたいと願ったものだった。それがそう思わなくなったのは一体いつの頃からだろうか。少なくとも稲垣純平との結婚を真剣に考えていた三十三歳までは、当然純平と式を挙げる心づもりだった。三年前、雅人が春子と再婚したときはどうだったろう。一昨年、大阪で行なわれた円谷まどかの結婚式に康と二人で招かれた折はどうだったろう。こうして振り返ってみると、やはり稲垣純平と別れ、その翌々年の一月に沙織の死を見送ったあたりから、亜紀は自分が結婚することも、まして結婚式を挙げることも望まなくなったような気がした。いや、それ以前、康の発病を三十四歳になる直前に知ってからは、亜紀は自身の幸福自体を何処か遠くへ投げ出してしまったのではなかったか。

「亜紀、これから僕たちの新しい人生が始まるんだ。一つの区切りをつける意味でも式を挙げるのは悪くないと僕は思うよ」

焦《じ》れったそうに亜紀の返事を待っている四郎や孝子を慮《おもんぱか》ってか、康がちょっと困ったような顔で促してくる。

亜紀はまだ気持ちの整理がついたわけではなかったが、

「じゃあ、そうするわ。あなたが決めたのなら逆らえないもの」

と頷《うなず》いてみせた。

康がここまで言う以上、結局は従わざるを得ないと亜紀は思い直したのである。

十五分くらいで会計を済ませ、亜紀は病院の正面玄関から外に出た。

今日の東京も快晴の空が広がっている。この春は例年にないあたたかさだった。まだ四月二十一日だというのに病院前の桜の木々もすっかり葉桜に変わってしまっている。先週の土曜日には最高気温が二十七度を超えて、関東地方は早くも「夏日」を記録していた。十二時を回った時刻だが、青一色の空を見上げると、春とは思えぬ強い陽射しが降り注いでいる。午後からまた暑くなるのだろう。

診療棟の外来出入口を抜けて、太い柱と建物の外壁に挟まれた細長い通路を四つ目通りの方角へと歩きだしたとき、ちょうど目の前に近づいて来ていた看護婦が、

「冬木さんじゃない？」

いきなり声を掛けてきた。

亜紀はびっくりして彼女の顔をまじまじと見つめる。たしかに見覚えがあったが、すぐには誰だか分からなかった。

「私のこと覚えていない？」

相手は笑みを浮かべて面白そうに亜紀の表情を窺《うかが》っている。すらりと背が高く、よく見ると相当に美しい女性だった。白衣の胸の名札には「田中」とあった。

「郷美さんですか？」

亜紀は口にしてから、そういえばあのとき彼女はかつて看護婦だったと話していたな、と思い出していた。

「こんなところで会うなんて驚きだわ。今日はどうしたの？　どなたかのお見舞い？」

夏樹郷美は懐かしそうに亜紀を見ていた。

「郷美さんこそ、ここで働いてらっしゃるんですか」

郷美は亜紀と同年のはずだった。最後に会ったのは康と亜理沙の結婚式の日だからもう十年以上も前になる。だが、彼女は目元の皺《しわ》などは幾分増えているものの、とても今年四十歳とは思えない若々しさのままだった。

「そうよ。勤め始めて四年目になるかな。そうそう、私、あなたと偶然赤坂のホテルで会ったときに携帯の番号を教えたでしょう。あれからしばらく電話が来るの楽しみに待ってたのよ。何だかあなたとは友達になれそうな気がしてたの。なのに連絡がなくてとても残念だったわ」

郷美はまんざら大げさでもなさそうな口ぶりでそう言った。たしかにあのとき、ホテルのレストランで郷美は「これって愛人の必須《ひっす》アイテムよね」と笑いながら、紙ナプキンに自分の携帯番号を書きつけて渡してくれた。だが、亜紀は彼女と別れた直後に読んだ佐智子の手紙に激しいショックを受け、貰《もら》ったナプキンはそのままテーブルの上に置き忘れてきてしまったのだ。

「すみませんでした。あのあとすぐ私の方が沼尻電設の担当から外れて、社長とも顔を合わす機会がなくなってしまったものだから」

亜紀は言い訳をこしらえながら、沼尻のことも郷美のことも、この十年のあいだ自分はまるっきり忘れていたと思った。しかし、こうして再会してみれば、あの日の郷美の言葉がくっきりと甦《よみがえ》ってくる。「ごめんね。大事な独りの時間に割り込んだりして。何だかあなたがほんとに切羽詰まった顔してたから」と彼女は言い、「どんなこともあんまり思い悩む必要なんてないのよ。悩むヒマがあったら寝た方がましだってことよ」と亜紀を慰めてくれたのだった。

「私、初めて妊娠して、今日もこの病院に検診に来たんです。郷美さんも結婚したんですね」

亜紀は名札に目をやりながら言った。

「亜紀さん子供ができたんだ、それはおめでとう」

郷美は言うと、

「ねえ、いまから時間があるなら一緒にお昼でも食べましょうよ。私もちょうど昼休みに入るから。お祝いに何かおごってあげるわよ」

と誘ってきた。

「そうしましょうか」

亜紀も、もう少し彼女と話がしたかったので賛成する。

「病院内のカフェテリアでもいいかなあ。そんなに時間がないから」

「もちろん」

亜紀は郷美のあとについて再び病院の中へ戻って行ったのだった。

病棟二階のカフェテリアで、亜紀はヒラメのフライ定食、郷美はタンメン・セットを受け取ると職員専用になっている一角に腰を落ち着けた。勘定は郷美が専用のカードで済ませたので、亜紀は彼女の言葉に甘えることにした。

「で、いま何ヵ月目なの」

郷美が早速訊《き》いてくる。

「三ヵ月目かな。順調だって言われたけど、やっぱりこの歳だから気にしだしたらキリがないって感じ」

亜紀は言葉遣いをすこし崩して答える。

「そんなの全然心配いらないわよ。私だって一昨年《おととし》産んだばかりだから」

「えっ、そうなの」

　亜紀はちょっと驚いた声を出した。

「ええ。この病院で産んだのよ。亜紀さんの担当の医師は誰なの」

「大鶴先生っていう人だけど」

「だったら安心していいわ。あの先生はこの病院でも折り紙つきの腕前なのよ。私も娘は大鶴先生に取り上げてもらったの」

「よかった。私もとても感じのいい先生だとは思ってたの」

「でしょう。私なんかすごい安産で拍子抜けしたくらいだったんだから。もし難産になりそうだったらさっさと帝王切開にしてもらえばいいの。大鶴先生に任せておけば問題ないわよ」

　亜紀にすれば、この病院のナースにそういうふうに言ってもらえるとやはり安心できる。快活に喋《しゃべ》る郷美の顔を見つめ、この人はとても心根の優しい人なのだろう、とあらためて感じていた。

「女の子だったんですね。可愛いでしょう」

　と亜紀は言った。

「そりゃ可愛いわよ。私に似てすっごい美人よ」

　郷美が笑う。

「だけど、こんな形で再会するなんて不思議だわ」

亜紀はしみじみとした口調になる。

「ほんとうにそうよね」

郷美も相槌《あいづち》を打つ。

「実はね、あの日、私はいまの主人の結婚式に呼ばれてたの。昔、付き合ってたんだけど別れて、そしたら私の後輩の女の子と彼が結婚することになって、それで、その子にどうしても出席してくれってせがまれて、迷いながらホテルまで出かけたの。でも、結局、出席できなかった。その後八年も経って離婚した彼と再会して、やっと結婚することができたの。もう少しで二年になるわ」

亜紀は自分でもなぜそんなことを打ち明けているのか判然としなかった。が、郷美の前では別に構えるでもなく、ごく自然に言葉が口をついて出てくる。

「どうりであのときのあなたは深刻そうな顔してたわけだ。だけどそういうことならきっとドラマチックな大恋愛だったのね。羨《うらや》ましいわ」

郷美は話の合間に美味《おい》しそうにタンメンをすすり、セットのチャーハンもさっさと片づけていく。亜紀が話に夢中になっていると、

「あなたもしっかり食べないと駄目だよ」

と注意され、亜紀もしばらくは食事に集中した。

「私の方はあれからすぐに沼尻とは別れたの。魅力的な人だったけど、やっぱり彼との将

来は見えなかったから。そのあともいろいろあって、三十二のときに看護師の仕事に復帰したの。この病院に移ってきたのは四年前。私はいまは外科の病棟勤務だけど、その前は内科の外来やっていて、そこで旦那と知り合ったのよ。旦那はこの病院で病理検査技師をやってるの。私より四つも年下なんだけど、とてもいい人だよ」

先に食べ終わった郷美が、亜紀の分のコーヒーも買って席に戻ってくると、自身の来歴を問わず語りに聞かせてくれた。

「要するに、お互い大変だったってことね」

亜紀が箸《はし》を置いて言うと、

「この歳になると、それぐらい当たり前ってことかもしれないわね」

コーヒーをすすっていた郷美が笑顔で頷《うなず》いた。

「私、子供が生まれたら、主人の実家に行くことになってるの。実家は新潟なんだけど、そこで造り酒屋をやっていて、彼も勤めを辞めてその酒屋で働くことになったの。別に私に異存はないんだけど、考えてみたら、私たち女の人生って一体何だろうなって不思議な気分になることがたまにあるわ」

亜紀もコーヒーに口をつけた。康からはコーヒーは控えてほしいと頼まれているが、そこまで神経質になる必要はないと思っている。

「それって、どんな女の人でもそう思うんじゃないかな。私だっていまは田中郷美だよ。この名前になったときは本当に別の人間になったような気がしたわ。名前と同じで人生も平々凡々になっちゃったしね。私もときどき思うことがあるよ。若い頃の自分を思い出すと、あの頃の自分の期待に十分に応《こた》えてあげることができなかったようで、何だか申し訳ないなって。でもこれはこれで仕方ないのかなとも思うの。こうやって生きるのが私の運命なら、それを素直に受け入れて楽しく生きていくしかないものね」

郷美は薄いコーヒーを最後まで飲み干して、人心地ついた風情になっている。

「郷美さんは、あのときも子供を持てば寂しくなくなるって言ってたわね」

亜紀は、以前とは別人のような彼女の様子を眺めながら言った。

「そうそう。でも子供ってほんとに凄《すご》いんだよ。私も産んでみて、ここまで人生観が変わるとはさすがに思っていなかったよ。私みたいなエゴの固まりがさ、自分のことはどうでもいいから、とにかく娘が元気に育ってくれればいいって心底思ってるんだから。所詮《しょせん》、人間なんて、自分の夢や希望を実現するのが一番の望みなんかじゃなくて、その夢や希望を誰かに託す方がずっと満足できるのかもしれないって近頃は思うわ。自分だけの夢や希望だったら、達成してしまえば、もうそれは夢でも希望でもなくなっちゃうんだしね。だから、そういう意味じゃ、男の人の方がずっと哀れなのかもしれないね。男の人って、自分の人生より大切なものがあることに案外気づいていないでしょ。男は、結局、今っていう時間しか見てないのよ。今を積み重ねることが生きることだと信じきってるのよ。それに比べたら、私たち女は、長い時間の流れの中で自然に生かされているような気がする。現実に生むかどうかは別にして、子供を生むことができるっていう感覚だけで、自分という人間が最初から独りきりじゃないことを知ってるし、この自分のいのちが遠い未来まで繋《つな》がっていくことを実感として理解してるでしょ。これって男には絶対に得られない感覚なんだと私は思うよ」

郷美は自信に満ちた表情で最後にそう言ったのだった。

II

妊娠中の生活において、亜紀が意識的に心がけたのは次の三つだった。

一つは早寝早起き、一つは体のためになる食事、そして三つ目が適度な運動である。

早起きは会社時代からの習慣だったし、食事は常日頃から季節を大事にした和食中心の献立だったため問題なかった。運動はもともとウォーキングが趣味なのだから、これも妊婦にはうってつけだ。要するに、あえて気をつけた点といえば、夜更かしを止めたこと、動物性タンパク質を普段より多めに摂取したこと、この二つくらいのものだった。しかし、その程度の生活習慣をきっちり守り通しただけで、亜紀の体調は臨月を迎えるまで理想的とも言えるほどに快調だったのだ。

もっとも、彼女の体調管理に何より寄与したのは、夫である康が会社を辞めて一日中そばにいてくれたことだろう。

「こんなふうに仕事もしないで夫婦二人でずっと一緒にいられるなんて、普通だったら僕が定年にでもならないと不可能だったよね」

康はよくそう言っているが、亜紀にとっては、毎日三度三度の食事を彼と共にできるだけで、とかくホルモン・バランスの失調で乱れがちになるという妊娠中の精神状態を充分に安定させることができた。

康の方は、五月三十日の結婚式が無事に終わってから五ヵ月近く、至極のんびりと暮らしていた。いまは月に一度の割合で長岡に戻り、酒造りや佐藤酒造の経営について兄の学から教えを受けている。といっても亜紀の身体のこともあるので滞在は精々三日くらいのもので、大半の日々は、亜紀と二人で買い物に行ったり、散歩に出たり、部屋でDVDやテレビを観たりと暢気気儘《のんききまま》に過ごしているのだった。

ちょうど大ブームを巻き起こしていた韓国ドラマ「冬のソナタ」も二人で毎回欠かさず夢中になって観たし、八月十三日に開幕したアテネオリンピックも、大会期間中は、康は連日夜更かしを重ねてテレビにかじりついていた。

「オリンピックをこれだけ堪能《たんのう》したのは学生時代以来だよ」

彼は現在の暮らしぶりに満足そうだった。

八月の末から九月初旬は、避暑も兼ねて亜紀も長岡に行った。十日間、佐智子たちの家に泊まったが、広々とした日本家屋は風通しがよく、久々にゆっくりと眠ることができた。

康の実家である佐藤酒造はいまから百五十年前、安政《あんせい》年間に創業した造り酒屋で、醸造業者がひしめく新潟県内でも由緒ある蔵元として聞こえていた。日本酒造りの決め手は

「一に水、二に米、三に技」とよく言われるが、信濃川《しなのがわ》の豊かな水流と米所として知られる新潟平野を抱えた長岡近辺は、昔から酒造りには恰好《かっこう》の土地柄だった。佐藤酒造も、長岡駅からJR上越線沿いに車で三十分ほど走った一角、隣の小千谷市と境を接する広い土地に大小幾つもの蔵を擁して手広く酒造業を営んでいる。すぐそばを信濃川の支流太田川が流れ、この川の伏流水と味の良い米、それに優れた杜氏《とうじ》の技が嚙《か》み合って見事な酒が毎年生み出されていくのだ。

その佐藤酒造のシンボルとなっているのが、大正時代に建てられた赤煉瓦《れんが》造りの大蔵だった。内部は堅牢《けんろう》な木造中心の土蔵造りだが、外壁は漆喰《しっくい》を使わずにすべて煉瓦で組まれており、この建物は昭和二十年の長岡空襲や三十九年の新潟地震、五十年代の豪雪など、まさに風雪に耐えながら、逐次補強工事を施されつついまも現役の蔵として仕込み、貯蔵などに用いられていた。

佐藤家の自宅は、この大蔵を中心に蔵が建ち並ぶ敷地の南側に店舗兼用住宅として建っている。木造の古い家屋だがとても大きく、一階が店舗と事務所で二階が学夫婦や佐智子が起居する母屋、それに別棟と離れが各々一つずつあった。

亜紀たちはその別棟にいつも泊まっている。帰郷してからは、そこが康と亜紀の新居となる手筈《てはず》だった。

今年の夏は記録的な猛暑だったので、平均気温が東京に比べて三度も低い長岡の、しかも広い家で十日間を過ごせたことは、ちょうどお腹が急速に大きくなり始めていた時期の亜紀にはありがたかった。ただ、兄嫁の佳代子によれば「その分、冬はほんとに冷えるのよ」とのことで、佐智子も、亜紀たちがここに入るのは来春、せめて雪が溶けてからにした方がいいとさかんに勧めてくれた。が、康は「たとえ生まれてすぐでも、この町でこれから大きくなっていくんだから、最初の冬からここで育てないと意味ないだろう」と来年正月帰郷の予定を変更するつもりはなさそうだった。亜紀もそれで構わないと考えていた。生後三ヵ月目の赤ちゃんを連れて雪深い町に移住するのはたしかに不安な一面もあったが、そこで生まれ育つ子供がいて、康もそうであったことを踏まえれば、彼の言うように我が子を佐藤の家の子として初めから育てた方が、新生活に乗り出す亜紀自身の気持ちも、より引き締まるだろうと思えたのだ。

二〇〇四年十月二十三日土曜日――。

明日の講演のための原稿を深夜まで読み直していたらしく、康はなかなか寝室から起き出してこなかった。

亜紀はいつものように七時半に起床し、玄米粥《がゆ》の朝食を済ませると洗濯や掃除とこまめに身体を動かした。妊娠三十五週を越えて却《かえ》って体調は良くなってきていた。九ヵ月目までは膨らんだ子宮の影響で胃が押されて食事が一度にたくさん食べられなくなったり、心臓や肺が圧迫されて動悸《どうき》や息切れがしたりするが、臨月を迎えると分娩に備えて赤ちゃんが下に降りてくるために妊婦の身体はむしろ楽になる――と医学書には書かれているが、ほんとにその通りだったのだ。

康は今日の午後一時二十六分発の新幹線で長岡に向かう。

明日日曜日に新潟県酒造業組合の懇親会が湯沢温泉のホテルで開かれ、康はその懇親会に先立って講演を行なうことになっているのだ。演題は「インターネット販売、将来に向けての活用法」というもので、組合の理事の一人に名を連ねている学が先月理事会から頼まれて持ち込んで来た話だった。懇親会には県内の主立った酒造業者が一堂に会するので、来春、佐智子に替わって佐藤酒造の専務に就任する康にとっても、この依頼は渡りに船の申し入れだった。一時間半ほどの講演をこなして夕方からの宴会に顔を出せば、今後何かと世話になる同業者たちといっぺんで面識を得ることができるからだ。

講演自体は、会社にいる頃も何度かやったことがあるらしく、康は別に負担を感じているふうはない。ただ、ここ一週間ほどはその原稿作りで夜中までパソコンに向かう日々がつづいていた。

康が起きて来たのは十一時過ぎだった。

洗濯物を干していた亜紀がベランダから「おはよう」と声を掛けても、彼はぼんやりした顔を向けただけだった。なんだか寝足りなさそうな顔をしている。

作業を終えて、亜紀が部屋に入って来ると、ようやく、

「おはよう」

と言った。

「どうしたの、ぼうっとしちゃって。そんなに遅くまで起きてたの」

亜紀が問うと、ソファに座って新聞を広げていた康は、

「三時くらいだったかな」

と答える。

「だったら八時間も寝てるじゃない。どこか具合でも悪いの」

心なしか顔色が悪く見えたので、亜紀はちょっと心配になった。

「いや、そういうわけじゃないけど」

新聞を畳んで、康は亜紀の背後を眺めている。開け放した窓の先には快晴の空が広がっていた。十月になっても東京はあたたかだった。下旬に入り秋本番の季節なのだが、日中の気温が二十度を超える日もざらなのだ。

康の動かない視線に、

「どうしたの、何見てるのよ」

亜紀は一度振り返ったあとで怪訝《けげん》な気持ちで訊《たず》ねる。

「空だよ」

康はぽつりと呟《つぶや》くように言う。

「東京の空ってこんなにきれいだったんだね」

そして、不意に我に返ったように亜紀の顔を見つめると、

「この季節、長岡じゃこんなに晴れた空を見ることはめったにできないな」

と言ったのだった。

昼食は、椎茸《しいたけ》と銀杏《ぎんなん》の炊き込み御飯、鯵《あじ》の塩焼きと大根おろし、人参《にんじん》とごぼうのきんぴら、春菊のかき玉汁だった。

康はこのところ太り気味なのを気にしているから、それほど食べない。亜紀は朝から動き回っていたのでお腹が空いていた。炊き込み御飯をお代わりし、おかずもきれいに片づけた。

「その食欲なら、心配する必要もないか」

箸《はし》を置いて、ほうじ茶をすすりながら康がようやく笑顔になる。食事をして幾分元気が出たようだ。

食べているとき、浮かない顔の理由を訊《き》いてみると、明日の酒席がどうにも億劫《おっくう》なようだった。それ以上に、臨月の亜紀を残してわずか二日でも留守にするのが心配で仕方がないらしかった。

「私は大丈夫だから、講演頑張って来てね」

亜紀が言うと、

「僕が出たらすぐに両国に行くんだよ。もう三十六週に入ったんだから、いつ生まれても不思議じゃないんだからね」

と釘《くぎ》を刺してくる。

先月からは、康の不在のあいだは両国の実家に亜紀は泊まるようにしていた。

「あなたを上野まで送って、帰りに直接行くから」

亜紀の言葉に、

「上野まで送ってくれなくていいよ。今日は土曜日だから、この時間帯でも電車は混んでるだろうし、駅も人でいっぱいだから」

康はまた心配そうな面持ちになっている。

ぐずぐずと支度を遅らせている康を追い立てるようにして、亜紀は彼と一緒に部屋を出た。時刻は十二時四十分を回っている。上野へは総武線で秋葉原まで出て、そこで山手線か京浜東北線に乗り換えれば二十分足らずだった。康の電車は一時二十六分発のＭａｘとき三一九号だから充分に間に合う時間だ。だが、慎重な性格のいつもの康ならば、一時間前には出発している。これほど出がけにモタついたのは結婚以来初めてのような気がした。

平井駅の改札口を入ったところで、

「あっ」

と康が声を上げて足を止めた。後ろについていた亜紀もびっくりして立ち止まる。

肩に提げていたバッグを下ろすとファスナーを開けて、

「原稿入れ忘れた。今朝、寝る前に机の上に置いたままにしてたんだ」

中身をしきりに掻《か》き回し、

「どうしよう。やっぱりない」

と弱り切った顔になっている。

「取りに戻ればいいじゃない」

亜紀が言うと、

「だけど、新幹線に乗り遅れてしまうよ」

康が忘れ物をするなど珍しかった。

「まだ十二時五十分だもの。取りに帰っても何とか間に合うと思うわ」

「いや、ちょっと待ってくれ」

康はしばらく思案気な顔になって、

「悪いけど、亜紀だけ戻ってくれないかな。僕のパソコンにデータが入ってるから、兄貴のパソコンに送信しておいてくれればいい。見送りなんて構わないから」

と言った。

亜紀はふと、康はわざと原稿を忘れてきたのではないかと思った。「私は両国駅で降りるから」と約束して一緒に部屋を出てきたのだが、これまで必ず上野駅に見送りに行っていただけに、康は亜紀の言を信用していなかったのかもしれない。亜紀も内心では上野までついていく心づもりだった。

康は腕時計を忙《せわ》しげに見て、

「そうしよう。亜紀は一度部屋に戻ってデータを送ったあとでタクシーで実家まで行けばいいよ。電車は混んでるだろうし、駅の階段も危険だからね。頼むからそうしてくれ。上野に着いたら僕の方から連絡する。ちゃんと送信できたかどうか教えて欲しい。そうすればきみが実家に向かってる時分でもあるし、無事にタクシーに乗れたかどうかも確かめられて安心だ」

この康の台詞《せりふ》に亜紀はますます怪しいという気がした。案外バッグの中にはちゃんと原稿が忍ばせてあるのかもしれない。

だが、まさかバッグの中身を見せてくれとも言えないし、そんな余裕もない。

「わかったわ。じゃあそうしましょう」

亜紀は仕方なく承知する。

「じゃあ、行ってくるよ。絶対タクシーを使ってくれよ」

康はほっとした顔で言うと、亜紀を改札口の方へと促した。

「あなたも気をつけてね。ちゃんと新幹線に乗れたかどうか教えてちょうだいね」

「分かってる。新幹線ホームから必ず電話入れるよ」

これ以上手間取るわけにもいかず、亜紀は改札口を出た。

振り返ると、康が手を振っている。いつもは車両に乗り込んだ康を窓越しに列車が遠ざかるまで見送るだけに、亜紀は今日は何だか勝手が違うような気がした。

手を振っている康の顔はいつもの穏やかな笑顔だった。

ちょうどそのとき、改札の向こうを行き交っていた人の波が途切れ、康の周りがぽっかりと穴が開いたように無人になった。

「ごめんねー、上野まで見送りに行けなくてー」

亜紀は両手でメガフォンを作って声を出した。
康が一度こくりと頷《うなず》いた。そして、笑顔のままちょっと残念そうな表情になった。
その顔を見て、彼がわざと原稿を忘れたわけでないことを亜紀は知った。
やっぱり一緒に上野まで行けばよかった、と亜紀はいまになって後悔する。
原稿の送信など、上野から一度マンションに戻ってやればよかったのだ。康の心配など
ただ笑い飛ばしてしまえばよかったのだ。
康は時計を覗《のぞ》くと、背を向けてホームへの階段を駆け昇って行った。すぐにその姿が見
えなくなり、亜紀は不意に自分一人置いてけ堀を食ったような切ない心地になった。
大きなお腹を見ながら、自身の姿が少し恨めしかった。
そんな気分になったのは妊娠してこのかた、それが初めてのことだった。

12

部屋に戻ってみると、案の定、ライティングデスクの上にプリントアウトされた原稿が
残されていた。亜紀はパソコンの画面を起《た》ち上げ、「講演用テキスト」というファイルを
呼び出して義兄のアドレス宛にデータを送信した。原稿の方を取り上げてぱらぱらと捲《めく》っ
てみると書き込みが数カ所あったので、念のためにこれもファクシミリを使って佐藤酒造
宛に流しておくことにした。

立った姿勢で、原稿を一枚一枚ファクシミリの挿入口に送り込んでいると、途中で何度かお腹が張ってきて、その度に休憩しなければならなかった。全部の作業を終え、壁の掛け時計を見るとすでに一時十五分になっていた。

亜紀は少々疲れてソファに座り込んだ。普段ならこうして凝《じ》っとしていれば自然に緩《ゆる》んでいく張りが、今日に限ってなかなかおさまらなかった。時計の針を眺め、そろそろ康から電話が来る頃だろうと思いつつ、携帯を手にソファに横になった。

寝そべった途端に着信音が鳴った。慌てて亜紀は身体を起こす。その瞬間、下腹部にかつてない鋭い痛みが走った。が、その痛みは通話ボタンを押して電話機を耳に当てたときにはすっかり消えていた。

「もうタクシーに乗った？」

康の声にかぶさってホームの喧騒《けんそう》が聴こえてくる。

「まだ部屋よ。いま送信を済ませたところ。原稿も一応ファックスしておいたわ」

「ありがとう。僕はさっき駅に着いてお土産も無事に買えたよ。あと五、六分で発車だ」

「間に合ってよかったわね。私も車を呼んでこれから両国に向かうわ」

「僕のせいで遅れてしまって悪かったね」

「そんなことないよ。私の方こそ見送ってあげられなくてごめんね」

「明後日《あさって》の午後には迎えに行くから、それまで無理しないでね。何か心配なことがあったらすぐに電話するように」

「分かってる」

「冬川さんのお守りも忘れちゃ駄目だからね」

「大丈夫。いつもバッグに入れて持ち歩いてるんだから」

そう答えながら、亜紀はソファから立ち上がった。さきほどの痛みが気になったので部屋の中をゆっくり歩いてみる。別段異常はなさそうだった。バッグを持って再びソファに戻った。口を開けて冬川神社のお守りを取り出す。「安産祈願」の文字が刺繍《ししゅう》された白い小さなお守り袋だった。

冬川神社は長岡の実家のすぐそばにある鎮守様で、康は御七夜も御宮参りも七五三も合格祈願もみんなここでやったのだという。八月末に帰郷した折に二人で安産祈願に出かけて、このお守りを戴《いただ》いてきたのだった。

「いまバッグから出して手に持ってるわ。私のことはあんまり心配しないでね。明後日にはまた会えるんだから」

「そうだけど、きみのそばにいないと不安になっちゃうんだ」

「心配性ね、まったく」

「この半年近くずっと一緒だったからかな。一緒にいればいるほどきみのことがどんどん好きになってくる。自分でもちょっとどうかしてるんじゃないかって思うくらいだよ」

康は別に照れた調子でもなく言う。

「どうしたのよ、急に変なこと言って」

「変なことじゃないよ。ほんとにそうなんだから」

その口ぶりに妙な真剣さがあって、亜紀はわずかな戸惑いを感じた。

そのあと康が何か言ったが、雑踏の音に紛《まぎ》れてよく聞き取れなかった。

「なあに」

亜紀が訊《き》き返すと、

「亜紀はそうでもないの？」

という声が聴こえた。

「私は、そんなふうにはなれないわ」

笑って答える。

「そうなんだ」

康はちょっとがっかりしたような口調になっている。

「それはそうよ。あなたと暮らし始めた途端から、私はもうこれ以上好きになれないくらいあなたのことが好きになっちゃったんだもの」

しばしの沈黙が流れた。時計を見ると一時二十五分になっている。そろそろ列車に乗り込まないと乗り遅れてしまう。

「亜紀」

康が名を呼んだ。

「なあに」

「ほんとにありがとう。きみと赤ちゃんのためなら僕はどんなことでもしてあげられるよ」

「期待してるわ。頑張ってね、お父さん」

亜紀は軽く受け流す。

「じゃあ切るよ。ベルが鳴ってる」

「うん。行ってらっしゃい。お義母《かあ》さんやお義兄《にい》さんたちによろしくね」

亜紀の耳元にも発車ベルの音が小さく響いていた。

「分かった。じゃあ」

そこで電話は切れた。

そのあと、亜紀はもう一度ソファに横になった。お腹の張りはおさまったが、下半身にぞわぞわと寒けのようなものを感じていた。

静かに横になって、さきほどの電話で康が最後に口にした言葉を思い出す。「きみと赤ちゃんのためなら僕はどんなことでもしてあげられる」と彼は言っていた。こうやって反芻《はんすう》すると、どこか奇妙な言い回しに思えた。まるで、亜紀や生まれてくる子供のために予想もつかぬことをするような、そんな大げさな印象があった。いつもの冷静な康には似つかわしくない物言いだ。

そういえば、と亜紀は思った。

今日の康は起きて来たときから、普段とはどことなく違っていた。

ぼんやりと窓の外を眺めやって「東京の空ってこんなにきれいだったんだね」と呟《つぶや》いたり、出がけにぐずぐずして出発が遅れたり、忘れ物をしたり、改札口を挟んで向き合ったときちょっと残念そうな顔を見せたり、突然亜紀のことを「どんどん好きになってくる」と言ってみたり……。たった二日間、留守にするだけなのに康は一体どうしたのだろう。何か亜紀の知らない悩みでも実は抱えているのだろうか。

あれでは、いまから一人で遠いところへ行ってしまう人のようだ――亜紀はふとそんな気がして、寒けが全身に広がるのを感じた。手に持っていたお守り袋を握りしめて、その不吉な考えを払いのけようとする。康がいなくなると思うだけで、息が止まりそうだ。

そのとき、お腹の赤ちゃんがびくんと動いた。

大きな胎動だった。

臨月に入ると胎児は出産に備えて骨盤の入口に入ってくるため余り動かなくなる。こんなにはっきりとした胎動を感じたのは久し振りだった。

お腹の子供が、馬鹿げた想像をしてしまった自分を叱ってくれたような気がした。

いつのまにか悪寒もきれいに消えている。亜紀は壁の時計を見た。針は二時を指そうとしている。

そろそろタクシーを呼んで出かけることにしよう。康の乗った列車は三時過ぎには長岡に到着する。そのときまでに両国に行っておかないと、康がもし連絡して来たとき、また気を揉《も》ませてしまう。

亜紀はソファから慎重な動作で起き上がった。

両国の実家には二時半に着いた。英語教室の授業に入る間際だったので、孝子とは二言三言言葉を交わしただけで、亜紀は一人で二階の自室に上がった。五年前に始めた英語教室は、生徒数は大して増えていないものの手堅くつづいている。いまでは、孝子にとって生き甲斐《がい》ともなっているようだった。父の四郎は大学の用事で夕方まで出かけているとのことだった。四郎も埼玉の女子大でずっと教鞭《きょうべん》を執っている。二年前には教授として正式に迎えられていた。今年で四郎が六十八、孝子は六十六になるが、二人ともすこぶる元気にしている。四郎の胃潰瘍《いかいよう》も、あれからは一度も再発していなかった。

しんとした自室のベッドに横になって、亜紀は、康の不在が身にしみるようだった。やはり自分を守ってくれるのは康だけなのだ、という気がした。

ここに向かうタクシーの中で、再びお腹が張ってきて、今度は下腹部に間欠的な鈍痛もあった。さきほどトイレで出血の有無を確かめたが、それはなかった。だが、自分の身体がこれまでにない状態にあることは亜紀にも分かっている。お産の前触れとして代表的な三兆候、陣痛、血性のおりもの、破水のどれもいまのところないが、しばらく安静にしてみて、それでもこの鈍痛が取れないようであれば念のため墨田病院に行ってみるつもりだった。

康がいないのだから自分がしっかりするしかない、と亜紀は自らに言い聞かせる。彼が今日に限って名残惜しそうに出かけていったのは、もしかしたら、これからこの子が生まれるからかもしれない――そんな気もしていた。

四時半になって孝子が二階に上がってきた。亜紀はだいぶ痛みが引いてきたので、二階の居間でソファに座って本を読んでいた。夕食の支度をしたいところだったが、一応用心してやめておいた。この居間は、孝子が一階を教室に改築した際に、祖父母の八畳間と納戸、それに祖父のカルテを置いていた小さな倉庫をぶち抜いて新たにこしらえたものだった。台所も据えつけたのでそれまでの一階の居間に比べれば格段に狭いが、日当たりもよく快適な場所だった。

「ごめんなさいね。一人きりにしてしまって」

孝子が紅茶を運んできてソファの向かいに座った。

「土曜日まで大変だね」

亜紀は本を畳んでテーブルに置くと紅茶のカップを持ち上げる。

「もうこんな歳だし、ほんとは土曜教室は止めてしまってもいいんだけど、子供たちのリクエストが多くって」

まんざらでもない顔で孝子も紅茶をすする。

「いいじゃない。生徒さんに喜んで貰《もら》ってるんなら」

「まあね」

そう呟いたあと、孝子が、

「ところで亜紀ちゃんの方はどうなの。まだ生まれそうにない感じ？」

と言う。

「どうかな。予定日までは半月以上あるしね。ただ、体調は相変わらずいいわよ」

「半月だったら、いつ生まれても不思議じゃないわよ」

孝子も康と同じことを言う。

「前にも言ったけど、私のときは、亜紀ちゃんも雅人も予定日よりずいぶん早かったもの」

「母子手帳は見つかった？」

「それが見つからないのよ。納戸の中を整理したときにどこかにしまい直したはずなんだけど。あれを見れば正確な日付が分かるのに」

「雅人のときは一ヵ月くらい早かったって言ってたよね」

「そうそう。なのにあの子ったら三千グラム以上もあって驚いたわよ」

二人とも紅茶を飲み終えて、亜紀はカップを片づけようと立ち上がった。

その瞬間、股間《こかん》に生温かな感触があった。

「お母さん」

と亜紀は、一呼吸置いて孝子に言う。

「何」

「もしかしたら破水したかも」

孝子がびっくりした顔になった。亜紀はスカートの裾《すそ》から手を入れてみる。太股《ふともも》のあたりがびっしょり濡《ぬ》れていた。さらさらとしたお湯のような液体だった。

「とにかく座りなさい」

自分は立ち上がりながら孝子が言う。ソファが汚れるような気がして亜紀が躊躇《ためら》っていると、

「気にしなくていいから早く。すぐにタクシーを呼ぶから。荷物は、あのバッグに一式揃っているわよね。あなたは動かないでそのまま凝《じ》っとしてるのよ」

さすがに母は落ち着いている。亜紀は一時に鼓動が速まるのを感じた。

座りなおしてお腹に手を当てる。とうとうこの子が生まれてくる——そう思っただけでひとりでに涙が滲《にじ》んでくる。

「亜紀ちゃん、しっかりするのよ」

孝子はぴしりと言って、電話を掛けに行った。

タクシーの中で孝子が「康さんに連絡した方がいいわね」と訊《き》いてきたが、亜紀は「まだ決まったわけじゃないし、診察後にして」と首を横に振った。

墨田病院の救急入口でタクシーを降りたのは五時十分過ぎだった。

孝子に付き添われて周産期センターの病棟まで上がると、事前に連絡していたので大鶴医師が待っていてくれた。先生の顔を一目見ただけで、亜紀は緊張が解けていくようだった。

診察の結果、大鶴先生は、

「子宮口は開いてきてはいますが、陣痛が微弱ですし、かなり破水もしています。ここは安全策を取って帝王切開を行なった方がいいでしょう」

と言った。帝王切開に関しては康ともども十分な説明をこれまで受けていたので、

「よろしくお願いします」

と亜紀は即座に答えた。

亜紀はそのままストレッチャーに載せられ手術室に運ばれることになった。外で待っていた孝子も診察室に招かれ、大鶴医師から帝王切開に踏み切ることになった理由が丁寧に説明された。孝子も「どうかよろしくお願いいたします」と頭を下げている。ベージュ色の病院着に着替え、いよいよストレッチャーに横になるとき、亜紀は孝子にそれまで握りしめていたお守り袋を渡し、「康さんに連絡してね」と頼んだ。孝子は頷《うなず》き、先に診察室を出ていった。

診察に立ち会っていた看護婦が「佐藤さん、じゃあ、いまから手術室に行きますからね」と一声掛けて、ストレッチャーのストッパーを外した。亜紀は仰向けの姿勢で天井の明るい照明を見つめる。全裸に薄い着物をつけただけなので全身がうすら寒かったが、タクシーで病院に向かう途中に味わった、何とも譬《たと》えようのない気持ち悪さはなくなっていた。

――さあ、いよいよだわ。

肚《はら》が据わって、武者震いのようなものが出る。ふと亡くなった沙織の言葉が脳裡《のうり》に甦《よみがえ》っ

てきた。

——矢でも鉄砲でも持って来いって感じだわ。

亜紀は内心で呟《つぶや》く。あのときの沙織の分まで自分は頑張るのだ、と思った。彼女が果たせなかった生涯の夢を今日この私が叶《かな》えるのだ、と思った。

ストレッチャーで廊下を運ばれていると、孝子が寄り添って来る。

「康さんに連絡したわ。いまからだと六時三十六分の新幹線だから上野には八時過ぎの到着になるって。亜紀に頑張るように伝えてくれって。あと冬川神社のお守りを持ってて欲しいって言うから、私が手術室のそばで握っておきますって伝えておいた。お父さんと春子さんにも連絡した。二人ともすぐに駆けつけてくれるって。亜紀、立派な赤ちゃんを産むのよ。みんなで祈っているからね」

亜紀はしっかりと頷き、

「お母さん、いま何時？」

と訊《たず》ねる。孝子は携帯を取り出して時刻を確認し、

「五時三十五分よ」

と言う。

「分かった。じゃあ行ってくるね」

耳元でガチャンとドアが開く大きな音が聴こえ、

「佐藤さん、手術室に入りますよー」

と看護婦が言う。

「亜紀ちゃん、頑張るのよ」

その声を最後に孝子の姿が視界から消えていった。

13

ストレッチャーから冷たい手術台に移されると淡いブルーの手術着を着た医師や看護婦たちが亜紀の周りを取り囲む。医師二人のうちの一人は大鶴先生だった。皓々《こうこう》と光るライトに先生の表情が逆光でよく見えない。

「佐藤さん、いまから帝王切開の手術を始めます。まず最初に背骨に麻酔を打ちます。麻酔が効いてきたら、佐藤さんのお腹を縦に十センチほど切開します。そこから赤ちゃんを出しますが、痛みもありませんし、赤ちゃんも苦しくありません。手術自体はすぐに終了します。赤ちゃんが生まれてから後産の処置をしますが、こちらの方がすこし時間がかかるかもしれません。ちょっとでも気分が悪くなったり、変な感じがしたらいつでも声をかけてくださいね。ただ、そういうことはほとんどないと思います」

これまでの診察時に聞いた話を、もう一度懇切に大鶴医師は説明してくれる。

その間にも看護婦の数が増えて、医師二人看護婦四人の合計六人になった。

「じゃあ、佐藤さん、着ているものを取りますね」

看護婦たちの手であっと言う間に亜紀は全裸にされる。

「横向きになって身体を丸くしてくださいね」

全裸のまま右頰を下に横臥《おうが》の姿勢をとらされた。

「じゃあ、いまから麻酔を入れます。ちょっとチクッとするけど我慢してね」

大鶴先生とは違う声の男性がそう言った瞬間、背中にわずかな痛みが走った。

「はい、終わりました。痛くなかったでしょう」

再び仰向けにされ、胸部と下肢にシーツのようなものが掛けられると大鶴先生の顔が戻ってきた。足のあたりに何かチクチクするものを当てられている。

「痛みを感じますか」

先生に訊かれているうちに、そのチクチク感も完全に消えてしまった。

「感じません」

と亜紀は答えた。

「はい、始めますよ」

先生が言う。

医師たちは何かやっているのだろうが亜紀にはまったく感覚がない。

「痛くないですか」、「気分は悪くないですか」としきりに訊かれる。下半身にひんやりとした感じはあったが、痛みも気分の悪さもない。そのうち物凄《ものすご》い水音が聴こえてきた。すぐ近くで勢いよく水が噴き出している音だった。

いま自分が何をされているのか分からないだけに、心に不安はあった。胸の鼓動がかなり速くなり、身体中の毛が逆立つような悪寒も感じ始めていた。わずかに吐き気がする。そのことを医師に告げるべきかと思ったちょうどそのとき、唐突に全身が激しく揺さぶられる感覚が亜紀を襲った。

「先生！」と思わず声を上げていた。同時に、激しい水音に混じってガチャガチャと金属類がぶつかり合う音が聴こえ、大きな手術用ライトがゆさゆさと揺れているのが目に入った。

「結構大きいな」

という大鶴先生の落ち着いた声がして、

「佐藤さん、地震だから心配ないですよ。もうおさまりましたよ」

亜紀の顔を覗《のぞ》き込みながら、看護婦の一人が話しかけてきた。

混乱した頭のまま亜紀は無言で頷く。

「はい、赤ちゃん出てきましたよー」

という別の看護婦さんの声がしたのはその直後だった。

そして、大きな赤ちゃんの産声が手術室中に響きわたったのだった。

亜紀は何が起きたのか、一体どうなったのか正確に状況を摑《つか》めなかった。

産声が聴こえたのは束の間で、するとそのあと室内は急に静かになった。

どうしたのだろう、と亜紀はさきほどとは比較にならない不安を覚えた。時間が止まってしまったようだった。というよりも、時間が絞り込まれて一つの点になってしまった気がした。その点のさらに奥に何かが見えるようだった。何だろうと訝《いぶか》しくて亜紀は目を凝らす。黒い点の縁がいつの間にか蕾《つぼみ》が開くようにめくれ始めていた。いくら見ようとしてもよく見えない。だが、開いた黒い花の芯《しん》に何かがいる。何だろう……。

これは声だ、と亜紀は突然のように気づいた。いま自分は声を見ている。白い声だ。そうだ白い声だ、と亜紀は興奮しながら思う。

――アキ――

やっと見えた、と思った瞬間、心の不安が消えた。目の前に灰色の布にくるまれた赤ちゃんの姿がある。赤ちゃんは看護婦に抱かれている。

そのまるでふやけた土偶のような生き物を目にして亜紀は泣きだしてしまった。一点に凝固していた時間が、急速にほどけていくのが分かった。時間は瑞々《みずみず》しさを取り戻し、鮮やかな色を次々と生み出しながら広がっていく。広がるに従って土偶のように見えた生き物が本当の姿を現していく。なんて可愛いのだろう、と思う。なんて愛《いと》しいのだろう、と思った。そう思う自分の感情も無数の色で織りなされている。「私の赤ちゃん」という思いは驚くほど鮮烈なピンク色だった。「愛しい」という気持ちは美しく光り輝く黄色だった。無限の色彩が心の奥底から尽きることなく湧き出してくるようだ。そのあふれる色彩の泉の中心でピンク色の生き物が息づいているのが分かる。

亜紀はしっかりと目を開けた。

見開いた瞳《ひとみ》の表面に涙があとからあとから噴きこぼれてくる。

赤ちゃんを包む灰色に見えた布が実はグリーンであることを知った。

泣きつづけながら、

「五体満足ですか。何も問題ないですか」

と亜紀は看護婦に訊《き》いていた。

「元気な男の赤ちゃんですよ」

彼女が笑顔で言い、他の三人の看護婦たちも声を揃えるように、

「おめでとうございます」

と大きな声で言った。

赤ちゃんが運ばれていったあと、亜紀はうとうとした。ずいぶん長い時間まどろんでいたような気がする。

再びストレッチャーに移され、手術室を出た。

「亜紀ちゃん、おめでとう」

孝子の声に亜紀は目を開ける。

「亜紀、よくやったぞ」

「おねえさん、おめでとう。立派な男の子よ」

父や春子の顔もあった。

「亜紀ちゃん、地震は大丈夫だった？」

孝子に問われ、返事をしたかったが喉《のど》も唇も乾ききっている。亜紀は黙って頷《うなず》いた。

「いま何時？」

やっと声を絞り出して訊いた。

「六時半よ。康さんもきっと新幹線に乗ってる頃よ」

「康さんに伝えて。私、ちゃんと産んだよって」

父が母を押し退《の》けるように身を乗り出してくる。

「分かった、分かった。連絡がついたらすぐに伝える。お前はすこし眠りなさい」

亜紀は「うん」と返事して再び目を閉じた。


佐藤さん、佐藤さん、と呼びかける柔らかな声に亜紀は目を覚ました。

「ごめんね、起こしちゃって。いまから赤ちゃん連れて来るから、おっぱいあげてね」

若い看護婦が中腰の姿勢で亜紀に言った。

「はい」

と答え、

「いま何時くらいですか？」

と訊く。看護婦は制服のポケットにぶら下げていた腕時計を覗き、

「いま九時半ですよ」

と言った。

しっかり眠ったおかげで亜紀の意識ははっきりしていた。あれから三時間も眠ったのかと思い、康は八時過ぎに上野に着くはずだから、もうここに来ているだろうと思った。部屋を見渡して個室であることを確認する。

「家族はどこにいますか」

「みなさん、お部屋の外で待ってますよ。おっぱいあげたら入ってもらいましょうね」

看護婦は笑顔で言って、部屋を出ていった。

やって来た赤ちゃんは、亜紀の記憶とはかなり違っていた。懐《ふところ》に抱くと余りの小ささに驚いてしまう。手術室ではもっと大きく感じたのに、と亜紀は不思議な気がした。こんなに小さくて、この子は無事に生きていけるのだろうか。だが、愛しさはさらに増している。皺《しわ》くちゃの顔が可愛くて可愛くて、看護婦に連れていかれるときは涙が出そうになった。私の赤ちゃん——そう思うと一瞬たりとも離れ離れになりたくなかった。それは、いままで一度も味わったことのない新しい感覚だった。

初乳を無事に終えたところで、孝子たちが部屋に入って来た。

孝子、四郎、春子、そして雅人の姿もあった。だが肝心の康の姿が見えない。

「康さんは？　まだ着いてないの？」

亜紀は電動ベッドのスイッチを押して背中を持ち上げながら訊いた。すると雅人がすこし困ったような面持ちで口を開く。

「それが、康さんは今日は来ることができないんだ」

すぐには彼の言葉が了解できなかった。康が来ないなんて、そんなことがあるはずもない。

「実は、今日の夕方、ちょうどお姉ちゃんが手術室に入っているときに新潟で大地震が起こったんだ。それで新幹線が上下線ともストップしてて、康さんも電車に乗れなかったみたいなんだよ。高速も全線封鎖されてて車を使うわけにもいかないらしい。長岡と連絡がついたのもついさっきのことでさ、それまでは有線も携帯もパンク状態で電話も通じなかったんだ。康さんもすごく残念がってたけど、向こうの家族もみんな無事だったみたいだし、新潟県内ではこの地震で亡くなった人も十人近くいるみたいだから、まあ不幸中の幸いだったと思うよ。明日には新幹線も復旧するだろうし、そしたら一番で駆けつけるって康さんも言ってたよ」

亜紀はあまりの話にしばらく声も出せなかった。

「六時頃、ここもすごく揺れたでしょう。あの地震がそうだったのよ」

孝子が震えたような声でつけ加える。亜紀はベッドの周りに目を配っていたのでよく聞いていなかった。

「私の携帯電話は？」

言うと、なぜか雅人がポケットから出して渡してくれる。

「電話回線がパンク状態だからおそらく繋《つな》がらないと思うよ。さっき向こうと連絡が取れたのも何十回も掛けてやっとだったし、いまは災害復旧のために警察や自衛隊が現地入りを始めてるからなおさら掛かりにくいんじゃないかな」

雅人の話も亜紀の耳にはほとんど入っていなかった。受け取った携帯のメモリーに「００」で登録されている番号を呼び出して通話ボタンを押す。繰り返し何度掛けても「この電話は電源が入っていないか、電波の届かない場所にあるため掛かりません」というテープの声が聞こえるだけだった。今度は「００１」の番号を呼び出す。こちらも「現在回線が混み合っていて電話がかかりにくくなっています」という音声案内に繋がるばかりだった。

それでも亜紀は諦《あきら》めずに何度も何度も掛けつづけた。

不安感で胸が押し潰《つぶ》されそうだった。康の声を聞かないかぎりこの息が詰まるような不安を拭《ぬぐ》い去ることができない。

どのくらいの時間がたっただろうか。

「亜紀、もういい加減にしなさい」

という声に、亜紀はようやく我に返った。顔を上げて心配気な表情の人たちに目をやる。

「とにかく、お前も今日は疲れているんだから休みなさい。康君とは私たちの方で連絡を取っておく。電話が繋がったらお前の携帯に電話するよう頼んでおくし、いまだってきっと向こうも必死で電話しようとしているところだろう。私からも何時でも構わないから掛けてくれるよう言うから、もう少し落ち着いて連絡を待ちなさい」

四郎はまるで怒ったような顔と口振りでそう言った。

「亜紀ちゃんの気持ちも分かるけど、無事に赤ちゃんが生まれたんだし、今日はお父さんが言うようにあなたの身体を休めることが一番なのよ。康さんだってきっとそう思ってるはずだから、もう少し眠った方がいいわ」

孝子は言いながら、目に涙を滲《にじ》ませていた。

雅人の隣に立っている春子は終始無言だった。

「分かった。そうするわ」

亜紀は答えてベッドの高さを元に戻すと横になった。

「眠るんだったら電気を消そうか」

雅人が静かな声で言う。

「うん」

「姉ちゃん、ほんとによかったね。おめでとう」

「ありがとう」

「じゃあ、親父たちには適当に帰ってもらうけど、俺と春子はまだしばらく病室の外にいるから、何かあったら声をかけてくれよ」

「じゃあ、亜紀ちゃんまたね」

孝子が手を振り、四郎は何も言わずに明かりを消すと、四人は音もなく部屋を出ていった。

亜紀は暗闇の中で数時間前と同じように目の前の空間と時間に目を凝《こ》らした。

いまはどんな色の声も見えない。窓明りのせいで薄まった灰色の闇がただそこにあるだけだった。

亜紀は目をつぶり、思念を一点に集めて康の存在を必死に感じ取ろうとした。だが、亜紀の心の襞《ひだ》に幽《かす》かにでも響いてくる何物ももはやなかった。

康がこの時この場所にいないという事実がすべてなのだ、と亜紀は思った。それを認めたくないのは自分の中の一体何だろうか、と思った。

しかし、しばらく考えているうちに、それを認めたくないのが私の全部なのだと分かった。

康と共に生きることそのものが私であって、他の私などどこにも存在しない。そしてもしそうであるのならば、私がこうしてここにある限りは康は決して死んでいるはずはないのだ。

なのに、亜紀の心も身体も凍りついてしまったようだった。

――あなた、私は、ちゃんとあなたの子供を産んだよ。元気でとっても可愛い男の子だよ。

今日、駅の改札で最後に見た、穏やかな笑顔の康に向かって亜紀は呼びかける。

その途端、とめどない涙が瞳《ひとみ》からあふれてきた。ほんとうに全身が氷になってしまって、その氷でできた身体が一瞬にして溶けだしたかのようだった。

亜紀は声を押し殺し、息が止まるくらい泣いた。

康の死を雅人の口から知らされたのは、翌日の朝になってからのことだった。

14

二十三日夕刻に孝子からの連絡を受けた康は、母屋一階の事務所で仕事をしていた兄、学のもとに真っ先にやって来たという。

「兄ちゃん、子供が生まれるんだ」

彼は興奮した面持ちで学に告げ、明日の講演には必ず間に合うように戻ると約束して、その場から長岡駅に電話を掛けた。座席予約を入れたのは、孝子が聞いた通り六時三十六分発のＭａｘとき三四号だった。

学の方はすぐに二階で夕食の支度をしていた佐智子と佳代子に事の次第を伝えに行き、二人も慌てて事務所に駆け降りてきた。

佐智子は自分も同行したいとしきりに言い、学夫妻も強く勧めた。が、なぜか康は、

「もうこんな時間だし無理しない方がいい。帝王切開だから難産になる心配もないし、生まれてくる子供のためにも、お袋にはこれからうんと長生きしてもらわないといけないんだから」

と渋ったのだという。

「いまになってみると、どうしてあんなに厭《いや》がったのか不思議で、もしあのとき無理にで

も康と一緒に行っていれば、こんなことにはならなかったのかもしれない。亜紀さん、ほんとにごめんなさいね」

葬儀の日、佐智子は亜紀に向かって低頭し、泣き崩れたのだった。

「俺が講演の話なんて持ち込んでいなきゃ、康もあの日帰ってくることはなかったのに。もともとは月末に戻るというのを俺が無理言って、講演を押しつけてしまったから」

亜紀の顔を見た途端に、学は放心した顔つきでそう呟《つぶや》いた。

長岡駅までは学が車で送っていくことになったのだという。

店の正面に車をつけて運転席で待っていると、手早く支度を済ませた康が玄関を出てきた。

しかし、康は車には乗り込まずに、

「兄ちゃん、悪いけど俺、冬川神社に一っ走り行ってお参りしてくるから、十分くらいこのまま待っててくれないか」

と言ったそうだ。

学はそこで腕時計を覗《のぞ》いている。時刻は五時四十五分だった。

「だったら裏門に車を回しておくよ。そっちの方が早いから」

学は言った。

「悪いね」

と言って、その足で康は冬川神社に向かった。

神社は母屋からだと裏手に位置するため、参拝後は店の玄関にもう一度戻るよりも、煉《れん》瓦《が》造りの大蔵の脇を抜けてそのまま裏門に出た方が長岡駅には近かったのだ。

「なんで裏門で待ってるなんて言ったのか、どうしてあんなことしてしまったのか、亜紀さん、ほんとうに申し訳ない」

この事実を打ち明けたとき、学は声を上げて泣いたのだった。

地震が起きたのは午後五時五十六分だった。

裏門に駐《と》めた車の中で弟を待っていた学は、下から突き上げてくる激震に頭をルーフにしたたかにぶつけ、転がるように車から飛び出した。だが、揺れはあまりにも烈しく、歩くことはおろか立っていることさえできなかった。その場に突っ伏して、建ち並ぶ蔵の周囲に巡らしたブロック塀が、轟音《ごうおん》とともに次々と崩れ落ちていくのを彼は呆然《ぼうぜん》と眺めていたという。

最初の地震がおさまったあとも、しばらくは身動きができなかった。

ようやく起き上がり、学は母屋へと駆け戻った。

母屋の惨状は凄《すさ》まじいものがあった。四十年近くも前に建てられた木造家屋だったため入口の庇《ひさし》は落ち、嵌《は》まっていた引き戸は外れて、割れたガラスが玄関に散乱していた。

店内に飾ってあった一斗樽《だる》や一升瓶は、すべて棚から落ちて床に転がっていた。

それでも何とか倒壊を免れて、建物がそのままの姿で残っているのが不思議なくらいだった。

地震発生時には二階に上がっていた佐智子や佳代子、奈津子は無事だった。いつ余震で崩れるかもしれぬ母屋を出て、四人はとりあえず店の前庭に避難した。その頃には遠くでサイレンの音が幾つも響き始め、広い前庭には隣人たちが三々五々集まりだしていた。休日とあって社員たちが誰も出社していなかったのが不幸中の幸いであった。神社に出かけた康が帰って来ないことに学たちが不安を募らせ始めたのは、二十分ほどが過ぎてからだ。

学は車を放置してきた裏門に戻り、周辺に康の姿を探した。次第にあたりは暗くなってきている。崩れたブロックを乗り越えるように塀の内側に入っていった。その間にも何度か強い余震が起こり、蔵と蔵とのあいだの細い通路を、康の名前を大声で呼びながら学は恐る恐る進んでいった。

蔵は漆喰《しっくい》が剝《は》げ落ちたり、雨樋《あまどい》が外れたりはしていたが母屋と比べれば存外被害は軽微のようだった。

煉瓦造りの大蔵が正面に姿を現して、しかし、学は息を吞《の》んで立ち尽くした。

屋根の直下から一階部分の窓枠のあたりまで、外壁の赤煉瓦が一つ残らず剝がれ落ちていたのだ。

彼は一歩一歩、大蔵に近づいていった。

壁際に小山を築いている赤煉瓦の瓦礫《がれき》の中に、何か突き出しているものがある。それが何であるかは一目見て分かったが、学にはどうしてもその現実を受け入れることができなかった。

学が絶叫しながら瓦礫の山に飛びついて行ったのは、ほんの数メートル手前まで近づいてからのことだったという。

発見された康は、学たちによって長岡市内の病院に運ばれた。だが、医師の手に委《ゆだ》ねられたときにはすでに心肺停止の状態で手のほどこしようもなかった。検屍《けんし》の結果、死因は頭蓋骨《ずがいこつ》の陥没骨折で、ちょうど大蔵の真下を通っている際に地震に遭遇し、頭部に崩れ落ちてきた煉瓦の直撃を受けたものと推定された。雨のように降ってきた大量の煉瓦を浴びて康の上半身の損傷はかなり激しかったようだ。

遺体は翌々日に荼毘《だび》に付され、亜紀の一時外出が認められるのを待って、四日目に通夜、五日目に葬儀が執り行なわれた。生まれたばかりの赤ん坊は、さすがに連れて行くことは叶《かな》わなかった。

通夜には雅人の運転で、亜紀、孝子と四郎、春子の五人で駆けつけた。関越自動車道は自衛隊や警察の車両、救援物資を積んだ車でひどく渋滞し、長岡到着までに七時間以上を要した。

小千谷インターで降りて国道十七号線を北上したが、通り沿いの惨状に声を上げている四郎たちの声を耳にしながらも、衰弱のひどかった亜紀は後部シートに横たわったまま顔ひとつ上げることができなかった。

病院では、日に数回の授乳時間が設けられていたが、その四日間のあいだ、亜紀の乳房からは一滴の乳汁も滲《にじ》み出てはこなかった。

佐藤酒造に着いてみると、想像していた以上の被害の有り様に、一同声をなくしてしまった。母屋はかろうじて建っているものの半壊状態で、佐智子たちは奇跡的に無傷に近かった別棟に身を寄せていた。通夜、葬儀はその別棟で行なわれた。

状況が状況ともあって会葬者の数は多くなかったが、それでも新聞記事で康の死を知った大学時代の友人たち、かつての同僚たち、さらには明日香や達哉、丸男や咲、まどか夫婦、あずさなどが交通事情の最悪な中を駆けつけてくれた。

別棟の一階、いつも康と二人で寝ていた十畳の和室に大きな祭壇がしつらえられ、中央の遺影の前に小さな骨箱が安置されていた。

遺影は取り急ぎでみつくろったものらしく、黒縁の額の中の髪の長い康は、若々しい笑みを浮かべていた。

亜紀は祭壇の前に座り、その写真と向き合った瞬間、溶け出しそうなほどぐずぐずになっていた自分の心に、ぐいと太い心棒を差し込まれたような気がした。奇妙なくらい気持ちは平静で、哀しみはなかった。涙は一滴も瞳《ひとみ》からこぼれることがなかった。

とりたてて康に語るべき言葉も思い浮かばない。

病院に残してきた赤ん坊の姿や泣き声ばかりが脳裡《のうり》に甦《よみがえ》り、この場に連れて来ることができなかったことだけを康に詫《わ》びた。そして、

「あなたが決めていたとおり、康一郎《こういちろう》と名付けました」

と初めて我が子の名前を口にして、康に報告した。

15

今朝のニュースでは、東京はもう桜が開花したというが、こちらは店の前庭に植わった梅の蕾《つぼみ》がようやく一昨日あたりからほころび始めたばかりだ。

今年は例年になく雪量が少なく、新潟中越地震で被災した人々にとってはそれがせめてもの救いだと報じられていたが、それでも二〇〇五年の年明けとともに十九年ぶりという大雪の日々となり、この長岡も文字通り雪に埋まる北国の冬を迎えていた。

三月に入っても雪がちらつく毎日がつづいている。新潟ではこの時期は「寒のもどり」といって冷え込みが厳しくなるのが通例だというが、初めての冬を過ごす亜紀にとっては、その寒さはまさに骨身にしみるものだった。

康はいつも東京の冬は性根が曲がって「かったるい」とぼやき、新潟の冬こそが「ちゃんとした冬だ」と半ば誇らしげだったが、実際に体験してみると、「過酷」という他に言いようのない季節だ。

それでも春はかすかな足音とともに近づいてきていた。

二月下旬になると前庭の雪が溶けはじめ、よく見れば雪の中で眠っていた雑草が小さな芽を出していた。春分の日が近づくいまは、晴れた日に蔵の並ぶ敷地の裏手を康一郎を抱いて散策すると、雑木林には落ち葉に埋もれるようにしてカタクリの紅紫の可憐《かれん》な花があちこちに咲き、川沿いの土手の斜面には、陽光を浴びて雪割草の白やピンク、紫の美しい花々が咲き乱れているのだった。

過酷な冬は、その分、東京にはない豊穣《ほうじょう》な春を深い雪の下に育《はぐく》んでくれているのかもしれない。

亜紀は康が決めた当初の予定通り、正月十日、成人の日に長岡に引っ越してきた。冬木の両親だけでなく佐智子や学も、亜紀や康一郎の体調を慮《おもんぱか》って、いまだ不自由な暮らしのつづく佐藤家への性急な転居を諌《いさ》めようとしたが、亜紀の決心は微動だにしなかった。

「康さんと交わした大切な約束ですから」

その一点張りで押し通した。亜紀にすれば、康の眠る長岡の地を離れて暮らすなど想像もできなかった。二ヵ月半とはいえ、彼のそばにいられなかったことの方が彼女にはよほど精神的につらかったのだ。

母屋や大蔵の修築工事はすでに始まっていたが、佐智子や学一家との手狭な別棟での共同生活は当分つづく見込みだ。それでも、佐藤の家に帰って来られただけで亜紀の気持ちは格段に落ち着いた。長岡行きを決心するまでの亜紀は、退院後に身を寄せていた両国の実家で自分と康一郎の居場所を見つけられずに、ただただ死んだ康を思って泣いてばかりいた。沙織を失ったときの雅人の心情に思いを馳《は》せ、しかし自分は弟のように立ち直ることはできないのではないかと不安を募らせていた。

佐智子から受け取った長文の手紙を十一年ぶりに読み返したのは、東京を発《た》つ前夜のことだ。

〈亜紀さん。選べなかった未来、選ばなかった未来はどこにもないのです。未来など何一つ決まってはいません。しかし、だからこそ、私たち女性にとって一つ一つの選択が運命なのです。私とあなたとは運命を共にするものと私は信じていました。あなたを一目見た瞬間、私には、私からあなたへとつづく運命がはっきりと見えました。あなたがこの佐藤の家に来て、この家を継ぐ子供を生んでくれるに違いないと直観したのです〉

その手紙を読み終えたとき、亜紀は、自分にもようやく、佐智子から自分へとつづく運命がいまはっきりと見えるようになったのだ、と深く感じた。

そして、いつの日にか必ず、自分もまた康一郎を介して、この運命の松明《たいまつ》を手渡すべき女性にめぐり合うことになるのだろう、と確信したのだった。

今日は土曜日とあって母屋の工事もなく、家の中は静かだ。

康一郎は二日前から微熱が出ていたので、せっかくの晴天にもかかわらず外出は控えるしかない。学は週の初めから東京に出張していた。ここ数日は、姪《めい》の奈津子を含めて女四人ののんびりした生活がつづいていた。

昼食はうどんで簡単に済ませ、亜紀は自室で康一郎に添い寝しているうちにいつの間にか自分までうとうとしてしまった。

目を覚ましたのは聞き慣れぬ物音を耳にしたからだった。

ずいぶん寝入ってしまった気がして亜紀は慌てて布団から起き上がる。壁の掛け時計を見るとちょうど一時になっていた。精々三十分程度の午睡だったと知って、何となくほっとする。

時計の右下に掛けてあるカレンダーにふと目が移った。今日は三月十九日、明日日曜日は春分の日だ——ぼやっとした頭でそんな当たり前のことを思い、不意に「三月十九日」という日付に気持ちが高ぶってくるのを感じた。

どうしてだろうとしばし考えて、思い当たった。そうだった。康と二人で墨田病院に出かけ、大鶴医師から妊娠の事実を告げられたのが去年の同じ三月十九日だったのだ。診察室を出た亜紀が小さくVサインを送ると、ドアの前で待っていた康はガッツポーズを作って彼女に抱きついてきた。あのときの康のまるで壊れそうな笑顔がありありと目に浮かんでくる。

亜紀は隣で安らかな寝息を立てて眠っている康一郎を眺めやった。当時、この子はまだ三センチにも満たない小さないのちだった。それがこうして、たった一年のうちに体重八・五キログラム、身長六十八センチの立派な赤ちゃんに成長している。一方で、あんなに我が子の誕生を喜んでいた康はもうこの世界のどこにもいない。

——そんなことが果してあっていいのだろうか……。

いまでも、康の突然の死が、亜紀にはとても現実のものとは思えないことがある。康はいまどこで何をしているのだろう。

長岡で我が子を育てている亜紀のことを、どんな目で見つめてくれているのだろう。いつもふとした拍子に亜紀はそう思ってしまう。そしてその度に、ほんのすぐそばに康がいるような錯覚に囚《とら》われてしまうのだった。

康一郎の額が少し汗ばんでいた。ガーゼで汗を拭《ぬぐ》ってやりながら、そういえば部屋がずいぶん温《ぬく》もっていることに気がついた。長押《なげし》の上に嵌《は》まったエアコンは消えている。暖房を点《つ》けずに寝てしまったのは覚えていた。それにしてはあたたかい。

亜紀の居室は二階の南側の六畳間だった。佐智子も同じ二階の東側の和室で寝起きし、いまはこの別棟の一階を学たちが使っている。

亜紀は眠っている康一郎から目を逸《そ》らし、背後の障子窓の方に顔を向けた。障子の薄紙を透かして、思ってもみなかったような明るい陽射しが差し込んでいた。こんなに透明で輝くような光を目にするのは、この冬初めてのことだ。それは東京でも福岡でも、いままで一度も見たことのないような滑らかで濃密な光だった。

なんて美しく神々しい光なのだろう——そう思った瞬間、再び、遠くから不思議な音色が響いてきた。

目を覚ましたのは、この音を耳にしたからだと亜紀は知った。

笛や太鼓の音、鉦《しょう》を叩《たた》く乾いた音も入り交じっている。それらが人々のざわめきと一緒くたになって近づいてきていた。

なるほど、冬川神社の春の大祭が今日なのだった。

昨年の地震で冬川神社も甚大な損害を被っていた。柱が折れて社殿の屋根が落ち、鳥居は傾き、灯籠《とうろう》はほとんどが倒れてしまったという。三月初めにようやく再建がなり、今年はそれを祝っての山車《だし》や屋台の巡行が催されることになっていた。

佐藤酒造の正門前の大通りは巡行のコースにあたっていたので、佐智子たちは山車見物をずっと楽しみにしていたのだった。

亜紀はとてもそんな気にはならなかった。夫を亡くしてわずか数ヵ月でお祭り気分になれるはずもないが、何よりも、康が冬川神社に詣《もう》でたために罹災《りさい》したことが亜紀の心に大きなしこりとなっていた。学の話からしても、もしも康が神社に寄らずに学の車にそのまま乗ってくれていれば、きっと彼は死なずにすんだだろう。それを思うと、亜紀はやりきれなかった。

冬川神社の神様が康を連れて行ってしまったような気がして、亜紀はいまだに神社に足を向けることさえできないでいる。

お囃子《はやし》の音色がだんだんに大きくなっている。通りに面している障子窓を開く気にもなれず、亜紀は眠っている康一郎の寝姿を眺めていた。

そのとき、誰かが階段を昇ってくる軽やかな足音が聞こえた。

足音は亜紀の部屋の前で止まり、ノックもせずにドアが開いた。

姪の奈津子がドアの隙間から顔を覗《のぞ》かせる。

「亜紀おばちゃん、お祭りの行列が来るよ。お母さんもおばあちゃんも通りに出て見物してるよ」

少し息を切らして奈津子が言った。奈津子は母親似の愛くるしい顔立ちをしている。この四月から小学校四年生になるが、気立てのやさしい素直な娘だった。亜紀にもすぐに懐き、康一郎のこともとても可愛がってくれている。

「そう」

亜紀は微笑を浮かべて頷《うなず》いてみせた。

「おばちゃんも一緒に見ようよ」

部屋には入って来ず、ドアだけをさらに大きく開けていた。

「おばちゃんは今日は遠慮するわ。赤ちゃんも寝ちゃってるし」

奈津子が残念そうな顔になった。

「今年はすごいんだよ。御神馬行列もあるし、獅子《しし》舞《まい》や天狗《てんぐ》も出てるよ」

「だったら、ナッちゃんは早く戻って見物しておいで」

亜紀が腰を上げそうにないので、

「わかった。じゃあ、行って来るね」

と奈津子はドアを閉じる前に手を振って、その場から去っていった。

亜紀は一つ息をついて立ち上がった。久しぶりの晴天にたくさんの洗濯物をベランダに干してある。康一郎が眠っているいまのうちに取り込んでおくことにした。ノブを握ってドアを引こうとしたとき、背中に何かが降り注いでくるのが分かった。亜紀は背筋を慄《ふる》わせて目の前のドアを見た。まるでサーチライトでも当てたように木製のドア全体が明るく光っている。亜紀は驚きながら振り返った。

障子窓一杯に、きらめくような美しい黄色の光が満ちていた。さきほどまでの濃密な陽光とは異なる瑞々《みずみず》しく鮮やかな光だった。

この黄色の光はどこかで一度見たことがある、と亜紀は胸を高鳴らせながら思った。どこで見たのだろう。すぐに思い出した。康一郎を産んだときにあの手術室で出会った黄色い光だった。初めて康一郎の姿を目にして、心から「愛《いと》しい」と感じた瞬間、たしかに自分はこの光り輝く黄色を見た。

頭の中で誰かの声がこだましていた。やがてその声が明瞭《めいりょう》になってくる。小さな女の子の声だった。誰だろう。

「今年はすごいんだよ。ゴシンバ行列もあるし、獅子舞や天狗も出てるよ」

奈津子の声だ。

ゴシンバ、ゴシンバ、ゴシンバ……。

ゴシンバとは何だろう。ゴシンバとは御神馬——馬のことではないか。

馬、馬、馬……。

鼓動は速くなり、意識は熱を帯びて、亜紀は窓から射し込む光に目を奪われながらドア板に背をすべらせてその場に座り込んだ。

記憶の奥底からむくむくと湧き上がってくるものがある。

不意に目の前に緑の平原の景色が広がってきた。

まるで西部開拓時代のアメリカのような光景だ。見渡す限り一面の草原で、周囲に建物らしきものも人影もまったくない。

たしか、誰かが迎えに来てくれるはずだったのに、と亜紀は思う。その約束を信じて自分はこんな辺鄙《へんぴ》な場所までわざわざやって来たのに。空は真っ青に晴れ渡り一片の雲も浮かんでいない。風もなく鮮やかな黄色い光だけが四方に満ちている。暑くも寒くもなく、草の濃い緑が季節が春であろうことを教えてくれているに過ぎない。

亜紀は膝《ひざ》を組んで、目の前に映り出している不思議な光景を眺めていた。

ここは一体どこなのだろう。

自分は何をしているのだろう。

自分は何を待っているのだろう。

そこで、草原の光景はまるで映写フィルムが切断されたように途切れてしまった。

「じゃあ、きみに約束しようか」

また誰かの声だった。

「もしも僕が先に死んで、亜紀がいま言ったようにあの世というものがあったら、きみに知らせに来てあげるよ」

それは愛しい康の声だった。

「そうだな。どんな方法がいいんだろ。もう僕の肉体は無くなってしまってるから、何か別の生き物に姿を変えてきみを訪ねてくるというのはどうだろう。珍しい生き物がいいよね。しょっちゅうその辺で見かける犬や猫じゃあ、どれが僕なのか分からないだろうしね」

突然、その声を遮るように大きな泣き声が室内に響いた。

亜紀は我に返って、畳の真ん中に敷いた布団の上で泣いている康一郎に駆け寄った。もう康の声は聞こえない。窓の光も元通りになっていた。

亜紀は泣いている康一郎に手を差し伸べながらしゃがみ込み、小さな身体を毛布にくるんで抱き取ると再び立ち上がった。

急がなければ、と思った。

早足で階段を降り、サンダルをつっかけて別棟の玄関を飛び出した。亜紀は母屋の脇を抜けて正門へと走る。

門をくぐると大通りに沿って道の両側に人垣ができている。

亜紀は混み合っている正門前から三十メートルほど離れた場所に康一郎を抱いて移動した。そこは地震被害のために休業中の布団屋の店先だったので、亜紀の他には二、三人の見物客がいるだけだった。しばらくむずかっていた康一郎はいつの間にかまた寝入ってしまっていた。

眼前を豪華に飾りつけられた山車や神輿《みこし》が次々と通り過ぎていく。紺色の半纏《はんてん》に股引《ももひ》き姿でお多福やひょっとこの面を被《かぶ》り、手踊りしながら練り歩く男女、金剛杖《こんごうづえ》を手に、山伏の出立《いでた》ちで沿道の子供たちを冷やかしながら進む天狗面の男たちなどが山車や神輿の後に続々とつづいていた。

亜紀は左右に視線を配りながら、目当ての行列がやって来るのを静かに待っていた。

五分ほどして、神服姿の人々の集団が見えてきた。

冠に狩衣《かりぎぬ》を身にまとった神主が御幣《ごへい》を掲げて先頭に立ち、烏帽子《えぼし》に白装束の大勢の男たちがそれぞれ赤や緑、白、黄色の大きな幣串《へいぐし》を捧《ささ》げ持って列をなしている。

亜紀の眼は、その長い行列の真ん中を馬方に口取りされてゆっくりと進む一頭の馬の姿に釘付《くぎづ》けになった。

それはほんとうに真っ白な馬だった。

黒塗りの艶光《つや》りする鞍《くら》を背に載せ、長い首を立て、周囲の人間たちを従えるように白馬は歩んでいる。鞍には「奉納　冬川神社」と赤地に白で染め抜かれた幟《のぼり》が二本突き立っていた。

亜紀は康一郎を抱きなおすと、行列の方に寝顔を向けて、白馬がすぐそばまで来るのを待った。

行列に小さなどよめきが上がったのは、白馬が亜紀の目の前を通過しようとしたときだ。

馬が急に脚を止めたのである。

馬方が轡《くつわ》を幾ら引いても、馬は身動《みじろ》ぎもしない。首をわずかに傾けて大きな黒い瞳《ひとみ》でただ凝《じ》っと亜紀と康一郎を見つめている。

亜紀は思わず一歩踏み出して、その白馬に近づいた。

心の中で、

「あなた、康一郎よ。あなたの子よ」

と繰り返す。全身が激しく震えているのが自分でも分かった。

恐らく十秒足らずの出来事だった。

馬は一度小さく嘶《いなな》くと、もう亜紀の方には見向きもせず、何事もなかったかのように再び悠然と歩き始めたのだった。

亜紀はそれから長いことその場に立ち尽くしていたと思う。

後ろから肩をぽんと叩《たた》かれて振り向いた。

「どうしたの、亜紀さん」

佐智子が心配そうな顔で亜紀を見ていた。


〈完〉

解説

舛田　奈津子（産経新聞社東京本社文化部記者）

白石一文氏に初めて出会った日のことを、今でも鮮明に覚えている。新作の刊行にあわせ、ある出版社の会議室で取材した。名刺を交換して、顔をのぞき込むと、何やら「釈然としない」といった風情の表情を浮かべている、ような気がした。とても印象に残った。

作品の創作意図を質問すると、少し考え込み、こんな返事が返ってきた。

「自分の考えを打ち出す小説こそが読者をひきつけるという確信を持ってやってきた。一方で、読者を選んでしまう部分もあった。だから今回は、より多くの読者に楽しんでもらう作品を書いてみた。通勤電車や寝る前に夢中になって読んでもらえるように。ただひたすらに、読了感を良くしようと」

確かにその作品は、珠玉のエンターテインメントに仕上がっていた。緻密《ちみつ》な文章構成に加え、時間を縦横無尽に駆ける伏線が巧みに張り巡らされている。あっという間に、物語中の点と点がつながっていく。見事な緊張感とリズムで、一気に読者をひきつける。

しかし、何度もページをめくり返してしまうような独特の思索的で哲学的な文章がどこかへ消えてしまっている。ささくれだったような感触やヒリヒリとした鋭い世界観も影を潜めている。〝らしくない〟作品だな、と思った。正直に感想を伝えると、「その通りかもしれない」と肩をすくめてみせた。

白石氏は二〇〇〇年に長編小説『一瞬の光』でデビューして以来、『不自由な心』『僕のなかの壊れていない部分』『どれくらいの愛情』『この世の全部を敵に回して』など、多くの作品を発表してきた。どの作品も、読者を試し、ともに考えること、心の内を見つめ直すことを強いるような雰囲気にあふれている。「私とは何者なのか」「生きる意味とは」。根底には、人間存在の根源を突き詰める白石氏自身の問いかけが横たわっている。

数ある作品の中でも、この長編小説『私という運命について』は、原稿用紙九百枚分もの重量感あふれる作品となっている。だが、決して堅苦しくはない。白石氏ならではの世界観と小説ならではの物語性が見事なバランスで結実した作品だ。代表作の一つ、と言ってもいい。いい小説だと思う。

◇

物語は細川連立内閣が成立した一九九三年から始まる。主人公は冬木亜紀。男女雇用機会均等法の成立で、女性総合職のトップバッターとして大手情報機器メーカーに入社した才色兼備である。

二十九歳。昔の恋人・康が、亜紀の職場の後輩と結婚することになり、亜紀のもとへ結婚式の招待状が届く。その昔、康にプロポーズされたが、結婚に踏み切ることができなかった。別れた後、一度だけ会ったことのある康の母・佐智子からの手紙を受け取る。結婚式当日になり、読みかけのまま放置していた手紙に目を通し、初めて大切な〝何か〟に気がつく。しかし、もう遅い、のだ。「失った未来を取り戻すことは誰にもできはしない」。亜紀は後悔の念に包まれる。

三十三歳。福岡市に転勤となる。仕事は順調。年下の工業デザイナーの純平と出会う。「この男と巡り合うためにこんな遠くの街までやって来た」。今度は特別な人と出会ったという縁を信じようとする。

三十四歳。弟・雅人の妻である沙織が亡くなる。愛する人を失った雅人の心の荒廃と再生が描かれる。「幸せとは何なのか」。亜紀は沙織が雅人に残した手紙を通して考える。

三十七歳。香港に滞在する康に再会する。二十九歳の時に感じた後悔と胸の内に閉じ込めていた思いが甦《よみがえ》る。

物語では、亜紀の二十九歳から四十歳までの〝揺れる約十年間〟が描かれている。人生は大なり小なり、紆余《うよ》曲折《きよくせつ》に満ちている。仕事、恋愛、結婚、出産、家族、死……。亜紀の人生として描かれる一つひとつの出来事は、だれしもが経験するありふれた日常なのかもしれない。しかし、その日常にたゆたう〝運命〟に焦点をあてると、ダイナミックでドラマチックな物語に変貌《へんぼう》する。

「人生は自分自身の意志で切り開く」

「運命という存在に身を任せ、あるがままを受け入れていく」

相反するような思考が浮かび上がる。そのはざまで、亜紀は揺れ動く。ある時は、自分自身で力強い選択を決断する。ある時は、決してあらがうことができない出来事が訪れる。四十歳直前にして、亜紀は自身の選択すべてを納得し、幸福をつかみ取ろうと前進する。その矢先に、再び事件は起きてしまう。

◇

白石氏の小説は、主人公にエリートと呼ばれるような境遇の人物が描かれることが多い。男性中心主義的であり、鼻持ちならないと批評される。そのことは、白石氏自身も中編集『草にすわる』の解説で触れている。ただ、恵まれた容姿や環境は単なる器に過ぎない。「この社会でのいかなる成功も夢の実現も、それだけでは個としての自身の精神的な成長には結びつかない」と説明している。白石氏が表現しようとすることは、表面的な事象の奥底に隠されている人間の本質なのだろう。

文章も難解である。元週刊誌記者という経歴もあってか、政治や社会問題などの世相を色濃く反映させる。そのため、小説らしからぬ世界観が構築されることも少なくない。『どれくらいの愛情』で第百三十六回直木賞候補となった時、選考委員からは「理屈っぽい」「論文のようだ」などと厳しい指摘を受けた。

しかし、多種多様な書物があふれるこの世界において、エンターテインメント性や読みやすさ、賞の受賞だけが作品評価の指標とされるのは、やはりおかしい。何十年、何百年の時を経て今に伝わる文学作品の数々がそうであるように、ページを行きつ戻りつ、考え込み、何度も手にとってしまうような現代作品があってもいい。その代表格ともいえるこの小説が文庫本となり、より多くの人に読まれるのならば、これほどうれしいことはない。

今回、改めて物語を読み返した。やはり何度も立ち止まってしまう。自分自身を亜紀の人生に重ね合わせてしまう。掌《てのひら》からこぼれ落ちていった希望、すれ違っていった人たち、そして今この瞬間に傍らで眠る温かな存在……。人は自らの意志で自分の人生を選びとることができるのだろうか。自分に最適な人生の選択肢とは。将来に何が起こるのか。

物語中、佐智子が亜紀へあてた手紙には、こう記されていた。

《選べなかった未来、選ばなかった未来はどこにもない。未来など何一つ決まってはいない。だからこそ、一つ一つの選択が運命なのだ。私たちは、運命を紡ぎながら生きていく》

本を閉じて、読了感に身を委《ゆだ》ねてみる。「私という運命について」。問いかけにも似た表題に対する答えは、残念ながらぼんやりとしたままだ。広大な砂漠の真ん中で、途方に暮れてしまったような気持ちになる。と同時に、その場所から何としても生き抜こうと願う妙に力強い気持ちが、胸の内でふるふると動き出す。まるで、物語中の亜紀と同じように。

そんな瞬間、白石氏の顔が頭に浮かび上がってきた。最初に出会った日とはガラリと違う表情をしている。今度は、「してやったり」といった風情だ。
晴れやかで、少しはにかんだような、とてもいい笑い顔だった。

参考文献

栄久庵憲司『インダストリアルデザインが面白い』二〇〇〇年一月　河出書房新社
片岡憲男『田中角栄邸　書生日記』二〇〇二年四月　日経ＢＰ企画

本作品はフィクションであり、実在のいかなる組織・個人とも一切関わりのないことを付記いたします。（編集部）

本書は、二〇〇五年四月、小社より刊行された
単行本を、文庫化したものです。

私《わたし》という運命《うんめい》について

白石一文《しらいしかずふみ》

平成20年 9月25日 初版発行
平成26年 1月15日 19版発行

発行者●山下直久

発行所●株式会社KADOKAWA
〒102-8177 東京都千代田区富士見2-13-3
電話 03-3238-8521(営業)
http://www.kadokawa.co.jp/

編集●角川書店
〒102-8078 東京都千代田区富士見1-8-19
電話 03-3238-8555(編集部)

角川文庫 15327

印刷所●旭印刷株式会社 製本所●本間製本株式会社

表紙画●和田三造

ISBN978-4-04-372004-0 C0193

角川文庫発刊に際して

角川源義

第二次世界大戦の敗北は、軍事力の敗北であった以上に、私たちの若い文化力の敗退であった。私たちの文化が戦争に対して如何に無力であり、単なるあだ花に過ぎなかったかを、私たちは身を以て体験し痛感した。西洋近代文化の摂取にとって、明治以後八十年の歳月は決して短かすぎたとは言えない。にもかかわらず、近代文化の伝統を確立し、自由な批判と柔軟な良識に富む文化層として自らを形成することに私たちは失敗して来た。そしてこれは、各層への文化の普及滲透を任務とする出版人の責任でもあった。

一九四五年以来、私たちは再び振出しに戻り、第一歩から踏み出すことを余儀なくされた。これは大きな不幸ではあるが、反面、これまでの混沌・未熟・歪曲の中にあった我が国の文化に秩序と確たる基礎を齎らすためには絶好の機会でもある。角川書店は、このような祖国の文化的危機にあたり、微力をも顧みず再建の礎石たるべき抱負と決意とをもって出発したが、ここに創立以来の念願を果すべく角川文庫を発刊する。これまで刊行されたあらゆる全集叢書文庫類の長所と短所とを検討し、古今東西の不朽の典籍を、良心的編集のもとに、廉価に、そして書架にふさわしい美本として、多くのひとびとに提供しようとする。しかし私たちは徒らに百科全書的な知識のジレッタントを作ることを目的とせず、あくまで祖国の文化に秩序と再建への道を示し、この文庫を角川書店の栄ある事業として、今後永久に継続発展せしめ、学芸と教養との殿堂として大成せんことを期したい。多くの読書子の愛情ある忠言と支持とによって、この希望と抱負とを完遂せしめられんことを願う。

一九四九年五月三日

角川文庫ベストセラー

一瞬の光　白石一文

38歳の若さで日本を代表する企業の人事課長に抜擢されたエリートサラリーマンと、暗い過去を背負う短大生。二人が出会って生まれた刹那的な非日常世界を描いた感動の物語。直木賞作家、鮮烈のデビュー作。

不自由な心　白石一文

大手部品メーカーに勤務する野島は、パーティで同僚の若い女性の結婚話を耳にし、動揺を隠せなかった。なぜなら当の女性とは、野島が不倫を続けている恵理だったからだ……心のもどかしさを描く会心の作品集。

すぐそばの彼方　白石一文

4年前の不始末から精神的に不安定な状況に陥っていた龍彦の父は、次期総裁レースの本命と目されていた。その総裁レースを契機に政界の深部にのまれていく龍彦。愛と人間存在の意義を問う力作長編！

約束　石田衣良

池田小学校事件の衝撃から一気呵成に書き上げた表題作はじめ、ささやかで力強い回復・再生の物語を描いた必涙の短編集。人生の道程は時としてあまりにもハードだけど、もういちど歩きだす勇気を、この一冊で。

美丘　石田衣良

美丘、きみは流れ星のように自分を削り輝き続けた……平凡な大学生活を送っていた太一の前に現れた問題児。障害を越え結ばれたとき、太一は衝撃の事実を知る。著者渾身の涙のラブ・ストーリー。

角川文庫ベストセラー

親指の恋人　石田衣良

純粋な愛をはぐくむ2人に、現実という障壁が冷酷に立ちふさがる——すぐそばにあるリアルな恋愛を、格差社会とからめ、名手ならではの味つけで描いた恋愛小説の新たなスタンダードの誕生！

落下する夕方　江國香織

別れた恋人の新しい恋人が、突然乗り込んできて、同居をはじめた。梨果にとって、いとおしいのは健悟なのに、彼は新しい恋人に会いにやってくる。新世代のスピリッツと空気感溢れる、リリカル・ストーリー。

泣かない子供　江國香織

子供から少女へ、少女から女へ……時を飛び越えて浮かんでは留まる遠近の記憶、あやふやに揺れる季節の中でも変わらぬ周囲へのまなざし。こだわりの時間を柔らかに、せつなく描いたエッセイ集。

泣く大人　江國香織

夫、愛犬、男友達、旅、本にまつわる思い……刻一刻と姿を変える、さざなみのような日々の生活の積み重ねを、簡潔な洗練を重ねた文章で綴る。大人がほっとできるような、上質のエッセイ集。

刺繍する少女　小川洋子

寄生虫図鑑を前に、捨てたドレスの中に、ホスピスの一室に、もう一人の私が立っている——。記憶の奥深くにささった小さな棘から始まる、震えるほどに美しい愛の物語。

角川文庫ベストセラー

偶然の祝福　小川洋子

見覚えのない弟にとりつかれてしまう女性作家、夫への不信がぬぐえない妻と幼子、失踪者についつい引き込まれていく私……心に小さな空洞を抱える私たちの、愛と再生の物語。

夜明けの縁をさ迷う人々　小川洋子

静かで硬質な筆致のなかに、冴え冴えとした官能性やフェティシズム、そして深い喪失感がただよう——。小川洋子の粋がつまった粒ぞろいの佳品を収録する極上のナイン・ストーリーズ！

パイロットフィッシュ　大崎善生

かつての恋人から19年ぶりにかかってきた一本の電話。アダルト雑誌の編集長を務める山崎がこれまでに出会い、印象的な言葉を残して去っていった人々を追想しながら、優しさの限りない力を描いた青春小説。

アジアンタムブルー　大崎善生

愛する人が死を前にした時、いったい何ができるのだろう。余命幾ばくもない恋人、葉子と向かったニースでの日々。喪失の悲しさと優しさを描き出す、『パイロットフィッシュ』につづく慟哭の恋愛小説。

孤独か、それに等しいもの　大崎善生

今日一日をかけて、私は何を失っていくのだろう——。憂鬱にとらえられてしまった女性の心を繊細に描き出し、灰色の日常に柔らかな光をそそぎこむ奇跡の小説、全五篇。明日への一歩を後押しする作品集。

角川文庫ベストセラー

ロックンロール　大崎善生

小説執筆のためパリに滞在していた作家・植村は、筆の進まない作品を前にはがゆい日々を過ごしていた。しかし、そこに突然訪れた奇跡が彼を昂らせる。欧州の地で展開される、切なくも清々しい恋物語。

スワンソング　大崎善生

情報誌編集部で同僚だった由香を捨て、僕はアシスタントの由布子と付き合い出す。尽くせば尽くすほど、恋愛の局面はのっぴきならなくなっていき……恋人に寄せる献身と狂おしいまでの情熱を描いた恋愛小説。

かっぽん屋　重松清

汗臭い高校生のほろ苦い青春を描きながら、えもいわれぬエロスがさわやかに立ち上る表題作ほか、摩訶不思議な奇天烈世界作品群を加えた、著者初のオリジナル文庫！

疾走（上）（下）　重松清

孤独、祈り、暴力、セックス、殺人。誰か一緒に生きてください――。人とつながりたいと、ただそれだけを胸に煉獄の道のりを懸命に走りつづけた十五歳の少年のあまりにも苛烈な運命と軌跡。衝撃的な黙示録。

哀愁的東京　重松清

破滅を目前にした起業家、人気のピークを過ぎたアイドル歌手、生の実感をなくしたエリート社員……東京を舞台に「今日」の哀しさから始まる「明日」の光を描く連作長編。

角川文庫ベストセラー

みぞれ　重松　清

思春期の悩みを抱える十代。社会に出てはじめての挫折を味わう二十代。仕事や家族の悩みも複雑になってくる三十代。そして、生きる苦みを味わう四十代——。人生折々の機微を描いた短編小説集。

とんび　重松　清

昭和37年夏、瀬戸内海の小さな町の運送会社に勤めるヤスに息子アキラ誕生。家族に恵まれ幸せの絶頂にいたが、それも長くは続かず……高度経済成長に活気づく時代と町を舞台に描く、父と子の感涙の物語。

みんなのうた　重松　清

夢やぶれて実家に戻ったレイコさんを待っていたのは、いつの間にかカラオケボックスの店長になっていた弟のタカツグで……。家族やふるさとの絆に、しぼんだ心が息を吹き返していく感動長編！

純愛小説　篠田節子

純愛小説で出世した女性編集者を待ち受ける罠と驚愕の結末。慎ましく生きてきた女性が、人生の終わりに出会った唯ひとつの恋など、大人にしかわからない恋の輝きを、ビタースイートに描く。

美神解体　篠田節子

整形美容で新しい顔を手に入れた麗子。だが彼女を待っていたのは、以前にもまして哀しみと虚しさに満たされた日々……ねじれ、病んでいく愛のかたちに目をこらし、直木賞作家が哀切と共に描いた恋愛小説。

角川文庫ベストセラー

さまよう刃　東野圭吾

長峰重樹の娘、絵摩の死体が荒川の下流で発見される。犯人を告げる一本の密告電話が長峰の元に入った。それを聞いた長峰は半信半疑のまま、娘の復讐に動き出す――。遺族の復讐と少年犯罪をテーマにした問題作。

使命と魂のリミット　東野圭吾

あの日なくしたものを取り戻すため、私は命を賭ける――。心臓外科医を目指す夕紀は、誰にも言えないある目的を胸に秘めていた。それを果たすべき日に、手術室を前代未聞の危機が襲う。大傑作長編サスペンス。

夜明けの街で　東野圭吾

不倫する奴なんてバカだと思っていた。でもどうしようもない時もある――。建設会社に勤める渡部は、派遣社員の秋葉と不倫の恋に墜ちる。しかし、秋葉は誰にも明かせない事情を抱えていた……。

MISSING　本多孝好

彼女と会ったとき、誰かに似ていると思った。何のことはない。その顔は、幼い頃の私と同じ顔なのだ――。「このミステリーがすごい！2000年版」第10位！第16回小説推理新人賞受賞作「眠りの海」を含む短編集。

ALONE TOGETHER　本多孝好

「私が殺した女性の、娘さんを守って欲しいのです」。三年前に医大を辞めた僕に、教授が切り出した依頼。それが物語の始まりだった――。人と人はどこまで分かりあえるのか？　瑞々しさに満ちた長編小説。

角川文庫ベストセラー

四畳半神話大系　森見登美彦

私は冴えない大学3回生。バラ色のキャンパスライフを想像していたのに、現実はほど遠い。できれば1回生に戻ってやり直したい！　4つの並行世界で繰り広げられる、おかしくもほろ苦い青春ストーリー。

夜は短し歩けよ乙女　森見登美彦

黒髪の乙女にひそかに想いを寄せる先輩は、京都のいたるところで彼女の姿を追い求めた。二人を待ち受ける珍事件の数々、そして運命の大転回。山本周五郎賞受賞、本屋大賞2位、恋愛ファンタジーの大傑作！

ペンギン・ハイウェイ　森見登美彦

小学4年生のぼくが住む郊外の町に突然ペンギンたちが現れた。この事件に歯科医院のお姉さんが関わっていることを知ったぼくは、その謎を研究することにした。未知と出会うことの驚きに満ちた長編小説。

パイナップルの彼方　山本文緒

堅い会社勤めでひとり暮らし、居心地のいい生活を送っていた深文。凪いだ空気が、一人の新人女性の登場でゆっくりと波を立て始めた。深文の思いはハワイに暮らす月子のもとへと飛ぶが。心に染み通る長編小説。

ブルーもしくはブルー　山本文緒

派手で男性経験豊富な蒼子A、地味な蒼子B。互いにそっくりな二人はある日、入れ替わることを決意した。誰もが夢見る〈もうひとつの人生〉の苦悩と歓びを描いた切なくいとしいファンタジー。

角川文庫ベストセラー

恋愛中毒　山本文緒

世界の一部にすぎないはずの恋が私のすべてをしばりつけるのはどうしてなんだろう。もう他人を愛さないと決めた水無月の心に、小説家創路は強引に踏み込んで――吉川英治文学新人賞受賞、恋愛小説の最高傑作。

ファースト・プライオリティー　山本文緒

31歳、31通りの人生。変わりばえのない日々の中で、自分にとって一番大事なものを意識する一瞬。恋だけでも家庭だけでも、仕事だけでもない、はじめて気付くゆずれないことの大きさ。珠玉の掌編小説集。

哀しい予感　吉本ばなな

いくつもの啓示を受けるようにして古い一軒家に来た弥生。そこでひっそりと暮らすおば、音楽教師ゆきの。彼女の弾くピアノを聴いたとき、弥生19歳、初夏の物語は始まった。

キッチン　吉本ばなな

唯一の肉親であった祖母を亡くし、祖母と仲の良かった雄一とその母（実は父親）の家に同居することになったみかげ。日々の暮らしの中、何気ない二人の優しさに彼女は孤独な心を和ませていくのだが……。

女たちは二度遊ぶ　吉田修一

何もしない女、だらしない女、気前のいい女、よく泣く女……人生の中で繰り返す、出会いと別れ。ときに苦く、哀しい現代の男女を実力派の著者がリアルに描く短編集。